国家社科基金
后期资助项目
GUOJIA SHEKE JIJIN HOUQI ZIZHU XIANGMU

汉魏六朝实用文体互渗研究

Study on the Mutual Infiltration of Practical Styles
in Han, Wei and Six Dynasties

赵俊玲 著

上海古籍出版社

2017年度国家社科基金后期资助项目（17FZW062）

国家社科基金后期资助项目
出版说明

后期资助项目是国家社科基金设立的一类重要项目，旨在鼓励广大社科研究者潜心治学，支持基础研究多出优秀成果。它是经过严格评审，从接近完成的科研成果中遴选立项的。为扩大后期资助项目的影响，更好地推动学术发展，促进成果转化，全国哲学社会科学工作办公室按照"统一设计、统一标识、统一版式、形成系列"的总体要求，组织出版国家社科基金后期资助项目成果。

全国哲学社会科学工作办公室

目　　录

引　言

一

要论文体互渗，还需从"文体"一词的含义谈起。古人论文，用及"体""文体"之处既多，含义亦丰。后来受西方文体理论的影响，今人对这一词的含义探讨很多，认识已有很多不同。

民国时期讨论"文体"的论著，如蒋祖怡的《文体综合的研究》①、薛凤昌的《文体论》②、蒋伯潜的《文体论纂要》③等，基本皆从"体裁"的角度理解文体，这是很长时间内很多学者的共同认识。当今在文体学的研究方面影响深远的著作——褚斌杰的《中国古代文体概论》也认为："文体，指文学的体裁、体制或样式。文学是社会现实生活的反映，是表达作者思想感情的语言艺术。作者在从事创作时，为达到既定的效用，必然采取与之相适应的语言形式和篇幅、组织结构等，这样，就使文学产生了不同的类别，也就是各具特征的文学体裁。"④全书论述的即是古代的各种文学性的与实用性的体裁。

学界关于文体含义的理解也逐渐丰富。张长弓《文学新论》⑤、朱光潜《谈文学》⑥等都强调了文体或文学研究中的"风格"层面。20世纪80年代，王元化所编译《文学风格论》一书，将古代的"体"解释为"体裁"与"风格"⑦。王运熙《中国古代文论中的"体"》一文即重在发明"文体"一词的"风格"之意："'体'在中国古代文论中是一个经常出现的名词。它又叫'体制'。'体'有时仅指作品的体裁、样式，那比较简单；但在不少场合是指作

---

① 蒋祖怡《文体综合的研究》，世界书局民国年间本。
② 薛凤昌《文体论》，商务印书馆1931年版。
③ 蒋伯潜《文体论纂要》，正中书局1943年版。
④ 褚斌杰《中国古代文体概论》，北京大学出版社1984年版，第1页。
⑤ 张长弓《文学新论》，世界书局1946年版。
⑥ 朱光潜《谈文学》，开明书店1946年版。
⑦ ［德］歌德等著，王元化译《文学风格论》，上海译文出版社1982年版。

品的体貌,相当于我们现在所谓风格,它的含义就丰富了。《文心雕龙·附会》说:'夫才童学文,宜正体制:必以情志为神明,事义为骨髓,辞采为肌肤,宫商为声气。'这几句话意味着文章的体制是情志、事义、辞采、宫商的综合表现,也就是内容和形式的统一表现,相当于我们现在所谓风格。"①"风格"包括文章内容和形式诸方面,是文体的重要内涵。自兹而后,将文体解释为"体裁"与"风格"二义,在学界长期流行并被普遍接受。

但也有一些学者指出"文体"应有更多层面的含义,如徐复观于20世纪50年代末撰写《〈文心雕龙〉的文体论》一文,提出文体的"体制""体要""体貌"三义说②。陆侃如发表于20世纪60年代初的《〈文心雕龙〉术语用法举例——书〈释"风骨"〉后》一文,释"文体"含义为六个方面:(1)作品的体裁;(2)作品的风格;(3)引申指抒情叙事的手法;(4)在普遍意义上指主体、要点;(5)体现;(6)区分、分解③。但如后三个方面实是关于"体"字的释义,而与文章创作关系不大。像这样将"文体"的含义进行细分的代表性著述还有:童庆炳《文体与文体创造》一书认为"从文体的呈现层面看,文本的话语秩序、规范和特征,要通过三个相互联系又相互区别的范畴体现出来,这就是(一)体裁,(二)语体,(三)风格"④,这一认识明显受西方文体理论的影响,强调了文体的语言体式问题,提出"语体"的概念,认为"语体、语势是我们古人对'体''文体'解说的更深层面,而且是十分重要的层面。一般认为,一定的体裁在语体、语势上有特定的要求"⑤,这一见解影响深远,后来的研究者在对"文体"释义时,多有采用,对童庆炳关于文体的认识也有较高的评价,认为"这一定义兼顾了'文体'表层的体裁、体式与里层的体性、体貌,表现出融和中西方'文体'概念的愿望和努力"⑥。郭英德《中国古代文体形态论略》一文认为文体包含体制、语体、体式和体性四个层次,这四个层次同时也是"文体"概念的四种内涵⑦。除了将文体的含义细分为四个层次,更重要的是作者对这四个层面进行了较前人更为细致地解释,认为

---

① 原载《中国文艺思想史论丛》第3辑,北京大学出版社1988年版,后收入王运熙《中古文论要义十讲》,复旦大学出版社2004年版,第186页。

② 徐复观《〈文心雕龙〉的文体论》,见《中国文学精神》,上海书店出版社2006年版,第145—209页。

③ 陆侃如《〈文心雕龙〉术语用法举例——书〈释"风骨"〉后》,《文学评论》1962年2期,后收入《刘勰论创作》,题《〈文心雕龙〉术语初探》。

④ 童庆炳《文体与文体创造》,云南人民出版社1994年版,第103页。

⑤ 童庆炳《文体与文体创造》,第23页。

⑥ 李建中《文体学研究的路径与前景》,《江海学刊》2011年1期。

⑦ 郭英德《中国古代文体形态论略》,《求索》2001年5期,后收入《中国古代文体学论稿》,北京大学出版社2005年版。

"体制指文体外在的形状、面貌、构架,语体指文体的语言系统、语言修辞和语言风格,体式指文体的表现方式,体性指文体的表现对象和审美精神"①,在这样的解释下,文体成为了一个各个方面有机结合的立体系统。吴承学对文体含义的解释则更为细致,其在《中国古代文体学学科论纲》②《"文体"与"得体"》③《古代文体学研究漫议》④等一系列文章中都谈及文体的含义,认为指向六个方面:1. 体裁或文体类别;2. 具体的语言特征和语言系统;3. 章法结构与表现形式;4. 体要或大体;5. 体性、体貌;6. 文章或文学之本体。他如李建中认为文体包含"体貌""语体"和"体制"等多重结构和层面⑤,曾枣庄认为文体学应包括体裁、体格、体类三个层面⑥,胡元德认为文体具有文类、体裁、语体、风格等多重含义,同时又是人们认识和表现世界的一种功能范式⑦。

　　总体而言,上述著述对于文体含义的梳理与挖掘,都在试图更全面、详尽地占有文体学材料的基础上进行,阐释具体而细致,皆认识到我国古代"文体"涵义的丰富性和复杂性。

　　与将文体含义从多角度、多层次进行细致挖掘、阐释的方法相对,一些学者试图将文体作为一种整体存在进行观照和解读。20 世纪 90 年代,陈伯海先生发表《说"文体"》一文,先是指出"体貌、体式、体格,合组成文体内涵的三个层面,分别标示文体的外在风貌、内在结构和总体功能",但又进一步强调:"文体研究是把文学作品各要素贯串起来而给予怎么写的课题的一个总回答,它要解决的不限于一枝一叶的写作手法,而是整个文本的写作规范。"⑧作者认为文体是各种要素统一组成的文章整体写作规范,强调的是各要素统一为文章整体。李士彪《魏晋南北朝文体学》指出文体有"体裁""风格""篇章体制"三个方面的含义,但同时强调三者是"有机联系、不可分割的。这和人体很相似"⑨。力倡文体是指"文章整体"观点的是姚爱斌,其

①　郭英德《中国古代文体学论稿》,前言第 2 页。
②　吴承学、沙红兵《中国古代文体学学科论纲》,《文学遗产》2005 年 1 期。
③　吴承学《"文体"与"得体"》,《古典文学知识》2013 年 1 期。
④　吴承学《古代文体学研究漫议》,《古典文学知识》2014 年 6 期。
⑤　见李建中《文体学研究的路径与前景》(《江海学刊》2011 年 1 期)、《中国古代文体学的本体论价值》(《中南民族大学学报》2011 年 5 期)等文。
⑥　见曾枣庄《文体的"体"》(《古典文学知识》2012 年 1 期)、《中国古典文学的尊体与破体》(《清华大学学报》2012 年 6 期)等文。
⑦　胡元德《古代公文文体流变》,广陵书社 2012 年版。
⑧　陈伯海《说"文体"》,《文艺理论研究》1996 年 1 期。
⑨　李士彪《魏晋南北朝文体学》,上海古籍出版社 2004 年版,第 2—3 页。

十余年来发表《论中国古代文体论研究范式的转变》①《有特征的文章整体与有特征的语言形式——中国古代文体论与西方 Stylistics 的本体论比较》②《中国古代文体观念与文章分类思想的关系——兼与西方文类思想比较》③《论徐复观〈文心雕龙〉文体论研究的学理缺失》④《六朝"文体"内涵重释与刘勰、锺嵘文学观异同再辨——以〈文心〉和〈诗品〉之"奇"概念比较为例》⑤《六朝文体内涵重释与刘勰、锺嵘论"奇"关系再辨——兼评中日学者关于〈文心雕龙〉与〈诗品〉文学观的论争》⑥等文,阐释"中国古代文体范畴的基本内涵是指具有各种特征的多层次的文章整体"的观念,作者所谓"特征"是指每种文体所表现出的一种或几种最突出的特点,"层次"指文章整体内部丰富的结构层次和构成要素,如意与言、情与辞、义与词等。作者认为"文体"概念源于传统文化中的生命整体观,因之"文体"是一个从整体上体现了文章本体存在生命化的文论概念。

概而言之,对于文体涵义的认识,现今流行的有两种视角,一种将文体内涵释为多种层次、要素,一种认为文体是一个有机统一体。但事实上,两种观点有一定的统一之处,前者强调的是文体的构成,后者强调的是文体的整体,两者强调的重点不同,但都认为文体的内涵是复杂而丰富的,有多个而非单一的层面结构。

从内容与形式两个方面对文学作品进行研究,是中国古代文学学界长期流行的模式,这种模式同样影响人们对文体的认识。文体研究是指向纯粹的形式,还是有更丰富的内涵,也是人们在对"文体"解读的过程中涉及的重要问题。以文体专指形式,说者不少。如郭绍虞《关于古代文学理论研究中的几个问题》有言:"还应该开展对文学形式,诸如文学体裁以及诗词格律的源流和发展等问题的研究。"⑦直指关于文体的研究是要研究文学形式。褚斌杰《中国古代文体概论》释文体为体裁,意指作品的"语言形式和篇幅、

---

① 姚爱斌《论中国古代文体论研究范式的转变》,《文学评论》2006 年 6 期。

② 姚爱斌《有特征的文章整体与有特征的语言形式——中国古代文体论与西方 Stylistics 的本体论比较》,《郑州大学学报》2007 年 1 期。

③ 姚爱斌《中国古代文体观念与文章分类思想的关系——兼与西方文类思想比较》,《海南大学学报》2007 年 3 期。

④ 姚爱斌《论徐复观〈文心雕龙〉文体论研究的学理缺失》,《文化与诗学》2008 年 2 期。

⑤ 姚爱斌《六朝"文体"内涵重释与刘勰、锺嵘文学观异同再辨——以〈文心〉和〈诗品〉之"奇"概念比较为例》,《文化与诗学》2014 年 1 期。

⑥ 姚爱斌《六朝文体内涵重释与刘勰、锺嵘论"奇"关系再辨——兼评中日学者关于〈文心雕龙〉与〈诗品〉文学观的论争》,《中国文论》第 1 辑,上海古籍出版社 2014 年版。

⑦ 郭绍虞《关于古代文学理论研究中的几个问题》,《学术月刊》1979 年 4 期。

组织结构等"①,亦专指文章形式。他如陶东风称"文体是一个揭示作品形式特征的概念"②,詹福瑞称"研究文体,主要是对文学语言形式的一种研究"③。而如姚爱斌在解释"文体"时,不断对观点进行修正补充,在指出"文章自身的整体存在"是"体"的基本意,而古人在用及"体"时,"在与文章内在之'意'("义")直接相对时","在直接以'心—体'二分或类似的生命结构关系譬喻文章构成时","体"偏指文章的外在直观④。也就是说,作者承认在很多情况下,文体指向的是作品的外在形式。认为文体指向的是文学形式,很长时间内是被普遍接受的观点,但亦有学者认识到这种看法是失之偏颇的。如上引王运熙《中国古代文论中的"体"》一文在引用《文心雕龙·附会》篇之语解释"风格"一词时,指出其是文章内容和形式的统一表现。王先生所谓文体既然指体裁和风格,则文体自然不仅指作品的形式,亦包括作品内容在内。陈伯海《说"文体"》就指出剖析作品的组合方式"自不能完全撇开其内容,于是文体研究内必然渗入主题——题材研究的因子"⑤。李士彪《魏晋南北朝文体学》具体指出一篇文章的"篇幅、结构、语言、语音、思想、题材等等,都是文章的一个组成部分,都可称为文章的体"⑥。陈剑晖《中国文体研究的演变、特征与方法论问题》引颜之推"文章当以理致为心肾,气调为筋骨,事义为皮肤,华丽为冠冕"之语,并提及刘勰《文心雕龙》、明人沈君烈《文体》等,指出古人向来是内、外结合来看文体的⑦,意谓文体的研究包括形式、内容两方面。

　　剖析"文体"一词的涵义,是进行文体学研究的起点。不管是认为文体是由多层次、多要素组成的,还是认为它是包含各种特征、要素的整体,都说明了这一词汇含义的复杂性和丰富性。而且,文体不仅指向作品的形式,还包括作品的题材、内容等要素。这些都决定了不同文体在发生联系时,必然是多层面和多角度的,一种文体对另一种文体的影响和渗透可以表现在语言形式上,亦可以表现在篇章结构上,还可以表现在内容、风格、表现手法、功能上,等等,甚或兼有多个方面。所以由文体的复杂、丰富含义出发,对于文体互渗的研究,亦应根据具体文体相联系的实际,从多个方面进行观照。

① 褚斌杰《中国古代文体概论》,第1页。
② 陶东风《文体演变及其文化意味》,云南人民出版社1994年版,第2页。
③ 詹福瑞《文体与中国古代文学研究》,《光明日报》,2002年9月11日。
④ 姚爱斌《"体":从文化到文论》,《学术论坛》2014年7期。
⑤ 陈伯海《说"文体"》,《文艺理论研究》1996年1期。
⑥ 李士彪《魏晋南北朝文体学》,第2—3页。
⑦ 陈剑晖《中国文体研究的演变、特征与方法论问题》,《福建论坛》2012年10期。

二

虽然,如上所述,文体的内涵复杂而丰富,但那是就文体的整体而言,当我们具体言及一种文体时,如言诗、言赋、言颂、言赞,首先指向的是体裁。本书的研究对象是汉魏六朝时期的实用文体,即彼时实用性的文章体裁。

文学文体和实用文体是今人进行古代文体研究时常常用及的概念,但在汉魏六朝人那里却没有这样明确的区分,当时人所持乃一种泛文学观念,典型的如《文选》,萧统在《文选序》中声明所选文章皆属"入耳之娱""悦目之玩",选录的标准是"沉思""翰藻""综缉词采""错比文华"①,即重视作品的审美娱乐功用,追求作品的词采,但实际所列如诏、册、令、教、策文、表、上书、启、弹事、笺、奏记、移、檄等体,用于处理具体国家政务;颂、赞、书、序、箴、铭等体,用于处理国家或个人生活中的日常事务;行状、诔、哀、碑文、墓志、吊文、祭文等体,皆产生于礼制的需要,用于处理亡者身后之事,它们皆有很明确的实用目的。也就是说,当时明确地在现实生活中发挥实际作用,为国事或日常生活所需的文体,人们同样追求它们的文学性。这样就造成了很多为实用而发的文体,往往包含文学名篇,典型的如表体中曹植的《求自试表》《求通亲亲表》、诸葛亮的《出师表》、李密的《陈情表》等,书体中司马迁的《报任安书》、李陵的《与苏武书》、曹丕的《与吴质书》《与朝歌令吴质书》等,檄体中陈琳的《为袁绍檄豫州》,颂体中刘伶的《酒德颂》,论体中贾谊的《过秦论》,等等,后世实际都被作为文学作品欣赏,而少有人关注它们的实际功用。其实,古人常用的实用文体很少不涵括富有文学色彩的篇章,反之亦然,一些为抒情和审美的需要而发的文体所包含作品也并非篇篇都富有文学性,正如曾枣庄先生所言"任何非文学类文体都含有不少文学名篇,任何文学类文体也不是篇篇都堪称文学作品",也就是说决定一篇作品是否属于文学的标准"是作品本身,而不是文体"②,这是在充分认识古人的泛文学观念的基础上的论断,颇合古代文学的实际。但这并不是说便无法对古代文体做出文学或实用的划分。在古代,一种文体包含大量富有文学性的作品,与这种文体归属于实用文体之间并不矛盾,如《文选》所列三十九种文体大部分属于实用文体,但同时我们又说它是以收录文学作品为旨归的总集。也正因此,古代大量因实用而发的文体,才能受到文学批评者的重视,成为与因抒情、审美的需要而发的文体同样重要的关注对象,也才一直

---

① （梁）萧统编,（唐）李善注《文选》,中华书局1977年版,卷首第2页。
② 曾枣庄《中国古典文学的尊体与破体》,《清华大学学报》2012年6期。

存在于当今研究者的视野范围之内。

本书所谓"实用文体",是从功能出发,对文体做出的整体观照。考察一种文体是文学文体还是实用文体,本书认为主要的依据即是文体的功能,某种文体是因现实的实际需要产生,为达到一定的现实目的而存在,即可归入实用文体之列。

在我国古代,源于功用不仅是文体生成和命名的基本方式,也是文体分类的依据,这已为诸多学者指明,如郭英德《中国古代文体学论稿》①、郗文倩《中国古代文体功能研究》②、李建中《文体学研究的路径与前景》③等都有相关认识。具体到汉魏六朝时期,人们对文体进行分类时,亦以文体功能为最重要的依据。其表现之一即为往往将功能、性质相近的文体放在一起论述。曹丕《典论·论文》首次将多种文体相提并论:"夫文本同而末异,盖奏议宜雅,书论宜理,铭诔尚实,诗赋欲丽。此四科不同,故能之者偏也。"④将所论八体分成奏议、书论、铭诔、诗赋四科,每科之二体都在文体功能方面最为接近。西晋陆机创作《文赋》,将文体进一步细分为十种,诗、赋相临,碑、诔相并,铭、箴对列,奏、说并排,基本是将功能相近者相临排列。至南朝,范晔著《后汉书》,于多篇传末著录传主文辞,包括所著各种文体和难以归体的篇章。所录各种文体的排列顺序,综合来看,一般是诗、赋、碑、诔、颂、铭、赞、箴、疏、奏、议、章、表、书、记等,范晔著录文体种类既多,排列顺序自有讲究,即亦是将功能更为接近者排列在一起。

《文心雕龙》共五十篇,其中《明诗》至《书记》二十篇详论了三十余种文体,除少量篇目,如《明诗》《乐府》《诠赋》《史传》《诸子》等,是一篇论述一种文体外,其余都是一篇论述两种文体,而两种文体列为一篇的主要依据,就是它们功能的相近。对不同的文体从功用出发进行辨析是《文心雕龙》文体论部分的最重要内容。如《颂赞》篇论颂、赞二体,颂"美盛德而述形容"⑤,主于颂扬,而赞"本其为义,事生奖叹"⑥,二体的主要功能是相近的,刘勰的看法是,赞"大抵所归,其颂家之细条"⑦。又如《铭箴》篇论铭、箴二体,刘勰认为"箴颂于官,铭题于器,名目虽异,而警戒实同"⑧。再如《诔碑》

① 郭英德《中国古代文体学论稿》,北京大学出版社 2005 年版。
② 郗文倩《中国古代文体功能研究》,上海三联书店 2010 年版。
③ 李建中《文体学研究的路径与前景》,《江海学刊》2011 年 1 期。
④ (梁)萧统编,(唐)李善注《文选》,第 720 页。
⑤ (梁)刘勰著,詹锳义证《文心雕龙义证》,上海古籍出版社 1989 年版,第 313 页。
⑥ (梁)刘勰著,詹锳义证《文心雕龙义证》,第 348 页。
⑦ (梁)刘勰著,詹锳义证《文心雕龙义证》,第 348—349 页。
⑧ (梁)刘勰著,詹锳义证《文心雕龙义证》,第 420 页。

篇论诔、碑二体都是针对亡人的,"夫碑实铭器,铭实碑文,因器立名,事先于诔,是以勒石赞勋者,入铭之域,树碑述亡者,同诔之区焉"①,具有共同的纪念亡者的功能特征。最典型的是《章表》篇,章、表虽属二体,在此篇开头,刘勰也试图从功能方面对二体进行区分:"秦初定制,改书曰奏。汉定礼仪,则有四品:一曰章,二曰奏,三曰表,四曰议。章以谢恩,奏以按劾,表以陈请,议以执异。"②但在实际的创作中,谢恩的表有,陈请的章也可见,章表作者一直未严二体之界域,所以《章表》篇论此二体,终不得不并行而述:"原夫章表之为用也,所以对扬王庭,昭明心曲。既其身文,且亦国华。"③只能大体言二者都是用于向皇帝进言的文体而已。

《文章缘起》是南北朝时期富有代表性的一部文体论著作,任昉将时存文体分为八十四种:

三言诗、四言诗、五言诗、六言诗、七言诗、九言诗、赋、歌、离骚、诏、策文、表、让表、上书、书、对贤良策、上疏、启、奏记、笺、谢恩、令、奏、驳、论、议、反骚、弹文、荐、教、封事、白事、移书、铭、箴、封禅书、赞、颂、序、引、志录、记、碑、碣、诰、誓、露布、檄、明文、乐府、对问、传、上章、解嘲、训、辞、旨、劝进、喻难、诫、吊文、告、传赞、谒文、祈文、祝文、行状、哀策、哀颂、墓志、诔、悲文、祭文、哀词、挽词、七发、离合诗、连珠、篇、歌诗、遗、图、势、约。

这种细致的划分颇受学界诟病,但可窥见的是,首先任昉将功能更为接近的文体排列在一起,其次既列表又列让表,既列谢恩又列上章④,既列骚又列反骚,是将某种文体中功能最突出或特别的一类文章又设体单列。萧统《文选》共分三十九种文体,这三十九体的排列顺序,傅刚先生有言:"就散文部分看,《文选》显然是从朝廷文书开始,反映了上对下的关系,如诏、册、令、教;其后是下对上,如策文、表、上书、启、弹事、笺、奏记;再以后是反映一般关系的文体,如书、序、论、赞等;最后是与亡人有关的文体,如诔、哀、碑、吊、祭等。"⑤亦是将功能更为接近的文体先后排列。

表现之二是由文体功能出发,论述文体的体制、风格、写作特点等。如《典论·论文》所述四科八体,每科中所括二体由于功能的接近,才表现出一

---

① (梁)刘勰著,詹锳义证《文心雕龙义证》,第457页。
② (梁)刘勰著,詹锳义证《文心雕龙义证》,第826页。
③ (梁)刘勰著,詹锳义证《文心雕龙义证》,第843页。
④ 刘勰《文心雕龙·章表》言:"汉定礼仪,则有四品:一曰章,二曰奏,三曰表,四曰议。章以谢恩,奏以按劾,表以陈请,议以执异。"谢恩是章的主要功能,后来章表混用,章的功用范围有所扩大。刘勰语见(梁)刘勰著,詹锳义证《文心雕龙义证》,第826页。
⑤ 傅刚《〈昭明文选〉研究》,中国社会科学出版社2000年版,第215页。

致的特点,故曹丕分别以一字概括之,如铭和诔,因都要称颂亡者,故要求文必取实,不能夸饰失真;奏和议都用于议论朝廷政事、呈奉君主,所以皆求典雅。又如《文心雕龙》,刘勰往往剖析诸体风格形成的缘由,《铭箴》篇论铭、箴二体都有警戒之用,这相近的功用也决定了它们体制上的一些共同追求:"其取事也必核以辨,其摘文也必简而深。"①《檄移》篇论檄、移二体,刘勰虽指出檄多用于军事征讨,移多用于官场声讨劝谕,但实则"檄移为用,事兼文武,其在金革,则逆党用檄,顺命资移,所以洗濯民心,坚同符契,意用小异,而体义大同,与檄参伍,故不重论也"②,因同为晓谕声讨之用,二者在体制方面互渗相参。《章表》篇论章、表,二体都用以向皇帝进言,所言之事也区别不大,在功用上颇为接近,刘勰指出二者在文辞风格上都应做到"繁约得正,华实相胜,唇吻不滞",那么就是"中律"③,合乎理想了。

从功用出发,对文体进行分类辨析,是汉魏六朝文体学的重要内容。既然功用是彼时文体分类的主要依据,那么我们界定文学文体与实用文体,自然亦应以文体功用为主要指标。所以,本书所谓实用文体,指的就是在现实生活中发生具体作用的文体,它们因为现实的需要产生,具有明确的实用目的。

汉魏六朝流行的文体大部分都在实用文体之列。虽然彼时的文学文体受到当时人及后人的一致重视,但实用文体的种类无疑更多。如傅刚先生所言:"汉魏六朝是各种文章体裁产生和发展的最兴盛时期。自秦汉王朝建立以来,社会结构发生了极大变化,适应着新王朝统治的需要,各种新的政治制度和措施都逐渐建设起来,而服务于这种制度和措施的各应用文体,也相应地产生或发展变化;同时社会成员的身份也发生了改变,社会关系具有了新的内容,各种不同的往来、不同的事件产生了不同的文字表达的要求,因此这一时期是应用文体大备的时期。"④实用文体以有别于文学文体的实际功用,在现实生活中发挥重要作用,同时,又因人们对文学性的追求,实用文体在汉魏六朝的文学版图中占据重要位置,成为文学批评的重要对象,在总集中占有重要篇幅。彼时如曹丕《典论·论文》、挚虞《文章流别论》、李充《翰林论》、范晔《后汉书》、刘勰《文心雕龙》、任昉《文章缘起》、萧统《文选》等,评录实用文体都远多于文学文体。《典论·论文》论四科八体,其中三科六体属于实用文体,该篇名言"盖文章,经国之大业,不朽之盛事",所谓

---

① （梁）刘勰著,詹锳义证《文心雕龙义证》,第420页。
② （梁）刘勰著,詹锳义证《文心雕龙义证》,第789页。
③ （梁）刘勰著,詹锳义证《文心雕龙义证》,第844页。
④ 傅刚《汉魏六朝文体辨析的学术渊源》,《中国社会科学》2000年2期。

"经国之大业"实际指的是在国事、政事中发挥实际作用的实用文体。挚虞《文章流别论》所余残篇论及十一种文体,其中颂、箴、铭、诔、哀辞、哀策、碑文等属于实用文体。范晔《后汉书》每于传末详细著录传主的文体著述情况,据郭英德先生统计,其所著录文体名称共达六十二种①,除去重复,明确可以归入实用文体的有碑文、诔、颂、铭、赞、箴、应讯、吊、哀辞、祝文、祠、荐、注、章、表、奏、奏事、笺、笺记、论、议、教、令、策、书、书记、檄、谒文、辩疑、诫述、说、书记说、官录说、遗令共三十余种。《文心雕龙》自《明诗》至《书记》二十篇详论当时流行的文体三十三种,其中《颂赞》《祝盟》《铭箴》《诔碑》《哀吊》《论说》《诏策》《檄移》《封禅》《章表》《奏启》《议对》《书记》十三篇论述了二十五种实用文体。萧统《文选》列三十九种文体,属于实用文体的有诏、册、令、教、策文、表、上书、启、弹事、笺、奏记、书、难、檄、移、序、颂、赞、符命、论、箴、铭、诔、哀、碑文、墓志、行状、吊文、祭文等近三十种。

我国古代文体的划分,经历了一个由粗到细,又由博返约的过程。曹丕的《典论·论文》论述了"四科八体",继之西晋陆机作《文赋》,论及十种文体。挚虞的《文章流别论》和李充的《翰林论》,都只存少量残篇,但所论文体都达十余种。至南朝,文体分类细化的趋势更是明确,刘勰的《文心雕龙》细论的文体有三十四种;萧统《文选》将所录文章分为三十九体;任昉的《文章缘起》是专为各种文体溯源的专篇,所列文体更多达八十四种。这种细分文体的趋势,在后来相当长的历史时期内延续,如宋代编《文苑英华》,将文体分为三十六类,《唐文粹》分为二十二类,《宋文鉴》分为六十一类。至明代,吴讷的《文章辨体》分文体为六十类,徐师曾的《文体明辨》更至分为一百二十一类。

细密的文体划分,一方面固然是辨体的需要,即徐师曾"文愈盛,故类愈增;类愈增,故体愈众;体愈众,故辨当愈严"之谓②;但另一方面,也确实带来分类过于繁琐,而恐走向一文一体之弊,因而这种分类趋势不得不引起文学批评家们的思考。况且,这诸多文体之间确实存在着亲疏远近的不同关系,这是《典论·论文》就已认识到的事实。后如《文心雕龙》,不仅把功能、性质最为相近的文体放在一篇论述,还把《章表》《奏启》《议对》三篇相连而列,所论述的都是朝廷公文;将《哀吊》列于《诔碑》之后,所论皆是与亡者相关的文体。《文选》排列文体时,如前引,将数种应用场合、实用目的相近的

---

① 郭英德《中国古代文体学论稿》,第 71 页。
② (明)吴讷、(明)徐师曾《文章辨体序说　文体明辨序说》,人民文学出版社 1962 年版,第78 页。

文体相邻而列,这些实为后世文体分类由博返约、"文类"概念的出现带来了启发。因而自宋代始,已有学者将文体类分,"文类"的概念被强调。真德秀《文章正宗》将所及文体归为辞命、议论、叙事、诗赋四大类,可谓开风气之先。姚鼐《古文类辞纂》将文体归为论辨类、序跋类、奏议类、书说类、赠序类、诏令类、传状类、碑志类、杂记类、箴铭类、颂赞类、辞赋类、哀祭类共十三大类。曾国藩《经史百家杂钞》将文体分为三门十一大类:著述门包括论著、词赋、序跋三大类;告语门包括诏令、奏议、书牍、哀祭四大类;记载门包括传志、叙记、典志、杂记四大类。清末来裕恂《汉文典·文章典》将文体分为三篇九大类:叙记篇包括序跋、传记、表志三大类;议论篇包括论说、奏议、箴规三大类;辞令篇包括诏令、誓告、文词三大类。这些著述都是将性质相近的多种文体归于同一"文类",使文体分类呈现出由博返约的特征。

在上列文类划分中,姚鼐的《古文辞类纂》的分类被后人更多地接受,影响最大。如在他之后,吴曾祺《文体刍言》亦分文体为论辨、序跋、奏议、书牍、赠序、诏令、传状、碑志、杂记、箴铭、颂赞、辞赋、哀祭十三大类,沿姚鼐所分而来,在名目上稍有变更。又如上列曾国藩、来裕恂的分类,与姚鼐分类思路又有所不同①,但分别分为十一和九大文类,还是受到了姚鼐的影响;继如今人褚斌杰《中国古代文体概论》是当今学术史上文体研究的先驱性著作,亦分论说文、杂记文、序跋文、赠序文、书牍文、箴铭文、哀祭文、传状文、碑志文、公牍文十大文类论述古代文体,承继姚鼐分类而稍有改变;再如今人刘湘兰在吴承学教授指导下完成的博士后出站报告《中国古代散文文体概论》亦以姚鼐十三种文类的划分为依托,对中国古代文体进行梳理研究。

相较于单纯的细分文体,宋明之后,文学批评家在文体之上运用"文类"的概念,将性质、功能相近的文体归入同一文类。一方面,将诸多文体用相对较少的文类统领起来,纲举而目张,较好地避免了细密分体的繁琐之弊,使人们更易深入认识和把握这些文体;另一方面,能被列入同一文类的文体,自然在性质、功能上有着互相接近之处,保持着更密切的亲缘关系,这也就注定了它们之间会发生更多的联系,也更易相互影响,放在同一文类概念下,有利于人们对它们之间关系的认识。

姚鼐《古文辞类纂》所分十三类中,辞赋类所及乃古今公认的文学文体。赠序类、传状类、杂记类等选文均自唐代始,所选多纯为文学而发者,

---

① 　关于此点,将在下章有所论述。

但亦不排除兼有实用性与文学性的篇章。其余奏议类、诏令类、书说类、论辨类、序跋类、箴铭类、颂赞类、碑志类、哀祭类，选文或始于先秦，或始于秦，或始于汉，所含括文体基本为朝廷官用文体、日常应用文体和针对亡者的文体，在汉魏六朝时期皆已流行，《文心雕龙》和《文选》也都予以详论或选录。

本书研究汉魏六朝时期实用文体的互渗，依据自姚鼐《古文辞类纂》以来关于文体的类别划分，结合汉魏六朝实用文体创作流行以及发生互渗的实际情况，重点论述奏议类、章表类、书牍类、论辨类、碑志类、哀祭类等所含括的实用文体之间的互渗情况，有些互渗是发生在属于同一文类的文体之间，如同属于哀祭类文体的哀策与诔、吊文与祭文之间，同属于书牍类文体的书与笺之间，同属于颂赞类文体的颂与赞之间；有些互渗发生在不属于同一文类的文体之间，如诔与碑之间，论与书之间，启与表、奏、书之间等。同时，汉魏六朝时期，文学文体特别是诗、赋对于实用文体的渗透，亦是影响实用文体演变的重要因素，必须予以关注。

综而言之，由于社会生活的需要，实用文体的数量和种类在汉魏六朝时期的文体版图中占有绝对优势。同时，受当时泛文学观念的影响，实用文体的创作追求文学性，很多实用文体作品富有文学色彩，且多脍炙人口的文学名篇，这就促使我们把汉魏六朝时期的实用文体作为一个整体进行关注，以益于保证文体学研究的整体性。

三

纵向的发展流变和横向上与其他文体的相互影响、渗透构成文体的发展史。后者指向的是一些文体和其他文体发生相互关系，打破本有的体制规范，借用其他文体的题材内容、功能、体式、表现手法、风格特征等，从而推动自身的发展，我们称之为"文体互渗"。

文体发展史上的"互渗"现象，自古就有，古人常用"破体"一词来表达①，当今学者的称名则多有不同，如吴承学、曾枣庄等沿用古称②，金振邦称为"文体变异"③，王文龙称为"文体交叉"④，蒋寅称为"文体互参"⑤，余

---

① 此词的出现晚至唐代，如李商隐《韩碑》言"文成破体书在纸"，本是书法概念，后被借用到文学批评中。
② 如吴承学《辨体与破体》（《文学评论》1991年4期）、曾枣庄《中国古典文学的尊体与破体》（《清华大学学报》2009年1期）等。
③ 金振邦《论文体变异》，《东北师大学报》1997年1期。
④ 王文龙《试说古代文体交叉现象》，《盐城师范学院学报》2006年5期。
⑤ 蒋寅《中国古代文体互参中"以高行卑"的体位定势》，《中国社会科学》2008年5期。

恕诚称为"文体交融"①，胡大雷称为"文体扩张"②，等等，实际表达的都是文体在横向上的相互影响和联系。而我们采用"文体互渗"一词，一则因已有学者用及③，二则此词更多强调了文体横向间的互动关系，及因此促进文体发展演变的事实。

学术界关于古代文体纵向发展流变的探讨已多，关于文体横向间互渗的研究自近现代至今，也已有一些成果，依其研究特点，大致可分为三个发展阶段：

（一）沿承期（近代至20世纪70年代末）

近代以来，一些关注文体研究的学者已经注意到文体互渗现象。刘师培《汉魏六朝专家文研究·文章变化与文体迁讹》反对失体，列出六朝至唐人失体之例，指向文体的表现手法、语言形式、题材内容等方面的越界行为，称应严文体之界，否则即为迁讹，为穿凿附会④。黄侃《文心雕龙札记》认为赞、祭文、铭、箴、诔、碑文、封禅诸体皆与颂相类似，有颂的因素，即受到颂的影响渗透⑤。刘永济《十四朝文学要略·赋家之旁衍》指出对问、七体、连珠、符命、吊、箴、颂、论说等体皆受到赋的影响、渗透，而原因在于赋这种文体"所包既广""为用日宏"，对其他文体的影响也就"势所必然"⑥。钱锺书《管锥编·全汉文卷一六》较集中地论述了文体互渗现象，指出破体为文现象在文体发展史上较为常见，挖掘了自南朝至明人著述中有关文体互渗的批评资料：刘勰《文心雕龙》、刘孝绰《昭明太子集序》、黄庭坚《豫章黄先生文集》、陈师道《后山诗话》、朱弁《曲洧旧闻》、项安世《项氏家说》、王若虚《文辨》、孙鑛《孙月峰先生全集》等。对"破体"一词进行了考辨，揭示了其从书法用语向文体批评用语转变的过程。认为文体互渗有着积极的意义，能增强文体的表现力，促进文体的发展⑦。周振甫《文章例话·破体》引用刘勰和钱锺书的言论，分析了一些破体为文的赋、论、记、诗名篇，认为破体

① 余恕诚《中国古代文体的异体交融与维护本色》，《文艺理论研究》2009年5期。
② 胡大雷《论中古文体的扩张、互动及非常态化》，《学术月刊》2012年9期。
③ 如郭建勋《先唐辞赋研究》（人民出版社2004年版）、王德华《东汉前期赋颂二体的互渗与散体大赋的走向》（《文学遗产》2004年4期）、李中华《楚辞的文体界定与文体渗透》（《中国楚辞学》第11辑，学苑出版社2009年版）、孙福轩《赋学与诗文理论互渗论》（《中国文学研究》2013年1期）等。
④ 刘师培著，陈引驰编校《刘师培中古文学论集》，中国社会科学出版社1997年版，第135—137页。
⑤ 黄侃《文心雕龙札记》，上海古籍出版社2000年版，第71—73页。
⑥ 刘永济《十四朝文学要略》，中华书局2007年版，第100—104页。
⑦ 钱锺书《管锥编》，中华书局1986年版，第888—897页。

起到推动新的文体产生、促进文学发展的重要作用①。

上述诸位学者关于破体的不同认识，可以说是古人关于此问题争议的延续，早自蔡邕、桓范、挚虞、谢灵运、萧子显、刘勰、刘孝绰、萧绎等都曾论及此种现象，并提出"参体""失体"等概念。唐宋时期，主尊体者有日人遍照金刚、李清照、陈师道等，重破体者有韩愈、苏轼、陈善等，围绕韩愈诗、苏轼词破体创作的论争旷日持久。至明清，既有力主本色、尊体一派，如吴讷、李东阳、胡应麟、徐师曾等，也有主破体者，如赵翼、叶燮、章学诚等。不管持论如何，背后的共同事实是，破体为文，即文体之间的互相影响、渗透是文体史上的重要现象，应引起研究者的注意。近代以至 20 世纪 70 年代末，虽然关于文体互渗的论述如上所举相当有限，但其积极意义是显然的：一则强调了文体互渗现象在文体史上普遍存在的事实；二则提示后来学者对此种现象予以重视；三则关于文体互渗意义的争论，引起了后人的持续关注。

（二）突破期（1980—2000 年）

自 20 世纪 80 年代，文体学的研究进入了一个新的时期，文体互渗的研究也进入了突破期——突破了上一个时期只是针对个别作品的感悟式、零星随机式的研究方式，开始把它作为文体史、文学史上的重要现象进行考察，探讨其发生原因、美学依据，总结其发生规律，将文体互渗和一代文学的整体面貌联系起来，上升到了一定的理论高度。

此期的研究主要集中在两点：一是对宋及以后文体互渗现象的考察，二是对文学文体互渗的关注，主要集中于诗、文、词、曲等文体，对以文为诗、以诗为词、以文为赋、以古入律等现象进行了探讨。吴承学较早也较集中地谈及宋及以后的文体互渗现象，《从破体为文看古人审美的价值取向》②一文分析了以诗为词和以词为诗、以文为诗和以诗为文等现象，论证文体存在正变高下之分，总是地位较高的文体向地位较低的文体渗透，且易于为人们所接受，取得较好的效果，创作出名篇，认为以诗为词胜于以词为诗，以文为诗胜于以诗为文等。《辨体与破体》③一文认为破体为文对文学发展具有重要意义，指出宋人破体为文取得了巨大成就，再一次以诗词的互渗为例，总结了文体互渗的规律，即总是正体、品位高的文体去改变变体、品位卑的文体。《中国古代文体风格学的历史发展》④一文更明确指出自宋代开始，进入了一个破体为文的时期。1994 年以来，童庆炳、陶东风等学者出版了"文

① 周振甫《文章例话》，中国青年出版社 1983 年版，第 213—216 页。

② 吴承学《从破体为文看古人审美的价值取向》，《学术研究》1989 年 5 期。

③ 吴承学《辨体与破体》，《文学评论》1991 年 4 期。

④ 吴承学《中国古代文体风格学的历史发展》，《中山大学学报》1993 年 1 期。

体学丛书"，把文体互渗作为文体学的一个重要现象进行了讨论。陶东风《文体演变及其文化意味》主要从文化的角度考察文体，该书第二章第四节"文类交叉和渗透"，认为各种文体之间的交叉、渗透、综合、汇通是文体演变的一条基本途径；指出中国古代关于不同文体之间关系的探讨集中在诗与文、诗与词的关系上，存在两派意见，一派主张诗与文、诗与词是截然不同、不可融通的文类，它们各有自身的文体规范，不可混淆，另一派则观点相反；梳理了唐之后文学批评家对于诗与文、诗与词互渗的认识；指出所有文体在形成和发展的过程中都得力于与其他文体的交叉和浸透①。王水照《文体丕变与宋代文学新貌》②一文举宋代以文为诗、以诗为词、以文为赋、以赋为文的例子，指出破体为文是宋代一大文学景观。探究了文体互渗的发生机制，即根源于每一文体本身所具有的既稳定保守、又变革开放的双重性，并指出文体之间的互相融摄、渗透和贯通的现象，直接影响着文学的时代面貌。作者以宏大开阔的学术视野将文体互渗的研究提高到一个非但必要而且必须的高度，启发着人们对这种现象的重视。

　　值得关注的是，上述而外，此期也有一些学者注意到宋前的文体互渗现象。程千帆《先唐文学源流论略之二》③、万光治《汉代颂赞铭箴与赋同体异用》④、曹虹《从赋体的多元特征看辩证的文体论思想之产生》⑤等文都论及赋对其他文体的影响渗透作用。钱仓水《文体分类学》第六章《文体分类的背反现象》专设三节讨论文体的交叉与互渗现象，虽多以18世纪以来世界范围内的诗歌、小说、剧本、散文的互相渗透为例，亦兼及论证文学与历史、地理、新闻、自然科学等之间都可交叉和互渗⑥，实则提醒我们文体互渗应是自文体孳乳繁多之后的一种普遍现象，而非仅发生于某个时期。

　　综合可见，此期和前期不同，研究者们多认同文体互渗在文学史上特别是宋以后的普遍存在和积极意义，并且认为其有影响一代文学风貌的重要作用。但此期相关研究成果一般将研究对象确立在宋及以后，对诗、词等文学文体互渗进行探讨。万光治、曹虹等关注赋对实用文体的渗透，则提示人们应对宋前文体互渗现象予以重视，并应将实用文体纳入研究的视野。

---

①　陶东风《文体演变及其文化意味》，云南人民出版社1994年版，第67—80页。
②　王水照《文体丕变与宋代文学新貌》，《中国文学研究》1996年4期。
③　程千帆《先唐文学源流论略之二》，《武汉师范学院学报》1981年2期。
④　万光治《汉代颂赞铭箴与赋同体异用》，《社会科学研究》1986年4期。
⑤　曹虹《从赋体的多元特征看辩证的文体论思想之产生》，《宁夏社会科学》1991年5期。
⑥　钱仓水《文体分类学》，江苏教育出版社1992年版，第145—172页。

（三）拓展期（2000 年至今）

进入 21 世纪，文体学研究进入繁荣期，钱志熙《论中国古代的文体学传统——兼论古代文学文体研究的对象与方法》①，郭英德《中国古代文体学论稿》②，吴承学、沙红兵《中国古代文体学学科论纲》③等，都强烈呼吁建立文体学学科，并提出具体设想。在这一背景下，关于文体互渗的考察，范围大大扩展，视野更为宏阔，研究更趋深入细致，进入了拓展期。

一方面沿承前期，对于文学文体，尤其是宋及以后文学文体互渗现象继续关注、探讨，但同时，所关注文体大为拓展，研究也更为深入。曾枣庄《论宋人破体为记》④《中国古典文学的尊体与破体》⑤、汪超《尊体与辨体——关于明清文人传奇发展史中一个重要现象的考察》⑥等文皆论及宋及以后的文体互渗现象，又以宋代为关注的重心，但关注文体跃出诗、词、曲之外，如曾枣庄文研究宋人以传奇为记、以赋为记、以策为记、以论为记等现象，汪超文关注明清传奇与史传、杂剧、八股、新乐府诸文体的交互等，所论及的文体在前一个时期皆未进入研究者的视野，进一步提示着宋代及以后文体互渗发生的普遍性。

更重要的是，此期的研究，一是领域明显拓宽，具体表现为向宋以前扩展，伴随而来的是开始关注文学文体与实用文体之间及实用文体之间的互渗。黄金明《汉魏晋南北朝诔碑文研究》⑦，段立超《上古"颂类"文学精神及其体类特征》⑧，吕逸新《汉代文体问题研究》⑨，李贵银《碑文与铭文、颂文及诔文的文体关系》⑩，陈玉强《南朝公文体俳谐文的文体学意义》⑪，张海鸥、谢敏玉《悼祭文的文体源流与文体形态》⑫，崔瑞萍《论汉代碑铭序文中的变体、破体现象》⑬，陈恩维《文体生态与文体变迁——以先唐

① 钱志熙《论中国古代的文体学传统——兼论古代文学文体研究的对象与方法》，《北京大学学报》2004 年 5 期。
② 郭英德《中国古代文体学论稿》，北京大学出版社 2005 年版。
③ 吴承学、沙红兵《中国古代文体学学科论纲》，《文学遗产》2005 年 1 期。
④ 曾枣庄《论宋人破体为记》，《中国典籍与文化》2007 年 2 期。
⑤ 曾枣庄《中国古典文学的尊体与破体》，《清华大学学报》2009 年 1 期。
⑥ 汪超《尊体与辨体——关于明清文人传奇发展史中一个重要现象的考察》，华东师范大学 2009 年博士学位论文。
⑦ 黄金明《汉魏晋南北朝诔碑文研究》，人民文学出版社 2005 年版。
⑧ 段立超《上古"颂类"文学精神及其体类特征》，东北师范大学 2007 年博士学位论文。
⑨ 吕逸新《汉代文体问题研究》，山东师范大学 2009 年博士学位论文。
⑩ 李贵银《碑文与铭文、颂文及诔文的文体关系》，《社会科学辑刊》2009 年 6 期。
⑪ 陈玉强《南朝公文体俳谐文的文体学意义》，《中山大学学报》2010 年 1 期。
⑫ 张海鸥、谢敏玉《悼祭文的文体源流与文体形态》，《深圳大学学报》2010 年 2 期。
⑬ 崔瑞萍《论汉代碑铭序文中的变体、破体现象》，《晋阳学刊》2011 年 4 期。

诔文为例》①，余恕诚、吴怀东《唐诗与其他文体之关系》②等著述，对自上古至唐代的文体互渗现象进行了探讨，相对集中关注汉魏六朝时期哀祭类文体之间的互渗。更多的学者则对此期的文学文体尤其是赋与其他文体的关系进行了研究，如王德华《东汉前期赋颂二体的互渗与散体大赋的走向》③，程章灿《论"碑文似赋"》④，王长华、郗文倩《汉代赋、颂二体辨析》⑤，梁复明、费振刚《论汉代颂赞铭箴与汉赋的同体异用》⑥，侯文学《汉代经学与文学》⑦，易闻晓《论汉代赋颂文体的交越互用》⑧，孙福轩《赋学与诗文理论互渗论》⑨等。亦有楚辞对其他文体渗透的研究，如曹胜高《骚体新变与汉魏文体的演进》⑩、李中华《楚辞的文体界定与文体渗透》⑪等。可见，当关于文体互渗的研究向前推至汉魏六朝时，实用文体之间及文学文体与实用文体之间的互渗现象必然引起研究者的注意，因为汉魏六朝是实用性文体大行其道的时代，此期的文体互渗很多是发生在实用文体领域，探究这些现象，对于深入研究实用文体的发展演变尤其重要。

　　二是对于文体互渗发生原因、规律与原则、美学依据等的探讨，学术视野更为宏阔，研究更趋深入。文体间的互渗，尤其是涉及实用文体时，其发生原因往往异常复杂，既有文学方面的原由，又有文化方面的因素。此期关于文体互渗的研究，因已扩展到宋以前，且多及实用文体，种种对其发生机制的探讨也颇为引人注意。强调文体互渗文学因素的，如钱志熙《再论古代文体学的内涵与方法》⑫认为纯文学与应用文学互渗来自审美的自觉；余恕诚《中国古代文体的异体交融与维护本色》⑬认为文体的交融与文体自身演进的需要、受动文体自身体制的容受程度等有关；罗宗强《我国古代文体定名的若干问题》⑭认为文体之间的互渗，既有文体产生之初，边界存在重叠的原因，也有文学发展过程中表现技巧的积累、艺术手段的多样，自然而然

①　陈恩维《文体生态与文体变迁——以先唐诔文为例》，《晋阳学刊》2013 年 2 期。
②　余恕诚、吴怀东《唐诗与其他文体之关系》，中华书局 2012 年版。
③　王德华《东汉前期赋颂二体的互渗与散体大赋的走向》，《文学遗产》2004 年 4 期。
④　程章灿《论"碑文似赋"》，《东方丛刊》2008 年 1 期。
⑤　王长华、郗文倩《汉代赋、颂二体辨析》，《文学遗产》2008 年 1 期。
⑥　梁复明、费振刚《论汉代颂赞铭箴与汉赋的同体异用》，《学术论坛》2008 年 7 期。
⑦　侯文学《汉代经学与文学》，人民出版社 2010 年版。
⑧　易闻晓《论汉代赋颂文体的交越互用》，《文学评论》2012 年 1 期。
⑨　孙福轩《赋学与诗文理论互渗论》，《中国文学研究》2013 年 1 期。
⑩　曹胜高《骚体新变与汉魏文体的演进》，《古代文明》2008 年 1 期。
⑪　李中华《楚辞的文体界定与文体渗透》，《中国楚辞学》第 11 辑，学苑出版社 2009 年版。
⑫　钱志熙《再论古代文体学的内涵与方法》，《中山大学学报》2005 年 3 期。
⑬　余恕诚《中国古代文体的异体交融与维护本色》，《文艺理论研究》2009 年 5 期。
⑭　罗宗强《我国古代文体定名的若干问题》，《中山大学学报》2009 年 3 期。

地丰富文体表现力的问题。强调文体互渗发生的文化因素的,如王德华《东汉前期赋颂二体的互渗与散体大赋的走向》①认为赋、颂二体在题材上与帝王文化的关联,以及帝王对儒家文化的提倡与实践,是两者发生互渗的主要原因;吕红光《先秦汉魏晋南北朝文体观的生成与发展》②认为国家生产生活事务的功能意义的多层面化,造成了文章类属的多视域性;张慕华《20世纪80年代以来的中国古代文体学研究》③则在总结前人关于文体形态研究的基础上,强调探寻影响文体形态变化的诸文化因素,如官方礼乐制度、宗教制度、民俗信仰等。这些研究者对于文体互渗发生原因的探讨,及于礼仪、政治制度等多方面,致力于恢复文体原生态,把文体学引向了积淀深厚的古代文化史。这种研究倾向,与文体学研究总体上强调要还原到中国古代社会特定的语体环境来考察文体的呼声相一致④。

关于文体互渗的规律,此期学者多有继续发挥,如吴承学、沙红兵《中国古代文体学学科论纲》⑤,蒋寅《中国古代文体互参中"以高行卑"的体位定势》⑥,罗宗强《寻源、辨体与文体研究的目的——读书手记》⑦等文,都曾论及。尤其值得注意的是蒋寅《中国古代文体互参中"以高行卑"的体位定势》一文,专意于文体互渗的研究、互渗规律的探讨,颇富理论高度。作者总结了文体互参的规律,即以高行卑;挖掘了以高行卑的美学依据,认为其实质是木桶原理,即作品整体的风格品位取决于体位最低的局部。但作者在文末也指出,"以高行卑"的规律,在跨文类互参之际,由于涉及文体的功能,也存在例外,其情况是相当复杂的,并不能简单地一律概之。这就提示我们,我国古代文体分类繁杂,各种文体的发展演变又与礼仪、政治、社会生活、哲学思想等密切相关,文体互渗的规律也是复杂的,我们应进一步放宽学术视野,进行更细致深入的研究。

及于实用文体互渗规律的探讨时,尤其值得注意的是一些学者从文体

① 王德华《东汉前期赋颂二体的互渗与散体大赋的走向》,《文学遗产》2004年4期。
② 吕红光《先秦汉魏晋南北朝文体观的生成与发展》,浙江大学2010年博士学位论文。
③ 张慕华《20世纪80年代以来的中国古代文体学研究》,《文史哲》2013年4期。
④ 如吴承学《中国文体学:回归本土与本体的研究》(《学术研究》2010年5期)一文就指出,文体谱系与礼乐制度、政治制度有密切关系,探讨文体应与中国这些特有的历史文化结合起来,对于文体学的研究有高屋建瓴的意义。该作者的《中国古代文体学研究》(人民出版社2010年版)一书,更是立足于回归本土化和本体性这一原则,在中国古代文体学发展史的具体语境中,对古代文体形态、文体史料、语言形式等问题进行了深入论析。
⑤ 吴承学、沙红兵《中国古代文体学学科论纲》,《文学遗产》2005年1期。
⑥ 蒋寅《中国古代文体互参中"以高行卑"的体位定势》,《中国社会科学》2008年5期。
⑦ 罗宗强《寻源、辨体与文体研究的目的——读书手记》,《学术研究》2012年4期。

功能及文体价值序列角度的研究,如王长华、郗文倩《中国古代文体的价值序列》①、郗文倩《中国古代文体功能研究论纲》②等文认为中国古代文体很早就形成了一个与礼仪制度、意识形态密切相关的价值序列,众多文体因自身不同的社会功能分列于不同的位置,乃至有尊高卑下的社会等级,处于较卑地位的文体总是努力攀附较高地位的文体。丁晓昌《试论公文文体演变的基本模式和主要方式》③亦以文体"功能"为依据,集中探讨了实用文体的演变。

　　除上述外,还应注意到两点:一是少数研究者已把文体史上的互渗现象作为一个整体进行了理论考察。胡大雷《论中古文体的扩张、互动及非常态化》④一文专述中古时期的文体互渗,指出此期中国古代文体进入了成熟期,文体的扩张及非常态情况尤为突出,文体互渗现象大量存在,并进行了举证,诸如文体由此学科向彼学科的扩张,形成了玄言赋、玄言诗等;文学文体对其他文体产生影响,如宫体诗对赋、连珠、表、书、启、铭等,赋对符命、论说、哀吊、箴、铭、颂、赞等;文体部分扩张导致新文体如序、连珠等的产生,且如诗、骚、赋在三体的扩张中通过写作方法的互动而各有所得。并总结了文体扩张的文学史意义在于表述了"文"脱离实用性的愿望,展示了"以能文为本"的力量,体现了中古文风对"新变"的追求。王澍《文体浑成论与巨型文体说》⑤一文指出我国文学文体的发展经历了从单纯文体至浑成文体再至巨型文体的发展过程。其中,巨型文体往往是"黑洞"文体,它几乎可以囊括一切已有文体(包括非文学文体)。巨型文体也是不断更新换代的,中国文学史上,赋、戏剧、长篇小说都是巨型文体,但文学处在不断的发展中,没有终结式的巨型文体。二是有学者注意到对文体互渗批评资料的挖掘,如马建智《中国古代文体分类理论研究》⑥、徐宝余《中古文学新变的触发机制》⑦、顾农《刘勰的文体论》⑧等都细致搜集、分析论述了刘勰《文心雕龙》关于文体互渗的言论和认识。

　　综观上述,与中国古代乃至 20 世纪 80 年代前人们对文体互渗现象的

①　王长华、郗文倩《中国古代文体的价值序列》,《文学遗产》2007 年 2 期。
②　郗文倩《中国古代文体功能研究论纲》,《福建师范大学学报》2010 年 6 期。
③　丁晓昌《试论公文文体演变的基本模式和主要方式》,《南京师范大学文学院学报》2006 年 4 期。
④　胡大雷《论中古文体的扩张、互动及非常态化》,《学术月刊》2012 年 9 期。
⑤　王澍《文体浑成论与巨型文体说》,《广西社会科学》2013 年 8 期。
⑥　马建智《中国古代文体分类理论研究》,四川大学 2005 年博士学位论文。
⑦　徐宝余《中古文学新变的触发机制》,《中国文学研究》2009 年 4 期。
⑧　顾农《刘勰的文体论》,《阜阳师范学院学报》2009 年 6 期。

认识一直存在肯定与否定的争议不同,近三十余年来,人们对其积极意义是一致认同的,随着研究的拓展与深入,文体互渗是贯穿文体史的一种普遍存在和必然现象也成为一种共识。这些是我们对文体互渗进行全面、系统研究的基础和动力。

总体来说,经历上述三个时期,关于文体互渗的研究已取得了不小成绩,对这个问题的认识也处在不断地拓展、深入当中,呈现了良好的研究态势,但也还存在一些问题:一是虽然研究对象有所拓展,但还基本集中在宋及以后的文体和文学文体领域,对汉魏六朝时期文体尤其是实用文体之间互渗的探讨,显得零星、随机,缺少自觉、细致而全面的追溯,更缺少对造成它们发生的历史语境的深入探求,致使很多文体面目模糊、立体感不强;二是文体互渗相关资料有待深入挖掘。虽已有学者指出文体的交叉互渗、发展演变受到诸多文化因素的影响,但进行研究时所用的资料多限于文本、古代文论专著、诗文评中的文体资料,还未扩及诸如类书、字书、史书、地理学著作等文献;三是虽然已意识到“文体”是一个多层次的、含义复杂的概念,但关于文体互渗的研究,往往指向文体风格,实有进一步丰富的必要。特别是实用文体的互渗实际和文体功能有更密切的关系,尤应注意。

基于上述事实,我们选择汉魏六朝时期实用文体之间的互渗作为研究对象,并考察与之相关的实用文体和文学文体之间的互动关系,试图作出系统、全面的研究。

四

研究文体互渗,是讨论文体与文体之间横向影响、渗透的关系。文体之间横向关系的发生,有一定规律,其中重要一条就是,总是处于强势地位的文体影响、渗透于其他文体。基于此,本书提出了“强势文体”的概念,这是本书的基础与核心概念之一。

所谓强势文体,一指流行程度高、创作数量多、优秀作家作品多的文体,它们的影响力自然也大。如赋体,在汉魏六朝时期一直倍受关注,作品数量既多,历朝都有名家名篇,这种强势地位促使它不断地向其他文体渗透,对颂、赞、箴、铭、碑、论等多种实用文体从表现手法到体式,甚至题材内容都产生了影响。又如书体,产生既早,汉代已多有名篇,至建安时期更进入发展的高峰时期,一直至南朝创作皆盛而不衰。《文选》选录 39 种文体,“书”体选文自西汉至南朝萧梁共 22 篇,是除赋、诗二体外,收录作品最多的文体。

二指与第一点相关,得到批评家更多关注的文体。如赋体,是汉魏六朝批评家最关注的文体之一,早在西汉时期,扬雄就有“诗人之赋丽以则,辞人之赋丽以淫"之论①，后班固《两都赋序》、皇甫谧《三都赋序》都可看作对于这种文体的专论。《文心雕龙》论文体二十篇，论诗之后即列专论赋的《诠赋》篇。《文选》更是将"赋"体列于篇首，以近十九卷的篇幅收录赋作。其他如挚虞《文章流别论》、陆机《文赋》、陆云《与兄平原书》等文论篇目都将赋作为最重要的文体之一进行论述。"书"体在建安时期优秀作家作品颇多，亦引起了批评家的关注，评论者多称扬建安作家擅长书信创作，如曹丕《与吴质书》、《三国志·王粲传》注引《文章叙录》、《文心雕龙·书记》等皆有相关言论。

　　三指处于更受尊重地位的文体。实用文体的首要目的在于应用于实际，这也注定了因它们在现实中的重要性和应用场合而导致的尊卑不同。汉魏六朝时期处于尊位的实用文体，是那些受礼乐制度约束最为严格，且往往施用于地位尊贵者的文体，如颂、铭、哀策等，还包括与礼制保持密切关系，又展示昭显尊卑的社会等级的诏、令、章、表、奏、议等体。这是因为，"它们不仅是为了方便文化信息的记录、传播、保存和整理，而且包含了诸多文化权利运作的考虑。统治体系控制其创作、书写、宣读、保存的权利，把持其思想文化的生存和发展，同时，也掌握着辐射政教思想文化的制控权。所以，那些由礼乐行为、政治制度衍生而来的文体，就顺理成章地在文体序列中获得了特权，赢得了普遍的尊重"②。继之则是那些多被普通人利用，在日常生活中发挥实际作用的文体，如诔③、哀辞、吊文、祭文、赞、书、论、启等。往往是上列第一类文体影响第二类文体。如哀策用于皇帝、后妃、太子迁梓宫和薨逝时，目的在于赠赐，它和典制之诔在功能上有一定的相似之处，诔以赐谥，哀策以书赠，两者都有给死者评价的意思。由于哀策被统治者所提倡强调，渐渐对典制之诔产生影响，最主要的表现就是，典制之诔中出现了对葬仪进行描写、借葬仪写哀的内容。又如赞，东汉前期的诸种赞文，如像赞、婚物赞、史赞等，虽用于不同的场合和对象，但都依附于其他事物或文字，起到辅助、说明的作用。然而，在颂的影响下，在东汉的颂美风潮中，赞的文体性质发生了转变，由附于它物的辅助、说明转为赞美。

　　四是更合时代潮流的文体。魏晋南北朝时期，由于各家学术、学说的发展，论辩的风气空前兴盛，"论"成为强势文体，它向"书"体渗透，人们经常

---

①　（汉）扬雄撰，汪荣宝义疏《法言义疏》，中华书局 1997 年版，第 50 页。

②　王长华、郗文倩《中国古代文体的价值序列》，第 136 页。

③　这种文体因礼制的需要而产生，且在发展的最初阶段仅施于身份地位高贵者，遵从"贱不诔贵，幼不诔长"的规定，但在这一发展阶段，并未产生代表此体成就的作品。后来诔体发生了较大的转变，施用对象也极大扩张，多用于普通人，故归为第二类。

采用书疏往返的方式进行论辨，"书"体说理、议论的功用获得较大发展。又如，在东汉的颂美风潮中，颂是最合时代潮流的文体，所以正是在东汉时期，它向赞、碑文等多种文体渗透，促使后者性质转变或发展演变。

五是在同一文类中，产生较早且较早形成了稳定特征的文体。如哀祭类文体，包含诔、哀策、哀辞、吊文、祭文等数种与亡者相关的文体。其中，"诔"体产生较早，且较早形成了稳定的文体特征。该体最初为定谥的需要而作，是国家的一项重要礼制，周以前，只适用于国君、诸侯、卿大夫这些地位高贵者，至周衰之时，始下及于士。它事实上只是官方的特权，并不用于普通百姓，要遵循"贱不诔贵，幼不诔长"的规定①。诔的历史源远流长，今可知产生较早的有鲁庄公之诔卜国和县贲父，今存较早的有鲁哀公的《孔子诔》。至东汉，诔形成了区别于其他文体的稳定的文体模式。东汉诔文基本皆是以官方名义发出的官诔，一定程度上符合诔的礼制要求，采取四言韵文的体式，先述德、后序哀，以述德为主、序哀为辅，且序理性的群体之哀。此期，作诔者也较多，《后汉书》就著录桓谭、冯衍等近三十人皆作有诔文，且产生了一些有影响的篇章，如崔瑗《和帝诔》、苏顺《和帝诔》、傅毅《北海王诔》等。在哀祭类数种文体中，诔有更大的影响力，与哀辞、哀策等发生关系，影响着二体的演进。

具有上述内涵的强势文体，又有以下几个特性：

一是相对性。所谓"强势"，总是相对的，是在与其他文体的比较中得出的。如"书"体，是汉魏六朝时期的强势文体，对周围文体产生影响、辐射作用。它不仅在建安时期向笺渗透，促进了私笺的衍生，也在南朝时期，影响于启，促进了用于私人交流的谢物小启的衍生，从而改变了这两种文体的发展轨道。然而，相较于"书"体，魏晋南北朝时期"论"是更为强势的文体。彼时人们创作子书以求不朽，子书大多是由单篇论体文组成，是单篇论体文的汇集。这些单篇论文之间，或有着某种联系，或言说不同的问题，多可独立成篇。"论"由此成为"立言"以求不朽的文体，自然非常受重视，在人们心目中写作论说性文字最能表现一个人的才具识力，并对当时、后世产生影响，使作者传世不朽，其地位自然是"书"体无法比拟的。加之儒、玄、佛思想的发展，论辨风气的盛行等，都使"论"体的地位凸显。作为更强势的文体，"论"向"书"体渗透，与其发生交叉、融合，让"书"为论辨服务，使彼时的思想文化有了更多样化的载体。

---

① （东汉）郑玄注，（唐）孔颖达正义《礼记正义》，（清）阮元校刻《十三经注疏》，中华书局1980年版，第1398页。

魏晋南北朝时期，"书"虽已是强势文体，但与"论"相较，后者是更为强势的文体。相对性，是我们所谓强势文体的重要特性。在不同的文类中，往往都有更为强势的文体，如书牍类文体中，书比笺强势；颂赞类文体中，颂比赞更强势；哀祭类文体中，诔强势于哀辞、哀策等。

二是时代性。一些文体自产生后，几乎在所有的时代都受重视，创作量大，优秀作品多，如诗。但这样的文体不多，更多的文体，只是在某些或某个时期最受重视，流行程度高，优秀作家作品多，最典型者如赋。时代性，是强势文体的又一重要特性。实用文体如"颂"，在东汉流行程度高，参与作家多，产生作品多，且更受批评家重视，相对于归于同一文类的"赞"体，在彼时是一种强势文体。我们称某种文体为强势文体，一定是就某些或某个特定的历史时期而言。

三是往往影响其他文体。强势文体一方面作为独立的文体存在，另一方面往往影响其他文体，改变其他文体的演进过程，这也正是其"强势性"的重要意义所在。钱锺书先生在《管锥编》中就言及汉赋影响于论体文①。"论"体在汉代创作量并不算太少，也多有名篇，但"赋"作为汉代文学的代表样式，是彼时当之无愧的强势文体，影响、渗透于"论"体，增强了论体文的文学性。黄侃《文心雕龙札记》则论及"颂"体影响于其他文体，使若赞、祭文、铭、箴、诔、碑文、封禅等体，都具有纪功颂德的功能、颂美的意义②。强势文体对其他文体的影响、渗透，是本书研究的重要对象。

"强势文体"是本书提出的重要概念，借之能够说明文体发展过程中的横向影响与渗透关系，探究文体之间横向影响与互渗的规律。

五

汉魏六朝是我国文学批评逐渐发展，并终达高峰的时期。此期丰富的文学批评著述对诸多文学现象进行了讨论，发表了精妙的意见和看法，对后世产生了深远的影响。尤其值得关注的是，它们非常重视对文体的探究，既有如《典论·论文》这样的文学批评著述，首次将多种文体放在一起探讨；又有如《文章流别论》《翰林论》这样伴随总集产生而致力于探索文体的专述；更有如《文心雕龙》这样的文学批评巨著专设近一半的篇幅讨论时存各种文体；还有如《文选》这样影响深远的总集，细致分体选文；再有如《文章缘起》这样的文体学专著为各种文体溯源。这些文学批评著述和总集在讨论文体

---

① 钱锺书《管锥编》，第888—889页。
② 黄侃《文心雕龙札记》，第72页。

时也已注意到了文体互渗的事实,尤其是《文心雕龙》和《文选》,前者提出如"参体""变体""谬体""讹体"等概念,相对系统地论述了文体互渗现象;后者通过设体选文,反映了萧统接受由文体互渗造成的文体演变的事实。研究汉魏六朝的文体互渗,必须首先重视时人的认识和评价。

　　作为文学的创造者、推动文学发展的智力因素和情感力量,作家个人在文学史上的作用不容忽视。作家个人的文学才能、素养、思想、追求,对于推动文学史、各种文体的发展无疑是最重要的力量。汉魏六朝时期一些富有创新精神的作家,在多种文体的发展上作出了巨大贡献。他们兼善多种实用文体,创作中往往突破文体固有模式的束缚,力求新变。他们的创作中,文体互渗现象表现得尤为突出。研究文体学成就突出、创作中文体互渗现象表现典型的作家,对于认识文体互渗于文学史和文体发展的作用和意义,尤其有益。故本书设专章取汉魏六朝时期不同历史阶段创作中文体互渗现象表现典型的作家,进行探索。

　　汉魏六朝是文体演化的高峰时期,实用文体异常活跃。在以往的研究中,文学文体是被关注的主流,但不可否认的事实是,实用文体才是构成文体类别的主要部分,如《文心雕龙》和《文选》所各评录的三十余种文体,除诗、赋、骚、七外,其余多可归入实用文体之列。在创作数量上,自然实用文体相较于文学文体也占有优势。文体互渗也更多、更集中地发生于实用文体领域。本书将汉魏六朝实用文体互渗现象作为一个整体进行系统研究,但为了更全面地考察实用文体,也要关注对实用文体影响较大的文学文体主要是诗、赋和实用文体之间的关系。实用文体成为本书关注的中心,这是对以往文体研究只注重文学文体的一种纠偏。毫无疑问,文体互渗更多发生在属于同一文类的、功能性质更为相近的文体之间,但同时,分属于不同文类的文体也会因各种机缘发生联系。本书将属于同一文类的实用文体之间的互渗作为考察重点,但也将分属不同文类的实用文体之间的互渗作为重要考察对象。同时兼及文学文体主要是诗、赋对实用文体影响、渗透的探讨。

　　但需要说明的是,汉魏六朝时期活跃的实用文体,数量是庞大的,很多文体之间的联系也是细致而微妙的,情况颇为复杂。本书重点选取给文体的发展带来根本性改变或产生重大影响的互渗现象,或者表现出重要的文学史及文体史意义者,包括发生在同一文类的实用文体之间的互渗,如同属哀祭类文体的哀策与诔、吊文与祭文之间,同属书牍类文体的书与笺之间,同属颂赞类文体的颂与赞之间;以及发生在分属不同文类的实用文体之间的互渗,如属于哀祭类文体的诔文与属于碑志类文体的碑文之间,属于论辨类文体的论与属于书牍类文体的书之间,并议及受不同文类数种文体影响的启等。本书还研究了文学文体对实用文体的渗透,彼时主要是诗、赋对一些实用文体产生影响,具体为诗歌题材内容影响于实用文体,四言诗体对颂、赞、箴、铭、诔、碑的渗透,赋向颂、赞、箴、铭、碑、论等体的渗透。本书试图以点代面,通过研究上列文体互渗现象,探求汉魏六朝实用文体互渗发生的原因、美学依据,总结其发生规律,阐述其文学史及文体史意义与影响。

可注意的是,汉魏六朝文体史上还活跃着一些复合了两种或多种文体的要素而形成的独立文体——"复合型文体",它们的文体属性由多重要素来描述,最为典型地体现出文体之间的联动关系,反映着文体互渗的事实。设论、俳谐文等是典型代表,它们虽不能归入实用文体之列,但都结合了实用文体的特征。

第一章 汉魏六朝人对文体互渗的认识

刘师培有言:"文章各体,至东汉而大备。"①随着文学的发展,创作的丰富,文体也渐孳乳繁多,至东汉已然荦荦大观。徐师曾曾言:"文愈盛,故类愈增;类愈增,故体愈众;体愈众,故辨当愈严。"②文体的孳乳繁多,对文体辨析提出了更高的要求,换言之,文体越增加,功能性质相近的文体也就越多,文体之间相混、相互影响、渗透的情况也就越多。实则,自汉代始,人们已经开始认识到各种文体之间交叉、互渗的关系,并发表了一些见解,除《文心雕龙》《文选》外,这些见解虽然零星,但因早出,因而有了特别的意义;《文心雕龙》的认识则已相对系统,是其文体论的重要组成部分;《文选》设体选文,比较集中地反映了萧统对该问题的态度。研究汉魏六朝时期的文体互渗,应先梳理时人的相关言论。

第一节 汉魏六朝人眼中的文体互渗

汉魏六朝时期较早对文体互渗现象发表言论的是蔡邕,后一直到南朝如萧纲、萧绎等对此一现象都有所认识。

蔡邕在诸多文体的创作上都取得了较高成就,《后汉书·蔡邕传》载:"(蔡邕)所著诗、赋、碑、诔、铭、赞、连珠、箴、吊、论议,《独断》《劝学》《释诲》《叙乐》《女训》《篆艺》、祝文、章表、书记,凡百四篇,传于世。"③蔡邕的创作遍涉当时流行文体。其《独断》一书对与政治相关的文体如章、表、奏、驳议等都进行了理论概括,在文体史上具有重要意义。这样的文体创作

---

① 刘师培《中国中古文学史讲义》,上海古籍出版社 2000 年版,第 20 页。
② (明)吴讷、(明)徐师曾《文章辨体序说 文体明辨序说》,第 78 页。
③ (南朝宋)范晔《后汉书》,中华书局 1965 年版,第 2007 页。

经验和理论基础,使他较早就敏锐意识到了人们对某些相近文体认识的相混和模糊,《独断》论及"戒书"言:"戒书,戒敕刺史、太守及三边营官。被敕,文曰'有诏敕某官',是为戒敕也。世皆名此为策书,失之远矣。"①人们分辨不清策书和戒书,蔡邕深以为恨。实际上,主要用于戒敕地方官的戒书和用于册封王侯的策书,文体性质和功能都较为接近,《文心雕龙》即将这两种文体放在同一篇目——《诏策》中论述,称:"皇帝御宇,其言也神。渊嘿黼扆,而响盈四表,唯诏策乎! 昔轩辕、唐、虞,同称为命。命之为义,制性之本也。"②"汉初定仪则,则命有四品:一曰策书,二曰制书,三曰诏书,四曰戒敕。敕戒州部,诏诰百官,制施赦命,策封王侯。"③两者都是皇帝所下的命令,到西汉初年的时候,才因施用对象的不同,有所分别。人们的混淆,正因二体的相近。

蔡邕之后,关注文体之间关系的批评家渐多,并分不同层次发表了对此问题的认识,上升到了一定的理论高度。

首先,认识到一些文体性质的相近。如建安七子之一的刘桢曾将诔与铭两体并论,称:"诔所以昭行也,铭所以旌德也。"④此处刘桢所谓铭,指的应是碑铭,他看到诔和碑铭都有昭德纪功的作用,试图对二者进行辨析区别。又如本书引言所论及曹丕《典论·论文》、陆机《文赋》、范晔《后汉书》等,在论述或著录文体时,皆是将功能、性质更为接近的文体排列在一起。后至萧梁,刘孝绰作《昭明太子集序》,有言:"孟坚之颂,尚有似赞之讥;士衡之碑,犹闻类赋之贬。"⑤颂、赞二体性质功能多有交叉重叠,都具颂扬赞美之意,《文心雕龙》亦将二体列为《颂赞》一篇论述。但碑和赋本是两种性质、功能相差较远的文体,然碑文要述亡者功德,渐重铺叙,或受到赋体的影响。刘孝绰所言可见,即使如班固、陆机这样的一流大作家,对于文体的区分把握也是有瑕疵的,原因在于这些文体之间本来就存在交叉互渗的关系,在某个方面或整体上呈现出相近或相似性。萧绎亦言及:"班固硕学,尚云赞颂相似;陆机钩深,犹闻碑铭如一。"⑥可与刘孝绰言论相印证。

其次,认识到一些文体之间存在源流关系。挚虞的《文章流别论》是西晋时期颇为重要的文体论著作,惜已残缺。今存佚文中,有数条是从梳理文

①　(东汉)蔡邕《独断》,台湾商务印书馆影印文渊阁四库全书本。
②　(梁)刘勰著,詹锳义证《文心雕龙义证》,第724页。
③　(梁)刘勰著,詹锳义证《文心雕龙义证》,第730页。
④　(三国)刘桢《处士国文甫碑》,俞绍初辑校《建安七子集》,中华书局2005年版,第209页。
⑤　(梁)刘孝绰《昭明太子集序》,(清)严可均《全梁文》,《全上古三代秦汉三国六朝文》,中华书局1958年版,第3312页。
⑥　(梁)萧绎《内典碑铭集林序》,(清)严可均《全梁文》,第3053页。

体之间关系入手论述文体的:

> 哀辞者,诔之流也。崔瑷、苏顺、马融等为之,率以施于童殇夭折、不以寿终者。建安中,文帝与临淄侯各失稚子,命徐幹、刘桢等为之哀辞。哀辞之体,以哀痛为主,缘以叹息之辞。
>
> 今所□哀策者,古诔之义。①

哀辞和哀策都是针对亡者的文体,为抒发哀情而作。但施用对象不同,前者用于童殇夭折、不以寿终者,后者用于皇室成员,指向的是两个特殊的群体。挚虞认为这两种文体实都是"诔"体的支流,从诔中分化而出。哀辞与诔的特殊关系,当时其他人实也言及,如孙楚《和氏外孙小同哀文》云:"秒末婴孩,安足称诔? 大人达观,同之一揆。"②孩童幼小,无功德可纪,不足称诔,故特用"哀辞"。当今学者言及哀辞与诔两体的关系,亦称:"很显然,年幼者德业未成,其夭亡不属于诔的对象。诔文表达对象的这种限制,激发了被限制对象(年幼夭折者)有一种相类似的形式以满足表达的需要,哀辞适应这种需要而诞生。哀辞是一种补缺的文体,诔与哀辞的对象相反而合在一起又恰构成了一个整体,便是证明。"③认为哀辞乃诔之流,因特殊群体的需要而生,属诔的补缺文体。"哀策"同样起着补缺的作用,专门针对皇室成员,是封建社会严格的等级制度在文体上的表现与反映。

再次,以前两种认识为前提,讨论了文体互渗、破体为文现象。文体互渗往往发生在有一定关系的文体之间,这种关系可以是文体性质的相近,也可以是源流上的联系等。桓范较集中地论述了数种文体的破体现象,其《世要论·赞象》云:"夫赞象之所作,所以昭述勋德,思咏政惠,此盖《诗》颂之末流矣。宜由上而兴,非专下而作也。世考之导,实有勋绩。惠利加于百姓,遗爱留于民庶,宜请于国,当录于史官,载于竹帛。上章君将之德,下宣

---

① (西晋)挚虞《文章流别论》,(清)严可均《全晋文》,第 1906 页。《文章流别论》还言:"赋者,敷陈之称。古诗之流也。"(严可均《全晋文》,第 1905 页)论及赋和诗的关系,认为赋是源于《诗经》的文体。这自然已不是什么新鲜的观念,如班固在《两都赋序》的开头即已言及:"或曰,赋者古诗之流也。"(萧统编,李善注《文选》,第 21 页)《诗经》之"赋",作为"六义"之一,指的是一种铺陈的表达方式,与作为一种文体的"赋"性质是不一样的,但又有关系,即作为一种文体,赋之所以称赋,是因为它主要用铺陈的手法。班固与挚虞称赋体源于《诗经》,实际更多是受到宗经观念的影响,这种观念后来在《文心雕龙》中得到集大成式的表现,刘勰同样指出赋"六义附庸,蔚为大国"(刘勰著,詹锳义证《文心雕龙义证》,第 277 页)。萧统亦云:"古诗之体,今则全取赋名。"(萧统《文选序》,萧统编,李善注《文选》,第 1 页)这些表达,更多指向的是一种宗经观念,而非专言诗、赋两大文体的关系,故不在正文中讨论。

② (西晋)孙楚《和氏外孙小同哀文》,(清)严可均《全晋文》,第 1804 页。

③ 黄金明《汉魏晋南北朝诔碑文研究》,第 166 页。

臣吏之忠。若言不足纪,事不足述,虚而为盈,亡而为有,此圣人之所疾,庶几之所耻也。"①桓范认为赞象之体源于《诗》颂,功用在于歌功颂德。在他看来,这种文体应由官方发出,用于那些于国家、百姓有功之人,而不应像当今之世,所施非人,被用于并无功德可纪者。这实际是指责当世赞象不符合该体体制规范,功用发生偏移,这是受外界环境和其他文体影响的结果。又《世要论·铭诔》篇言:"夫渝世富贵,乘时要世,爵以赂至,官以贿成。视常侍黄门,宾客假其气势,以致公卿牧守。所在宰苞,无清惠之政,而有饕餮之害;为臣无忠诚之行,而有奸欺之罪,背正向邪,附下②罔下,此乃绳墨之所加,流放之所弃。而门生故吏,合集财货,刊石纪功,称述勋德。高邈伊、周,下陵管、晏;远追豹、产,近逾黄、邵。势重者称美,财富者文丽。后人相踵,称以为义。外若赞善,内为己发,上下相效,竞以为荣。其流之弊,乃至于此,欺曜当时,疑误后世,罪莫大焉。且夫赏生以爵禄,荣死以诔谥,是人主权柄,而汉世不禁,使私称与王命争流,臣子与君上俱用,善恶无章,得失无效,岂不误哉!"③诔是一种表彰亡者德行的文体:"诔者,累也;累其德行,旌之不朽也。夏商已前,其词靡闻。周虽有诔,未被于士。又贱不诔贵,幼不诔长,其在万乘,则称天以诔之。读诔定谥,其节文大矣。"④诔文之作本为定谥之需,这一文体在产生发展之初,受礼制的规范和制约,如只能由官方发出,施于贵族阶层,要遵循地位高者施于地位低者、年长者施于年幼者的规定,更重要的是只能施于有德者。但据桓范所述,到了曹魏之时,诔文的创作显然出现了很多不合规定的现象,如并不施于道德高尚者,所称述与诔主功德不合,私自作诔等。这些现象的出现,一则由于社会风气的影响,再则是受到相关文体的影响,诔已不复旧式。《世要论》本不为论文而作,上举《赞象》《铭诔》等篇,更多的是抨击现实的愤激,但客观上却论述了当时流行的文体,指出了这些文体发展过程中的破体现象。

　　文体总是处于不断发展演变的过程中,破体为文、接受其他文体的影响渗透,是许多文体发展中不可避免的现象,萧子显所谓"若无新变,不能代雄"⑤,论文体也同样适用。南朝人追求新变是一种风气,南朝也有作家主动追求文体的新变,最典型的是张融。张融是一个在思想、行为、文章等各个方面都有特异追求,且积极践行的人。他的诗,锺嵘《诗品》评云:"思光

---

①　(三国)桓范《世要论》,(清)严可均《全三国文》,第1263页。

②　"下"字疑应为"上"。

③　(三国)桓范《世要论》,(清)严可均《全三国文》,第1263页。

④　(梁)刘勰著,詹锳义证《文心雕龙义证》,第427页。

⑤　(梁)萧子显《南齐书》,中华书局1972年版,第908页。

诗缓诞放纵，有乖文体。"①他的《海赋》，《南齐书·张融传》评为"文辞诡激，独与众异"②。他在临终前，戒其子有云："吾文体英绝，变而屡奇，既不能远至汉魏，故无取嗟晋宋。"③他既不向汉魏文章学习，也无取晋宋，追求的是"奇"，是突破文体的常规，他曾言：

> 吾文章之体，多为世人所惊，汝可师耳以心，不可使耳为心师也。夫文岂有常体，但以有体为常，政当使常有其体。丈夫当删《诗》《书》，制礼乐，何至因循寄人篱下？且中代之文，道体阙变，尺寸相资，弥缝旧物。吾之文章，体亦何异，何尝颠温凉而错寒暑，综哀乐而横歌哭哉？政以属辞多出，比事不羁，不阡不陌，非途非路耳。然其传音振逸，鸣节竦韵，或当未极，亦已极其所矣。汝若复别得体者，吾不拘也。吾义亦如文，造次乘我，颠沛非物。吾无师无友，不文不句，颇有孤神独逸耳。义之为用，将使性入清波，尘洗犹沐。无得钓声同利，举价如高，俾是道场，险成军路。④

张融之文章，之所以"多为世人所惊"，是因为"属辞多出，比事不羁"，即辞藻丰富，譬喻奇特，从而"不阡不陌，非途非路"，不同于常人。另外，他还追求"传音振逸，鸣节竦韵"，即音节讽诵上的详雅、和谐，通而不滞，自然而无繁琐限制，这显然与讲求"四声八病"的永明体颇有出入。而张融时当永明体风行之际，他对自己在音韵上特异流俗的追求的强调，乃是有意高自标榜。同时，张融还强调自己文章未尝"颠温凉而错寒暑，综哀乐而横歌哭"，即与人之常理、常情是不相违背的。他所追求的异，主要表现在文章的词藻、比事、音韵等方面，而这些皆是构成文体风格的重要因素。也就是说，张融所谓"文岂有常体，但以有体为常，政当使常有其体"，更多指向的应是文章的体貌风格。他认为文章并没有固定的风格体式，每一个创作者都应养成自我独特的风貌。强调突破文体常规，进行富有个性的创作。他追求的是风格体式上的破体、向他体学习，实代表着南朝人求新求异的一面。

不唯张融，南朝的诸多创作确实都讲求突破文体之间的界限，追求不一样的体貌风格，萧纲就曾言及这种现象："未闻吟咏情性，反拟《内则》之篇；操笔写志，更摹《酒诰》之作。'迟迟春日'，翻学《归藏》；'湛湛江水'，遂同

---

① （西晋）陆机、（梁）钟嵘著，杨明译注《文赋诗品译注》，上海古籍出版社 1999 年版，第 111 页。
② （梁）萧子显《南齐书》，第 725 页。
③ （梁）萧子显《南齐书》，第 729 页。
④ （梁）萧子显《南齐书》，第 729 页。

《大传》。"①本为抒情言志的文体,却去学习经书,萧纲是反对的。但时人也往往以能突破文体规范,兼取他体为荣,《梁书·萧子显传》载萧子显云:"少来所为诗赋,则《鸿序》一作,体兼众制,文备多方,颇为好事所传,故虚声易远。"②反映的是,破体为文,创作时吸收其他文体的特征是当时一些作家的追求。即如当时笔体大家任昉,时人也有"文体本疏"之谓③,他的多体创作都有破体为文的事实。而这样的做法,实则在西晋时已被人注意,挚虞《文章流别论》有云:"若马融《广成》《上林》之属,纯为今赋之体,而谓之颂,失之远矣。"④与萧子显不同,挚虞更看重的是文体的体制规范,并不赞成学习借鉴其他文体。

可以看到,汉魏六朝时期,人们对文体之间的关系已经进行了一些讨论,已注意对一些性质相近的文体进行比较辨析,对于一些文体的源流关系已有一定认识,进而对于文体互渗、破体为文现象也有了关注和探讨。虽然讨论的还很有限,但也有一些批评者如桓范、挚虞、张融等的认识相对集中。

第二节　《文心雕龙》的文体互渗观

居于"集大成"地位的文学批评巨著《文心雕龙》,较之上节所列诸作,相对系统地表达了文体互渗观念。这一点吴承学先生早在 20 世纪 90 年代就已指出,其《辨体与破体》一文认为《文心雕龙》对破体的论述已达到一定理论高度:"刘勰既承认文体的相参,又强调文体的本色,辩证地论述了文体风格的多样化与统一性,很有理论意义。"⑤继之王水照先生亦称:"《通变》篇更提出了'夫设文之体有常,变文之数无方',确立了文体的有常有变、相反相成、缺一不可的重要观点。"⑥值得注意的是,两位学者实都提及《文心雕龙》中和"破体"辩证相依、相反相成的另一个概念——"辨体",这是中国文学批评史上的重要范畴,表现出刘勰对文体体制规范的重视,和对文体之间界域的把握。要客观、全面认识刘勰的文体互渗观,必须参照其辨体观。

---

① （梁）萧纲《与湘东王书》,（清）严可均《全梁文》,第 3011 页。
② （唐）姚思廉《梁书》,中华书局 1973 年版,第 512 页。
③ （唐）李百药《北齐书》,中华书局 1972 年版,第 492 页。
④ （西晋）挚虞《文章流别论》,（清）严可均《全晋文》,第 1905 页。
⑤ 吴承学《辨体与破体》,《文学评论》1991 年 4 期。
⑥ 王水照《宋代文学通论》,河南大学出版社 1997 年版,第 63 页。

一、刘勰最重辨体

刘勰最为重视各种文体的体制规范。《文心雕龙》自《明诗》至《书记》二十篇,按照"原始以表末,释名以章义,选文以定篇,敷理以举统"的方法细致论述了三十余种文体①,对每一种文体从命名、发展渊流,到代表作家作品,至体制规范进行了一一梳理:"在刘勰看来,每一种文体都有其相应的体制要求,应该写什么,应该怎样写,都有其历史的传承性和现实的必然性,一旦超出这个格式,便不成其为此一种文体了。"②加之他又每每把性质相近的两种文体放在一篇论述,既指出其同,又细辨其异,辨体批评的意味就更明确了。

刘勰强调辨体,称"童子雕琢,必先雅制"③,"才童学文,宜正体制"④,"规略文统,宜宏大体"⑤,"构位之始,宜明大体"⑥,"文场笔苑,有术有门。务先大体,鉴必穷源"⑦,不论是学习作文,还是进行创作,抑或鉴赏批评,都应从文体的体制规范入手。《熔裁》篇云:"是以草创鸿笔,先标三准。履端于始,则设情以位体;举正于中,则酌事以取类;归余于终,则撮辞以举要。"⑧写作的第一步,就是根据作者感情抒发的需要选择合适的体裁。《知音》篇云:"是以将阅文情,先标六观:一观位体,二观置辞,三观通变,四观奇正,五观事义,六观宫商。"⑨批评者鉴赏作品,第一步也是先考察是否选择了与内容相合适的体裁。符合体制规范的文体,《文心雕龙》称之为"正体""正式"等,"四言正体,雅润为本,五言流调,清丽居宗"⑩,"若能确乎正式,使文明以健,则风清骨峻,篇体光华"⑪。认为正体合乎经书体式,故而能够形成刚健雅正的理想文风。张利群《刘勰"辨体"的文体论意蕴及批评学意义》认为,刘勰辨体的目标即为树立"正体","正体"是名正言顺的正宗、正统,是正规的文体体制、体式⑫。

---

① （梁）刘勰著,詹锳义证《文心雕龙义证》,第 1924 页。
② 张新明《刘勰论"体"》,《古典文学知识》2006 年 4 期。
③ （梁）刘勰著,詹锳义证《文心雕龙义证》,第 1034 页。
④ （梁）刘勰著,詹锳义证《文心雕龙义证》,第 1593 页。
⑤ （梁）刘勰著,詹锳义证《文心雕龙义证》,第 1102 页。
⑥ （梁）刘勰著,詹锳义证《文心雕龙义证》,第 816 页。
⑦ （梁）刘勰著,詹锳义证《文心雕龙义证》,第 1649 页。
⑧ （梁）刘勰著,詹锳义证《文心雕龙义证》,第 1182 页。
⑨ （梁）刘勰著,詹锳义证《文心雕龙义证》,第 1853 页。
⑩ （梁）刘勰著,詹锳义证《文心雕龙义证》,第 210 页。
⑪ （梁）刘勰著,詹锳义证《文心雕龙义证》,第 1071 页。
⑫ 张利群《刘勰"辨体"的文体论意蕴及批评学意义》,《广西师范学院学报》2007 年 2 期。

　　刘勰重视文体的体制规范,试图为各种文体树立起"正体"。但另一方面,对于文体史上切实存在的文体互渗现象,也予指明,并提出"变体""参体""别体""谬体""讹体""解体""失体"等概念,表达其破体观。从这些名词可以看出,对程度不同的破体,刘勰的态度并不一致,认识上呈现出明显的层次性。他以"正体"为参考,对于"变体""参体""别体",认为是"正体"的变化,它们的出现乃文体发展演变中合理的现象,予以基本认同;对"谬体""讹体""失体""解体"等,则予否定和批评,将其置于可接受之"度"外。下面通过对这些名词的解析,来考察刘勰的文体互渗观念。

二、《文心雕龙》破体相关概念辨析

（一）变体、参体、别体

　　刘勰在《文心雕龙》文体论部分不同的篇目中,提出了"变体""别体""参体"的概念,表达了他既重辨体,又尊重文体合理新变的辩证文体学思想。

　　1. 变体

　　《文心雕龙》所谓"变体"之"变",指向文体的功用、风格、体式、文章内容等各个方面。

　　首先表现在文体功用上。刘勰在《颂赞》篇中提出"变体"一词:"晋舆之称原田,鲁民之刺裘鞸,直言不咏,短辞以讽,丘明、子高,并谓为颂,斯则野颂之变体,浸被乎人事矣。"①晋舆人之诵"原田每每"、鲁人之诵"麛裘而芾",都指向人事,这与最初"容告神明"的颂相比,施用对象已发生了变化,对于这种变化,刘勰显然持接受的态度。继之,屈原的《橘颂》"覃及细物"②,则是颂体施用对象的又一变化,刘勰也是认同的。这种施用对象的扩大化,可以归为文体功用的变化。但不管怎么变,颂"美盛德而述形容"的基本精神还在③,施用对象的扩大带来的是颂体进一步的发展壮大,刘勰认为是合理和必然的。与《颂赞》篇论"变体"相类,《哀吊》篇中,刘勰又论及哀辞之变:"降及后汉,汝阳王亡,崔瑗哀辞,始变前式。然'履突鬼门',怪而不辞,'驾龙乘云',仙而不哀;又卒章五言,颇似歌谣,亦仿佛乎汉武也。"④哀辞属"下流之悼,故不在黄发,必施夭昏",其施用对象是"童殇夭

①　（梁）刘勰著,詹锳义证《文心雕龙义证》,第319页。
②　（梁）刘勰著,詹锳义证《文心雕龙义证》,第321页。
③　（梁）刘勰著,詹锳义证《文心雕龙义证》,第313页。
④　（梁）刘勰著,詹锳义证《文心雕龙义证》,第467页。

折、不以寿终者"①,刘勰称崔瑗所作汝阳王哀辞"始变前式",詹锳先生解释为:"'前式',指哀辞最初的体式用途。哀辞原只用于夭折者,后不尽限于幼年。"②此种变化,还是施用对象的扩大、文体功用的扩展,刘勰认同的同时,对此文内容上的失误也提出了批评。

还表现在文体风格方面。如前引,《明诗》篇称四言为"正体",五言为"流调",四言诗的体制风格是雅正润泽,五言诗的格调则是清新美丽。五言是四言的变体,显然后者因源于经典,更受刘勰推崇。但他也承认五言乃四言的合理发展,认为其文体风格也是优良的。《定势》篇称"赋颂歌诗,则羽仪乎清丽",属"循体而成势,随变而立功"之典型一类③,"清丽"正被视为合于诗体规格要求的风格。可见,对于五言之"清丽",刘勰也是崇尚的,只是排在四言之"典雅"后而已。刘勰接受并认同文体风格之变。

又表现在文章题材内容方面。《辨骚》篇中,刘勰谈及《离骚》对《诗经》的继承和改变,指出《离骚》在"陈尧舜之耿介,称禹汤之祗敬:典诰之体也。讥桀纣之猖披,伤羿浇之颠陨:规讽之旨也。虬龙以喻君子,云蜺以譬谗邪:比兴之义也。每一顾而掩涕,叹君门之九重:忠怨之辞也"四个方面,乃"同于《风》《雅》者也"④,是对《诗经》的继承。但在"托云龙,说迂怪,丰隆求宓妃,鸩鸟媒娀女:诡异之辞也。康回倾地,夷羿毙日,木夫九首,土伯三目:谲怪之谈也。依彭咸之遗则,从子胥以自适:狷狭之志也。士女杂坐,乱而不分,指以为乐;娱酒不废,沉湎日夜,举以为欢:荒淫之意也"四个方面,是"异乎经典"的发展变化⑤。虽然这些变化使《离骚》异于经典,成为《诗经》的"变体",但刘勰对它的总体评价是:"虽取熔经旨,亦自铸伟辞。"⑥给予充分肯定。刘勰所论《离骚》变于经典的四个方面,主要指向的是文章的题材内容。这些变化与战国中后期社会秩序的变化密切相关,乃时代特征在文学上的反映。刘勰事实上认同文学题材随时代的发展而变化的事实。

亦表现在文章体式方面。《铭箴》篇中,刘勰指出一些铭文在篇章体式上受其他文体影响:"若班固《燕然》之勒,张昶《华阴》之碣,序亦盛矣。蔡邕铭思,独冠古今。桥公之钺,吐纳典谟;朱穆之鼎,全成碑文;溺所长

---

① (西晋)挚虞《文章流别论》,(清)严可均《全晋文》,第 1906 页。
② (梁)刘勰著,詹锳义证《文心雕龙义证》,第 469 页。
③ (梁)刘勰著,詹锳义证《文心雕龙义证》,第 1125 页。
④ (梁)刘勰著,詹锳义证《文心雕龙义证》,第 146 页。
⑤ (梁)刘勰著,詹锳义证《文心雕龙义证》,第 148 页。
⑥ (梁)刘勰著,詹锳义证《文心雕龙义证》,第 155 页。

也。"①班固、张昶受序体影响,蔡邕受碑文影响,他们的铭文较之前发生了变化。但刘勰仍将之置于"选文以定篇"部分进行论述,以为铭体的优秀代表,他接受了铭体的这些变化,但也指出了如蔡邕溺于所长而使碑、铭相杂的事实。

实际上,刘勰上述关于具体文体"变体"的论述,是基于他明确的文体学理论指导的。他在《通变》中言:"夫设文之体有常,变文之数无方,何以明其然耶? 凡诗、赋、书、记,名理相因,此有常之体也;文辞气力,通变则久,此无方之数也。"②文体有"有常之体"的一面,也有"无方之数"的一面,一个作者必须深晓通变之术,既掌握文体基本的体制规范,又勇于在文辞气力方面开拓创新,才能"骋无穷之路,饮不竭之源"③,在文学创作的道路上游刃有余,创作出优秀的作品。《风骨》篇亦言:"若夫熔铸经典之范,翔集子史之术,洞晓情变,曲昭文体,然后能莩甲新意,雕画奇辞。昭体故意新而不乱,晓变故辞奇而不黩。"④一方面要昭体,一方面还要晓变,两者的结合,是成就优良文风的关键。

可以看出,刘勰虽重视文体的体制规范,但也接受文体在各个方面的发展变化。对于"变体",他一方面指出其不同于正体之处及其偏颇或失误,但更多的是承认其必然性和合理性,这是对文体发展非常辩证的认识。同时,刘勰论述"变体",指向文体功用、风格、体式、内容等各个方面,视野开阔,系统全面,从而对各体的发展有了系统的估量。这些,反映着刘勰文体论的理论高度。

2. 别体

刘勰在《议对》篇中提出"别体"的概念:"又对策者,应诏而陈政也;射策者,探事而献说也。言中理准,譬射侯中的;二名虽殊,即议之别体也。古之造士,选事考言。汉文中年,始举贤良,晁错对策,蔚为举首。及孝武益明,旁求俊乂,对策者以第一登庸,射策者以甲科入仕,斯固选贤要术也。"⑤称选拔官吏考试中用于回答皇帝问题的对策和射策是"议"的"别体",它们产生很早,在汉武帝时已皆被应用,二者的区别在于,前者直接针对皇帝的提问作答,后者则在多策中抽选一策做答。《议对》篇论"议"体云"周爰咨

①　(梁)刘勰著,詹锳义证《文心雕龙义证》,第401—403页。
②　(梁)刘勰著,詹锳义证《文心雕龙义证》,第1079页。
③　(梁)刘勰著,詹锳义证《文心雕龙义证》,第1081页。
④　(梁)刘勰著,詹锳义证《文心雕龙义证》,第1066页。
⑤　(梁)刘勰著,詹锳义证《文心雕龙义证》,第902页。

谋,是谓为议。议之言宜,审事宜也"①,"夫动先拟议,明用稽疑,所以敬慎群务,弛张治术"②。"议"体用于议论政事。对策和射策也用于议论政事,只不过皆被专门用于考试这一场合。这样看来,对策和射策其实是从"议"体衍生而出,用于专门场合的两种文体,使用范围非常具体,分担了"议"体的部分功能。则"别体"一词,指那些由功用较广的文体衍生而来、担任原生文体部分功能的文体。

衍生是新文体产生的重要途径。像这样承担原来文体部分功能的衍生"别体",在《文心雕龙》中还有一些,如"弹事""启""封事""便宜""奏记""笺",等等。

"弹事"一体,《奏启》篇言:"若乃按劾之奏,所以明宪清国。……后之弹事,迭相斟酌,惟新日用,而旧准弗差。"③"弹事"就是专用于弹劾的奏文,它从奏文分化而出,承担了弹劾这一专项功能。《奏启》篇论"奏"体云:"陈政事,献典仪,上急变,劾愆谬,总谓之奏。"④刘勰概括了奏文四方面的功用,按劾乃其中之一。而《文心雕龙·章表》又言:"秦初定制,改书曰奏。汉定礼仪,则有四品:一曰章,二曰奏,三曰表,四曰议。章以谢恩,奏以按劾,表以陈请,议以执异。"⑤则唯强调奏用以按劾,可见按劾之奏在奏文中的地位。自汉魏六朝流传下来的奏文,确能与刘勰所言印证。有学者即据《文心雕龙》将汉魏六朝奏文按这四种内容进行分类统计,并得出结论:"两汉、三国、两晋、宋、齐、北魏、北齐七朝的奏文用于'劾愆谬'者都居第二位,次于'陈政事'。而梁、陈的'劾愆谬'奏文数量则超过或等于'陈政事',居第一位。由此可见,'劾愆谬'作为奏文四种功能之一特点突出。故刘勰《文心雕龙·奏启》总论奏文之后,又将'按劾之奏'专门提取出来,予以重点介绍。李曰刚《文心雕龙斠诠》也曾指出,奏可以分为两类,一是'陈事之奏',一是'按劾之奏'。正因为按劾功能之于奏文的重要性和突显性,使得其具备了独立成体的条件。"⑥"弹事"作为"奏"的衍生文体,在西晋以后独立。《奏启》又论及"启"体:"启者,开也。高宗云:'启乃心,沃朕心。'取其义也。孝景讳启,故两汉无称。至魏国笺记,始云启闻。奏事之末,或云谨启。自晋来盛启,用兼表奏。陈政言事,既奏之异条;让爵谢恩,亦表之别

---

① （梁）刘勰著,詹锳义证《文心雕龙义证》,第882页。
② （梁）刘勰著,詹锳义证《文心雕龙义证》,第898页。
③ （梁）刘勰著,詹锳义证《文心雕龙义证》,第863—868页。
④ （梁）刘勰著,詹锳义证《文心雕龙义证》,第852页。
⑤ （梁）刘勰著,詹锳义证《文心雕龙义证》,第826页。
⑥ 黄燕平《南朝公牍文研究》,浙江大学2011年博士学位论文。

干。"①认为"启"从表、奏中分离而出,承担了表、奏的部分功能。

　　显见,奏文不断衍生出新的类别。在汉前,奏文的主要行文对象是君主,随着封建国家的强大、等级制度的森严,针对皇帝以外人物的上奏公文产生,如奏记、笺等,所谓"公府奏记,而郡将奏笺"②。又有一些上奏类公文则为满足不同场合的需要而衍生,如《奏启》篇还言及"封事",上章封以皂囊以求机密;又言及"便宜"之体,乃为上"便于公,宜于民"之事③。不同的身份、场合、礼制、事体等的需要,促使上奏类公文不断立体,细密繁生,如刘永济《十四朝文学要略》所言:"文无类也,体增则类成。体无限也,时久而限广。类可旁通,故转注而转新;体由孳乳,故迭传而迭远。"④

　　3. 参体

　　刘勰在《论说》篇中用及"参体"一词:"详观论体,条流多品:陈政,则与议说合契;释经,则与传注参体;辨史,则与赞评齐行;诠文,则与叙引共纪。"⑤认为议、说、传、注、赞、评、叙、引八体虽然名称各异,但究其实质,都是用来说明道理的,与"论"体在文体功能上表现出一致性,从而可以互相影响、互相配合、互相参照,为论的"参体"。当然,从文体表现形式来说,论体文与传、注有很大的不同,如周振甫先生就言:"像'传者转师,注者主解,赞者明意','序者次事,引者胤辞',都不算论说,像注《尧典》、解《尚书》只是注解而不是辩论,不必归入论说。"⑥认为传和注不同于论说文,也不应归为论体。这种说法自然是有道理的。但如王梦鸥先生有言:"今按其所谓与论文名异实同的八种文章,依他的意见是:有关政治的论文如'议''说',有关经书的论文如'传''注',有关史事的论文如'赞''评',有关题旨的论文如'序''引'。而'议'是提出适宜的见解,'说'是提出使人悦服的意见。'传'是转授先师宝贵的经验,'注'是确定文字真正的涵义。至于'赞'则以补充史文之未备,'评'乃以裁量公正的事理。'序'以条理叙事,'引'以贯串题旨。名称虽有八种,但揆其功用,都正是论之所以为'论'的要点。"⑦周振甫之否定刘勰的参体之说与王梦鸥之肯定,显然角度并不相同,前者更多从文章形式着眼,而后者更多从文体功用着眼。则刘勰所谓"参体",指的是与所比较文体功用相同或接近,而形式相差较大者。这一概念展示了这些

① （梁）刘勰著,詹锳义证《文心雕龙义证》,第873页。
② （梁）刘勰著,詹锳义证《文心雕龙义证》,第936页。
③ （梁）萧子显《南齐书》,第808页。
④ 刘永济《十四朝文学要略》,第4页。
⑤ （梁）刘勰著,詹锳义证《文心雕龙义证》,第669页。
⑥ 周振甫《文心雕龙今译》,中华书局1986年版,第166页。
⑦ 王梦鸥《文心雕龙快读》,海南出版社、三环出版社2005年版,第91页。

文体之间的关系,是一种非常开阔的学术眼光。

　　文体一旦形成,就具有相对稳定的功用、风格和体式,但各个创作者却都拥有主观能动性,固有的程式一定程度上会束缚富有创造力者的手脚,因此一定程度上的突破和创新,对作者创作个性的形成、文体的丰富和发展都是重要途径。刘勰提倡辨体,在强调文体规范的前提下,提出"变体""别体""参体"诸概念,指出作者也应发挥主观能动性,依照情感来确定体式,"夫情志异区,文变殊术,莫不因情立体,即体成势也"①,这是"渊乎文者"的必然选择②,也只有这样,才能"总群势,奇正虽反,必兼解以俱通;刚柔虽殊,必随时而适用"③,创造出富有价值的作品。如前所引,他认为不变的是"名理相因",可以变化的是"文辞气力",后者可以因人而异,如《明诗》篇所言:"若夫四言正体,则雅润为本;五言流调,则清丽居宗;华实异用,唯才所安。故平子得其雅,叔夜含其润,茂先凝其清,景阳振其丽。兼善则子建、仲宣,偏美则太冲、公幹。"④正是这些作家结合自身才性的创造,既形成了个性风格,又推动了文体的新变发展,即"昭体故意新而不乱,晓变故辞奇而不黩"之谓⑤。刘勰既强调尊重文体的体制规范,又看到作家的创新对于文学、文体发展的重要意义,强调辨体、"正体"之时,并重"晓变",予"变体""别体""参体"等以尊重,展现了他辩证的文体发展观和强烈的历史意识。

(二)谬体、讹体、解体、失体

　　《文心雕龙》又有"谬体""讹体""解体""失体"诸概念,指向刘勰对文体不合正统、不承传统的批评与否定,代表着刘勰"破体"观的又一层次。

　　刘勰在《颂赞》篇中提出"谬体""讹体"的概念:"至于班、傅之《北征》《西征》,变为序引,岂不褒过而谬体哉?"⑥"及魏晋杂颂,鲜有出辙,陈思所缀,以《皇子》为标;陆机积篇,惟《功臣》最显,其褒贬杂居,固末代之讹体也。"⑦"谬体""讹体"皆是与"正体""变体"相对存在的概念,指那些不合规范,有偏谬、讹滥之弊的文体。《颂赞》篇中提到班固的《车骑将军窦北征颂》、傅毅《西征颂》铺写事实过多,褒美过分而成"谬体"。而陆机《汉高祖功臣颂》则有褒有贬,违反了颂体"颂美"的主体精神和文体功能。又《铭箴》篇云:"至于王朗《杂箴》,乃置巾履,得其戒慎,而失其所施;观其约文举

---

① (梁)刘勰著,詹锳义证《文心雕龙义证》,第1113页。
② (梁)刘勰著,詹锳义证《文心雕龙义证》,第1120页。
③ (梁)刘勰著,詹锳义证《文心雕龙义证》,第1120页。
④ (梁)刘勰著,詹锳义证《文心雕龙义证》,第210页。
⑤ (梁)刘勰著,詹锳义证《文心雕龙义证》,第1066页。
⑥ (梁)刘勰著,詹锳义证《文心雕龙义证》,第327页。
⑦ (梁)刘勰著,詹锳义证《文心雕龙义证》,第333页。

要,宪章戒铭,而水火井灶,繁辞不已,志有偏也。"①指出王朗《杂箴》失传统箴文之体。"箴"体,刘勰认为周代的《虞箴》已"体义备矣"②,自兹而后,优秀的箴文如扬雄、崔骃、胡广的《百官箴》等,皆是沿此"官箴王阙"③的传统而创作的官箴,王朗施于巾、履之上的私箴超出官箴范围,刘勰认为它已走入歧途,予以贬斥,指为谬、讹之作。这是从文体功用着眼得出的认识。又如《谐隐》言"谐":"但本体不雅,其流易弊。于是东方、枚皋,铺糟啜醨,无所匡正,而祗嫚媟弄,故其自称为赋,乃亦俳也,'见视如倡',亦有悔矣。至魏文因俳说以著笑书,薛综凭宴会而发嘲调,虽抃笑衽席,而无益时用矣。然而懿文之士,未免枉辔;潘岳丑妇之属,束皙卖饼之类,尤而效之,盖以百数。魏晋滑稽,盛相驱扇。遂乃应玚之鼻,方于盗削卵;张华之形,比乎握春杵。曾是莠言,有亏德音,岂非溺者之妄笑,胥靡之狂歌欤!"④对东方朔、枚皋、曹丕、薛综的作品皆予否定,至于魏晋滑稽之作更是被批评为"有亏德音",皆因这些作品没有发挥规戒作用,刘勰认为只有那些"苟可箴戒"之作⑤,才是"隐"的正体,亦是从偏离文体主要功能这样的角度,对后世之作予以否定。

　　刘勰所谓文体之谬、讹还指向文章内容、情感、风格等方面。《诔碑》篇论及诔文发展史上的重要作家曹植,有云:"陈思叨名,而体实繁缓,《文皇诔》末,百言自陈,其乖甚矣。"⑥从内容的讹变对曹植诔文提出了批评。因为"诔"是针对亡者的文体,有"读诔定谥"的功用,其内容主要是叙述死者的功德,并表达生者的哀情,而曹植的《魏文帝诔》则在文末用较长的篇幅叙写自我,在刘勰看来,这是由内容的偏离而造成的文体的讹谬。又如《哀吊》篇言"哀辞"一体:"原夫哀辞大体,情主于痛伤,而辞穷乎爱惜。幼未成德,故誉止于察惠;弱不胜务,故悼加乎肤色。隐心而结文则事惬,观文而属心则体奢。奢体为辞,则虽丽不哀:必使情往会悲,文来引泣,乃其贵耳。"⑦哀辞用于哀悼年幼夭亡者,因此特别注重悲伤之情的表达。故而那些文辞重于情感表达的作品,就表现出浮夸的毛病,这说的是作品内容、情感与体裁不合而造成的讹谬之弊。又言"吊"体云:"夫吊虽古义,而华辞末造;华过韵缓,则化而为赋。固宜正义以绳理,昭德而塞违,割析褒贬,哀而有正,则

①　(梁) 刘勰著,詹锳义证《文心雕龙义证》,第419页。
②　(梁) 刘勰著,詹锳义证《文心雕龙义证》,第409页。
③　杨伯峻编著《春秋左传注》,中华书局1990年版,第938页。
④　(梁) 刘勰著,詹锳义证《文心雕龙义证》,第530—536页。
⑤　(梁) 刘勰著,詹锳义证《文心雕龙义证》,第527页。
⑥　(梁) 刘勰著,詹锳义证《文心雕龙义证》,第436页。
⑦　(梁) 刘勰著,詹锳义证《文心雕龙义证》,第472—473页。

无夺伦矣。"①指出写得过于华丽的吊文,就向赋体偏移,与吊文正体风格不符了。

《总术》篇又提出"解体"的概念:"夫骥足虽骏,缰牵忌长,以万分一累,且废千里。况文体多术,共相弥纶,一物携贰,莫不解体。所以列在一篇,备总情变,譬三十之辐,共成一毂,虽未足观,亦鄙夫之见也。"②这里更多指向的是文章整体,其谋篇结构、用字造句皆要和谐统一,否则即为"解体"。强调的是文章风格的和谐一致。

关于"失体",《定势》篇言:"然密会者以意新得巧,苟异者以失体成怪。旧练之才,则执正以驭奇;新学之锐,则逐奇而失正;势流不反,则文体遂弊。"③此篇"失体"一词,主要指"近代辞人"好奇逐异、颠倒文字的事实,典型的例子如萧纲在《与湘东王书》中提到的"吟咏情性,反拟《内则》之篇;操笔写志,更摹《酒诰》之作。'迟迟春日',翻学《归藏》;'湛湛江水',遂同《大传》"④,乃批评时人追求与体裁不合的怪异文风。又如江淹《恨赋》"孤臣危涕,孽子坠心",颠倒字句,只是求得一种惊异的效果。这样一味追求新奇而不顾文体基本风格、体制、文字规范的作品,皆在刘勰"失体成怪"的范围之内,如《论说》篇言:"孔融《孝廉》,但谈嘲戏;曹植《辨道》,体同书钞。言不持正,论如其已。"⑤这些篇章内容皆不能守论体常道,未能严肃地说理,故而失体。又如《奏启》篇言"弹事"体的创作:"是以世人为文,竞于诋诃,吹毛取瑕,次骨为戾,复似善骂,多失折衷。若能辟礼门以悬规,标义路以植矩,然后逾垣者折肱,捷径者灭趾,何必躁言丑句,诟病为切哉!"⑥也是不守"典刑",不顾"风轨",而在内容上偏离了正道。《檄移》篇则指出了某些檄文的风格之失:"若曲趣密巧,无所取才矣。"⑦檄本是一种用于军事征讨的文体,所以要求"事昭而理辨,气盛而辞断"⑧,最不能写得曲折含蓄,那是走向应有风格的反面了。这亦是在"近代"习气影响下,渐离古雅之风的一种表现。又如"封禅"一体,对于被班固《典引》分别评为"靡而不典""典而不实"的司马相如《封禅文》和扬雄《剧秦美新论》,皆认为有违正体,因为

---

①　(梁)刘勰著,詹锳义证《文心雕龙义证》,第485页。
②　(梁)刘勰著,詹锳义证《文心雕龙义证》,第1647—1648页。
③　(梁)刘勰著,詹锳义证《文心雕龙义证》,第1139—1140页。
④　(梁)萧纲《与湘东王书》,(清)严可均《全梁文》,第3011页。
⑤　(梁)刘勰著,詹锳义证《文心雕龙义证》,第694页。
⑥　(梁)刘勰著,詹锳义证《文心雕龙义证》,第870页。
⑦　(梁)刘勰著,詹锳义证《文心雕龙义证》,第783页。
⑧　(梁)刘勰著,詹锳义证《文心雕龙义证》,第783页。

此体本事关"一代之典章",最讲究"树骨于训典之区"①,要求文风典雅,合于经典,不合则失体。

与对"变体""别体""参体"的态度不同,对"讹体""谬体""解体""失体"等,刘勰予以批评否定,皆因后者脱离传统,远离正统,完全超出刘勰可接受之"度"。尤其是发展到"近代",不顾文体基本体制规范而一味求新求异,更形成一股讹谬之风。

(三)破体观与《文心雕龙》的理论体系

《文心雕龙》一书多次表达了对于当代文人好奇逐异,造成失体、文体解散局面的反对。刘勰认为文体由正体到"谬体""讹体"及"失体",是随着时间向前发展,而在近代及当代造成的一个必然结果。《通变》篇有言:"榷而论之,则黄、唐淳而质,虞、夏质而辨,商、周丽而雅,楚、汉侈而艳,魏、晋浅而绮,宋初讹而新。从质及讹,弥近弥淡。何则?竞今疏古,风末气衰也。"②由黄帝、唐尧以至刘宋初年,文学一步步发展成"讹而新"的状况。《宗经》篇言:"楚艳汉侈,流弊不还。"③《定势》篇亦针对近代辞人好异失体之弊大力批评:"自近代辞人,率好诡巧,原其为体,讹势所变。厌黩旧式,故穿凿取新;察其讹意,似难而实无他术也,反正而已。"④近代辞人的一味求新求奇,正是对于正体的最大反对。这背后的原因则在于:"去圣久远,文体解散,辞人爱奇,言贵浮诡,饰羽尚画,文绣鞶帨,离本弥甚,将遂讹滥。"⑤刘勰最为推崇的是合于经书的文体,最为欣赏的也是由学习经典而形成的雅正文风。而由于去圣久远,近代的文体早已离这种文风越来越远,经典对人们的约束力也越来越弱,才会造成这种谬体、讹体、失体横行的局面。刘勰对于破体为文的认识,最终指向的是对当代文风的不满和批评,而背后的推动力则是"宗经"的观念。

刘勰的破体观和他的宗经思想关系密切。他关于文章发展变化是否合理的评判,最重要的依据与标准即是宗经思想。在《宗经》篇中,刘勰指出诸多文体都源于经书:"故论、说、辞、序,则《易》统其首;诏、策、章、奏,则《书》发其源;赋、颂、歌、赞,则《诗》立其本;铭、诔、箴、祝,则《礼》总其端;纪、传、盟、檄,则《春秋》为根:并穷高以树表,极远以启疆,所以百家腾跃,终入环

① (梁)刘勰著,詹锳义证《文心雕龙义证》,第816页。
② (梁)刘勰著,詹锳义证《文心雕龙义证》,第1089—1090页。
③ (梁)刘勰著,詹锳义证《文心雕龙义证》,第85页。
④ (梁)刘勰著,詹锳义证《文心雕龙义证》,第1134页。
⑤ (梁)刘勰著,詹锳义证《文心雕龙义证》,第1911页。

内者也。"①而能宗法经典,就能形成优良的文风:"文能宗经,体有六义:一则情深而不诡,二则风清而不杂,三则事信而不诞,四则义贞而不回,五则体约而不芜,六则文丽而不淫。"②

在具体的文体论中,尤其是那些与礼制相关的庙堂文体,刘勰最为强调"禀经以制式"③。如"颂"体,他指出源于《诗经》,认为《诗经》之颂为颂体文学的极致,后世的颂文就应该按照《诗经》规定好的框架进行创作,对颂在发展过程中受赋、序等的影响而产生的流变颇致不满,如前所引,提出了"谬体""讹体"等概念。又如"铭"体,刘勰认为其源出于《礼》,坚持其"弘润"的风格特征④,对多用经书成句的四言铭文评价较高,而不论及如崔瑗《座右铭》这样通俗易懂的五言之作。再如"诔"体,刘勰认为这是源于《礼》的一种文体,按照礼制的规定,诔属于某些官员的特定职责,所施用对象是地位高贵者,并不包括普通百姓,要遵循"贱不诔贵,幼不诔长"的规定。刘勰论"诔"体,所最看重的东汉诔文可以说皆是符合这些礼制要求的。

刘勰针对破体为文,提出了上述诸多概念,但对它们的态度并不一致,他承认"变体""别体"等,对如骚体、五言诗等这些变体也给予了很高的评价,是因为这些作品既沿承了经书的品格,但同时又有合理的发展创新,它们很好地做到了"执正以驭奇"⑤。而那些谬体、讹体及失体之作,则是"逐奇而失正"了⑥,远远地偏离了经典,在追求新异的路上走得太远了。从这个角度看,刘勰的破体观其实不单单是其文体论的一部分,而且是他深广的文学理论中非常重要的一环,与他的基本文学思想,及对文学史的认识都有密切的关联。

三、文体功能:刘勰论文体互渗最重要的切入点

值得注意的是,以往人们谈及《文心雕龙》的文体论,较多关注了风格、体式、题材等问题,而一定程度上忽视了刘勰关于文体功能的认识。实则,从上文可见,刘勰对文体功能是非常重视的。他述破体现象,往往从文体功能着眼。相较于文体风格、体式、题材等方面的破体,他甚至更重视功能方面的破体。其中原因,最重要的当然是,自《明诗》至《书记》二十篇详论的

---

① (梁)刘勰著,詹锳义证《文心雕龙义证》,第78—79页。
② (梁)刘勰著,詹锳义证《文心雕龙义证》,第84页。
③ (梁)刘勰著,詹锳义证《文心雕龙义证》,第82页。
④ (梁)刘勰著,詹锳义证《文心雕龙义证》,第420页。
⑤ (梁)刘勰著,詹锳义证《文心雕龙义证》,第1140页。
⑥ (梁)刘勰著,詹锳义证《文心雕龙义证》,第1140页。

三十余种文体,大多是实用文体,而文体功能又是决定实用文体存在价值的最重要因素。特别是刘勰往往将功能相近的两种文体放在一篇论述,这就决定了他在描述这些文体的源流演变及辨析它们的相互关系时,必须要考察它们文体功能的发展变化,才能更客观、清晰地认识这些文体,把握其发展演变的实际情况和规律。这就提醒我们,对于《文心雕龙》文体论的研究,不能只从风格、体式、题材等角度切入,从文体功能着眼,也是不可或缺的视角,只有这样才能对文体有更客观、更全面的认识。研究刘勰的文体论,认识他的文体互渗观,这一点尤其重要。

如引言中所述,曹丕《典论·论文》、陆机《文赋》、范晔《后汉书》、刘勰《文心雕龙》、任昉《文章缘起》、萧统《文选》等在论述或排列文体时,都将功能更为相近的文体排在一起或相邻论述,刘勰不仅意识到一些文体功能的接近,以及由于功能的接近导致一些文体在体制、风格上有相近的追求,而且承认由功能的相近导致了一些文体的交叉互渗。但同时,他更重视辨体,试图通过刻意规范文体功能来辨析相近的文体。

当文体分类越来越细密之时,不同文体出现交叉和互渗成为必然的现象,文学批评家出于辨体的需要,就会如上述把功能相近的文体放在一起论述。然而,功能上的交叉和互渗已然成为事实,如何将文体明晰地区分开来,其实也成为批评家们的难题。刘勰为了清晰辨体,在论述功能相近的文体时,表现出了一种倾向,即往往只重点论述和突出文体的主要功能,以及由此功能而来的文体风格和体制特征,而不及其他。这是一种刻意规范文体功能的行为,目的在辨体。下以具体例子见之。

如《檄移》篇论"檄",主要强调了它是用于军事征伐的一种文体。认为檄文的源头是誓文,即出征讨伐前训诫己方军队的文辞。被称为"檄之本源"①的是周穆王西征前祭公谋父的一番"威让之令"②,这是见于记载的第一篇用于责让敌方军队的文辞。"选文以定篇"部分所论四篇文章,皆系讨伐敌方军队的公文。在刘勰看来,檄文既然是用于军事讨伐,则应有"事昭而理辨,气盛而辞断"的风格特征③。论"檄"体之末,刘勰仅以一言提到"檄"的另一种功用——征召:"又州郡征吏,亦称为檄,固明举之义也。"④观《檄移》篇全文,可以清楚看到,刘勰把檄文的主要功用定位为军事讨伐,只是简单提及其征召的功能。然而,实则"檄"体还有晓慰之用,此点历代学者

① （梁）刘勰著,詹锳义证《文心雕龙义证》,第762页。
② （梁）刘勰著,詹锳义证《文心雕龙义证》,第762页。
③ （梁）刘勰著,詹锳义证《文心雕龙义证》,第783页。
④ （梁）刘勰著,詹锳义证《文心雕龙义证》,第783页。

多有论及。《文选》五臣之李周翰注《喻巴蜀檄》有言："檄,皎也。喻彼使皎然知我情也。"①《一切经音义》所言"檄书者,所以罪责当伐者也。又陈彼之恶,说此之德,晓慰百姓之书也"②,则兼及了檄书之征伐、晓慰两种功用。晓慰类檄文确实存在,即如《文选》就选了司马相如《喻巴蜀檄》这样的名篇。然刘勰何以弃而不论呢?刘勰缩小了檄体的功用范围,把它相对单一地定位于军事征伐,对其进行了刻意规范,无疑加强了这种文体的特殊功用。因晓谕百姓之檄,与"移风易俗,令往而民随者也"的移文界线模糊③,颇难区分。

又如"箴"体,徐师曾《文体明辨序说》称:"古有《夏》《商》二箴,见于《尚书大传》解及《吕氏春秋》;然余句虽存,而全文已缺。独周太史辛甲命百官箴王阙,而《虞人》一篇,备载于《左传》,于是扬雄仿而为之。其后作者相继,而亦用以自箴。故其品有二:一曰官箴,二曰私箴。大抵皆用韵语,而反复古今兴衰理乱之变,以垂警戒,使读者惕然有不自宁之心,乃称作者。"④按施用对象的不同,将箴分为官箴、私箴两种。在刘勰之前,被后人称为"私箴"的这一类箴文已经有不少创作,今天流传的有扬雄《酒箴》、张纮《瑰材枕箴》、应贞《杖箴》、挚虞《新婚箴》、李充《学箴》、苏彦《语箴》,等等。而且《铭箴》中还提到一篇——王朗《杂箴》,只不过刘勰对此私箴颇致否定之意:"至于王朗《杂箴》,乃置巾履,得其戒慎,而失其所施。观其约文举要,宪章戒铭,而水火井灶,繁辞不已,志有偏也。"⑤被刘勰认同的又是怎样的箴文呢?《铭箴》篇提到的是:《虞箴》,扬雄、崔骃、胡广《百官箴》,潘勖《符节箴》,温峤《侍臣箴》,王济《国子箴》,潘尼《乘舆箴》等。其中最受称扬的是产生于周代的《虞箴》,赞其"体义备矣";其次则扬、崔、胡之《百官箴》,称"信所谓追清风于前古,攀辛甲于后代者也"⑥。刘勰所认可的箴文,皆是沿"官箴王阙"传统而作的官箴,他认为如王朗《杂箴》之类私箴已走入歧途。相较于官箴,以人们日常修养等为箴诫对象的私箴,确实更易与另一种文体——座右铭相混,后者亦为箴诫个人而生。

再如《哀吊》篇论"哀辞"一体,称:"以辞遣哀,盖下流之悼,故不在黄发,必施夭昏。"⑦"暨汉武封禅,而霍嬗暴亡,帝伤而作诗,亦哀辞之类

---

① (梁) 萧统编,(唐) 李善等注《六臣注文选》,浙江古籍出版社 1999 年版,第 801 页。
② (梁) 刘勰著,范文澜注《文心雕龙注》引,人民文学出版社 1958 年版,第 388 页。
③ (梁) 刘勰著,詹锳义证《文心雕龙义证》,第 785 页。
④ (明) 吴讷、(明) 徐师曾《文章辨体序说 文体明辨序说》,第 140—141 页。
⑤ (梁) 刘勰著,詹锳义证《文心雕龙义证》,第 419 页。
⑥ (梁) 刘勰著,詹锳义证《文心雕龙义证》,第 414 页。
⑦ (梁) 刘勰著,詹锳义证《文心雕龙义证》,第 464—465 页。

也。"①刘勰认为哀辞是用于童殇夭折及不幸暴亡者的一种文体。以这样的认识为背景,他指出最优秀的哀辞是西晋潘岳的《金鹿哀辞》《泽兰哀辞》,二篇皆为年幼夭亡者而作。然而,这只是哀辞发展的部分事实。实际上,此体经历了一个不断变化的过程,变化之一即施用对象的不断扩展。如三国吴张昭《陶谦哀辞》中的陶谦六十三岁而亡,寿终正寝而同样以哀辞致悼。潘岳《阳城刘氏妹哀辞》所哀悼的妹妹已然适人,并非童幼。尤其值得注意的是,魏晋时期哀辞开始用于悼念亡妻,如《文选》所选《哀永逝文》就是潘岳为亡妻杨氏而作。孙楚《胡母夫人哀辞》悼念对象为嫁其不久即去世的夫人。在哀辞发展的最初阶段,仅用于童殇夭折与不幸暴亡者,使它与其他哀祭类文体如诔文、祭文等都有明确的区别。但随着哀辞施用对象的不断扩展,如前所述,扩及于亡妻、寿终正寝者等,则它与诔文、祭文等的界限便不那么清晰了。

继如《哀吊》篇论"吊文","选文以定篇"部分述自西汉贾谊《吊屈原文》至西晋陆机《吊魏武帝文》十篇吊文,所吊对象是"或骄贵以殒身,或狷忿以乖道,或有志而无时,或行美而兼累"者②,与作者所处时代皆相距较远,生平行事又都颇能激起后人的感慨,作者实借凭吊古人来抒写自己的志趣怀抱,凭吊只是媒介,抒怀才是目的。这类吊文可称为吊古抒怀类吊文,与向同时人致吊的吊丧类吊文有很大不同,后者主要表达的是作者的哀悼之情。吊丧类吊文虽然后天发育不足,但也绝不是没有,即如《哀吊》篇所论及的时期内,汉代光武帝就有《临吊侯霸诏》,西晋陆机有《吊少明》,陆云有《吊陈永长书》《吊陈伯华书》,束皙有《吊萧孟恩文》《吊卫巨山文》等。很明显,吊文实可分为两类,且两类吊文创作旨趣及功用颇为不同。这一点,古代文论家也已指出,王之绩《铁立文起》有言:"王懋公曰:吊有二,并时而吊者不待言。有相去千百年而相吊,如柳宗元之于苌弘、贾谊之于屈原、陆机之于曹瞒是也。"③然而,《哀吊》篇何以不论吊丧类吊文?《哀吊》论吊文止于西晋,这一时期内,吊古抒怀类吊文是吊文的主流。首先从创作数量上看,据严可均《全上古三代秦汉三国六朝文》,汉魏今存吊文共十三篇,除光武帝《临吊侯霸诏》为吊同时人,阮籍《吊某公文》残佚,所吊对象不详外,其他十一篇皆为吊古抒怀之作;两晋今存吊文十二篇,其中吊古类八篇,吊丧

---

① (梁)刘勰著,詹锳义证《文心雕龙义证》,第467页。
② (梁)刘勰著,詹锳义证《文心雕龙义证》,第478页。
③ (清)王之绩《铁立文起》,王水照编《历代文话》,复旦大学出版社2007年版,第3691—3692页。

类吊文四篇①。其次从质量上来看,吊古抒怀类吊文的作者多名家,吊丧类吊文总体创作质量难以与之相埒。而且,相对于吊丧类吊文,吊古抒怀类吊文表现出突出的个性特征,那就是它把重点放在了作者的"自喻",而不是对死者的哀悼上。吊丧类吊文哀悼死者、安慰生者的内容,在诔、哀、祭文那里都能找到。

终如"祭文",《祝盟》篇将祭祝告飨之辞分为两大类:"班固之《祀涿山》,祈祷之诚敬也;潘岳之《祭庾妇》,祭奠之恭哀也:举汇而求,昭然可鉴矣。"②一为以祭奠山川为代表的祷鬼神之作,一为祭亲友之作。刘勰论"祭文",即仅指向祭亲友文。祭亲友文为祭文的主流。即如现存最早的祭文——曹操《祀故太尉桥玄文》,就为祭亡友而作。至西晋王沈《祭先考东郡君文》、潘岳《为诸妇祭庾新妇文》《为杨长文作弟仲武哀祝文》、殷阐《祭王东亭文》等出,则这种文体已得到广泛应用,皆为祭奠悼念亲友而发。西晋而后,晋宋之际有陶渊明《祭从弟敬远文》《祭程氏妹文》,南朝有颜延之《祖祭弟文》、王僧达《祭颜光禄文》,谢朓《为诸娣祭阮夫人文》、孔稚珪《祭外兄张长史文》、刘令娴《祭夫徐悱文》、沈景《祭梁吴郡袁府君文》等,可谓代有佳作。然而,祭文却并非仅有祭亲友一支。《文选》设有"祭文"一体,选文三篇,分别是谢惠连的《祭古冢文》、颜延之的《祭屈原文》、王僧达的《祭颜光禄文》,都是刘宋时期作品,按内容可概分为两类:王文用以祭亲友,谢文和颜文用以祭古人。与祭亲友文不同,祭古人文的兴起应该要晚一些,今存多见东晋作品,如王珣《祭徐聘士文》、殷允《祭徐孺子文》、周祗《祭梁鸿文》、庾亮《释奠祭孔子文》,至南朝,谢惠连有《为学生祭周居士文》,颜延之有《祭屈原文》《为张湘州祭虞帝文》,卞伯玉有《祭孙叔敖文》,萧绎有《释奠祭孔子文》《又祭颜子文》等。《祝盟》篇只论祭亲友文,祭古人文缺失,这应与《文心雕龙》一般不论西晋以后作家的惯例有关,但同时也应看到,祭古人文作为祭文的一支,与吊文一体的相混之势已成。如祭古人文的代表作品颜延之《祭屈原文》,为《文选》所录,而《文选》所列"吊文"一体,录有贾谊的《吊屈原文》。颜延之《祭屈原文》和贾谊《吊屈原文》皆作于作者被贬、途经汨罗之际,哀悼屈原都寄寓着作者对自身命运的叹息与思考,皆透露出愤愤不平之气。因此,有学者言"吊文与祭文的界限是比较模糊的"③,具体到祭古人的祭文,更是难与吊文一体区分。

---

① 另此期还有陆机《吊少明》一篇,乃吊亡友之作,惜今只知篇名,内容亡佚。
② (梁)刘勰著,詹锳义证《文心雕龙义证》,第376页。
③ 王人恩《古代祭文精华》,甘肃教育出版社2009年版,第22页。

　　总而言之,刘勰往往强调文体的主要功用,以求更好地区分功能相近的文体。这样做,确实更大程度达到了辨体的目的。但同时,我们也应看到,《文心雕龙》辨体理论的缺陷也由之产生:一则,作为一部通论著作,《文心雕龙》有对文体认识不够客观全面之嫌;再则,刘勰一方面承认文体交叉互渗的事实,另一方面又总是试图从主要功能出发辨别文体,似有自我矛盾之处。当然,所有这些都是由文体内涵的丰富性和发展过程的复杂性造成的。更重要的是,我们应认识到,刘勰从功能角度入手辨析文体,对诸多文体的挖掘更深入系统,颇能抓住各种文体,尤其是实用文体的主要特征,取得了不小的辨体成就。因为,通过《文心雕龙》,我们确实对所论文体有了更深入的认识,对相近文体也能够更明晰地辨别。

　　刘勰在《文心雕龙》中提出不同概念来描述文体互渗现象,可以看出他破体观的层次性,和认识文体互渗现象时的理性主义精神。还因为多论述实用文体,刘勰一方面认识到性质相近的文体,存在功能交叉互渗的事实,另一方面又往往通过强调文体主要功能来防止交叉互渗的发生,反映出刘勰辨体的努力,以及《文心雕龙》指导写作的性质。刘勰的文体互渗观是其文体论的重要组成部分,在《文心雕龙》中有相对系统的表达,是辩证而科学的。但同时,也应看到,他有时不免对某些功能较复杂的文体论述不够客观、全面,又不免分体过细。

第三节　《文选》对文体互渗的态度

　　与《文心雕龙》不同,《文选》作为一部总集,不能直接表达编者的文学批评观念。但从《文选》的设体选文,我们仍然可以间接分析萧统的文学识见。产生于文体发展的特定时期,《文选》的设体选文,反映着萧统对文体发展过程中的重要现象——文体互渗的态度和认识,下面试析之。

一、选录了为数不少“破体为文”的典型篇章

　　如上一节所论,《文心雕龙》自《明诗》至《书记》二十篇论文体,往往最为重视论述那些能够体现每一体体制规范的典型篇章。《文选》则不甚相同,虽然选文颇富识见,对后世总集的编纂影响深远,但选录了为数不少突破所在文体体制规范,受其他文体影响渗透的作品。这在颂、论、序、吊文等多种文体中都有明确表现。

　　《文选》“颂”体选文五篇:王褒《圣主得贤臣颂》、扬雄《赵充国颂》、史

岑《出师颂》、刘伶《酒德颂》、陆机《汉高祖功臣颂》。在《文心雕龙·颂赞》篇中,刘勰对颂体的概括是"美盛德而述形容"①,指出这是一种纯为颂扬盛德的文体,故"义必纯美"②。在这样的前提下,刘勰提出了"变体""谬体""讹体"等概念,表达对颂体变化的一些不满:认为如《原田》《裦鞸》"短辞以讽",屈原《橘颂》"覃及细物",它们皆为"变体",已偏离正体;如班固《北征》《西征》"变为序引",马融《广成》《上林》"雅而似赋",是"谬体",前者受序体影响,序文长于正文,后者受赋体影响,铺陈排比,对二者皆予否定;如陆机《汉高祖功臣颂》"裦贬杂居",内容有颂美,有贬抑,刘勰看来有违"颂"字原意,更是"讹体"了。对"变体""谬体""讹体"皆予批判,大有唾弃一切颂体流变之作的气势。但从刘勰提出"变体""谬体""讹体"等概念即可知,颂确是一种多变的文体。在颂体文的实际创作中,很多作品就受到了其他文体的影响、渗透,乃促进颂体发展演变的重要因素。如《文选》颂体所选之首篇——王褒《圣主得贤臣颂》即然。关于王褒《圣主得贤臣颂》的文体归属,议论者很多,如李兆洛《骈体文钞》将之收入"杂扬颂类"并评曰:"此非《颂》体,后世亦遂无效之者。"③不以之为"颂"。刘师培言:"《文选》中王子渊《圣主得贤臣颂》,据《汉书·王褒传》考之,本为'对'体,与东方朔《化民有道对》之类相同,自来未有无韵而可称颂者。后世因《文选》之误,而谓颂可无韵,诚不免展转传讹矣。"④认为属"对"体。后来,有以之为赋者⑤,以之为赋、论结合体者⑥,以之为论说性散文者⑦,等等。之所以有这诸多的看法,还源于《圣主得贤臣颂》一文的特殊性。此文中,王褒从圣主与贤臣两个角度展开论证"圣主必待贤臣而弘功业,俊士亦俟明主以显其德"⑧,并对圣主与贤臣相得并乐的理想状态寄予了深切希望与赞颂之情。直接阐述作者的政治见解,有别于《文选》其他几篇皆有明确颂扬对象的颂体文。形式上,铺排事例,以散体为主、散韵结合。显见,《圣主得贤臣颂》实受到赋、论等其他文体的影响、渗透,有其特殊性,《文选》以之为颂文,可能主要着眼于文章本身有颂扬之意,而且题名为"颂"。

刘伶的《酒德颂》更是颂体史上的一朵奇葩,这篇文章结合了赋、俳谐文

---

① (梁)刘勰著,詹锳义证《文心雕龙义证》,第313页。
② (梁)刘勰著,詹锳义证《文心雕龙义证》,第315页。
③ (清)李兆洛《骈体文钞》,上海书店1988年版,第45页。
④ 刘师培著,陈引驰编校《刘师培中古文学论集》,第111页。
⑤ 刘永济《十四朝文学要略》,第149页。
⑥ 徐宗文《论王褒赋的特点及贡献》,《社会科学战线》1993年3期。
⑦ 马光明《王褒〈圣主得贤臣颂〉的文体探索》,《文艺理论》2009年6期。
⑧ (梁)萧统编,(唐)李善注《文选》,第660页。

等体的因素,表现出别样的风格。《酒德颂》受大赋的影响表现在两个方面:假设人物问答与谐谑性。所假设人物有两方,一大人先生,一贵介公子、搢绅处士,双方一正一反,一宾一主。宾对主之唯酒是务怒目切齿,于是以礼法进行游说,然《酒德颂》并未把重点落在游说的言语上,而是重点描述了大人先生纵酒之态,与饮酒后之自由适性,以及傲视二宾之意,令二宾昂扬而来势颓而去。此文假设宾主以成文的写法显然来自大赋,对主宾之情态进行刻画亦存在学习大赋的痕迹①,不乏谐谑意味。《酒德颂》还受到俳谐文的影响。颂体源于廊庙文学,本极为庄重严肃。《酒德颂》假设人物以问答,本身即带有谐谑意味。在具体行文中,谐谑化的倾向进一步被加强。其颂扬酒,而言酒有德,就是谐谑的表现。贵介公子、搢绅处士二人在文中是陈说礼法之人,本应面孔严肃,作者偏用"奋袂攘襟,怒目切齿"这样夸张的动作与表情进行反讽,令人忍俊不禁。而将二人比为"蜾蠃之与螟蛉",除了表现出作者傲视一切的精神,实又在极意的贬低与嘲讽中换来读者会心一笑。《酒德颂》采用了俳谐文的夸张、反讽等手法,使其向游戏之作的方向发展。至宋代,苏轼作《东坡羹颂》《油水颂》《猪肉颂》《食豆粥颂》《鱼枕冠颂》,等等,以颂为游戏之笔,应算是对《酒德颂》谐谑特质的回应了。

"论"是《文选》颇为重视的文体,选文14篇。依据《文选》"沉思""翰藻""综缉词采""错比文华"的选文标准,这些论体文都举体华美,颇富文采,形成这样的特征,与它们普遍采用了赋体铺陈排比的手法有关。钱锺书先生《管锥编》有言:"按项安世《项氏家书》卷八:'贾谊之《过秦》、陆机之《辩亡》,皆赋体也。'洵识曲听真之言也。《文心雕龙·论说》早云:'详观论体,条流多品:陈政,则与议说合契;释经,则与传注参体;辨史,则与赞评齐

---

①　司马相如《子虚赋》《上林赋》重在主宾对话,对假设人物的描绘仅有数字,左思《三都赋》亦然。张衡《西京赋》有言:"有凭虚公子者,心侈体忕,雅好博古,学乎旧史氏,是以多识前代之载。言于安处先生。""安处先生于是似不能言,怃然有间,乃莞尔而笑。"然而,大赋对于主宾双方的描绘虽渐多了起来,但与《酒德颂》直接相关的恐怕要到曹植的《七启》。《七启》假设了玄微子和镜机子主宾双方,玄微子隐于大荒之庭,乃乐道好静之人,镜机子前往说之:"玄微子隐居大荒之庭,飞遁离俗,澄神定灵。轻禄傲贵,与物无营。耽虚好静,羡此永生。独驰思于天云之际,无物象而能倾。于是镜机子闻而将往说焉。驾超野之驷,乘追风之舆。经迥漠,出幽墟。入乎泱漭之野,遂届玄微子之所居。其居也,左激水,右高岑。背洞溪,对芳林。冠皮弁,被文裘。出山岫之潜穴,倚峻崖而嬉游。志飘飘焉,峣峣焉,似若狭六合而隘九州。若将飞而未逝,若举翼而中留。于是镜机子攀葛藟而登,距岩而立,顺风而称曰……"对于玄微子所居离世清静的环境,轻禄好静、自由适性的思想与生活进行描述,而在《酒德颂》中,大人先生对于适性自然的追求也被作者强调。《七启》中,作者接着以大量对话写镜机子以"道德之弘丽"说服玄微子,在《酒德颂》中,这些则被"陈说礼法"一句一带而过,已经看出其作为颂体,虽受大赋的影响,但仍在竭力保持自身文体特征的倾向,作者还是把主要笔力放在了对于自己所崇尚的生活的颂扬。

行;铨文,则与叙引共纪。……八名区分,一揆宗论。'苟以项氏之说增益之,当复曰'敷陈则与词、赋通家',且易'八名'为'十名'。东方朔《非有先生论》、王褒《四子讲德论》之类,亦若是班。"①所及篇目,皆在《文选》论体文中。其实不唯钱先生所举,这基本是《文选》所选论体文的共同特征。他如班彪《王命论》言天命所归,必在光武,写其必然兴起之由云:"盖在高祖,其兴也有五:一曰帝尧之苗裔,二曰体貌多奇异,三曰神武有征应,四曰宽明而仁恕,五曰知人善任使。加之以信诚好谋,达于听受,见善如不及,用人如由己,从谏如顺流,趣时如响起。当食吐哺,纳子房之策;拔足挥洗,揖郦生之说;悟戍卒之言,断怀土之情;高四皓之名,割肌肤之爱;举韩信于行阵,收陈平于亡命。英雄陈力,群策毕举,此高祖之大略,所以成帝业也。"②写其善行大有汩汩涛涛而不得止之势。韦曜《博弈论》言博弈之徒耗人心力而无益于实际云:"然其所志不出一枰之上,所务不过方罫之间;胜敌无封爵之赏,获地无兼土之实。技非六艺,用非经国。立身者不阶其术,征选者不由其道。求之于战阵,则非孙吴之伦也;考之于道艺,则非孔氏之门也;以变诈为务,则非忠信之事也;以劫杀为名,则非仁者之意也。"③铺陈博弈无益于实之种种。李康《运命论》言人之穷达皆系于命,以孔子为例云:"夫以仲尼之才也,而器不周于鲁卫;以仲尼之辩也,而言不行于定哀;以仲尼之谦也,而见忌于子西;以仲尼之仁也,而取雠于桓魋;以仲尼之智也,而屈厄于陈蔡;以仲尼之行也,而招毁于叔孙。"④仲尼有才、辩、谦、仁、智、行等诸多超出常人之处,然却时时偃蹇无所得。由铺陈带来的气势,求得说服人的力量。再有刘孝标之《广绝交论》铺写五交三衅,画尽世人丑态,何语无尽而辞无穷哉!章太炎先生有言:"汉世之论,自贾谊已繁穰,其次渐与辞赋同流,千言之论,略其意不过百名。"⑤铺陈排比的大量运用,使论体文的赋化倾向明显。

《文选》所选上述带着赋体特征的论体文,《文心雕龙》也多论及,如贾谊《过秦论》、班彪《王命论》、陆机《辨亡论》、李康《运命论》等同样被刘勰奉为典范。但也有一些萧统看重的论体文,刘勰并未提及,如东方朔《非有先生论》、王褒《四子讲德论》等。这些《文心雕龙》未提及的篇章,确也有其文体上的特殊之处。如王褒的《四子讲德论》,不仅用了铺陈排

---

① 钱锺书《管锥编》,第888—889页。

② (梁)萧统编,(唐)李善注《文选》,第719页。

③ (梁)萧统编,(唐)李善注《文选》,第725—726页。

④ (梁)萧统编,(唐)李善注《文选》,第731—732页。

⑤ 章太炎《国故论衡》,上海古籍出版社2003年版,第81—82页。

比的手法,它更鲜明的赋体特征是,采用了假设人物问答的方式展开全文。文中假设的微斯文学、虚仪夫子、浮游先生、陈丘子四人,皆属子虚、乌有一类人物。作者先以微斯文学为客体,虚仪夫子为主体进行对话,然后以浮游先生、陈丘子二人为主体,微斯文学、虚仪夫子二人为客体进行对话,类于汉大赋的主客问答。同时文章还在对圣主贤臣的颂扬中,寓以讽谏,如总结秦亡的教训,总结三王五霸所以成功的经验,无疑都是说给汉宣帝听的讽喻之词。东方朔《非有先生论》亦借主客问答的方式展开全文。这两篇论体文都带有更鲜明的赋体特征,也都存在文体归属上的争议,《文心雕龙》的不论与《文选》的选,应与二者对于文体体制规范的强调与否有关。

　　"吊文"一体,《文选》仅选文两篇:贾谊《吊屈原文》、陆机《吊魏武帝文》。《文心雕龙》和《文章缘起》皆以贾谊《吊屈原文》为"吊文"一体的首出之作,甚为看重。《吊屈原文》向来又有《吊屈原赋》之称。称为赋,最直观的原因应是这篇吊文多用骚体句式。上句六字加"兮"字,下句六字,且上下句第四字多用虚字,是《离骚》的最典型句式,《吊屈原文》中也予采用,如"凤凰翔于千仞兮,览德辉而下之。见细德之险征兮,遥曾击而去之"等,又用及如"鸾凤伏窜兮,鸱枭翱翔。阘茸尊显兮,谗谀得志"[1]的上句四字加"兮"字,下句四字的句式,是此文的主要句式,它们又是六字句加"兮"字的变体。《吊屈原文》受骚体赋的影响渗透,带着骚体赋的特征,又加入了新的元素,从而成为一种新文体的开篇之作,也对后世吊文产生了很大影响,如司马相如《吊秦二世赋》、北魏孝文帝《吊殷比干墓文》等皆多采用骚体句式。

　　"序"一体,《文选》同样颇为重视,所选 9 篇文章,3 篇经书序,3 篇单篇作品序,2 篇诗歌总集序,唯任昉《王文宪集序》颇为不同,清人毛奇龄称此文:"或以为传,或以为志。"[2]何焯《义门读书记》评之云:"直是一篇四六行状。"[3]谭献评云:"行以传状之体。"[4]皆认为其更类于"行状"。《王文宪集序》全文两千余字,以绝大部分篇幅叙述王俭的籍贯、家世、生平、仕历、政绩、德行、品性、身后荣耀等。只在文末不足百字述及王文宪的文章:"昉尝以笔札见知,思以薄技效德,是用缀缉遗文,永贻世范。为如干秩,如干卷。所撰《古今集记》《今书七志》,为一家言,不列于集。集录如左。"[5]寥寥数

①　(梁)萧统编,(唐)李善注《文选》,第 832 页。
②　(清)毛奇龄《青门文稿序》,《西河集》,台湾商务印书馆影印文渊阁四库全书本。
③　(清)何焯《义门读书记》,中华书局 1987 年版,第 963 页。
④　(清)李兆洛《骈体文钞》,第 417 页。
⑤　(梁)萧统编,(唐)李善注《文选》,第 658 页。

语,简介而已。这样的写法,确使此文更类"行状"。

可见,在不同的文体中,《文选》选录了诸多受其他文体影响渗透,带着其他文体特征的篇章。其所选往往是重视文体体制规范的刘勰批评的对象,如《文心雕龙·颂赞》篇言:"马融之《广成》《上林》,雅而似赋,何弄文而失质乎!"①对受赋渗透的颂体文不满,而萧统恰恰选了带着赋体特征的《圣主得贤臣颂》《酒德颂》。又如吊文一体,《文心雕龙·哀吊》篇言:"夫吊虽古义,而华辞末造;华过韵缓,则化而为赋。固宜正义以绳理,昭德而塞违,割析褒贬,哀而有正,则无夺伦矣。"②指出写得过于华丽的吊文,就向赋体偏移,与吊文正体风格不符了。虽然,刘勰同样认同《吊屈原文》在吊文史上的首出地位,但对于吊文受赋的渗透,从而对该体的发展造成影响还是不免有不满与担忧的。

《文选》分体选文,诸多"破体为文"篇章的选录,表明萧统显然并不以文体的体制规范、文体的辨析作为选文时考虑的第一要素,这与刘勰"选文以定篇"时的做法差异明显。易言之,对于汉魏六朝那些因受其他文体影响渗透而偏离文体正统的篇章,萧统采取的是通达的、接受的态度。也就是说,萧统对文体互渗是认可的。一些文章虽然受到了其他文体的影响,表现出其他文体的特征,但在他眼中仍然是该体的优秀之作。

二、分见于两体的篇章,表现出相同的文体特征

《文选》分 39 体选文,分体甚为细致,这既与当时文体批评发展的方向一致,又见出萧统对于各种文体体制特征的细腻把握。但分析具体选文,又确实出现了一些值得思考的现象。比如在不同的文体中,《文选》选录了文体特征极为相似甚至相同的篇章,典型例子如分见于"吊文"和"祭文"两体的贾谊《吊屈原文》和颜延之《祭屈原文》,分见于"诔"和"哀"两体的谢庄《宋孝武宣贵妃诔》和颜延之《宋文皇帝元皇后哀策文》、谢朓《齐敬皇后哀策文》,分见于"笺"和"书"两体的吴质《答魏太子笺》《在元城与魏太子笺》和吴质《答东阿王书》,分见于"颂"和"赞"两体的陆机《汉高祖功臣颂》和袁宏《三国名臣序赞》等。

被认为"吊文"首出之作的贾谊《吊屈原文》,作于贾谊往贬地长沙途中,作者忠而被逐,经湘水怀想屈原,生同病相怜之感,故而借悲悼屈原以自喻抒怀,由此也形成了吊文一体"异时致闵"的文体特征③。自是而后,如刘

---

① (梁)刘勰著,詹锳义证《文心雕龙义证》,第 327 页。
② (梁)刘勰著,詹锳义证《文心雕龙义证》,第 485 页。
③ 章太炎《国故论衡》,第 95 页。

勰所言,吊文的悲悼对象皆是"或骄贵以殒身,或狷忿以乖道,或有志而无时,或行美而兼累"者①,作者的创作也是为了"千载可伤,寓言以送"②。颜延之《祭屈原文》的创作背景,颇类于贾谊《吊屈原文》,据《宋书·颜延之传》记载,由于受傅亮、徐羡之等权臣的嫉恨与陷害,颜延之被贬为始安太守,途经汨水而作此文,文中称"兰薰而摧,玉缜则折。物忌坚芳,人讳明洁",既是对屈原悲剧命运原因的思考,也是对自己立身处境的总结,而言及屈原"嬴芈遘纷,昭怀不端。谋折仪尚,贞蔑椒兰。身绝郢阙,迹遍湘干"的遭逢③,更是对自己才华过人却遭陷害经历的再现。文章通过祭古人来感叹自身遭遇,抒写怨愤。这种写作方式与贾谊《吊屈原文》完全一致。两篇悲悼同一古人、写作模式又类同的作品,却被分置于"吊文"与"祭文"两种不同的文体中,或是因萧统因题归体,但却客观提示了吊文与祭文两体存在着密切关系。因为源于祭礼的祭文一体,在东晋时已在吊文的影响下,分化出祭古人文一支,如上节所列,东晋至南朝都有创作,南朝祭古人文所祭古人范围较东晋时为广,有隐世高蹈者,有忠臣烈士,有先贤圣人等。其中尤其值得注意的即是颜延之《祭屈原文》。颜延之本人对文章也有"欲蠲忧患,莫若怀古。怀古之志,当自同古人。见通则忧浅,意远则怨浮"的认识④,可证其对借古抒怀创作方法的重视。贾、颜两文在文体特征上表现出高度的一致性,《文选》将它们分置于不同的文体中,背后展现出祭文受吊文影响、渗透的事实。

　　谢庄为宋孝武宣贵妃所作祭奠之文,为诔为哀策有不同记载,《南史·后妃传》言孝武殷贵妃薨:"谢庄作哀策文奏之,帝卧览读,起坐流涕曰:'不谓当今复有此才。'都下传写,纸墨为之贵。"⑤而《文选》收此文,题作《宋孝武宣贵妃诔》,置于诔体之中。它与置于"哀"体中的两篇哀策文——颜延之《宋文皇帝元皇后哀策文》、谢朓《齐敬皇后哀策文》都为皇室后妃而作,皆属典制之文的范畴,有着基本相同的结构体式和特征。三文皆由序文和铭辞组成。序文皆自文主去世迁葬写起,分别以"敢撰德于旒旐,庶图芳于钟万"⑥"乃命史臣,累德述怀"⑦"旋诏左言,光敷圣善"⑧引起铭辞,表明铭

---

① （梁）刘勰著,詹锳义证《文心雕龙义证》,第 478 页。
② （梁）刘勰著,詹锳义证《文心雕龙义证》,第 486 页。
③ （梁）萧统编,(唐)李善注《文选》,第 837 页。
④ （梁）沈约《宋书》,中华书局 1974 年版,第 1254 页。
⑤ （唐）李延寿《南史》,中华书局 1975 年版,第 324 页。
⑥ （梁）萧统编,(唐)李善注《文选》,第 793 页。
⑦ （梁）萧统编,(唐)李善注《文选》,第 797 页。
⑧ （梁）萧统编,(唐)李善注《文选》,第 799 页。

辞以敷写文主德行为重要内容。三文铭辞，《宋孝武宣贵妃诔》和《齐敬皇后哀策文》是以四言韵文为主，结合了少量骚体句式，《宋文皇帝元皇后哀策文》则全用四言韵文。铭辞的内容皆先述文主德行，继写往葬途中情景、存者伤痛之情，并都融哀情于葬仪的描写之中。从施用对象、文体功能、内容、体式结构等各个方面，这三篇被《文选》分置于两体的文章都难以区分。它们反映出的是诔和哀两体经过长时间的发展后，在南朝的融合。诔文产生于定谥的需要，所以在初起时所施皆地位高贵者，哀策用于皇帝、后妃、太子迁梓宫和薨逝时，目的在于赠赐，这使它们在哀祭类文体中有着本源的亲近性。诔文早出，在东汉时已形成了述德加写哀的结构模式，以及四言韵文的体式，并影响于相对晚出的哀策文。曹魏时期一些诔文又用及骚体及杂言句式，后来的哀策文也出现同样的情况。而诔文中对葬仪的描写，则来自哀策文的影响，因哀策用于临葬书赠，在晋时依前典仍由史官在遣奠时诵读，由此结尾皆叙葬仪，呈现别神、告神的经过。对葬仪的描写，是哀策文的基本内容，受哀策影响，晋时一些诔文也开始出现此类内容，至南朝诔文，这方面的描写更是增多了。总体而言，哀策自产生后，就与诔文结下了不解之缘，两者相互影响、渗透，至南朝呈现出了颇为相似的文体特征。基于上述事实，《文选》与《南史》对谢庄祭奠宋孝武宣贵妃之文为诔为哀策的不同说法，颇可理解。萧统将三篇文体特征极为接近的文章置于两种不同的文体中，同样呈现了两体相互影响、渗透的事实。

　　《文选》"笺"和"书"两体收录有吴质《答魏太子笺》《在元城与魏太子笺》和吴质《答东阿王书》三文，是吴质写给曹丕、曹植兄弟的书信。建安时期，建安文人上于曹氏兄弟之文，用"书"、用"笺"不大分别。如严可均《全三国文》收吴质与曹丕、曹植兄弟书、笺五篇：《答魏太子笺》《在元城与魏太子笺》《答东阿王书》《答文帝笺》《与文帝书》。上于曹丕的或用书，或用笺，上于曹植的用书。杨修和陈琳上于曹植之文却又用笺：杨修《答临淄侯笺》、陈琳《答东阿王笺》。刘桢今存与曹氏兄弟往还之作三篇，又都用书：《与曹植书》《谏曹植书》《答魏太子丕借廓落带书》。笺本是一种带有明确等级性质的文体，自产生之日起，它就是一种上行文，其行文对象，刘勰特指为"郡将"①，但如徐师曾所言："若班固之说东平，黄香之奏江夏，所谓郡将奏笺者也。是时太子、诸王、大臣皆得称笺，后世专以上皇后、太子，于是天子称表，皇后、太子称笺，而其他不得用矣。"②魏晋南北朝时期上于太子、诸

---

① （梁）刘勰著，詹锳义证《文心雕龙义证》，第936页。
② （明）吴讷、（明）徐师曾《文章辨体序说　文体明辨序说》，第123页。

侯王、大臣之文多用笺。邺下文人一些上于太子、诸侯王的文章虽多用笺，但如上列用"书"之例亦不乏。内容上，邺下文人的笺文回忆昔日交游盛况、倾诉思念之情、感叹人生、谈文说艺等，与曹氏兄弟书信并无二致。邺下文人之笺与曹氏兄弟书信一一对针，骆鸿凯先生就举分别为《文选》"书""笺"两体所收的曹植《与杨德祖书》和杨修《答临淄侯笺》、曹丕《与吴质书》和吴质《答魏太子笺》两组文章，证明它们虽有称书、称笺的不同，但在内容上是若合符契的①。可见，在建安时期，"书""笺"两体的文体界限并不甚清晰，萧统仍是依据文章题名归体，客观展示出两体在彼时的影响、互渗关系。

　　《文选》"颂""赞"二体分别录有陆机《汉高祖功臣颂》和袁宏《三国名臣序赞》。陆机《汉高祖功臣颂》赞颂汉高祖及其功臣伟业，情感主流倾向为赞颂，但亦含贬抑之辞，如称彭越为"谋之不臧，舍福取祸"，评韩王信为"人之贪祸，宁为乱亡"等，即刘勰所谓"褒贬杂居"②；袁宏《三国名臣序赞》共赞三国名臣十二人，四言韵语成篇，每赞句数不等，因褒贬得当，颇受后人推崇。我们很难对此二文做出严格意义上的文体区分。实则，颂、赞二体本就渊源颇深，刘勰论"赞"体就云："然本其为义，事生奖叹，所以古来篇体，促而不广，必结言于四字之句，盘桓乎数韵之辞。约举以尽情，昭灼以送文，此其体也。发源虽远，而致用盖寡，大抵所归，其颂家之细条乎！"③认为赞乃颂之一支。萧绎亦云："班固硕学，尚云赞颂相似。"④看来此二体的相混由来已久。有时，人们甚至是以篇幅的长短来对它们进行区分的："三国之时，颂赞虽已混淆，然尚以篇之长短分之。大抵自八句以迄十六句者为赞，长篇者为颂，其体之区别，至为谨严。彦和所谓'促而不广'云云，正与斯时赞体相合。及西晋以后，此界域遂泯。如夏侯湛之《东方朔画像赞》，篇幅增恢，为前代所无，袁弘《三国名臣赞》，与陆机《高祖功臣颂》实无别致，而分标二体。可知自西汉以下，颂赞已渐合为一矣。"⑤萧统分置陆、袁二文，亦遵题之意，但展现了颂、赞二体的密切关系。

　　如引言所论，《文选》总是把功能、性质更为相近的文体排在一起，如上举出现在不同文体中的篇章，往往见于排列顺序临近的文体中。而功能、性质的接近，正是文体发生互渗的前提。萧统认识到一些文体之间有相较于其他文体更密切的关系，但他并不执着于对关系密切的文体从特征上进行

---

①　骆鸿凯《文选学》，中华书局 1989 年版，第 500、505—506 页。

②　（梁）刘勰著，詹锳义证《文心雕龙义证》，第 333 页。

③　（梁）刘勰著，詹锳义证《文心雕龙义证》，第 348—349 页。

④　（清）严可均《全梁文》，第 3053 页。

⑤　刘师培《左庵文论》，转引自詹锳义证《文心雕龙义证》，第 349 页。

细致的区分。为了编纂总集,他采取的是一种简便、有效的方法——依题归体,即一些文章虽然文体特征类同,但依据题目把它们分列到不同的文体中去。这种做法客观上呈现了这些文章所分属的不同文体,存在交叉互渗甚至融合关系的事实。同时又一次说明了,萧统对于包括文体互渗在内的因素造成的文体发展演变的事实,是顺其自然并予以尊重的。

三、为新兴文体立体

《文选》选文止于萧梁,所立 39 体中有一些兴起较晚,所选也仅是南朝文章,如墓志、启、弹事等。萧统重视为新兴文体立体,是以一种与时俱进的眼光在编纂《文选》。他强调新兴文体的独立性质,尊重文体发展演变的事实。

"墓志"起源于何时,不同的说法有很多。赵超《汉魏南北朝墓志汇编·前言》提出了判定的三条标准,认为南北朝为墓志的定形期①。据传世文献记载,最早以"墓志"名篇的是刘宋大明二年孝武帝为建平宣简王刘宏所撰写的"墓志铭并序"②,此墓志《艺文类聚》卷四八收录,仅有四言铭文。至萧梁,"墓志"引起了人们较多注意,《艺文类聚》收录南朝墓志四十余篇,萧梁就占逾三十篇。《文选》"墓志"一体仅选任昉《刘先生夫人墓志》一文。

"墓志"是作为墓碑文的补充出现的。墓碑文一体产生较早,至东汉末,已出现了代表性的作家——蔡邕。这种出于对死者崇敬和纪念而产生的文体,伴随着崇高的仪式感和不菲的花费,故而有了后来的禁碑之事。《宋书·礼志》就记载了自曹操始,至东晋末年的几次朝廷禁碑,且指出碑禁一直延续至《宋书》成书的萧齐末年或萧梁初年的事实。这样的政策使墓碑文的发展受到巨大的打击,留存至今的碑刻甚少,且多为残篇。碑文被禁,但人们"事死如事生"的观念并未改变,对逝去的亲人进行祭奠和纪念仍是发自内心的,这种情况下,墓志应运而生,刘师培《中古文学论著三种》有言:"自裴松之奏禁私立墓碑,而后有墓志一体。"③范文澜亦言:"东汉时立碑极滥,曹操下令不得厚葬,又禁立碑。晋武帝下诏废禁,自后墓志铭代碑文而兴起。"④均昭示墓志的兴起和碑文密切相关。但是,二者却不是取代和被取代的关系,"东晋末期始禁私碑,碑文成为一种典制,只是极少数人的饰终之典,于是便有了墓志这种与碑文相类似的文体加以补充。由一种文体衍

---

① 赵超《汉魏南北朝墓志汇编》,天津古籍出版社 1992 年版,第 22—23 页。
② (梁)沈约《宋书》,第 1860 页。
③ 刘师培《中古文学论著三种》,辽宁教育出版社 1997 年版,第 175 页。
④ 范文澜《中国通史》第二册《两晋文化》,人民出版社 1978 年版,第 289—290 页。

变出另一类相类似的文体常常是这样,一种文体受到了一定的表达范围、对象的限制,于是一种相类似的文体依此而生,使得那些不在范围之内的对象获得了表达,由诔文至哀辞便是如此。也由此,由诔文而哀辞,由碑文至墓志,不是一种文体取代另一种文体,而是两种文体并行"①。碑文和墓志的施用对象其实是不同的,碑文主要针对帝王及少数贵戚大臣,而墓志则用于不能立碑之人。

黄金明《汉魏晋南北朝诔碑文研究》以《宋故员外散骑侍郎明府君墓志铭》《齐故监余杭县刘府君墓志铭》《刘府君墓志铭》等墓志为例,论证与碑文相比,南朝墓志在序文中往往详记亡者世系、名字、爵里、官职等,记叙性更强②。更有一些南朝墓志序文部分以散体记叙成文,自由潇洒,如陆倕《志法师墓志铭》、张缵《中书令萧子显墓志》等。但南朝又有一些墓志,与碑文结构、行文方式非常接近,叙一职,而后形容颂赞,以徐陵、江总所作最为典型,如徐陵《司空章昭达墓志铭》、江总《广州刺史欧阳颁墓志》等都是很好的例子,它们显然受到了碑文的影响。墓志在产生之初就与碑文有亲缘关系,后来的创作又受到碑文的影响、渗透。萧统对"墓志"的单独立体,更多强调了墓志独立于碑文的特质。

如上节所论,"弹事"是由按劾一类奏文发展而来的。刘勰《文心雕龙·奏启》篇论"弹事"一体,先言自汉至晋的"按劾之奏",列举汉魏至晋用以按劾的代表性奏文篇目后,称"后之弹事",应是认为"弹事"的成体在晋或以后。任昉《文章缘起》以晋冀州刺史王深集《杂弹文》为弹事之始。在晋代,"弹事"一体形成了不同于汉魏按劾之奏的独立文体模式,钱锺书先生在《管锥编》中即举《晋书·庾纯传》所载自劾表文,力证此点。《晋书·庾纯传》载有庾纯自劾奏文:"以枉错直,居下犯上,醉酒迷荒,昏乱仪度。臣得以凡才,擢授显任。"③任昉《奏弹曹景宗》有李善注云:"王隐《晋书》:庾纯《自劾》曰'醉酒荒迷,昏乱仪度,即主。谨按:河南尹庾纯'云云。"④李善注所引庾纯文比《晋书》所载,主要是多了"即主。谨按"数字,而"'即主'以上犹立状,举其罪,'谨按'以下犹拟判,定其罚"⑤。弹事"即主"以上主要陈述所弹劾之人的罪状,"谨按"以下则是呈请量刑定罚,这也是今存南朝"弹事"的通式,钱锺书先生举沈约《奏弹王源》、任昉《奏弹曹景宗》《奏弹刘整》

① 黄金明《汉魏晋南北朝诔碑文研究》,第284页。
② 黄金明《汉魏晋南北朝诔碑文研究》,第286—287页。
③ (唐)房玄龄等《晋书》,中华书局1974年版,第1398页。
④ (梁)萧统编,(唐)李善注《文选》,第559页。
⑤ 钱锺书《管锥编》,第1404页。

《奏弹萧颖达》、元匡《奏弹于忠》、王显《奏弹石荣抱老寿》等多文证明此点。可见，晋之后"弹事"一体形成，有自身独有的格式化语句和文体模式，与汉魏按劾之奏有了显著区别。

《文选》并未列"奏文"一体，而列从奏文分化出来、带着奏文特征，又形成自身独立特点的"弹事"，所录3篇文章，分别来自沈约和任昉。这也是强调文体发展演变的一种态度。

任昉《文章缘起》列"启"体，言"晋吏部郎山涛作《选启》"①，认为"启"体产生于晋代。刘勰的认识大抵相同，《文心雕龙·奏启》言："启者，开也。……孝景讳启，故两汉无称。至魏国笺记，始云启闻。奏事之末，或云谨启。自晋来盛启，用兼表奏。"②称三国时，一些上奏公文开始用"启闻""谨启"的字眼，至晋代名为"启"的文章多了起来。确实，如陆云今存就有6篇以"启"名篇之作。然而，启文"始云启，末云谨启"的标准格式，是到了刘宋才形成的，这也是后世启文的一般通行格式。内容上，刘宋时，一部分启文仍沿前代奏御公文的性质，如鲍照的《论国制启》、谢庄的《密诣世祖启》等用于议政，刘义恭的《荐沈邵启》等用于举荐人才，江淹的《建平王让镇南徐州刺史启》等用于辞官。更值得注意的是，启文在此时发生了新变，即谢物小启出现，如刘义恭的《谢敕赐华林园樱桃启》《谢敕赉华林园柿启》、鲍照的《谢赐药启》、江淹的《建平王谢玉环刀等启》等，皆为感谢王侯赠赐而作。齐梁时期此类启文创作渐多，它们追求辞藻的华丽，无关事体之大，只是士大夫雍容闲雅生活的写照。

启体虽然兴起较晚，但与一些早出的上奏类公文文体如奏、表等关系密切："自晋来盛启，用兼表奏。陈政言事，既奏之异条；让爵谢恩，亦表之别干。"③如《文心雕龙·章表》所言，先秦时期，上奏君王言公务用"上书"，秦朝改为"奏"，而至汉初，被细化为章、奏、表、议四体④。随着封建国家机器的发展，政治职能分工的细密，以及文书制度的健全，上奏类公文不断衍生出新的类别，《文心雕龙》《文选》《文章缘起》所论列的上奏类公文都达数种至十数种。"启"就产生于上奏类公文不断细化的过程中。它为上奏言事而发，论政陈事，与一般的表、奏文字关系密切，又稍有区别，即所言之事都不关国体之大，故而篇幅也都不长。

刘宋至齐梁谢物小启的作者多高门士族，或皇室成员，或少数受赏识的

① （梁）任昉《文章缘起》，台湾商务印书馆影印文渊阁四库全书本。
② （梁）刘勰著，詹锳义证《文心雕龙义证》，第873页。
③ （梁）刘勰著，詹锳义证《文心雕龙义证》，第873页。
④ （梁）刘勰著，詹锳义证《文心雕龙义证》，第820—826页。

寒门庶族,作者群体较集中。行文对象和作者的关系,或为侯王与其僚属,或为同属皇室成员的父子、兄弟,他们之间往往情谊深厚,启文因谢赠赐而发,表现出明确的私人交流的性质,与"书"体本质上一致,李兆洛即言:"尺牍之美,非关造作,妍媸雅郑,每肖其人。齐梁启事短篇,藻丽间见。既非具体,无关效法。十而存一,概可知也。"①而且,当时还出现了一些书、启往来之作,如陶弘景有《与武帝启》五首,萧衍答以《答陶弘景书》四首;陶弘景上《进〈周氏冥通记〉启》,萧衍答以《答陶弘景进〈周氏冥通记〉书》。又"启"还用为平行文体,如庾肩吾有《答陶隐居赍术煎启》《答陶隐居赍术蒸启》,皆答陶弘景赠物之作,与"书"没有任何区别。又萧纲有《叙南康简王薨上东宫启》,萧绎有《答晋安王叙南康简王薨书》,所叙为一事,仅因行文对象的差别而有用书、用启的不同。

可见,"启"体相对较为晚出,它集聚着奏文、表、书等文体的功能与特征,萧统单列"启"体,亦更重此体的独立性质。

《文选》为启、弹事、墓志等新兴文体立体,这些新兴文体都分别与一些早出文体有千丝万缕的联系,或从之分化而出,或作为补充出现,总之在形成自身独立特征的同时,都带着相关文体的痕迹,在文体功能上也多与之交叉。萧统关注这些新兴文体,表现出明确的细分文体的倾向。同时,既然立体,自然意图强调的是新兴文体与其相关文体不同的一面,即其独立的性质。更关注由分化、互渗等带来的文体发展的结果,表明萧统尊重文体演变的态度。

不管是在一种文体中选录了受其他文体渗透、带着其他文体特征的篇章,还是在不同文体中选录了具有相同或相近文体特征的作品,抑或是积极关注新兴文体,都表明萧统是带着一种发展的、与时俱进的眼光在立体选文,他接受由文体互渗造成的文体演变的事实,在《文选》中通过上述做法给予积极反映。这些做法其实与其文学观念密切相关,《文选序》言:"若夫椎轮为大辂之始,大辂宁有椎轮之质? 增冰为积水所成,积水曾微增冰之凛,何哉? 盖踵其事而增华,变其本而加厉;物既有之,文亦宜然;随时变改,难可详悉。"②"随时变改"四字,清晰地宣示了萧统随着时代的发展而发展的文学观念。这种关于文学发展的总体看法,在设体选文时,被很好地贯彻执行,表现之一即是对于文体互渗现象的接受、尊重与展现。

---

① （清）李兆洛《骈体文钞》,卷首目录第 19 页。
② （梁）萧统编,（唐）李善注《文选》,卷首第 1 页。

第二章　汉魏六朝破体为文的
　　　　典型作家

　　本章以王褒、曹植、庾信为典型代表,分析这些作家文学史地位的取得与他们能动使用文体之间的密切关系,并由这些作家个案试图总结文体互渗在文体及文学发展史上的重要意义。

　　汉魏六朝是文体发展演变的高峰时期,彼时自觉不自觉地学习其他文体的特点进行文体创新,从而在某些文体的发展上做出突出贡献的作家是不少的,如贾谊之于论、刘伶之于颂、潘岳之于哀诔文、谢灵运之于赋,等等。本章之所以选择王褒、曹植、庾信作为汉魏六朝时期利用文体互渗推动文体发展的典型作家,有以下几个方面的原因:

　　一、这几位作家皆兼善多体,至少与同时代作家相比起来,涉足的文体种类是更多的。他们富有创新精神,都分别在多种实用文体的发展上做出了重要贡献,且他们都在多种文体的创作中,自觉不自觉地向其他文体借鉴学习,受其他文体横向上的影响渗透,推动多种文体创造性地发展,深刻影响后人。

　　二、这几位作家皆是文学史上的一流作家,通过对他们创作中文体互渗现象的考察,尤能见出灵活运用文体,注意横向借鉴、学习其他文体,对作家个人文学成就的取得及文体、文学史发展的重大意义。

　　三、这几位作家分别生活于西汉、曹魏、南北朝时期,通过对他们创作中文体互渗现象的考察,可以见出汉魏六朝各个时期文体发展的特点。如王褒生活的西汉中后期,文体尚未高度发达,王褒的文体创新也是无意识的;曹魏已然是各种文体发展演变的重要时期,富有创新精神的曹植自觉进行文体创新,其多种文体都积极吸取其他文体的因素,获得创造性的发展;庾信处于文化融合和总结的时期,受到南朝和北朝文学的共同影响,他吸取两朝文体的优长并灵活运用,通过文体互渗等手段,推动多种文体的新发展。

第一节　王　褒

西汉作家王褒在文学史上占有重要地位,如班固《两都赋序》将他与司马相如、东方朔等并列,称他们"雍容揄扬,著于后嗣"①;左思《蜀都赋》将他与司马相如、扬雄并列,称"游谈者以为誉,造作者以为程"②;沈约《宋书·谢灵运传论》言:"屈平、宋玉,导清源于前,贾谊、相如,振芳尘于后,英辞润金石,高义薄云天。自兹以降,情志愈广。王褒、刘向、扬、班、崔、蔡之徒,异轨同奔,递相师祖。"③强调王褒继屈、宋、贾、马之后的文学史地位;刘勰《文心雕龙·诠赋》篇言及王褒在辞赋史上的重要地位云:"陆贾扣其端,贾谊振其绪,枚、马播其风,王、扬骋其势。"④认为赋体在王褒和扬雄的手中走向成熟。王褒在文学史尤其是赋体创作史上占有重要地位,这在汉代已被强调,在魏晋南北朝时期更成为共识。

王褒今存作品不多,《全汉文》所收仅有《洞箫赋》《九怀》《四子讲德论》《圣主得贤臣颂》《甘泉宫颂》《碧鸡颂》《僮约》《责须髯奴辞》八篇,但这八篇文章却涉及赋、论、颂、俳谐文等多种文体。可见,王褒虽生活于文体尚欠发达的汉宣帝时期,却是一个对文章体裁勇于尝试与探索的作家。而且,他对这诸多文体的发展都做出了重要贡献。如他今存最知名的作品《洞箫赋》,是第一篇专门描写音乐的赋,开拓了辞赋的表现领域,文中已多用四六句,颇具骈文雏形。很多研究者都曾指出这篇赋的创新意义,以及它在赋体史上的重要地位⑤。

王褒文学成就的取得与他推动上列多种文体创造性地发展关系密切。王褒是一个富有文体创新精神的作家,具体表现为他所创作的各体文章,往往接受其他文体的影响渗透,吸收其他文体的特征,使文体相互融合,从而获得创造性的发展。由于其赋论者已多,研究已较为全面、深入,下面试分论、颂、俳谐文三体论辩王褒的文体新创。需要说明的是,俳谐文虽不能归

---

① （梁）萧统编,（唐）李善注《文选》,第21—22页。
② （梁）萧统编,（唐）李善注《文选》,第81页。
③ （梁）沈约《宋书》,第1778页。
④ （梁）刘勰《文心雕龙》,第280页。
⑤ 如章培恒、骆玉明主编《中国文学史》（复旦大学出版社1997年版,第195页）,刘跃进、彭燕《论王褒的创作及其心态》（《社会科学战线》2015年7期）,徐宗文《论王褒赋的特点及贡献》（《社会科学战线》1993年3期）,金国永《试论西汉王褒》（《社会科学研究》1986年4期）等。

入实用文体之列,但王褒的俳谐文受到实用文体的明确影响,故仍在探讨的范围之内。

一、颂文

王褒颂体文今存《圣主得贤臣颂》《甘泉宫颂》《碧鸡颂》三篇。篇目不多,却以独特的创造性,在颂体的发展史上占有重要地位,代表了颂体在西汉的发展状态,并对之后颂体文产生重大影响。

颂体产生很早,也较早引起了人们的重视,历代文论家虽然对其论述有详有略,认识也或有不同,但关于其颂美的文体性质与功能则都有一致意见。挚虞《文章流别论》较早细言颂体,称:"王泽流而诗作,成功臻而颂兴。……古者圣帝明王,功成治定而颂声兴。"①认为颂体源于《诗经》,用于颂美成功。陆机《文赋》论颂偏言其风格:"颂优游以彬蔚。"李善注此句云:"颂以褒述功美,以辞为主,故优游彬蔚。"②颂从容、华艳的风格正是由它颂美的性质决定的。萧统《文选序》言:"颂者,所以游扬德业,褒赞成功。"③强调此体用于颂赞褒扬。直至明代徐师曾论颂体,仍沿用前人说法,称:"颂者,容也,美盛德之形容,以其成功告于神明者也。"④在漫长的时期内,人们界定颂体,主要是从其用途和功能入手,颂主于颂美,符合这一特征即为颂体。

在王褒之前,颂体已经经历了不短时间的发展。《文心雕龙·宗经》有言:"赋、颂、歌、赞,则《诗》立其本。"⑤认为颂体源于《诗经》。"四始之至,颂居其极。……颂主告神,故义必纯美。"⑥它由《诗经》三颂发展而来,用于告神,主于颂美。之后,较早以"颂"名篇的作品是屈原的《橘颂》,它是《九章》中的一篇。文章借物咏志,主旨不在颂橘,而在抒发作者独立不迁的情怀。基本以四言结体成篇,每句不离"兮"字,带着楚骚的特征。故而,后世有学者将颂体文真正的成立后推至李斯的刻石。刘师培言:"秦之刻石,与三代之颂不同。颂之音节虽无可考,然三代之诗皆可入乐,颂为诗之一体,必可被之管弦。秦刻石则恐皆不能谱入乐章。故三代而后,颂与诗分,此其大变迁也。"⑦话说得明白,《诗经》三颂是颂体文的源头,但它们在文体上属于诗,真正标志着颂从诗中分离出来,发展成为一种独立文体的是秦代李斯

---

① (西晋)挚虞《文章流别论》,(清)严可均《全晋文》,第1905页。
② (梁)萧统编,(唐)李善注《文选》,第241页。
③ (梁)萧统编,(唐)李善注《文选》,卷首第2页。
④ (明)吴讷、(明)徐师曾《文章辨体序说 文体明辨序说》,第142页。
⑤ (梁)刘勰著,詹锳义证《文心雕龙义证》,第78页。
⑥ (梁)刘勰著,詹锳义证《文心雕龙义证》,第313—315页。
⑦ 刘师培著,陈引驰编校《刘师培中古文学论集》,第151页。

的刻石,它代表着颂体发展史的大变迁。严可均《全秦文》所收李斯的刻石有《绎山刻石》《泰山刻石》《琅邪台刻石》《之罘刻石》《之罘东观刻石》《碣石门刻石》《会稽刻石》七篇,皆通篇四言,内容都是颂扬秦始皇的德行,如《绎山刻石》云:

> 皇帝立国,维初在昔,嗣世称王。讨伐乱逆,威动四极,武义直方。戎臣奉诏,经时不久,灭六暴强。廿有六年,上荐高庙,孝道显明。既献泰成,乃降专惠,亲巡远方。登于绎山,群臣从者,咸思攸长。追念乱世,分土建邦,以开争理。功战日作,流血于野,自泰古始。世无万数,阤及五帝,莫能禁止。乃今皇帝,一家天下,兵不复起。灾害灭除,黔首康定,利泽长久。群臣诵略,刻此乐石,以箸经纪。①

颂扬秦始皇诛灭六国、救民于祸乱流血的无上功德,深合颂体的功能和特性。此文不同于诗颂隔句押韵的方式,三句押韵,较诗颂趋于散文化。值得注意的是,自“廿有六年”至“咸思攸长”数言,交待创作时间、地点、缘由,有类于后来成熟的颂体文的序文。

然而,李斯的刻石文并未为后来的颂体文树立起体制规范。即如秦时稍后于李斯的周青臣今存有《进颂》之篇:

> 他时秦地不过千里,赖陛下神灵明圣,平定海内,放逐蛮夷,日月所照,莫不宾服。以诸侯为郡县,人人自安乐,无战争之患,传之万世。自上古不及陛下威德。②

此文颂扬秦始皇功德的主旨类同于李斯刻石,但在行文方式上却大有不同。全文不押韵,虽亦多四言偶句,但五言、八言、九言等穿插其中,是一篇典型的散体颂文。

王褒之前,西汉留存至今的颂体文有两篇——董仲舒《山川颂》、东方朔《旱颂》。东方朔《旱颂》所存非完篇,今余句用骚体,感慨天旱伤农,颇具悲天悯人的情怀。董仲舒《山川颂》以山水比德,是孔子“仁者乐山,智者乐水”的发挥,文中大量引用《诗经》、孔子语,总体而言,是通过颂扬山水来解说经文。全文对山水的描绘多铺陈排比,如形容山之高大言“巃嵸崔,摧嵬巍巍”,这些双音节生僻字显然源自汉大赋。形容水言:“水则源泉,混混沄沄,昼夜不竭,既似力者;盈科后行,既似持平者;循微赴下,不遗小间,既似察者;循溪谷不迷,或奏万里而必至,既似知者;障防山而能清净,既似知命者;不清而入,洁清而出,既似善化者;赴千仞之壑而不

---

① （清）严可均《全秦文》,第121页。

② （清）严可均《全秦文》,第123页。

疑,既似勇者;物皆困于火,而水独胜之,既似武者;咸得之而生,失之而死,既似有德者。"①铺陈排比,方水为力者、持平者、察者、知者、知命者、善化者、勇者、武者、有德者,赋化痕迹明显。

王褒今存的三篇颂体文亦没有采用统一的体式,《圣主得贤臣颂》和《甘泉宫颂》更多带着赋体的特征,《碧鸡颂》则用骚体。三篇中影响最大的自然属《圣主得贤臣颂》。

《圣主得贤臣颂》一文,王褒从圣主与贤臣两个角度展开,颂扬"圣主必待贤臣而弘功业,俊士亦俟明主以显其德"的君臣相得,并对此理想状态寄予了深切期望。形式上,铺排事例,赋化明显。如以人马相得喻圣主与贤臣相得:"庸人之御驽马,亦伤吻弊策而不进于行,胸喘肤汗,人极马倦。及至驾啮膝,骖乘旦,王良执靶,韩哀附舆,纵骋驰骛,忽如影靡,过都越国,蹷如历块;追奔电,逐遗风,周流八极,万里一息。何其辽哉!人马相得也。"排比古例,铺陈形容马之疾速,归因于人马相得。又对比形容贤臣之需遇明君:"是故伊尹勤于鼎俎,太公困于鼓刀,百里自鬻,宁戚饭牛,离此患也。及其遇明君、遭圣主也,运筹合上意,谏净则见听,进退得关其忠,任职得行其术,去卑辱奥渫而升本朝,离蔬释蹻而享膏粱,剖符锡壤,而光祖考,传之子孙,以资说士。"②四言、六言对句穿插、排比运用,极言贤臣应遇明君才能发挥其才能,建功立业。

汉赋作家一直强调大赋的讽谏功能,《圣主得贤臣颂》颂扬君臣相得,劝谏的主旨亦穿插其中。《汉书》录《圣主得贤臣颂》后云:"是时,上颇好神仙,故褒对及之。"③记载王褒此文创作的现实背景。《圣主得贤臣颂》认为只要圣主贤臣"聚精会神,相得益章""上下俱欲,欢然交欣,千载一会,论说无疑""遵游自然之势,恬淡无为之场",则自然"休征自至,寿考无疆,雍容垂拱,永永万年",而"何必偃仰诎信若彭祖,呴嘘呼吸如乔松,眇然绝俗离世哉"④。针对主上的劝谏十分明确。张溥《汉魏六朝百三家集题辞》曾评此文云:"圣主贤臣,文词采密,其推彭祖厌乔松,归之文王多士,以祝寿考,意主规讽,犹长卿之《子虚》《上林》,游戏园圃,有戒心焉。"⑤以其不忘劝谏,比之于司马相如的《子虚赋》《上林赋》。作者歌颂圣主贤臣相得,期望当日亦能如之,不免有劝谏的成分在。

---

① (清)严可均《全汉文》,第258页。
② (梁)萧统编,(唐)李善注《文选》,第659—660页。
③ (东汉)班固《汉书》,中华书局1962年版,第2828页。
④ (梁)萧统编,(唐)李善注《文选》,第660页。
⑤ (明)张溥《汉魏六朝百三家集题辞》,中华书局2007年版,第22页。

王褒的《甘泉宫颂》今存不全,同样铺陈排比成篇。文写甘泉宫,与汉宫殿大赋写法非常相似。从前后左右来形容衬托甘泉宫地形之佳、环境之美:"前接大荆,后临北极,左抚仁乡,右望素域。"铺写宫内观、阶、坻、道的高大长远,台阁殿堂之富丽巍峨:"仍巇嶭而为观,攘抗岸以为阶,壅波澜而鳞坻,驰道列以曲远。览除阁之丽靡,觉堂殿之巍巍。"描绘甘泉宫内部的精整伟丽:"径落莫以差错,编玳瑁之文椽。镂螭龙以造槅,采云气以为楣。神星罗于题鄂,虹蜺往往而绕榱。缦倏忽其无垠,意能了之者谁?"无不铺排夸张,用词华美。终归于畅想君主游宫之乐,而为之颂扬。另此颂还余残文:"十分未升其一,增惶惧而目眩,若播岸而临坑,登木末以窥泉。"①写甘泉宫台榭之高大险要,与扬雄《甘泉赋》"鬼魅不能自逮,半长途而下颠"②,班固《西都赋》"攀井幹而未半,目眩转而意迷。舍灵槛而却倚,若颠堕而复稽"③,张衡《西京赋》"将乍往而未半,怵悼慄而怂兢,非都卢之轻蹻,孰能超而究升"④等写台榭有异曲同工之妙,或后三者即受到王褒的启发而来,李善即引此四者同注左思《魏都赋》。由此更可见出王褒此颂的赋体特征。

与董仲舒《山川颂》相比,王褒颂文受到赋体影响、渗透的痕迹更为明显。颂的这种赋化现象,实际与《鲁颂》有关。《诗经》三颂,《鲁颂》较多分章,更为重视词藻的铺叙,王安石论《鲁颂》即言:"《周颂》之词约,约所以为严,所美盛德故也;《鲁颂》之词侈,侈所以为夸,德不足故也。"⑤虽有批评,但从中可见《鲁颂》重铺陈的特征。如《鲁颂·駉》颂美鲁公养马众多,共分四章,重章叠句,不厌其烦列举十一种马名,铺叙行文。又如《鲁颂·閟宫》,共分九章,歌颂僖公的文治武功,是《诗经》中篇幅最长的诗歌,极尽铺张扬厉之能事。方玉润《诗经原始》称其"盖颂中变格,早开西汉扬、马先声,固知其非全无关系也"⑥,指出《鲁颂》的排比铺叙对西汉赋家产生了影响,颂和赋在本源上就有密切的关系。而王褒在文学史上,本身就是以赋名家的,他最知名的作品是《洞箫赋》,在王褒所处的时代,汉大赋兴盛发展,名家、名作最多,是最为强势的文体。这些都使得王褒在创作颂体文时,多采用赋的手法。其颂体文受到赋体的影响,实属常情。

从上面对颂体的追述可以看出,至王褒,"颂"已然独立成体,其文体特

---

① (清)严可均《全汉文》,第358—359页。
② (梁)萧统编,(唐)李善注《文选》,第113页。
③ (梁)萧统编,(唐)李善注《文选》,第27页。
④ (梁)萧统编,(唐)李善注《文选》,第41页。
⑤ (北宋)王安石《诗经新义》,中华书局1982年版,第300页。
⑥ (清)方玉润《诗经原始》,中华书局1986年版,第639—640页。

征主要表现为功能上的颂美。但其文体形式还不固定,有以四言成篇者,有以骚体成篇者,有以散体成篇者,有以赋体成篇者。其实,整个汉代,如林晓光《论汉魏六朝颂的体式确立及流变》所言:"纵观两汉之颂,直至汉末之前,其文体极为混杂。有散文式,有骈散结合式,有三言,有四言,有六言,有杂言,有骚体。同一作者所作之颂,其文体也互相错杂。""以上的情形表明,在汉代,'颂'还并没有成为一种自觉稳定的特殊文体。"①颂体在汉代并没有形成稳定的文体形制,不同的作品往往受到楚骚、四言诗、赋等不同文体的影响,表现出不一样的外部形态。直到汉末曹魏时期,颂体才逐渐统一为四言韵文的体式②。两汉及之前,颂体主要是以功能上的颂美作为特征区别于其他文体的。

但值得注意的是,董仲舒、王褒带着明确赋体特征的颂文在汉代影响最大。王褒之后的颂,尤其处于创作高峰时期的东汉颂,多表现出赋化的痕迹。如挚虞《文章流别论》言:"马融《广成》《上林》之属,纯为今赋之体,而谓之颂,失之远矣。"③刘勰《文心雕龙·颂赞》篇沿其说:"马融之《广成》《上林》,雅而似赋,何弄文而失质乎!"④指出以马融《广成颂》《上林颂》为代表的颂体文的赋化倾向。确实如此,马融《广成颂》写畋猎,铺陈畋猎队伍的壮观庞大、狩猎勇士搏斗时的迅捷从容、大获全胜时川谷的萧条静谧、凯旋后丝竹管弦相伴的轻松愉悦等,层层铺叙,面面俱到地状画行猎,与司马相如的《子虚赋》《上林赋》,扬雄的《羽猎赋》等何其相似!当然,不唯马融颂文如此,这种特征在东汉的颂体文中多有表现,这种现象也多为当今学者注意,如万光治、王德华、易闻晓等学者都曾发文探讨汉代赋、颂二体交叉互渗的问题⑤,董仲舒和王褒正是这种创作现象的开风气者,而二人中,王褒颂文的赋化程度无疑更深,影响自然也更大。颂的赋化,是颂体文在初期发展阶段呈现出的重要特征,虽然反映出的是颂体尚未发展成熟,但却是其长期持续存在的一种状态,王褒正是这种状态最重要的缔造者。

王褒又有《碧鸡颂》。此文的创作因由,史有明载:"后方士言益州有金

①　林晓光《论汉魏六朝颂的体式确立及流变》,《兰州学刊》2011 年 2 期,第 139 页。
②　在颂的早期发展阶段,李斯的刻石较统一地采用了四言韵文的体制,这应与其载体有关。后来秦汉的颂文,当不刻于石时,不同的作者受不同的文体及个人才能等多重因素影响,体制较为自由。虽然李斯刻石与汉末曹魏时期颂体形制趋向统一后的体式相近,但不能说明颂体的体式在李斯时已成熟稳定。
③　(西晋)挚虞《文章流别论》,(清)严可均《全晋文》,第 1905 页。
④　(梁)刘勰著,詹锳义证《文心雕龙义证》,第 327 页。
⑤　万光治《汉代颂赞箴铭与赋同体异用》(《社会科学研究》1986 年 4 期)、王德华《东汉前期赋颂二体的互渗与散体大赋的走向》(《文学遗产》2004 年 4 期)、易闻晓《论汉代赋颂文体的交越互用》(《文学评论》2012 年 1 期)。

马碧鸡之宝,可祭祀致也,宣帝使褒往祀焉。"①金马、碧鸡皆属符瑞,王褒借以颂汉德,此颂属于言符瑞的咏物颂。在王褒之前,屈原的《橘颂》"覃及细物"②,但为骚体的托物言志之作,《碧鸡颂》实属今存最早的咏物颂,这是王褒对颂体题材的开拓,是他对颂体文的又一贡献。刘师培有言:"汉魏之际,此类最多(按,指咏物颂)。如《菊花颂》等篇,与三代之颂殊途,然亦颂之一体。盖虽非述德告神,而与'美'之旨弗悖矣。"③这类颂文是到汉魏之际才逐渐增多的,王褒的《碧鸡颂》为咏物颂的开先例之篇。

二、俳谐文

王褒今存《僮约》《责须髯奴辞》两篇俳谐文,尤前是前者颇受称赏关注。如洪迈称其"极文章之妙"④,谭献称"不能有二"⑤,梁启超更认为"在汉人文中,蔡邕极有名之十余篇碑诔,其价值乃不敌王褒之一篇游戏滑稽的《僮约》"⑥。《僮约》不唯文学价值高,更是王褒进行文体创新的杰作,它揉合了券文、赋、俳谐文三者的特征,成为一篇奇文。

"券"是一种实用文体,用于约束双方遵守共同的规定。刘勰《文心雕龙·书记》篇亦曾论及:"券者,束也。明白约束,以备情伪,字形半分,故周称判书。古有铁券,以坚信誓。"并指出:"王褒《髯奴》,则券之楷也。"⑦王褒《僮约》一文有言"从成都安志里女子杨惠买亡夫时户下髯奴便了",便了是《僮约》一文的主要人物,被称为"髯奴",此处刘勰便以此称代指《僮约》一文⑧,言《僮约》属于券文中的诙谐幽默者。《僮约》开首言:

> 蜀郡王子渊,以事到渝,止寡妇杨惠舍,惠有夫时奴,名便了。子渊倩奴行酤酒,便了拽大杖,上夫冢岭曰:"大夫买便了时,但要守家,不要为他人男子酤酒。"子渊大怒曰:"奴宁欲卖耶?"惠曰:"奴大忤人,人无欲者。"子渊即决买券云云,奴复曰:"欲使,皆上券,不上券,便了不能为也。"子渊曰:"诺。"券文曰:神爵三年正月十五日,资中男子王子渊,从成都安志里女子杨惠买亡夫时户下髯奴便了。决贾万五千,奴当从百

---

①　(东汉)班固《汉书》,第2830页。
②　(梁)刘勰著,詹锳义证《文心雕龙义证》,第321页。
③　刘师培著,陈引驰编校《刘师培中古文学论集》,第151页。
④　(南宋)洪迈《容斋续笔》,台湾商务印书馆影印文渊阁四库全书本。
⑤　(清)李兆洛《骈体文钞》,第710页。
⑥　梁启超《中国历史研究法》,东方出版社2012年版,第54—55页。
⑦　(梁)刘勰著,詹锳义证《文心雕龙义证》,第954页。
⑧　此可参杨明照《文心雕龙校注拾遗》,上海古籍出版社1982年版,第225页。

役使,不得有二言。①

这段文字,记载了立券的双方——王褒和杨惠,立券的因由——买杨惠家奴便了,立券的时间——神爵三年正月十五日,立券的地点——成都安志里,买奴所需钱款——一万五千钱。从外在形式看,这应是一篇格式规范的券文。王利锁先生《王褒〈僮约〉散论》一文,追述了券文的起源,认为在汉代此体的使用非常普遍,但完整的实物文字很少保存,故而王褒此文具有"保存了汉代正史文献中很少保存而在当时买卖借贷等日常生活活动中又普遍使用的券文的形式和写作规范","为研究我国古代应用文尤其是契券文的发展、特点提供了重要的资料依据"的重要文献价值②。

　　然而,《僮约》绝不仅仅是一篇券文这么简单。首先,从作者的创作意图看,这更像是一篇典型的俳谐文。早在萧子显《南齐书·文学传论》,就称其"滑稽之流,亦可奇玮"③。《僮约》俳谐的特征,在全文中表现明确,当今亦多有学者论及,如用村言俚语行文;塑造了富有生活气息且反差强烈的人物形象;作者带着恶作剧的心理进行创作,极好地写出了人物情绪的变化过程,等等④。其他可注意者,比如,作者关于便了前后行为的描写甚为夸张,本是替客人酤酒的小事,便了之拒绝却要拽上大杖,上到前主人坟头发誓,即使面对被卖的命运,却仍要负隅顽抗,及至读完券文,却又"目泪下落,鼻涕长一尺",言自己宁"早归黄土陌,丘蚓钻额",也不敢再不听使唤。其次,作者在文章中明确贬低自我形象,《僮约》开头便言王褒有事到湔,止于寡妇杨惠舍,后人因之多对王褒的品行有所贬抑⑤。但今天看来,王褒所写,或真有其事,但从全文调笑嘲戏之口吻看,更类玩笑之语,这是一种流行于民间的粗鄙笑言,作者自恃才高,轻薄自饰,降低人格对自我进行嘲谑,使文章呈现出世俗化的倾向。再次,券文作为约定协议双方的文体,本是庄重严肃的,王褒寓调侃于一本正经之中,板起面孔来说笑话,才更显得幽默,这也是非常重要的一种诙谐手段。

① (清)严可均《全汉文》,第359页。下引该文皆出此,不再标注。

② 王利锁《王褒〈僮约〉散论》,《河南大学学报》1998年3期。

③ (梁)萧子显《南齐书》,第908页。

④ 如徐可超《表现世俗内容的〈僮约〉和作为宫廷作家的王褒》(《辽宁大学学报》2006年2期),刘跃进、彭燕《论王褒的创作及其心态》(《社会科学战线》2015年7期)等文,皆论及《僮约》的俳谐特征。

⑤ 钱锺书《管锥编》曾列前人因王褒《僮约》写及止寡妇舍事,而认为其品行有亏云:"王(褒)行事不足训,《颜氏家训·文章》遍论'文人多陷轻薄',即及'王褒过章《僮约》'。……李详《媿生丛录》卷二则甚称僮便了之'忠',而斥王褒之'玷品丧节','以异方男子,止人寡妇之舍',其事'有关名教'。李所谓'名教',即如《意林》卷五引《邹子》云:'寡门不入宿,临甑不取尘,避嫌也。'"见《管锥编》,第951页。

《僮约》的诙谐不止于上述。它的调笑更集中在券文的具体约定部分，这也是此篇文章占篇幅最长的主体部分。此部分作者借用了赋体的铺陈排比完成，换言之，这篇文章还结合了赋体的特征，受到赋体的影响渗透。王褒对便了日常所应作为进行了铺陈排列，从晨起的打扫，到食毕的洗刷，再至日间"穿臼缚帚，截竿凿斗，浚渠缚落，锄园斫陌，杜垾地，刻大枷，屈竹作杷，削治鹿卢"，还要鼓四起坐，夜半喂牛。对其一年中所应为也铺列清楚，二月、四月、九月、十月等所应务事，一一分明。这是在家中，还要到外劳作，要裁树作船，"上至江州，下到湔主"，还要"往来都洛"，"持入益州"，"持斧入山"，所做的事情包括"为府掾求用钱"，"绵亭买席"，"为妇女求脂泽，贩于小市"，"牵犬贩鹅，武都买茶"，"货易羊牛"，"焚薪作炭，礧石薄岸，治舍盖屋，削书代牍"，"送干柴两三束"。还有品行、性情、行为上的要求，"勿与邻里争斗，奴但当饭豆饮水，不得嗜酒，欲饮美酒，唯得染唇渍口，不得倾盂覆斗。不得辰出夜入，交关伴偶"，不能打架，不能嗜酒，不能早出晚归，不能在外面交朋友，"入市不得夷蹲旁卧，恶言丑骂"，到了集市上，不能横躺旁卧，对人要笑脸相迎，不得发脾气。更要和邻里处好关系，"犬吠当起，惊告邻里。枨门柱户，上楼击鼓"，发生危险时，要早告邻里。用俚俗的语言，对便了所应作为一一详细铺写，终将粗暴固执的便了吓得叩头流涕不止。这样面面俱到、详悉不遗的铺列，显然是来自赋的手法。赋本是一种高雅的文学样式，在彼时被看作是最能代表、展现一个人文学才华的文体，却被用在生活气息浓郁的民间实用券文中，这种高雅与流俗、审美与实用的结合，中间形成的巨大张力，化成幽默谐谑的效果。

可见，《僮约》是一篇结合了券文格式、赋的手法、俳谐实质的奇文。这篇复合多种文体要素而形成的俳谐文，在文体史上具有重要的价值。

在王褒之前，很多文学作品已经带有俳谐意味，《文心雕龙·谐隐》篇提到的如《诗经·桑柔》以"自有肺肠，俾民卒狂"讽谏周厉王，宋玉《登徒子好色赋》以夸张的手法写登徒子之妻的丑陋，并与东家之子的美形成鲜明对比①。但这些作品本身还不是俳谐文，周振甫先生即言："它们不属于诙谐文，只是诗文中带有一些诙谐味道罢了。"②诙谐在这些文章中只是手段，而作者的中心意旨与创作目的并不在此。

王褒之前，也有一些以俳谐名家的人物，如东方朔、枚皋等。《汉书·东方朔传》言东方朔："朔尝至太中大夫，后常为郎，与枚皋、郭舍人俱在左右，

---

① （梁）刘勰著，詹锳义证《文心雕龙义证》，第524—529页。
② 周振甫《文心雕龙译注》，中华书局1986年版，第131页。

诙啁而已。"①东方朔本是武帝身边供调笑取乐的人物,常以滑稽奇智博武帝一笑,班固评以"诙达多端,不名一行,应谐似优,不穷似智,正谏似直,秽德似隐",称其为"滑稽之雄"②。《汉书·枚皋传》言枚皋"不通经术,诙笑类俳倡"③。作为汉武帝身边的倡优式人物和颇具才华的文学家,东方朔和枚皋均有俳谐赋的创作。《汉书·枚皋传》言枚皋"为赋颂,好嫚戏。……皋赋辞中自言为赋不如相如,又言为赋乃俳,见视如倡,自悔类倡也。故其赋有诋娸东方朔,又自诋娸。其文骩骳,曲随其事,皆得其意,颇诙笑,不甚闲靡。凡可读者百二十篇,其尤嫚戏不可读者尚数十篇。"④枚皋创作了大量的俳谐赋,它们以诙谐调笑为目的,以致嫚戏不可读。《文心雕龙·谐隐》篇有言:"于是东方、枚皋,餔糟啜醨,无所匡正,而诋嫚媟弄,故其自称为赋,乃亦俳也。"⑤在后世文论家眼中,这些赋作也只为俳谐而已。《汉书·艺文志》杂家有《东方朔》20 篇,赋家有枚皋赋 120 篇,然而,今天,枚皋作品已荡然无存。东方朔留存至今的作品,虽多有调笑嬉戏之作,却未见为俳谐本身而发者。

汉武帝虽以俳优视东方朔,然东方朔本人却颇富政治理想。《史记》褚少孙所补《东方朔传》,记载了东方朔将死之前,谏武帝以"远巧佞,退谗言"⑥。《汉书·东方朔传》则言其在武帝身边,"时观察颜色,直言切谏,上常用之"⑦,他曾谏除上林苑以"强国富人"⑧;言馆陶公主男宠董偃罪⑨;答武帝化民之道,陈文帝之俭约,指武帝"淫侈"⑩;"上书陈农战强国之计"等⑪。东方朔今存文章多有诙谐风格,如《上书自荐》"文辞不逊,高自称誉"⑫;"上书陈农战强国之计","指意放荡,颇复诙谐"⑬。但这些文章的旨意却或在于向帝王推荐自己,进言献策,陈说不得志的苦恼;或为国献计,图画政治图景。又如东方朔的名文《答客难》,假设客、东方先生二人,其实代

①　(东汉)班固《汉书》,第 2863 页。
②　(东汉)班固《汉书》,第 2873—2874 页。
③　(东汉)班固《汉书》,第 2366 页。
④　(东汉)班固《汉书》,第 2367 页。
⑤　(梁)刘勰著,詹锳义证《文心雕龙义证》,第 531 页。
⑥　(西汉)司马迁《史记》,中华书局 1973 年版,第 3208 页。
⑦　(东汉)班固《汉书》,第 2860 页。
⑧　(东汉)班固《汉书》,第 2850 页。
⑨　(东汉)班固《汉书》,第 2856 页。
⑩　(东汉)班固《汉书》,第 2858 页。
⑪　(东汉)班固《汉书》,第 2863 页。
⑫　(东汉)班固《汉书》,第 2842 页。
⑬　(东汉)班固《汉书》,第 2864 页。

表着作者自己矛盾的内心,通过二人问答,进行自嘲,抒发满腹才学而沉沦下僚的愤懑,所有的谐谑全为抒愤服务。

东方朔、枚皋的滑稽诙谐及以滑稽诙谐为目的的创作,是他们取悦君心实现政治理想的途径,对于这样的处境和做法,他们很无奈,也多有悔恨。这样状态下的创作也难出精品,因而也都没有留存下来,自然亦未能产生很大的影响。东方朔今存的作品,都是那些有着严肃的主旨和目的的篇章,即使加入了一些诙谐、调笑的元素,也只是达到匡正、抒愤目的的手段。

王褒和东方朔身上有很多共同的东西,如好俳谐,如言语侍从之臣的身份,如对政治的追求与理想,张溥《汉魏六朝百三家集题辞·王谏议集》言:"《僮约》谐放,颇近东方(朔)。"①王褒的诙谐或受到过东方朔的影响。但王褒的《僮约》与东方朔今传带有俳谐色彩的文章相比,在俳谐文的发展史上却有着不一样的意义。首先,《僮约》是现存第一篇以调笑本身为目的的俳谐文。东方朔、枚皋以调笑为目的俳谐赋皆已不存,东方朔现存作品,俳谐调笑都只是手段,主旨其实都是严肃的。其次,《僮约》不仅采用了赋体的手法,而且还是第一篇结合实用文体而成的俳谐文,这种复合、利用其他文体特征而作俳谐文的创作方式,对后世产生了深远的影响。王褒之后,在不同的历史时期,俳谐文分别与赋、书信、论、民间实用文体、公文等体结合,复合这些文体的特征,产生了一系列优秀作品,如扬雄《逐贫赋》、孔融《嘲曹公为子纳甄氏书》、鲁褒《钱神论》、张湛《嘲范甯》、沈约《修竹弹甘蕉文》、孔稚珪《北山移文》等。总体而言,《僮约》极富文体学意义,展示了王褒的文学创新精神和能力。

三、论体

王褒以"论"名篇的作品,今存唯《四子讲德论》一篇。此篇《文章缘起》以为是最早的论体文,《文选》"论"体收入,代表着任昉和萧统对其文体归属的一致看法。《文心雕龙·论说》篇未提及王褒此文,但如《四子讲德论》序云:"褒既为益州刺史王襄作《中和》《乐职》《宣布》之诗,又作传,名曰《四子讲德》,以明其意焉。"②意为此篇是《中和》《乐职》《宣布》之诗的"传",而"传",《文心雕龙·论说》言:"详观论体,条流多品。……释经,则与传注参体。"③"……传者,转师。……八名区分,一揆宗论。"④用来解释

---

① (明)张溥《汉魏六朝百三家集题辞》,第22页。
② (梁)萧统编,(唐)李善注《文选》,第711页。下引该文皆出此,不再标注。
③ (梁)刘勰著,詹锳义证《文心雕龙义证》,第669页。
④ (梁)刘勰著,詹锳义证《文心雕龙义证》,第673页。

诗的"传",本来也是为了说明道理的,从这个意义上说,它同"论"的性质是一致的。刘勰实亦应是将此篇视为论体文的。《四子讲德论》确实有着鲜明的论体文的特征。

首先表现在文章论点明确,层层递进,反复强调。《四子讲德论》先是借微斯文学和虚仪夫子的对话,指出文人在盛世应有所作为,出仕之道须由介绍,文人应积极寻求机会。继之借微斯文学、虚仪夫子和浮游先生、陈丘子的对话,提出两层论点:第一层强调文人应以诗赋歌咏君德,称颂盛世;第二层强调盛世须圣君贤臣,盛颂汉世德行功绩,文人应积极投身其中,有所作为。最后,又一次强调,盛世自然感召人们去歌颂。

其次表现在论辩色彩鲜明。如微斯文学认为治理天下有忠贤之臣,忠贤之臣导上化下,何必再引诗乐来颂扬君德。浮游先生即针锋相对地论争道:"是何言与?昔周公咏文王之德而作《清庙》,建为颂首;吉甫叹宣王'穆如清风',列于大雅。……传曰:'诗人感而后思,思而后积,积而后满,满而后作,言之不足,故嗟叹之,嗟叹之不足,故咏歌之,咏歌之不厌,不知手之舞之足之蹈之也。'此臣子于君父之常义,古今一也。"引周公咏文王之德、吉甫叹宣王之德为例,证明颂扬盛德是传统;又引《乐动声仪》文证明颂扬君德乃盛世臣子有感于外、发自于内的自然之情。又如为论证君臣相得,才能世道盛明,先引《易》经言论,后引古事为证:"齐桓有管、鲍、隰、宁,九合诸侯,一匡天下。晋文公有咎犯、赵衰,取威定霸,以尊天子。秦穆有王、由、五羖,攘却西戎,始开帝绪。楚庄有叔孙、子反,兼定江淮,威震诸夏。勾践有种蠡、渫庸,克灭强吴,雪会稽之耻。魏文有段干、田翟,秦王寝兵,折冲万里。燕昭有郭隗、乐毅,夷破强齐,困闵于莒。"历史从来如此,圣哲之君只有得贤明之臣为辅,才能成就丰功伟业。

然而,《四子讲德论》又带着鲜明的赋体特征。

首先表现在采用假设人物问答的方式展开全文。文中假设微斯文学、虚仪夫子、浮游先生、陈丘子四人,皆属子虚、乌有一类虚拟人物。文章先以微斯文学为客体,虚仪夫子为主体进行对话,然后以浮游先生、陈丘子二人为主体,微斯文学、虚仪夫子二人为客体进行对话,类于汉大赋的主客问答。利用这种主客问答的方式,"因词锋易尽,设为问答,易于驰骋也"①,造就了该文宏伟壮大的结构。

其次表现在铺陈排比的写作手法上,文章颂汉德、述符瑞,张扬声势,颇有赋风。如述汉德云:"今圣主冠道德,履纯仁,被六艺,佩礼文,屡下明诏,

① 　骆鸿凯《文选学》,第 441 页。

举贤良,求术士,招异伦,拔俊茂。是以海内欢慕,莫不风驰雨集,袭杂并至,填庭溢阙。含淳咏德之声盈耳,登降揖让之礼极目,进者乐其条畅,怠者欲罢不能。偃息匍匐乎诗书之门,游观乎道德之域,咸洁身修思,吐情素而披心腹,各悉精锐以贡忠诚,允愿推主上,弘风俗而骋太平,济济乎多士,文王所以宁也。"铺叙汉朝良策,排比叙述各方受风化之益。又言汉朝符瑞俱臻云:"今海内乐业,朝廷淑清。天符既章,人瑞又明。品物咸亨,山川降灵。神光耀晖,洪洞朗天。凤皇来仪,翼翼邕邕。群鸟并从,舞德垂容。神雀仍集,麒麟自至。甘露滋液,嘉禾栟比。"这些是汉赋中常见的内容。又夸张对比,张扬声势,如将秦汉对比,极言秦之恶云:"先生独不闻秦之时耶? 违三王,背五帝,灭诗书,坏礼义;信任群小,憎恶仁智,诈伪者进达,佞谀者容入。宰相刻峭,大理峻法。处位而任政者,皆短于仁义,长于酷虐,狼挚虎攫,怀残秉贼。其所临莅,莫不肌栗慑伏,吹毛求疵,并施螫毒。百姓征彶,无所措其手足。嗷嗷愁怨,遂亡秦族。"秦之暴、秦之愚、秦之酷、秦之虐,具臻极致,无一善可称。又为言汉之盛,威德服远,先极写匈奴之强:"夫匈奴者,百蛮之最强者也。天性骄蹇,习俗杰暴,贱老贵壮,气力相高。业在攻伐,事在猎射。儿能骑羊,走箭飞镞,逐水随畜,都无常处。鸟集兽散,往来驰骛,周流旷野,以济嗜欲。其末耜则弓矢鞍马,播种则捍弦掌拊,收秋则奔狐驰兔,获刈则颠倒殪仆。追之则奔遁,释之则为寇。是以三王不能怀,五伯不能绥,惊边扰士,屡犯刍荛,诗人所歌,自古患之。"匈奴强壮,表现在天性骄悍,崇尚气力,行为勇武,行动迅捷,还表现在生活方式自由而不易为外人掌控,故自古及今无有服之者,而汉人能服之,更衬出了汉人的强大盛壮。

再次表现在颂扬中有讽谏。如文章明倡为君应为圣智之君,应善于选用贤才:"君者中心,臣者外体。外体作,然后知心之好恶;臣下动,然后知君之节趋。好恶不形,则是非不分,节趋不立,则功名不宣。""非有圣智之君,恶有甘棠之臣? 故虎啸而风寥戾,龙起而致云气,蟋蟀俟秋吟,蜉蝣出以阴。"指出君为心臣为体、君圣则臣贤,总结了三王五霸所以成功的经验,最根本的一点就是善于选用贤才。这些无疑是说给汉宣帝听的讽喻之词。又如前引总结秦亡的教训,引以为鉴戒的用意亦甚显。

赋化是汉魏六朝诸多论体文的共同特征。如第一章第三节所引钱锺书先生之语及所论,采用赋的铺陈手法作论,贾谊已始,东方朔、王褒承之。他们又影响了后世的作家,在论体史上具有重要意义。由此,王褒《四子讲德论》在论体史上也具有了开拓性的价值。

综而言之,王褒颇富创新精神,推动了诸种文体创造性的发展。他善于破体为文,其诸种文体的新创,主要表现在接受其他文体的影响渗透,吸收结合其他文体的特征，尤其是赋的特征。这是因为赋在当时诸文体中，居于最强势的地位，优秀的作家作品最多，最为流行，故对其他文体的影响也最大。同时，王褒也是一位优秀的赋作家，他从自己最擅长的文体中吸取养料，改造其他文体，并对这些文体的发展产生了重要影响。但需要注意的是，在文体意识尚不清晰，人们对诸种文体界限的把握也不甚到位的西汉时期，王褒之破体为文，融通各体，恐非自觉，更多的是他杰出的文学才华及不拘一格的自由创作精神，在上述诸种文体中的体现。

第二节　曹　植

曹植在文学史上的成就和地位古今公认，在南北朝时期，如谢灵运就曾称："天下才有一石，曹子建独占八斗，我得一斗，天下共分一斗。"①锺嵘称曹植为"建安之杰"，认为其文章"譬人伦之有周孔，鳞羽之有龙凤，音乐之有琴笙，女工之有黼黻"②，达到了为文的最高境界。今人站在我国文学史发展的高度，更看出了曹植难以企及的地位与价值，萧涤非就言："间尝求之吾国文学史，其足与子建后先辉映者，吾得二人焉，曰前有屈原，后有杜甫。"③

曹植文学地位的取得，自然缘于他丰富多彩、精妙绝伦的创作，同时又与他文体学方面的重大成就密切相关。曹植兼善各体，勇于破体为文，推动了多种文体的发展，影响着它们的演进历程。

一、兼善各体

如前引刘师培所言，随着文学的发展，创作的丰富，文体也渐孳乳繁多，至东汉已然荦荦大观。然而，不同的文体要求不同的创作才能，作家于文体往往各有偏善，曹丕已认识到此点，他在《典论·论文》中称"文非一体，鲜能备善"，并评论建安作家言："王粲长于辞赋；徐幹时有齐气，然粲之匹也。……然于他文未能称是。琳、瑀之章表书记，今之隽也。应场和而不壮，刘桢壮而不密。孔融体气高妙，有过人者，然不能持论，理不胜词，以至乎杂以嘲戏，及其所善，扬、班俦也。"建安七子各有所能，或善赋，或善章表、

① 见（宋）无名氏撰《释常谈》，（明）陶宗仪等编《说郛三种》，台湾商务印书馆影印文渊阁四库全书本。
② （西晋）陆机、（梁）锺嵘著，杨明译注《文赋诗品译注》，第47页。
③ 萧涤非《汉魏六朝乐府文学史》，人民文学出版社1984年版，第154页。

书记,或善诗,在各自擅长的文体领域都取得了较高成就,但都不能诸体兼备。只有那些通才能兼善各体:"盖奏议宜雅,书论宜理,铭诔尚实,诗赋欲丽。此四科不同,故能之者偏也。唯通才能备其体。"①曹植无疑就是这样的"通才"。

《三国志·魏书·陈思王植传》有载:"景初中诏曰:'……撰录植前后所著赋、颂、诗、铭、杂论,凡百余篇,副藏内外。'"②魏明帝曹叡曾将曹植文章进行编录,就是按不同文体分排进行的。清同治年间丁晏编纂《曹集铨评》,将曹植散文分为十六体:颂、碑、赞、铭、章、表、令、文、七、咏、序、书、论、说、谏、哀辞,品类颇丰。曹植的创作实遍及当时常用的各种文体。可以说,在曹植之前,就创作所涉及文体的丰富程度言,大概唯蔡邕可与之媲美。在曹植的时代,如前所引,没有哪位作家能够像他这样兼善各体。曹植创作不仅涉足文体多,且于多种文体都取得了杰出成就,这一点明代批评家胡应麟最为强调,他曾言:"建安中,三、四、五、六、七言,乐府,文,赋俱工者,独陈思耳。"③又言"备诸体于建安者,陈王也"④,"陈思而下,诸体毕备,门户渐开"⑤。

魏晋南北朝时,人们就已注意到曹植在不同文体领域取得的成绩,经常分体评价曹植。曹植取得成就最高的文体是诗,他兼善四言、五言,对此,六朝批评家有一致认识,颜延之《庭诰》言:"至于五言流靡,则刘桢、张华;四言侧密,则张衡、王粲。若夫陈思王,可谓兼之矣。"⑥萧子显《南齐书·文学传论》言曹植四言诗是四言诗体最高成就的表现:"若陈思代马群章,王粲飞鸾诸制,四言之美,前超后绝。"⑦钟嵘《诗品》专论五言诗,对曹植评价最高。曹植的赋,在他当时即已赢得相当高的称赏,杨修《答临淄侯笺》赞云:"是以对《鹞》而辞,作《暑赋》弥日而不献,见西施之容,归憎其貌者也。"⑧称因曹植作有《鹞鸟赋》,自己不敢再作;作了《暑赋》,也不敢献于曹植。言曹植于赋体,正如人中之西施,令他人自惭形秽。曹植的表,也被奉为楷模,李充《翰林论》有云:"表宜以远大为本,不以华藻为先。若曹子建之表,可谓成

---

① （梁）萧统编,（唐）李善注《文选》,第720页。
② （西晋）陈寿撰,（南朝宋）裴松之注《三国志》,第576页。
③ （明）胡应麟《诗薮》,中华书局1958年版,第137页。
④ （明）胡应麟《诗薮》,第35页。
⑤ （明）胡应麟《诗薮》,第23页。
⑥ （南朝宋）颜延之《庭诰》,见（宋）李昉等编《太平御览》,台湾商务印书馆影印文渊阁四库全书本。
⑦ （梁）萧子显《南齐书》,第907—908页。
⑧ （西晋）陈寿撰,（南朝宋）裴松之注《三国志》,第560页。

文矣。"①以之为表体最杰出的代表。曹植之七体,傅玄有言:"昔枚乘作《七发》……若《七依》之卓轹一致,《七辨》之缠绵精巧,《七启》之奔逸壮丽,《七释》之精密闲理,亦近代之所希也。"②认为曹植《七启》在七体的创作史上占有重要地位,是该体的代表性作品之一。

当然,对曹植在各种文体创作上取得的成就,认识最系统全面的是刘勰和萧统。《文心雕龙》全书共五十篇,二十余篇论及曹植。《明诗》至《书记》二十篇论文体部分,九篇论及曹植,更在《明诗》《乐府》《祝盟》《杂文》《谐隐》《章表》等篇目中,赞扬了曹植在诗、乐府、祝文、七、隐语、表等多种文体创作上的成绩。萧统编《文选》,分别在赋的"情赋"类,诗的"献诗""公宴""祖饯""咏史""哀伤""赠答""乐府""杂诗"等类,及七、表、书、诔等体选录了曹植的多篇诗文,以曹植文章为这些文体的杰出代表。

曹植的文学史地位在魏晋南北朝时期已然确立。魏晋南北朝人评价曹植,往往从文体切入,对他各体文学的成就已有了一定认识。那么,曹植是怎样推动多种文体的发展的? 他对各种文体的促进作用究竟体现在哪里呢?

二、破体为文

曹植是一个富有创新精神的作家,他兼善各体,又不墨守成规,以一己之力,破体为文,改变了数种文体的发展轨道。当今的研究者较多关注到了其诗、论、表、封禅文等受到赋体的影响,表现为写作上的铺陈排比和文学性的增强③,以及其各体均受楚骚影响,而致创作整体抒情性的增强④,论者多矣,此不赘述。这里我们选择诔、哀辞、颂三种实用文体,论证曹植破体为文,从而促进文体发展演变的事实。曹植于这些文体均表现出极大的创造性,是他破体为文的典型。其中,诔与哀辞二体性质相近,同属哀祭类文体,且曹植促进这两种文体演变的方向相同,故放在一起论述。

(一) 诔与哀辞

曹植留意诔文的创作,今存有《光禄大夫荀侯诔》《王仲宣诔》《武帝诔》《任城王诔》《文帝诔》《大司马曹休诔》《卞太后诔》《平原懿公主诔》8 篇诔

① （东晋）李充《翰林论》,（清）严可均《全晋文》,第 1767 页。
② （西晋）傅玄《七谟并序》,（清）严可均《全晋文》,第 1723 页。
③ 如邢培顺《曹植文学研究》（山东师范大学 2010 年博士学位论文）,芦春艳《曹植诗文中的问答形式》（《南京师范大学文学院学报》2014 年 4 期）、《曹植以赋体为中介的诗文互参》（《安徽大学学报》2015 年 1 期）等文。
④ 如于浴贤《论曹植对屈骚的接受传播》,《文史哲》2010 年 4 期。

文,是先秦至曹魏为止,今存诔文数量最多的作家。

　　诔在产生之初是一种实用性很强的文体,许慎《说文解字》曰:“诔,谥也。”段玉裁注云:“当云所以为谥也。”①是为定谥的实际需要。其内容,《礼记·曾子问》郑玄注云:“诔,累也,累列生时行迹,读之以作谥。”②要累列亡者一生的事迹,不外乎功业德行之类。从曹魏至西晋,人们对于诔的认识发生了较大的变化。曹丕《典论·论文》云:“铭诔尚实。”五臣注此句云:“铭诔述人德行,故不可虚也。”③言“诔”要“实”,是从诔述德的功能出发的,即要求述诔主德行功业要遵从事实,不夸张虚造,显然曹丕认为诔主要是用来述德的一种文体。刘桢《处士国文甫碑》云:“咸以为诔所以昭行也,铭所以旌德也。古之君子,既没而令问不亡者,由斯二者也。”④强调的仍然是诔累列死者行迹功业的功能。曹植《文帝诔》“何以述德? 表之素旃。何以咏功? 宣之管弦”,亦是对诔述德功能的认同。但曹植在《文帝诔》末又云:“奏斯文以写思兮,结翰墨以敷诚。”⑤则是已经清晰认识到诔文应有序哀的内容。到了西晋,陆机称:“诔缠绵而凄怆。”李善注云:“诔以陈哀,故缠绵凄怆。”五臣注云:“诔叙哀情,故缠绵意密而凄怆悲心也。”⑥文学批评者已经强调诔以序哀。事实上,文学批评有相对滞后于文学创作的特性,曹魏时期,诔体已经发生了重大变化,序哀的成分在不断地增加,而且已经由东汉的叙理性化的群体之哀发展到叙感性化的个体之哀。而这种新变正是在曹植手中完成的。

　　关于曹植诔文的新变,论者多矣。较一致的看法有,诔至曹植发生了较大变化,具体表现为叙哀成分增加、个人化情感增强等⑦。时至魏晋,“哀情成为这一文体的主导因素,叙哀也渐演变为个体哀思的抒发,诔文由对生命的礼赞演变为对生命的伤悼”⑧。促进和印证这种变化发生的,最典型的如《文帝诔》。

---

① （东汉）许慎著,(清) 段玉裁注《说文解字注》,上海古籍出版社 1981 年版,第 101 页。
② （东汉）郑玄注,(唐) 孔颖达正义《礼记正义》,(清) 阮元校刻《十三经注疏》,第 1398 页。
③ （梁）萧统编,(唐) 李善等注《六臣注文选》,第 949 页。
④ 俞绍初辑校《建安七子集》,第 209 页。
⑤ （三国）曹植著,赵幼文校注《曹植集校注》,人民文学出版社 1984 年版,第 341—344 页。本节引曹植作品皆出此本,不再标注。引赵幼文注评,仍出注。
⑥ （梁）萧统编,(唐) 李善等注《六臣注文选》,第 293 页。
⑦ 如马江涛《试论曹植诔文的新变》(《新疆社科论坛》2008 年 3 期)从诔文对象扩大、兼用多种人称、个体情感加强三方面指出了曹植诔之不同于东汉诔;朱秀敏《由礼赞到伤悼的衍化——以曹植为例论析建安诔文之新变》(《名作欣赏》2011 年 8 期)则概括了曹植诔文两个方面的新特点:诔文创作对象的私人化、抒情意味的强化。
⑧ 黄金明《汉魏晋南北朝诔碑文研究》,第 145 页。

因建安年间曹植有与曹丕争太子的经历,加之曹魏吸取前朝经验教训,采取苛待诸侯王的治国方策,曹丕称帝后,曹植的经历颇为凄惨,以致常怀性命之忧。先是黄初元年遭王机等人诬告其为汉献帝"发服悲哭"①,黄初二年,被监国谒者灌均奏"醉酒悖慢,劫胁使者"②,此两事成为曹植的获罪因由,曹丕以此削除其爵位封土,因欲对之行大法,因卞太后出面干预,才贬爵处置,免于一死。曹植对于自己受冤获罪之事,一直耿耿于怀,如《九愁赋》等作品,充溢着"信而见疑,忠而被谤"的怨恨,渴望寻找机会至京城向曹丕面陈冤情,但曹丕却又颁布"绝朝诏",令诸侯不得依往例到京师参加朝会等活动。曹植获罪朝廷之后,忧惶恐惧,常怀生死不测之虞,即如《三国志·陈思王植传》裴注引《魏略》曾记及他于黄初四年至京城,不敢面帝,而先入见清河长公主,"欲因主谢",曹丕派人迎而不得,太后即以为自杀,后丕召见植,"犹严颜色,不与语,又不使冠履"③。从曹植与卞太后的反应,可见曹丕待之之苛。且曹植又目睹任城王曹彰在京师莫名死去,与白马王曹彪同路东归又为有司所阻,愤而写下《赠白马王彪》。不仅如此,如《迁都赋序》所述,曹植不断被改换封地,身如转蓬,漂泊流离,"连遇瘠土,衣食不继"。在黄初年间,曹植身心都蒙受着巨大的痛苦和折磨。一直到黄初六年,曹丕东征回京,道过雍丘,幸曹植宫,曹植《黄初六年令》中言其"旷然大赦,与孤更始",兄弟二人关系才得以缓和④。但令人扼腕叹息的是,曹丕在第二年,即黄初七年即死去。然禁网依然严密,曹植不能入京吊唁,在封国遥作《文帝诔》。

《文帝诔》正文大部分文字用的是四言韵文,叙述曹丕承继大业及之后的德行功绩,这沿袭了东汉官诔的形式和内容。不同于东汉诔文而有较大改变者,一在于正文最后一部分采用了上句六字加"兮"、下句六字的典型骚体句式;二在于以骚体句式完成的内容,前一小部分文字写曹丕卒葬之事,后面一大部分直抒胸臆,哀恸备至,数次用及"我"字。

诔在东汉时已形成正文通篇用四言韵文的较稳定的文体模式,用骚体句式,无疑是曹植的创新。曹植多年压抑的情感一时迸发,一泄于此诔,采用了最利于抒情的句式。屈骚的影响深远,在屈骚的传播过程中,"汉人侧重于屈原思想人格的接受,六朝人侧重于屈骚艺术美的接受",曹植是"六朝

---

① （西晋）陈寿撰,（南朝宋）裴松之注《三国志》,第 492 页。
② （西晋）陈寿撰,（南朝宋）裴松之注《三国志》,第 561 页。
③ （西晋）陈寿撰,（南朝宋）裴松之注《三国志》,第 564 页。
④ 曹植在黄初年间的经历,参俞绍初先生《曹植〈洛神赋〉写作的年代及成因》,《国学研究》辑刊 2004 年 13 期。

时期接受传播楚骚的第一人"，他对屈骚艺术的接受是全面的：香草美人、远游求女、比兴象征、意境创造、构思想象、句法词汇、藻饰意象，等等，不一而足①。其创作整体抒情性的增强，与楚骚的影响关系甚大。诔文采用骚体句式亦是受楚骚影响的重要表现。曹植之后，如阮籍、张华、潘岳、刘琨、孙绰等诔文中皆用及骚体句式，可见此诔在语言形式上的影响。

与用骚体句式相应，《文帝诔》文末表现出了强烈的自叙抒情性。诔文叙初闻"凶讳"，处于眇远之地的远臣内心的第一反应是"怛惊"，继而是"孤绝"无告，只能涕泗交流。感叹时至今日，依然禁网严密，不能到京吊唁，只有于隔山阻河之地狂奔于庭院山谷之间。又念及自己受恩于朝廷，愿以微躯效命于朝，虽九死而未悔，但亦恐命不长久，上天难以体恤自己的心愿，只能独怀抑郁，顾影自怜，作诔以通款诚。作者的情绪经过长期压抑，终在写作此文时爆发。不能至京哀悼的深沉感叹，壮志未酬与性命难久的愁闷，黄初年间积蓄的诸多屈辱、痛苦、惶恐、忧惧等深重情感，一发于此诔。曹植在诔末"百言自陈"②，分明就是在"自悼"，这突破了诔文的传统。《文帝诔》乃处于卑位者诔祭尊位者之文，这在东汉已然如此，而采用骚体句式宣泄作者一己的深重感情，成为此文不同于传统诔文的最独特之处。刘勰批评"其乖甚矣"③，认为它违背了诔体的写作规范，针对的主要就是这段直抒哀情的文字，它沉痛淋漓，哀婉动人，李兆洛曾评云："至其旨言自陈，则思王以同气之亲，积讥谗之愤，述情切至，溢于自然，正可以副言哀之本致，破庸冗之常态。"④不管从内容还是形式来说，这段文字都是对之前用于礼仪场合的官诔的改变。

实则，内容上的自叙抒情，创作于《文帝诔》之前的《王仲宣诔》，已然如此。《王仲宣诔》被《文选》选录，列为"诔"体的第一篇，与《文帝诔》语言形式不甚相同，它正文全用四言韵文，前一大部分文字叙述王粲家族世系、个人德行、才能、履历、功绩及卒葬之事。不同于传统诔文者，在文章的最后一部分，作者以"吾与夫子，义贯丹青"引入叙述自己和王粲的交情，回忆昔时"好和琴瑟，分过友生。庶几遐年，携手同征"的美好，感叹生命靡常，写及宴会上的玩笑、关于死生的讨论等朋友日常交往的细节，最富深情，清人俞场以为"叙及平昔交情，便见真切，文亦呜咽徘徊矣"⑤。诔这种由礼仪需要而

① 此参于浴贤《论曹植对屈骚的接受传播》，《文史哲》2010 年 4 期。
② （梁）刘勰著，詹锳义证《文心雕龙义证》，第 436 页。
③ （梁）刘勰著，詹锳义证《文心雕龙义证》，第 436 页。
④ （清）李兆洛《骈体文钞》，第 90 页。
⑤ （清）俞场评《昭明文选》，清抄本，浙江省图书馆藏。

产生的文体,本由官方发出,至曹植而"呜咽徘徊",已经转变为一种重抒个体深情的哀悼文体。谭献称赏此篇善叙哀情云:"此书家谓中锋也,不尚姿致而骨干伟异。'感昔'一节,后人多从此悟入。"①对此诔突破前规,叙述与诔主昔日深情,颇为欣赏。此诔正文虽通篇用四言体式,但仍受骚体影响,忆与王粲昔日情好,恨今日不能再得,竟生上天入地与之相会之想,"傥独有灵,游魂泰素。我将假翼,飘飘高举。超登景云,要子天路",明人卢之颐认为"颇有骚致"②,清人孙洙亦有类似之评③。

作于太和年间的《卞太后诔》,今存已非全篇,但仍可见曹植的真情表达。《上卞太后诔表》言:"臣闻铭以述德,诔尚及哀。是以冒越谅闇之礼,作诔一篇。知不足赞扬明明,贵以展臣《蓼莪》之思。"《蓼莪》属《诗经·小雅》,用以悼念父母。作者深痛自己久役贫困,不能尽孝父母。所述孤子思亲之情,感人至深。曹植上表言及此诔贵展思母之情,已见主观上重视通过此诔来抒私情。正文在赞颂母亲德行、性情、品质、功绩后,转入对母亲亡逝的哀恸之情的表达。先是言母既有德,神应祐佑,谁知竟遭此凶咎,不禁责"神食其言",真实写出了人们在初闻至亲逝去时,无法相信、接受的情绪,彼时无以为告,只有问天。继之写自己不能到京悼念,只能"遗孤在疚,承讳东藩。擗踊郊畛,洒泪中原",仍间接表达了对自己处境的不满,以及不能亲临悼念母亲的无限遗憾与悲痛。思及母亲"昔垂顾复,今何不然",以后再也不能承母亲顾念,心痛何及!而"空宫寥廓,栋宇无烟。巡省阶途,仿佛梬轩。仰瞻帷幄,俯察几筵。物不毁故,而人不存"数句,写人虽亡故,宫宇犹存,满是物是人非之感。此时只能仰天长叹"痛莫酷斯,彼苍者天"。真实表达了母亲亡故时的悲痛,所写乃人伦常情,也正因此才能感人至深。

曹植对诔文进行改造,在诔文中抒一己哀情,一方面与其个人的经历、才能有重要关系,如《文帝诔》是闻曹丕死讯后,长久压抑的感情的一次宣泄;《王仲宣诔》乃因作者与王粲本有深厚的交谊,为朋友之丧真诚恸伤;《卞太后诔》作于初闻母丧时,思母念母,深情难以自抑。另一方面,如前述,曹植的创作受到楚骚的较大影响,整体上表现出抒情性增强的态势,诔文是其创作的重要一部分,曹植以真诚的感情投入,给这种文体带来了变化。同时,不可忽视的是,曹植的诔文创作受到了其他更善述哀情的哀祭文体的影响。即如《王仲宣诔》回忆作者与诔主昔日情好,忆及昔日宴会上和诔主玩

① (清)李兆洛《骈体文钞》,第576页。
② (明)卢之颐辑十二家评点《梁昭明文选》,明天启六年刻本,上海图书馆藏。
③ (清)孙洙评点《山晓阁重订文选》,清康熙二十五年刻本,清华大学图书馆藏。

笑之语云:"予戏夫子,金石难弊。人命靡常,吉凶异制。此欢之人,孰先殒越。"这样的细节描写,未尝不似曹操《祀故太尉桥玄文》。曹操在这篇祭文中叙写与桥玄交往的细节,述及昔日玩笑之言:"又承从容约誓之言:'殂逝之后,路有经由,不以斗酒只鸡过相沃酹,车过三步,腹痛勿怪。'"①叹与桥玄情好之笃,表达哀伤思念之情,对曹植诔文的影响明显。江藩《炳烛室杂文行状》有言:"三代时诔而谥,于遣之日读之。后世诔文,伤寒暑之退袭,悲霜露之飘零,巧于序悲,易入新切而已。交游之诔,实同哀辞,后妃之诔,无异哀策,诔之本意尽失,而读诔赐谥之典亦废矣。"②指出由于序哀之辞的增加,诔渐与哀辞、哀策等哀祭文体相混。事实亦是如此,如曹植作有《平原懿公主诔》,曹丕作有《曹仓舒诔》,诔主分别是刚生百日而亡的婴儿与年仅十三岁的幼童,哀悼此类无功德可言的幼儿,属"下流之悼",本应用"不在黄发,必施夭昏"的哀辞之体③,曹植却用了"诔"。另,曹植有《仲雍哀辞》,仲雍名曹喈,乃曹丕之子,三月生而五月亡,曹植作此文哀之,而李善注陆机《挽歌诗》引为《曹喈诔》,又李善注刘玄《拟古诗》引为《曹仲雍诔》。可见,至少到唐代,诔与哀辞之体,人们已区分得不大清楚,原因就在于两种文体已经没有明显的可资分别的体制特征。故吴讷《文章辨体序说》言:"厥后韩退之之于欧阳詹,柳子厚之于吕温,则或曰诔辞,或曰哀辞,而名不同。迨宋南丰、东坡诸老所作,则总谓之哀辞焉。"④另,曹植诔文采用骚体句式,骚体本善抒情,这更使其诔与多以骚体成篇的"哀"体相近,正如刘师培所言:"汉代之诔,皆四言有韵,魏晋以后调类《楚词》,与辞赋哀文为近:盖变体也。"⑤这是从语言形式上考察得出的结论。很明显,多序一己之哀,并借用善于表达哀情的语言形式,使诔体越来越与哀辞、哀策等主于序哀的文体相混。

　　曹植无疑改变了"诔"体的发展方向和命运。他的诔重个体哀情的抒发,使这种文体更富文学性。刘师培曾论及曹植诔文新变在诔体发展史上的意义:"陈思王《魏文帝诔》于篇末略陈哀思,于体未为大违,而刘彦和《文心雕龙》犹讥其乖甚。唐以后之作诔者,尽弃事实,专叙自己,甚至作墓志铭,亦但叙自己之友谊而不及死者之生平,其违体之甚,彦和将谓之何耶?"⑥曹植之后,抒哀已成诔体的惯常,后世诔文沿着曹植开辟的道路发

①　安徽亳县《曹操集》译注小组《曹操集译注》,中华书局1979年版,第81页。
②　(清)江藩《江藩集》,上海古籍出版社2006年版,第102—103页。
③　(梁)刘勰著,詹锳义证《文心雕龙义证》,第465页。
④　(明)吴讷、(明)徐师曾《文章辨体序说　文体明辨序说》,第53—54页。
⑤　刘师培《中古文学论著三种》,第153页。
⑥　刘师培《中古文学论著三种》,第132页。

展。如《文选》诔体选文即从曹植始,所选 8 篇皆善序哀情,序哀成分占全篇分量较大。这些诔文中的大部分,作者与所诔对象有密切关系,曹植与王粲、潘岳与夏侯湛、颜延之与陶渊明皆是好友,潘岳与杨肇是翁婿,潘岳与杨经是姑丈内侄,这样的关系,是这些诔文能够表达真诚动人的哀悼之情的基础。而潘岳《马汧督诔》、颜延之《阳给事诔》两篇,虽作者与诔主关系并不密切,但诔主事迹悲切可感,马敦"功存汧城,身死汧狱"的事迹在潘岳的巧妙叙述之下,颇能激起人们的悲愤怜悯之心,高步瀛有评云:"词旨沉郁,声情激越,部司之嫉才,烈士之冤愤,俱能曲曲传出。宜曾文正笃好斯篇,并深许其子惠敏称为沉郁似《史记》之言也。"①而颜延之《阳给事诔》是在潘岳《马汧督诔》的启发下写成的:"专写给事之忠壮,觉慷慨激烈之气直骞云表,可与安仁之诔汧督同起白骨于不死。"②

曹植今存哀辞三篇:《金瓠哀辞》《行女哀辞》《仲雍哀辞》。《文心雕龙·哀吊》篇详细论述了哀辞,称:"赋宪之谥,短折曰哀。哀者,依也。悲实依心,故曰哀也。以辞遣哀,盖下流之悼,故不在黄发,必施夭昏。"③指出这是施予童殇夭折者的一种文体,重在抒发对于亡逝者的哀伤之情。然建安之前,崔瑗的哀辞"怪而不辞""仙而不哀"④,苏顺、张升的哀辞"虽发其精华,而未极其心实"⑤,这些作品今天我们都已看不到,但显然刘勰认为它们并未能抒写出真切动人的哀伤。建安时期,刘桢、徐幹虽与曹植同作有《仲雍哀辞》和《行女哀辞》,可惜二人的作品也已亡佚,无从窥其面貌。从曹植现存的三篇哀辞来看,实已达到了情辞并茂的境界。他不顾儒家的礼仪教条,形式上采用情韵悠长的骚体,毫不节制地表达自己的丧子之痛及人生感喟。如《行女哀辞》言:"伊上帝之降命,何短修之难裁;或华发以终年,或怀妊而逢灾。感前哀之未阕,复新殃之重来! 方朝华而晚敷,比晨露而先晞。感逝者之不追,怅情忽而失度。天盖高而无阶,怀此恨其谁诉!"曹植三年而失二子,这样的不幸实在使他难以承受,直至呼天抢地,怨天命之不公,想起时人多以朝华、晨露比生命之短暂,但何以己子方此而不如! 无限哀伤痛惜,溢于字里行间,令人动容。《文心雕龙·哀吊》篇论哀辞,于建安时期仅提及徐幹《行女哀辞》,未提曹植。但徐幹哀辞今已不存,从题目可知,应与曹植同时而作,所悼念对象为曹植的亡女。可以想见的是,其抒哀之沉痛真

---

①　高步瀛《魏晋文举要》,中华书局 1989 年版,第 125 页。
②　(清)孙洙评点《山晓阁重订文选》,清康熙二十五年刻本,清华大学图书馆藏。
③　(梁)刘勰著,詹锳义证《文心雕龙义证》,第 464—465 页。
④　(梁)刘勰著,詹锳义证《文心雕龙义证》,第 467 页。
⑤　(梁)刘勰著,詹锳义证《文心雕龙义证》,第 470 页。

切或难比曹植。刘勰言潘岳为亡女及代他人为亡女而作的《金鹿哀辞》《泽兰哀辞》是受到了徐干哀辞的影响,毋宁说是受到了曹植的影响,才形成了"情洞悲苦"的特点①。对于"哀辞"一体,曹植也起到了巨大的改造和推动作用,促使其向更酣畅淋漓地抒发人伦悲情的方向发展。这亦与其创作整体抒情性的增强保持了一致。

(二) 颂

颂是主于颂美的一种文体,上节已有所述。两汉时期,颂体文创作已很兴盛。现存两汉颂文,颂扬帝王将相、征伐巡狩、贤臣清官、山川云气、宫宇园林、隐逸、符瑞等,一般与政治活动和政治人物、事件等相关,带着强烈的政治功利性。少量咏物颂文,如董仲舒的《山川颂》重在阐发君子人格,乃解经之作。崔骃《杖颂》借杖而颂"王母扶持,永保百福,寿如西老,子孙千亿"②,由纯粹为政治服务稍向个性化方向转化,但还带着较强的现实功利性。更早的屈原《橘颂》,借物抒怀,则是异响。

曹植的颂,《隋书·经籍志》载有《列女传颂》一卷,别于其他作品单行。严可均《全三国文》载有曹植颂十二篇:《学宫颂》《玄俗颂》《柳颂》《孔庙颂》《郦生颂》《宜男花颂》《社颂》《皇子生颂》《冬至献袜履颂》《列女传颂》《母仪颂》《贤明颂》。鉴于曹植作品大量散佚的事实,其当日创作的颂体文应该更多,他是非常属意此体的,并极大地推动了颂体文的发展,主要表现在以下三个方面:

首先,促使颂体文向抒情言志的方向发展,这是曹植开辟的颂体文创作的新方向。如《柳颂》,从题目上看,是典型的咏物颂,今此篇唯余序文,云:"予以闲暇,驾言出游,过友人杨德祖之家。视其屋宇寥廓,庭中有一柳树,聊戏刊其枝叶。故著斯文,表之遗翰,遂因辞势,以讥当世之士。"颂之正文已不存,难知其内容,但既称是借柳以讥当世之士,则寓有深意。至曹植,颂文创作题材已从日常生活扩大到外部自然界,扩展到花草树木,且借以讥讽当世之事、之人,是文人个体意识自觉的体现。曹植《社颂》作于徙封东阿之后。颂前有序,称自己"前封鄄城侯,转雍丘,皆遇荒土",而致"经离十载,块然守空,饥寒备尝",今转封东阿,此地"田则一州之膏腴,桑则天下之甲第",甚是欣喜。序文简短,但贯穿曹植后期作品的哀怨情感却表露无遗。颂的正文祈愿神灵能保佑自己的封国得遇丰年,衣食有余。就后期曹植的遭逢与际遇而言,此颂中流露的感情与表达的愿望是真诚而自然的。曹植

---

① （梁）刘勰著,詹锳义证《文心雕龙义证》,第471页。
② （清）严可均《全后汉文》,第714页。

又有《郦生颂》，作于雍丘时，唯余小序，云："余道经郦生之墓，聊驻马，书此文于其碑侧也。"雍丘境内有秦汉之际著名辩士郦食其的墓，郦食其饱读诗书，颇有才华，为刘邦统一天下立下汗马功劳。曹植此颂，自然是有所感触而发，不外乎颂美郦生才华功业，慨叹自己有才华而不得遇。

曹植颂文与其前颂文相比，少了一些政治功利性，更多投入了个人的感情，让颂文向述怀言志的方向发展，这实是对屈原《橘颂》托物言志传统的沿承。《橘颂》至曹植，重新焕发光彩。曹植之后的颂文，特别是咏物颂，优秀之作多是这种借物以咏情志者，如晋辛萧《燕颂》云："翩翩玄鸟，载飞载扬。颉颃庭宇，遂集我堂。衔泥啄草，造作室房。避彼湫隘，处此高凉。孕育五子，麾大麾伤。羽翼既就，纵心翱翔。顾影逸豫，其乐难忘。"①表面写燕之适性自由，实则抒发作者羁于仕宦、志不获骋的郁悒。再如颜延之《赤槿颂》，以赤槿比况出身名门的世袭子弟，曰："华缫闲物，受色朱天，是谓珍树，含艳丹间。"②语有讽意。

其次，由专意颂美而"褒贬杂居"。如前所述，颂本是一种专意颂美的文体，其得名即由此。但这种文体在发展的过程中流变复杂，刘勰本着宗经及维护文体规范的思想，在《文心雕龙·颂赞》篇中，对于那些后世发生了变化的颂体文，指为"变体""谬体""讹体"。提到曹植颂体文，言："及魏晋杂颂，鲜有出辙，陈思所缀，以《皇子》为标；陆机积篇，惟《功臣》最显，其褒贬杂居，固末代之讹体也。"③言曹植《皇子生颂》不专意颂美，却"褒贬杂居"，是颂之"讹体"。曹植《皇子生颂》作于太和五年，此年"皇子殷生，大赦"④，在当时宫廷自然是一件大喜事，多有朝臣上表献颂表示庆贺，曹植亦作颂文：

> 于圣我后，宪章前志。克纂二皇，三灵昭事。祗肃郊庙，明德敬惠。潜和积吉，钟天之釐。嘉月令辰，笃生圣嗣。天地降祥，储君应祉。庆由一人，万国作喜。喁喁万国，岌岌群生。禀命我后，绥之则荣。长为臣职，终天之经。仁圣奕代，永载明明。同年上帝，休祥淑祯。藩臣作颂，光流德声。吁嗟卿士，祗承予听。

颂文赞扬曹叡因德行彰明，故能得到上天眷顾而生子，令举国欢喜。举国之哀喜系之曹叡，则曹叡更应该绥养万民。赵幼文评此文言："太和时代，曹叡对吴蜀接连用兵，又大修宫殿，赋役繁重，劳民伤财，百姓极为困苦。曹植在颂里积极强调应给与百姓休养生息之时间，并提出百姓苦乐在于曹叡个人

---

① （清）严可均《全晋文》，第 2287 页。
② （清）严可均《全宋文》，第 2640 页。
③ （梁）刘勰著，詹锳义证《文心雕龙义证》，第 333 页。
④ （西晋）陈寿撰，（南朝宋）裴松之注《三国志》，第 98 页。

的措施。辞意婉约。"①此文确有借颂皇子而劝谏曹叡之意,比之专意颂美,更富价值和意义。类似的还有《宜男花颂》:

> 草号宜男,既晔且贞。其贞伊何?惟乾之嘉。其晔伊何?绿叶丹花。光彩曜晃,配彼朝日。君子耽乐,好和琴瑟。固作《螽斯》,惟立孔臧。福济太姒,永世克昌!

此颂颂美预示多子多福的宜男花,赵幼文《曹植集校注》系于太和年间,称:"曹叡荒于女色,夺民间妇女,迫作嫔妃。高柔曾上疏谏:'顷皇子连多夭逝,熊罴之祥,又未感应,且以育精养神,专静为宝。'"②则此颂含有讽谏意义,亦是属于"褒贬杂居"之列了。

曹植此类颂文表面上看来是符合颂体颂美特征的,但内中却更多包涵着作者个人的思考和情感,与纯粹的应制颂美之作不甚相同,也对后来的一些颂体文创作产生了影响,如刘勰所举,陆机《汉高祖功臣颂》亦同类之作。

再次,进一步促使颂体向四言韵文体式统一。曹植之前,除蔡邕的颂文外,颂体文的体式非常自由,如上节所言,有四言成篇者,有散体成篇者,有骈散结合者,有骚体成文者,有骚体与四言结合者,有杂言者,即使同一作者不同篇目的颂文,体式也往往各异。到了蔡邕,情况已开始发生变化,其今存颂文较统一地采用了四言韵文的形式。但蔡邕颂文创作不多,今仅存数篇。曹植今存颂文皆为四言韵文体式。这种统一体式的采用,应出于自觉,而非偶然。曹植是四言诗的大家,如前所引,他的四言诗和五言诗同冠当时,其颂体统一的体式,应受到其四言诗创作的影响。自曹植之后,颂体文基本皆以四言韵文成篇,这也渐成为"颂"体的重要特征。综而言之,曹植进一步促进了颂体体式的统一和成熟。

曹魏时期,人们已经开始注意对各种文体的辨析,曹丕《典论·论文》论文体即是明证。曹植对当时流行的各种文体都一一尝试创作,显然对各种文体的体制规范是熟悉的。一方面他沿承颂的传统,创作了一些专意颂美的颂文,并统一采用四言韵文的体式,推进颂体向更具独特文体特征的方向发展。但另一方面,内心情志的急切表达,使他冲破了颂体本身固有的局限,突破其政治功利性,以自我情志的表达为先,促使这种文体向更具个性化的方向发展,从而更富生机和活力。

曹植兼善各体,掌握了诸多文体的体制规范,但他以高妙的才华,所作往往又是规范所缚不住者。他一方面遵守文体的基本要求,另一方面又突

---

① (三国)曹植著,赵幼文校注《曹植集校注》,第456页。
② (三国)曹植著,赵幼文校注《曹植集校注》,第396页。

破文体之间的界限,在进行某体的创作时,有倾向性地吸取其他文体的特征,推进文体的演变,改变了诸多文体的发展方向,尤其是那些原本呆板、枯燥、政治功利性强的实用文体。曹植对诸种文体的改造和新变,表现不一,但其中统一的是,经他创作,这些文体的情感性和形象性都增强了,尤其是实用性的文体向更富文学性的方向发展。日本著名汉学家吉川幸次郎曾说:"把曹植的创作和他以前的文学史的状态加以对比,其结果,我们就会发现更为重大的事实。这就是,他几乎是最初的署名的抒情诗人。"①"抒情诗不再是自然发生的东西,而是伴随着个人的名字,亦即伴随着诗人个性表现的主体性,从而在新的意义上确立了它的价值,这不能不归功于曹植。"②虽说的是曹植诗歌创作较之前更富抒情性,但实可借以评价他文学创作的整体。这一点,体现的正是建安文学的主体精神,是文学走向自觉的最重要表现。

曹植的文学成就是伟大的,他富于创造性的创作,改变了多种文体的发展方向。这一切与他的性格、学识、当时的文学环境息息相关。曹植是一个"任性而行,不自雕励,饮酒不节"的人③,他天质自然,重情重义,喜欢交往的是那些不护细行之人,如王粲、邯郸淳等。这样的性格使他读书治学也不合于流俗,《三国志》裴松之注引《魏略》关于他初见邯郸淳的记载,颇能说明问题。曹植初见邯郸淳,"延入坐,不先与谈。时天暑热,植因呼常从取水自澡讫,傅粉。遂科头拍袒,胡舞五椎锻,跳丸击剑,诵俳优小说数千言讫,谓淳曰:'邯郸生何如邪?'于是乃更着衣帻,整仪容,与淳评说混元造化之端,品物区别之意,然后论羲皇以来贤圣名臣烈士优劣之差,次颂古今文章赋诔及当官政事宜所先后,又论用武行兵倚伏之势。乃命厨宰,酒炙交至,坐席默然,无与伉者",致使邯郸淳出而称其为"天人"④。这样驳杂繁富的学问,注定了他的不同一般。且他生活在一个"尚通脱"⑤"想说甚么就说甚么"⑥的时代,父亲是"改造文章的祖师"⑦,人们对文体问题相当关注⑧,他本人又兼通各体,自然追求突破传统加以创新而有所发展,正所谓"文如其人",否则便不成其为曹植,否则也便没有了曹植在文学史上的崇高地位、价

① [日]吉川幸次郎著,章培恒、骆玉明等译《中国诗史》,复旦大学出版社2012年版,第114—115页。

② [日]吉川幸次郎著,章培恒、骆玉明等译《中国诗史》,第115页。

③ (西晋)陈寿撰,(南朝宋)裴松之注《三国志》,第557页。

④ (西晋)陈寿撰,(南朝宋)裴松之注《三国志》,第603页。

⑤ 鲁迅《魏晋风度及文章与药及酒之关系》,《而已集》,人民文学出版社2006年版,第105页。

⑥ 鲁迅《魏晋风度及文章与药及酒之关系》,《而已集》,第106页。

⑦ 鲁迅《魏晋风度及文章与药及酒之关系》,《而已集》,第106页。

⑧ 如曹丕《典论·论文》首次将多种文体并论。

值与贡献。

第三节　庾　信

庾信处于文学融合与总结的时期,受南北文化、文学的双重影响,不仅文学成就巨大,在文体学方面同样有重要贡献。他一生"著述滋繁,体制匪一"①,创作遍及当时流行的各种文体,清人倪璠《庾子山集注》分体编纂,所辑录即有诗、赋、碑、铭、赞、启、书、表、序等多体。庾信在诸多文体创作方面都取得了令人称慕的成就,他尚在世时,宇文逌为其编集并作序称:"(信)妙善文词,尤工诗赋,穷缘情之绮靡,尽体物之浏亮,诔夺安仁之美,碑有伯喈之情,箴似扬雄,书同阮籍。"②赞扬庾信在多种文体的创作上都达到了最高水平。后世一些批评者也对宇文逌的看法表示认同,如明人张溥作《庾开府集题辞》,就引用了宇文逌的评论。清人李兆洛《骈体文钞》收录庾信作品 37篇,数量居所录作家之首,这些作品分见于表、启、书、铭、碑文、墓志、连珠、移文等多种文体,代表着李兆洛对庾信在这些文体上所取得成就的认同。

庾信是一个颇有创新精神和能力的作家,对于他的文学创作,"新"是各代评论者评价的一个重要切入点,如宇文逌称庾信"齿虽耆宿,文更新奇"③,杜甫言"清新庾开府",后来杨慎解释杜甫所言"清新"之"新"为"创见而不陈腐也"④。庾信的创新不仅体现在创作手法、审美情趣、文学风格等,而且体现在对文体的灵活运用,典型表现为通过文体互渗的手段,让多种文体获得了新的发展。已多有学者开始注意到庾信的诗与赋之间⑤,以

---

① (唐)令狐德棻等撰《周书》,中华书局 1971 年版,第 743 页。
② (北周)宇文逌《滕王逌原序》,(北周)庾信撰,(清)倪璠注,许逸民校点《庾子山集注》,中华书局 1980 年版,卷首第 53 页。
③ (北周)宇文逌《滕王逌原序》,(北周)庾信撰,(清)倪璠注,许逸民校点《庾子山集注》,卷首第 64 页。
④ (明)杨慎《升庵诗话》,丁福保辑《历代诗话续编》,中华书局 2006 年版,第 814 页。
⑤ 此点早在明、清时期已有学者指出,如谢榛《四溟诗话》卷二言:"庾信《春赋》,间多诗语,赋体始大变矣。"(见丁福保辑《历代诗话续编》,第 1163 页)倪璠《庾子山集注·春赋》题辞有言:"《梁简文帝集》中有《晚春赋》,《元帝集》有《春赋》,赋中多有类七言诗者。"(见倪璠注,许逸民校点《庾子山集注》,第 74 页)许梿《六朝文絜》言:"六朝小赋,每以五七言相杂成文,其品致疏越,自然远俗。"(上海古籍出版社 1982 年版,第 38 页)当今学者关于庾信诗、赋互渗的认识,可参靳启华《诗的赋化与赋的诗化——庾信诗赋创作艺术新论》(《怀化师专学报》1998 年 3 期)、《论庾信的赋》(《楚雄师专学报》1999 年 1 期),靳启华、曹贤香《论南北朝赋的诗化》(《岱宗学刊》1999 年 3 期),周悦《从庾信骈赋看诗赋合流到赋文趋同的文体演变史意义》(《中国文学研究》2014 年 4 期)等文。

及骈赋与骈文之间存在着互相影响、渗透的现象①。实则,庾信利用文体互渗的手段创新文体,不仅表现在诗与赋、骈赋与骈文之间,还表现在多种实用文体的创作中,对多种实用文体的发展做出了重要贡献。

一、庾信墓碑文、墓志的互渗

庾信的墓碑文、墓志在他的总体创作中占有非常重要的地位,表现为一则创作数量多,倪璠《庾子山集注》收录庾信墓碑文 12 篇,墓志 19 篇,共计31 篇,数量居南北朝作家碑志创作之首。这些碑志全是庾信入北之后所作,如《周书·庾信传》所载:"世宗、高祖并雅好文学,信特蒙恩礼。至于赵、滕诸王,周旋款至,有若布衣之交。群公碑志,多相请托。"②二则得到了当时和后世人的高度肯定,在碑志的发展史上占有重要地位。如当时宇文逌《庾开府集序》即称庾信"碑有伯喈之情"③,将之与碑文大家蔡邕相提并论。钱基博称:"信以碑版之文擅名一代。"④说明庾信碑文对庾信文学史地位取得的重要意义。

从前人的评价,我们会有这样一个印象,人们言说庾信纪念亡者的文体,或单说碑文,或将碑文和墓志并称为"碑志",有一而论之之意。其实,在我国文体史上,碑文和墓志一直是各自独立的两种文体。但在庾信手中,这两种文体却呈现出互相影响、借鉴、渗透以至合一的态势,对它们后来的发展产生了重要影响。

(一) 碑文和墓志二体的关系

自南朝始,文学批评著述和总集皆将碑文和墓志作为各自独立的文体类别。如萧统编《文选》,收录 39 种文体,包括碑文,也包括墓志。任昉《文章缘起》分体尤其细致,共收录 84 种文体,亦将碑和墓志分列。后来,《文苑英华》《唐文粹》《宋文鉴》《元文类》《明文衡》《明文在》等历代总集亦皆将墓碑文与墓志铭(墓志)分列为不同的文体类别。明代文体学著作的代表吴讷《文章辨体序说》、徐师曾《文体明辨序说》,对文体的划分皆以细致著称,都将碑文和墓志分列。清代来裕恂《汉文典·文章典》由博返约,用文类的概念来统括相近的文体,碑志类包括刻石文、碑、墓志等文体,亦是将碑文和

---

① 可参周悦《从庾信骈赋看诗赋合流到赋文趋同的文体演变史意义》(《中国文学研究》2014年 4 期)等文。

② (唐)令狐德棻等撰《周书》,第 734 页。

③ (北周)宇文逌《滕王逌原序》,(北周)庾信撰,(清)倪璠注,许逸民校点《庾子山集注》,卷首第 53 页。

④ 钱基博《中国文学史》,上海古籍出版社 2011 年版,第 214 页。

墓志视作相近但各自独立的文体类别。严可均辑《全上古三代秦汉三国六朝文》,亦将碑文和墓志分列为两种文体。

同时,碑文和墓志两体又有密切的关系。作为一种文体,墓碑文的产生很早。欧阳修曾言:"至后汉以后,始有碑文,欲求前汉时碑碣,卒不可得。是则冢墓碑,自后汉以来始有也。"①结合文献记载与出土文物,欧阳修将墓碑文的产生时代定于东汉。至东汉末,出现了墓碑文创作的大家——蔡邕。这种出于对死者崇敬和纪念而产生的文体,伴随着崇高的仪式感和不菲的花费,故而有了后来的禁碑之事。《宋书·礼志》载:"汉以后,天下送死奢靡,多作石室石兽碑铭等物。建安十年,魏武帝以天下雕弊,下令不得厚葬,又禁立碑。魏高贵乡公甘露二年,大将军参军太原王伦卒,伦兄俊作《表德论》,以述伦遗美,云'祇畏王典,不得为铭,乃撰录行事,就刊于墓之阴云尔'。此则碑禁尚严也。此后复弛替。晋武帝咸宁四年,又诏曰:'此石兽碑表,既私褒美,兴长虚伪,伤财害人,莫大于此。一禁断之。其犯者虽会赦令,皆当毁坏。'至元帝太兴元年,有司奏:'故骠骑府主簿故恩营葬旧君顾荣,求立碑。'诏特听立。自是后,禁又渐颓。大臣长吏,人皆私立。义熙中,尚书祠部郎中裴松之又议禁断,于是至今。"②这段话记载了自曹操始,以至于东晋末年的几次朝廷禁碑,而沈约所谓"于是至今",则反映的是碑禁一直延续至《宋书》成书的萧齐末年或萧梁初年的事实。可见,在魏晋南朝,一直是施行禁碑政策的。这样的政策使墓碑文的发展受到巨大的打击,留存至今的碑刻甚少:曹魏的墓碑文,《全三国文》所辑不足十篇;两晋碑文,《全晋文》所录不到三十篇;南朝碑文,严氏所辑亦仅二十余篇。这些碑文多为残篇。

墓志是作为碑文的补充出现的文体。如第一章第二节所论,碑文和墓志的施用对象其实是不同的,碑文主要针对帝王及少数贵戚大臣,而墓志则用于不能立碑之人。

(二) 庾信碑文、墓志的统一

在庾信之前,碑文已经经历了很长时间的发展,表现出鲜明独立的文体特征。它一般由序和铭文两部分组成。序文叙颂结合:叙碑主生平履历德行,采取概括式的叙述方式,叙后进行颂扬,一般一叙一颂,这种创作模式以蔡邕碑文为代表,并为后世作家沿承,《文心雕龙》所提到的魏晋碑文代表作家孔融、孙绰的碑文皆是如此。至南朝,情况有所改变,如刘师培所言,也是

---

① (北宋) 欧阳修《欧阳修全集》,中国书店 1986 年版,第 1140 页。
② (梁) 沈约《宋书》,第 407 页。

"惟辞采增华,篇幅增长而已"①。

　　碑文一体,前有蔡邕的示范作用,较早形成了稳定的文体形式,而墓志作为一种文体兴起远较碑文为晚,与碑文也有所差别。

　　唐封演《封氏闻见记》卷六"石志"条引王俭《丧礼》云:"魏侍中缪袭改葬父母,制墓下题版文。原此旨将以千载之后,陵谷迁变,欲后人有所闻知,其人若无殊才异德者,但纪姓名、历官、祖父、姻媾而已,若有德业,则为铭文。"②在墓志一体形成之前,即有类似墓志的题版置于墓葬中,作用更多在于标志墓地,防陵谷迁变。后来的墓志,在人们的认识中,标志墓地是最重要的功能。如吴讷《文章辨体序说》言:"墓志,则直述世系、岁月、爵里,用防陵谷迁改。"③徐师曾《文体明辨序说》言:"盖于葬时述其人世系、名字、爵里、行治、寿年、卒葬年月,与其子孙之大略,勒石加盖,埋于圹前三尺之地,以为异时陵谷变迁之防,而谓之志铭。"④由此决定了相较于以颂功为主要功能的碑文,墓志有更强的叙事性。清人赵翼言:"窃意古来铭墓,但书姓名官位,间或铭数语于其上,而撰文叙事,胪述生平,则起于颜延之耳。"⑤认为自墓志一体形成之后,叙事为其主要功能。黄金明《汉魏晋南北朝诔碑文研究》以《宋故员外散骑侍郎明府君墓志铭》《齐故监余杭县刘府君墓志铭》《刘府君墓志铭》等墓志为例,论证与碑文相比,南朝墓志在序文中往往详记亡者世系、名字、爵里、官职等,记叙性更强⑥。更有一些南朝墓志序文部分以散体记叙成文,自由潇洒,如陆倕《志法师墓志铭》:

　　　　法师自说姓朱,名保志,其生缘乘梓,莫能知之。齐故特进吴人张绪,兴皇寺僧释法义,并见法师于宋太始初,出入钟山,往来都邑。年可五六十岁,未知其异也。齐宋之交,稍显灵迹。被发徒跣,负杖挟镜,或征索酒肴,或数日不食。豫言未兆,悬识他心。一时之中,分身四处。天监十三年,即化于华林门之佛堂。先是,忽移寺之金刚像,出置户外,语僧众云,菩萨当去,尔后旬日,无疾而殒。沉舟之痛,有切皇心,殡葬资须,事丰供厚。望方坟而陨涕,瞻白帐而拊心,爰诏有司,式刊景行。辞曰:欲化毗城,金粟降灵。猗欤大士,权迹帝京。绪胄莫详,邑居罕见。譬彼涌出,犹如空现。哀兹景像,愍此风电。将导舟梁,假我方便。

---

①　刘师培《中古文学论著三种》,第169页。

②　(唐)封演《封氏闻见记》,中华书局1985年版,第79页。

③　(明)吴讷、(明)徐师曾《文章辨体序说　文体明辨序说》,第53页。

④　(明)吴讷、(明)徐师曾《文章辨体序说　文体明辨序说》,第148页。

⑤　(清)赵翼《陔余丛考》,中华书局1963年版,第683页。

⑥　黄金明《汉魏晋南北朝诔碑文研究》,第286—287页。

形烦心寂,外荒内辩。观往测来,睹微知显。动足墟立,发言风偃。业穷难诏,因谢弗援。慧云昼歇,慈灯夜昏。①

序文简述志法师的生平,重点叙述其神行异能及卒葬。铭文四言韵文成篇,对志法师一生行迹进行颂赞。又如张缵《中书令萧子显墓志》,今仅见残文,重点叙及萧子显应对之才:"帝尝顾问君曰:'我撰通史若成,众史可废。'乃答诏曰:'仲尼赞易道,黜八索,述职方,除九丘,圣制符同,复在兹日。储君毓德少阳,情协陈阮,亲□妙思,式表玄石。'"②用对话进行叙述,记叙性亦强。

南朝又有一些墓志,与碑文结构、行文方式非常接近,叙一职,而后形容颂赞,以徐陵、江总所作最为典型。如徐陵《司空章昭达墓志铭》先叙章昭达对付巨盗、强胡有功,继赞以"扬兵于九天之上,决胜于千里之中。殄彼群凶,皆无旋踵";接着叙章昭达讨伐陈宝应,赞之以"若夫鸣蛇之洞,深谷隐于苍天;飞猿之岭,乔树参于云日。宜越艇而登峤,蒙燕犀而涉江。威武纷纭,震山风海"③。又如江总《广州刺史欧阳𫖳墓志》是典型的颂一事叙一官模式。先颂其美好德行云:"公含章内映,远识沉通,窒嗜欲,谨言行,资贞干,事廉隅。"继叙其官职:"梁室不造,凶羯凭凌,公被锐执凶,有志匡复。梁孝元帝授散骑常侍、东衡州刺史、始兴县侯。"又叙"追赠车骑将军司空公",颂以"巫山远曲,喧骑吹于日南;芳树清音,肃军容于海截"④。这些墓志文的创作显然是受到了碑文的影响。

南朝还有一些墓志,往往先简述墓主世系先祖,如萧绎《中书令庾肩吾墓志》:"荆山万里,地产卞和之玉;隋流千仞,水出灵蛇之珠。故能胤兹屈景,育斯唐宋。掌庾命族,世济琳琅,遂昌开国,蝉联冠冕。父易,高尚其道,遁肥贞吉。关吏早逢,凤表真人之气;少微晚映,还彰隐士之星。"⑤先述庾氏世居,继叙庾肩吾父庾易。又如徐陵《司空河东康简王墓志》:"夫圣人至德,天道福谦,大哉尧舜,贻庆长远。明两之盛,中阳篡于豢龙;百世之祀,皇家兆于鸣凤。违青丘于海北,应紫盖于江南。帝系王基,重光累叶。高祖之建天柱,列圣之补地维,荡荡乎民无得而名焉者也。"⑥叙康简王世系,大力颂赞。简叙墓主先祖世系后,两文又皆叙墓主本人,采取的则是叙一官颂一

① (清)严可均《全梁文》,第3258页。
② (清)严可均《全梁文》,第3335页。引文据《渊鉴类函》酌改。
③ (清)严可均《全陈文》,第3460页。
④ (清)严可均《全隋文》,第4075页。
⑤ (清)严可均《全梁文》,第3055页。
⑥ (清)严可均《全陈文》,第3460页。

职的碑文模式。这些墓志和专用以防陵谷变迁,只详叙墓主家族、身份的墓志不同,更多表现出碑文与早期墓志结合的特征。庾信的墓志与南朝这一类墓志最为类似,而体制更为完备。

庾信的碑文和墓志有较统一的结构形式,一般皆先叙亡者世系先祖,继之叙述亡者生平仕履、功绩并时时颂赞,再写薨逝,最后总叙亡者才德及卒葬,然后以"乃为铭曰"过渡到铭文。铭文以四言韵文的形式对亡者一生进行颂赞,意多与序文重复。庾信碑文与墓志文体结构的相同,从他同为司马裔和郑常所作碑文和墓志的对比中呈现得最为典型。

《周大将军司马裔神道碑》开篇叙司马裔名号世系,《周大将军琅邪定公司马裔墓志铭》开篇亦然,二者在用词与用语上甚至很多都是重复的。继之,碑文叙司马裔曾祖、祖、父,墓志铭叙司马裔祖、父,后者用语较前者稍简。碑文继又简叙司马裔少年经历,初次为官,大统七年为平东将军、北徐州刺史事,墓志稍简,记其为官从大统七年所历较重要官职起。碑文继之叙颂司马裔于大统十年、十三年,魏前元年,武成二年、四年,天和二年、五年、六年等历官,墓志铭所叙大略相同而稍简。碑文与墓志皆以司马裔之薨逝为其人生仕履之结尾,又都在之后总叙司马裔一生功德,用语亦多相同,墓志铭同样较碑铭稍简。最后都以"铭曰"过渡到四言铭文,对司马裔一生进行颂赞,又皆与序文意重。显然,司马裔碑文和墓志的文体结构是基本相同的,差别只在于碑文较墓志关于墓主仕履的叙颂更详细一些,篇幅更长一些。

《周兖州刺史广饶公宇文公神道碑》和《周大将军上开府广饶公郑常墓志铭》的情况相同。碑文先叙郑常世系、先祖,墓志相同。碑文继之叙郑常早年品习与初仕,墓志亦同。碑文又叙颂郑常袭父封,及进爵广饶县公,以至保定三年、建德四年、宣政元年等仕履功绩,墓志内容相同而篇幅稍简。后碑文、墓志皆转入叙述郑常薨逝,又分别以"乃为铭曰""铭曰"转入四言铭文,括序文之意而颂之。

庾信碑文、墓志的文体结构是基本一致的。而且,为同一亡人既作碑文又写墓志,说明两种文体的施用对象在庾信那里,区别已不明确。且庾信碑文、墓志针对男性者而言,身份皆为达官贵人,地位上没有明显差别。但针对女性者,皆用墓志,而不用碑文,则一定程度上表现出对碑文施用对象乃地位尊崇者、功能更重在叙颂功德的沿承。

(三)庾信碑文、墓志互渗的表现

在庾信手中,碑文和墓志两体相互融合、渗透,主要表现在三个方面。一则文体功能的融合。与前人一样,庾信强调碑文是用以铭功的一种文体。

其《周大将军崔说神道碑》铭文言："铭功赞德,碑阙相望。"①《周车骑大将军贺娄公神道碑》序文有言："昔者繁昌祠前,即有黄金之碣;德阳墓下,犹传青石之碑。是谓勒功。"铭文又言："碑枕金龟,松横石马,永矣身世,留名华夏。"《周兖州刺史广饶公宇文公神道碑》序文有言："若夫勒鼎刊碑,铭功颂德,陈其令范,必在生前。嗟乎! 此之树碑,异乎洙、泗之水;此之勒石,异乎燕然之山。"《周柱国楚国公岐州刺史慕容公神道碑》序文言："昔在殷书懋赏,《周礼》议勋,诸侯计功,大夫称伐。惟师尚父,昆吾载宝鼎之铭;王命尸臣,枸邑传雕戈之赐。故知太上立德,明试以功,存有显爵之荣,殁有大名之贵。昊天不吊,其惟楚国公乎? 可以旌德景钟,勒勋彝器,式昭盛美,载扬洪烈者焉。"为这些达官贵人做碑文的目的皆在于,使他们的功德得以传扬后世。但同时,庾信又认为碑文客观上可以起到防陵谷变迁的作用。《周大将军崔说神道碑》序文言："况复松槚深沉,既封青石之墓;丘陵标榜,须勒黄金之碑。"《周大将军司马裔神道碑》序文言："世子侃,孝家忠国,扬名显亲。是以勒此丰碑,惧从陵谷,植之松柏,不忍凋枯。"《周上柱国宿国公河州都督普屯威神道碑》序文言："嗟海变而田成,惧山飞而地绝,勒石墓田,仍铭云尔。"《周柱国楚国公岐州刺史慕容公神道碑》序文言："昔臧文既没,穆叔称其立言;郑侨云亡,宣尼泣其遗爱。德阳青石之墓,千年未平;板江白虎之碑,百代无毁。敢因斯义,乃作铭曰。"千百年之后,经历沧海桑田的变化,正是这些石碑可以昭示墓主的身份。庾信关于碑文客观上可以起到防陵谷变迁作用的认识,和他关于墓志铭功用的认识是一致的,《周大将军上开府广饶公郑常墓志铭》志文言："嗟陵谷之贸迁,惧徽猷之永远,地久天长,敢镌贞石。"《后魏骠骑将军荆州刺史贺拔夫人元氏墓志铭》志文言："欲志佳城,乃为铭曰。"也就是说,一方面庾信继承了碑文用于铭功的传统认识,但另一方面,他又强调碑文和墓志都有防陵谷变迁的作用,这既是来自这两种载体的客观事实,也表现出在庾信的认识里,碑文和墓志在文体功能上的融合。

二则汉魏至南朝碑文一般不叙先祖,墓志则叙,庾信碑文、墓志皆叙世系、先祖,二者趋于一致,碑文受到了墓志的影响、渗透。庾信碑文、墓志篇篇叙碑主世系、先祖,有些篇目还叙写得相当详细,如《周大将军司马裔神道碑》之开篇,叙司马氏世系直从颛顼时说起,一直述至东晋。继述司马裔曾祖司马楚之特详,一则显其出身高贵,再则叙其不世功业,三则述其一生仕履荣显。后又叙司马裔祖、父一生简况。再如《周车骑大将军贺娄公神道

① （北周）庾信撰,（清）倪璠注,许逸民校点《庾子山集注》,第784页。下引庾信文皆出此书,不再出注。引倪璠注评,仍出注。

碑》之开篇，从贺娄氏得姓之初叙起，又叙贺娄慈祖、父。叙其祖突出的是其勇武无双，叙其父则见其文武双全。庾信碑文受墓志的渗透，增加了叙世系、先祖的内容①，也增强了碑文的记叙性。

三则庾信墓志法则碑文，序文主体部分也采取了一职一颂、叙颂结合的方式，墓志的颂赞性得以增强。如《周大将军赵公墓志铭》，开头在简介赵广姓字出身后，即总赞其品性、气质、智识等。接着叙赵广于孝闵帝元年初出仕，颂其出身良好，故能早被授予重任。二年，赵广拜大将军，墓志又以卫青、韩信比拟颂赞之。通篇大抵迁一官、授一职一封，简叙之而已，更多的文字是运用历史典故、高度修饰化的语言赞其治绩德声。在叙其薨逝之后，又进行了总赞，颂其品行、性格、风神，以诸多古人比其文采、风流、武功、韬略、志趣、追求，终悲其卒逝，又赞其抚育同族之德。

综而言之，庾信碑文、墓志在文体结构、施用对象、文体功能等各个方面都表现出融合、统一的倾向，这固然与一些因素如北朝社会风气、创作传统的影响有关，但碑文和墓志的互相影响、渗透恐怕是更根本、内在的因素，故而后人一般都以"碑志"统称庾信的碑文、墓志。

二、庾信实用文体与史传

庾信因文学留名青史，但他本有意于撰史。徐宝余《庾信研究》一书专设《庾信的史家意识》一节，认为庾信出于早期所受的教育、对士人气节的追求、南朝私家撰史风气盛行等原因，有强烈的撰史欲望和史家意识，渗透到文学创作中，表现为以史笔入诗文②。而且，庾信入北后，面对着新的文学环境，刘师培《南北文学不同论》有言："惟北朝文人，舍文尚质。崔浩、高允之文，咸硗确自雄。温子升长于碑版，叙事简直，得张、蔡之遗规；卢思道长于歌词，发音刚劲，嗣建安之佚响。子才、伯起，亦工记事之文。岂非北方文体固与南方文体不同哉？"③北朝文风质朴，文人普遍更长于叙事，工于记事之文。入北之后，庾信的文学创作，尤其是一些实用文体的叙事性增强，受到了史传的影响渗透，表现出新的特征和独特的价值，最典型者为碑志、连珠等体。

---

① 也有学者如赵超《中国古代石刻概论·石刻铭文的释读与常见体例》（文物出版社 1997 年版）、黄金明《汉魏晋南北朝诔碑文研究》（人民文学出版社 2005 年版）、马立军《论庾信对北朝墓志写作传统的继承》（《民族文学研究》2014 年 3 期）等指出，庾信碑志中对墓主世系、先祖的描写，是受北朝重家族传统的社会风气和北朝碑志写作传统影响的表现，亦颇可参考。

② 徐宝余《庾信研究》，学林出版社 2003 年版，第 109—130 页。

③ 刘师培著，陈引驰编校《刘师培中古文学论集》，第 265 页。

（一）庾信碑志和史传

碑文与墓志由于担负着总结亡者一生的任务,本然地与史传文学发生关系,它们的叙事性向来为评论者所重。《文心雕龙·诔碑》篇评论汉以来碑文的代表作家并言碑之体制云:"自后汉以来,碑碣云起;才锋所断,莫高蔡邕。……其叙事也该而要,其缀采也雅而泽。……孔融所创,有慕伯喈;《张》《陈》两文,辨给足采,亦其亚也。及孙绰为文,志在于碑,《温》《王》《郗》《庾》,辞多枝杂,《桓彝》一篇,最为辨裁矣。夫属碑之体,资乎史才,其序则传,其文则铭,标序盛德,必见清风之华;昭纪鸿懿,必见峻伟之烈:此碑之制也。"①称蔡邕碑文"叙事也该而要"、孔融碑文"辨给"、孙绰碑文"辨裁",均指向对这些碑文代表作家叙事才能的称赏,而终认为碑文创作要"资乎史才"。后来明人徐师曾分品论碑文言:"碑之体主于叙事,其后渐以议论杂之,则非矣。故今取诸大家之文,而以三品列之:其主于叙事者曰正体,主于议论者曰变体,叙事而参之以议论者曰变而不失其正。至于托物寓意之文,则又以别体列焉。"②认为主于叙事者才是碑文之正体。他论墓志铭,亦言:"其为文则有正、变二体,正体唯叙事实,变体则因叙事而加议论焉。"③要创作碑文和墓志,善于叙事是很重要的才能。

庾信之前的碑文叙颂结合,叙事虽然多简略,但仍是文章重要的组成部分。南朝的墓志则比碑文表现出更强的叙事性。至庾信,他由南入北,受史传文学影响,比起之前作者,碑志创作的叙事性进一步增强,且反之影响史传。

如前所述,庾信的碑文和墓志都重叙墓主世系、先祖,有的还占相当大的篇幅,即是叙事性增强的表现。而更明确的表现在于,庾信碑志往往采用史传文学常用的细节描写、对话等刻画人物,使墓主面貌更为清晰、逼真地得以呈现。如《周太子太保步陆逞神道碑》,作者写到了这样两个细节,一是步陆逞为军司马时,"暗夜有人饷罗数十匹,公闭门不受。行人干触,具以闻奏",拒不接受贿赂,律下亦甚严;一为京兆尹时,"家僮暮行还,得遗钱于道,并白绢十匹,公访得其主,即以还之",不贪不义之财。这些细节话语不多,但很好地勾勒出了步陆逞廉洁自守的形象。又如《周柱国大将军纥干弘神道碑》记纥干弘于永熙中迎魏武帝入关,"太祖以自着铁甲赐公,云'天下若定,还将此甲示寡人'",见天子倚重。又记纥干弘大统三年战绩,而结以

---

① （梁）刘勰著,詹锳义证《文心雕龙义证》,第450—457页。
② （明）吴讷、（明）徐师曾《文章辨体序说 文体明辨序说》,第144页。
③ （明）吴讷、（明）徐师曾《文章辨体序说 文体明辨序说》,第149页。

"太祖在同州,文武并集,号令云'人人如纥干弘尽心,天下岂不早定'",见纥干弘为人臣楷模。又以细节写纥干弘的英勇善战:"西平反羌,本有渔阳之勇;凤州叛氐,又习仇池之气。公摧锋直上,白刃交前,万死一决,凶徒多溃,身被一百余箭,伤肉破骨者九创,马被十槊,露布申上,朝廷壮焉。"再以细节写纥干弘的不辞劳苦、勇往直前:"天和二年,被使南征。……公以白羽麾军,朱丝度水,七十余日,始得解衣。"通过这些描写,不必用空洞的美言赞颂,纥干弘英勇无敌、能征善战、以身作则的重臣形象便得以呈现。

细节描写最能彰显人物风神,《周大将军闻嘉公柳遐墓志铭》于此最为人称道。庾信先写柳遐少年时即表现非常,得伯父忠惠公器重:"世父仪同忠惠公特加器异,乃谓公曰:吾昔逮事伯父太尉公,见语云:'我昨梦汝登一高楼,楼尽峻丽,吾以坐席乞汝。汝或富贵,恨吾不及见耳。'吾向聊复昼寝,又梦将昔时坐席还复赐汝。汝官位当复见及。"通过记叙伯父一梦,见柳遐因自身品性才能而被寄予家族传承、发展的重任。又记柳遐十二岁时见西昌侯:"试遣左右践君衣裾,欲视举动。君徐步稍前,曾无顾眄。"一个十二岁的孩子,在颇为庄重的场合被人踩了衣服,竟能为了不失礼做到看都不看一眼,确实是镇定自若异于常人。墓志又用两个细节彰显柳遐孝心,一是扶父灵柩回京途中:"咨议府君于都薨背,君奔赴,六日即届京师。形骸毁瘁,不复可识。灵柩溯江,中川薄晚,乱流乘选,回风反帆,舟中之人,相视失色。抱棺号恸,誓不求生。俄尔之间,风波即静。咸以君精诚所致。"柳遐侍父孝,父卒于扬州,柳遐自襄阳六日之内即日夜兼程赶到,在扶父灵柩回京途中,已值天晚,溯江直上而遇逆向大风,舟中之人皆惊号失色,有性命之忧,但顷刻之间又风平浪静,仿佛上天被柳遐孝行感动。又一细节是柳遐母亲重病,柳遐侍母:"太夫人乳间发疽,医云:'惟得人吮脓血,或望可差。'君方寸已乱,应声即吮。旬日之间,遂得痊复。"为救母,毫不迟疑地为其吮脓血,作者叹以"君之事亲,可谓至矣"。此篇墓志所记细节突出了柳遐在家族传承中所具有的优秀品格,亦偏于他性格、风神中优秀之处的展现,因为细节的真实可感,塑造出了人物的立体形象。

除利用细节、对话这些史传中常用的手法刻画人物外,庾信一些碑志如《周柱国大将军长孙俭神道碑》《周柱国楚国公岐州刺史慕容公神道碑》《后魏骠骑将军荆州刺史贺拔夫人元氏墓志铭》等篇均结合人物身份、经历等进行简短议论;一些篇目如《周大将军怀德公吴明彻墓志铭》《周大将军闻嘉公柳遐墓志铭》等在对人物的刻画中往往寄寓作者自我的身世之悲,这些都是庾信碑志文受史传影响渗透的重要表现。

庾信今存碑志皆为入北以后作品,皆受达官贵人请托而作,因都作于亡者逝后不久,且如上述多有细节、具体事件的描述,所以为我们留下了关于这些亡者的宝贵史料,甚至成为史籍取材的来源。如《周车骑大将军赠小司空宇文显和墓志铭》,我们将其与《周书·宇文神举传》附父显和传进行比对,发现两者所叙主要事实基本重合。《周书》之宇文显和传,唯自"魏孝武之在藩也"至"其见重如此"一段文字①,所记事实不见于墓志铭,而墓志铭所记宇文显和历官较《周书》为详,总体上还是墓志铭详于史传。更值得注意的是,《周书》所记宇文显和诸事迹,在细节和用语上与庾信墓志铭高度相近,有理由相信,二者的史料来源是相同的。此篇墓志撰于北周建德二年,庾信时年六十一岁。《周书·宇文神举传》载:"(宇文神举)建德元年,迁京兆尹。三年,出为熊州刺史。"②宇文显和的长子宇文神举当时正担任京兆尹,他同庾信颇有往来,《庾子山集》中有一首《和宇文京兆游田诗》记二人交游。宇文神举请庾信为父亲迁葬作墓志铭,则在情理之中。庾信得到的关于宇文显和的生平资料也必定是可信的,且较《周书》详而早,我们或者可以推测庾信墓志铭就是《周书》宇文显和传记的重要史料来源。

类似的情况还见于《周柱国大将军长孙俭神道碑》与《周书·长孙俭传》。从篇幅上说,前者同样大于后者,主要是因碑文关于长孙俭仕履的记载较《周书》为详,且多颂赞之语,具体事迹的记载二者亦多重合。但与上一例不同的是,一些事迹《周书》记载更详细一些。如两者都记及大统六年长孙俭为荆州刺史时,因下属为民所讼,长孙俭肉袒自罚而致属城肃励,天子因之嘉奖事。《周书》详及此事中各方的表现、言语,而碑文因文体的需要,更多颂赞之语,语言也更整齐。但无可怀疑的是,两者都能反映长孙俭的执政才能与品格,史料来源应是相同的。

庾信碑志因为作于亡者逝后不久,且为亡者家属请托而作,故往往能够得到关于亡者的第一手的可信的生平资料,从而对后来史籍的记载能起到纠正、补充的作用。中华书局在整理《周书》时,即系统地将庾信碑志和《周书》有关列传比对,见两者所记年月历官常有出入,而有些确系《周书》传记有误③。如庾信有《周兖州刺史广饶公宇文公神道碑》,又有《周大将军上开府广饶公郑常墓志铭》,叙郑常生平较详,且皆称郑常为"广饶公",《周书》所言则是郑常曾"以立义及累战功,授上开府、仪同大将军,赐爵饶阳侯"④,中华书局本有校勘云:"《英华·宇文常碑》称常以永安县男袭父封魏昌县

---

① (唐)令狐德棻等撰《周书》,第713—714页。
② (唐)令狐德棻等撰《周书》,第715页。
③ (唐)令狐德棻等撰《周书》,出版说明第4页。
④ (唐)令狐德棻等撰《周书》,第635页。

伯,进爵广饶郡开国公,墓志同,均不载封'饶阳侯',且碑志题皆称'广饶公',疑传误。"①认为《周书》所载为误。

综而言之,庾信的碑志受到史传的影响,表现在多个方面;亦反之影响史传,他的碑志可能是《周书》的史料来源,或可纠《周书》之谬,或有助于考证《周书》一些记载的正误与否。这些都昭示着庾信碑志与史传的密切关系,相较于之前南朝的同类创作,在叙事性上进一步增强。

(二)庾信连珠的叙事性

庾信有《拟连珠》四十四首,是继陆机《演连珠》五十首之后,致力于连珠体创作的又一作家。关于连珠之体,西晋作家傅玄有言:"所谓连珠者,兴于汉章帝之世,班固、贾逵、傅毅三子受诏作之。而蔡邕、张华之徒又广焉。其文体,辞丽而言约,不指说事情,必假喻以达其旨,而贤者微悟,合于古诗劝兴之义。欲使历历如贯珠,易观而可悦,故谓之连珠也。"②连珠兴于东汉,最初的一批作家乃受诏而作,所以每一首一般皆用"臣闻"二字开头,标志着行文对象是皇帝。它的创作手法,如傅玄所言不直陈其事、直抒其情,往往通过比喻、典故等,阐明事理,委婉含蓄地表达作者的讽谏旨意,短小精悍而富有文采。徐师曾《文体明辨序说》叙此体云:"按连珠者,假物陈义以通讽喻之词也。连之为言贯也,贯穿情理,如珠之在贯也。"③指出连珠的创作目的是讽谏,它以情理贯穿,表现出明确的说理性。陆机《演连珠》五十首作为此体的代表④,皆以说理为主,假喻达旨而富有文采。

庾信的《拟连珠》四十四首较陆机所作,多有不同,对这一文体颇有突破和创新。倪璠《庾子山集注·拟连珠》题辞总括庾信连珠云:"陆机复引(连珠)旧义以广之,谓之《演连珠》。信复拟其体以喻梁朝之兴废焉。"⑤说庾信连珠在文体形式上模拟了陆机《演连珠》,但其四十四首的主旨则不同于陆机的说理讽谏,而是写梁朝兴废。孙德谦《六朝丽指》更明确指出庾信连珠:"但叙身世,无关理要,或以别格称之。"⑥它的特色不在说理,而在叙述,是连珠体中的别格。刘师培论连珠体的发展有云:"始于汉、魏,盖荀子演《成相》之流亚也;首用喻言,近于诗人之比兴;继陈往事,类于史传之赞辞。"⑦言连珠以"陈往事",与庾信所作颇符。庾信连珠与之前创作相比,在语言形

---

① (唐)令狐德棻等撰《周书》,第 652 页。
② (西晋)傅玄《连珠序》,(清)严可均《全晋文》,第 1724 页。
③ (明)吴讷、(明)徐师曾《文章辨体序说　文体明辨序说》,第 139 页。
④ 《文选》有"连珠"一体,即唯选陆机这五十首作品。
⑤ (北周)庾信撰,(清)倪璠注,许逸民校点《庾子山集注》,第 593 页。
⑥ (清)孙德谦《六朝丽指》,王水照编《历代文话》,第 8486 页。
⑦ 刘师培《论文杂记》,人民文学出版社 1959 年版,第 113 页。

式和文体结构方面并无过多变化,之前连珠每以"臣闻"开首,庾信因为写作对象的关系,承曹丕连珠之法,皆以"盖闻"开首,但与之前创作一样,每首篇幅皆短小精悍,借用比喻或典故,以"是以"引出事实、结论。但其所写内容,参考倪璠注及庾信身世经历,可分为这样几类:其一,追溯梁由兴而亡;其二,梁亡给各阶层人士带来的灾难;其三,个人的遭迹;其四,关于人生的哲理之思。四十四首中,多以前三类内容为主,涉及第四类内容且无明显的事实依托的,仅有其三十二、三十三、四十首等。具体而言,其一至其十三,由梁有天下之始,言至梁元帝被戮。中间呈现的历史事实有梁武帝盛时情景;武帝纳侯景;武帝委寄失才;台城失陷、侯景入城而无人能救,诸王兄弟猜嫌,骨肉相屠;王僧辩等平侯景;迁都江陵,元帝用兵有误,终遭屠戮,而不得葬以人君之礼。它们展现了宏大的历史画面,作者对历史兴废的慨叹穿插其中。接着自其十四至十八、二十,书写了战乱给社会各阶层带来的灾难。如其十四用杞梁之妻哭崩杞梁城,舜二妃娥皇、女英洒泪湘竹二典,写江陵陷落死伤之众,老百姓家庭破碎,颠沛流离,痛苦不堪。其十六、十七也都感慨了江陵溃败之惨痛,老百姓或死或逃,余者阖城被俘入关,痛失家园。其十五用李陵、陆机战败,来写"僧祐战死,买臣败绩,王褒俘虏"①,这些人是这场战争中的战将、实际参与者,战争同样给他们带来了悲剧命运。其十八则用石崇宠妾绿珠、项羽美人虞姬身死之典,写江陵败亡所致贵人妻妾的悲惨命运。庾信作为文士群体的代表,同样无所依归,其二十以失堑之鱼、巢火之燕喻己因江陵溃败而无家可归,述说着国家破亡给本居优渥之位的文士群体带来的冲击。庾信连珠通过用典、比喻的手法,对各个阶层人物进行描绘,展现出了江陵溃败、国破家亡的历史画卷,这无疑与之前的连珠创作颇不相同,以叙事代替了说理。

自第二十首之后,庾信转入对历史大背景下自身遭迹的叙述,重点呈现了国破家亡之后,自己无所依归的命运。仕北后仕途不畅,不受重视,无所建树,以致生活穷困愁苦,精神上又深感屈辱,时时怀有乡关之思。这种个体命运的展现,见出的是那个飘摇无依的时代文人的生活与思想状态。

在展现历史画卷、个人命运的同时,庾信《拟连珠》也多表现出对重大历史事件、人物的思考与认识,展现出作者的"史识"。如关于梁朝的覆亡,庾信认为与梁武帝一己关系颇大,其三就比侯景为封豕、长蛇,而任用之者正是梁武帝本人,这是梁武帝决策的最大失误;其四言治国需用良才,这样方能得以长保,但梁武帝用朱异等辈,委寄失人,而致祸国殃民;其十九更是集

---

① (北周)庾信撰,(清)倪璠注,许逸民校点《庾子山集注》,第604页。

中言说梁武帝对梁朝覆亡负有不可推卸的责任,以马之奔全毛必动、舟之覆载物全沉喻梁之兴亡皆决于武帝。由于封建社会制度的不健全,君主被赋予了至高无上的权力,国家的兴衰与否,确与帝王个人的关系尤大,庾信的见解有一定道理。其七则写在梁朝生死存亡关头,诸王嫌猜、兄弟相屠成为压死骆驼的最后一根稻草,最终导致梁朝迅速处于溃亡的境地,这实际上是对封建分封制度的一种思考,也是对历史上这类屡次出现的现象的反思。庾信还批判了梁元帝的失误,其十三云:"盖闻雷惊兽骇,电激风驱,陵历关塞,枕跨江湖。是以城形月偃,阵气云铺,非绿林之散卒,即骊山之叛徒。"用典同于《哀江南赋》"驱绿林之散卒,拒骊山之叛徒。营军梁溠,搜乘巴渝",故倪璠以为此首与上引《哀江南赋》之语,同是在言说因弟武陵王萧纪于益州称帝,梁元帝用侯景之党入蜀伐之之事①。历史证明,梁元帝在此次事件的处理中,确实犯下了不可原谅的错误,据《周书》记载,他不仅用侯景余党对付弟弟,还同时向西魏求援,西魏出兵,但结果却是益州落入其手②,给萧梁带来更严重的打击。而对陈代梁鼎,庾信也感慨良深,其十一用刘琨、祖逖之典,感叹英勇有谋如刘琨,却终不免被缢结局,以比王僧辩为陈霸先所缢;欣赏祖逖忠诚有节,终能保卫晋土,叹梁无此种人以抗陈霸先。认为陈霸先之所以成功,还在于梁朝缺乏有勇有谋、忠诚不贰之才。

梁朝履亡,陈代梁鼎,国破家亡,这些是庾信一生最沉痛之事,他对这段历史以及造成这一结果的事件、人物,不断反思,在《拟连珠》中,表达了一些看法。从中可见他颇有一些历史见地,也造就了《拟连珠》深沉的历史感,使"连珠"一体至此有了转折性的发展变化。

其实,庾信本处于连珠体发展演革较剧烈的时期。连珠在汉代产生,彼时题材较为单一,集中于言说明主用人理事、治国救民等政治道理,目的在于讽喻。至曹丕连珠,改之前"臣闻"为"盖闻"开头,标志着这种文体功能的转变和扩大。陆机的《演连珠》是《文选》"连珠"体唯一被选录的作品,是此体当之无愧的代表,对君王的讽谏仍然是其主要内容,但也有篇目讨论君子的个人修养和处世之道。南北朝是连珠创作的兴盛时期,有学者撰文指

---

① (北周)庾信撰,(清)倪璠注,许逸民校点《庾子山集注》,第602页。
② 《周书》卷二一《尉迟迥传》载:"侯景之渡江,梁元帝时镇江陵,既以内难方殷,请修邻好。其弟武陵王纪,在蜀称帝,率众东下,将攻之。梁元帝大惧,乃移书请救,又请伐蜀。……于是(太祖)乃令迥督开府元珍、乙弗亚、俟吕陵始、叱奴兴、綦连雄、宇文升等六军,甲士一万二千,骑万匹,伐蜀。……六月,迥至潼州,大飨将士,引之而西。纪益州刺史萧撝不敢战,遂婴城自守。进军围之。……撝与纪子宜都王肃,及其文武官属,诣军门请见,迥以礼接之。其吏人等,各令复业。……诏迥为大都督、益潼等十八州诸军事,益州刺史。"见(唐)令狐德棻等撰《周书》,第349—350页。

出兴盛的表现为:一是当时已有多部连珠专集问世,二是帝王创作连珠,三是已有人为连珠作注①。伴随着创作的相对兴盛,连珠体多有创新,出现多种"别格"。谢惠连今存五首连珠,内容主要是表现个人对修身养性的体悟和对人生的感慨,这较之前"正体"连珠的内容已发生了转变。萧齐时刘祥则"著《连珠》十五首以寄其怀"②,一则表达对现实政治的不满,二则表明自己怀才不遇,不愿与世俗同流合污。这样的主题致齐武帝遣敕之"寄意悖慢,弥不可长"③,竟因此获罪,刘祥带来了连珠体的较大变化。又有刘孝仪连珠以女性身份,以"妾闻"开首来写宫体诗常写之事,是为艳体连珠。梁武帝身为帝王,着意于连珠创作,一则如《赐到溉连珠》,赐臣以戏谑;再则以之与群臣唱和;三则如萧绎《金楼子·兴王》篇所记,言梁武帝"作联珠五十首,以明孝道"④,梁武帝所作进一步扩大了连珠的表现范围与应用场合。梁简文帝萧纲则在临终前作连珠,借景抒情,"途穷"而叹,凄怆哀怨,愤懑悲怆;梁宣帝亦作《连珠》两首,发帝王之怀。梁朝帝王的创作,对于连珠的发展,起到了推动作用,扩大了连珠的表现范围,为连珠注入了新的元素。

徐国荣、杨艳华《论汉魏六朝连珠体的演变与文学发展》一文将连珠体的诸多发展变化置于其时文学发展的大背景下进行讨论,认为齐梁时期连珠风格的多样与"别格"的发展,都与六朝特殊的文学风尚紧密相关。具体言之,如永明体的倡导者沈约,连珠之作对偶工而用字精炼,受其永明体诗歌创作的影响;梁武帝以连珠赐臣,类于其同类内容的五言诗,是受到了五言诗创作的影响;受宫体诗影响,出现了刘孝仪等的艳体连珠⑤。连珠在发展的过程中受到了其他文体的影响、渗透。庾信入北后所作连珠,多叙国事及自身经历,受到了史传的影响、渗透,增强了叙事性,当然这又与重叙事写实的北朝文学环境,以及庾信个人的撰史追求与史家意识有关。而庾信生逢多灾多难的历史时期,国破家亡、改朝换代、滞北不得归等经历,也是他连珠体创格的重要缘由。

在"别格"不断,多受其他文体影响、渗透的文体发展背景下,庾信的连珠受史传的影响,表现出更深沉的历史感和创新性的特征,成为继陆机之后,连珠体又一位代表作家。

庾信之后,由隋而唐而宋,连珠体的创作作家既少,亦无成就高的作品,

---

①　孙津华《连珠体的起源、命名及著录探析》,《中州学刊》2009 年 5 期。

②　(梁)萧子显《南齐书》,第 640 页。

③　(梁)萧子显《南齐书》,第 642 页。

④　(梁)萧绎撰,许逸民校笺《金楼子校笺》,中华书局 2011 年版,第 209 页。

⑤　徐国荣、杨艳华《论汉魏六朝连珠体的演变与文学发展》,《暨南学报》2005 年 5 期。

此体进入了发展的式微时期。然至明清以及近代,连珠在创作题材、风格、形式各方面又有所发展,其中一些创作与南北朝连珠多有呼应。如明末沈宜修、叶小鸾母女作有艳体连珠,以女性身份写女性之美及生活中所用细物,语言精致华美。又有游戏笔墨之作,如尤侗《五色连珠》写青、赤、黄、白、黑五色。尤其值得注意的是,一些连珠作品的"史意"颇浓,依其功用目的不同,可分如下三类:一则咏史心得类,以陈济生《广连珠》一百首、凌廷堪《拟连珠》四十六首、皮锡瑞《左氏连珠》三十八首等为代表。陈氏所作,其自序云:"连珠昉自孟坚。……读史之余,仿连珠体而广陈古今盛衰成败是非之数,遂得百首。"①其内容以史事为喻证,发表对诸多重大历史事件的看法。凌廷堪《拟连珠》为读三国史事而发:"时方读《三国志》,遂组织事之相类者,姑拟为之。"②皮锡瑞所作则全为《左传》而发,演述《左传》人物、事迹。这类题材内容的连珠着重于发表历史见解,性质上类于史书颂赞文字。二则纪皇帝巡游。曹仁虎《圣驾四巡江浙恭纪》三十六首、彭元瑞《圣驾巡幸天津恭纪》三十首、戴心亨《圣驾六巡》三十首、陈兆仑《圣驾南巡恭纪》三十首等为乾隆帝南巡事而作,其中颇多歌功颂德的成分,但它们皆从皇帝出游写起,继之记及皇帝巡游中诸如射猎讲武、箴戒官员、敦本重农、轻徭薄赋、增选人才、祭祀圣学等事,能一定程度上反映乾隆帝南巡的历史,有相对较明确的叙事性。三则以连珠述史,典型的如近人谢抗白《清史连珠》、俞平伯《演连珠》三十四首。前者叙自清兵入关一直至清朝国势衰微之间的诸多历史史实③,后者则写出作者所处时期国内的危急局势。以连珠叙写史实,发表对于历史事件、人物的看法,受到了史传的影响渗透,使此体表现出史传的部分特征,呈现出明确的叙事性。这一特色,我们显然能在庾信连珠中找到源头。庾信连珠的叙事性,并非空谷足音,而是后有嗣响,这证明了庾信吸收、学习史传进行创体的价值和意义。虽然此体在唐宋时期式微,但在明清至近代还是再次绽放了光芒。

三、庾信实用文体与楚辞

庾信对屈原和宋玉有很高的评价,其《赵国公集序》有言:"昔者屈原、宋玉,始于哀怨之深;苏武、李陵,生于别离之世。自魏建安之末,晋太康以来,雕虫篆刻,其体三变。人人自谓握灵蛇之珠,抱荆山之玉矣。"对建安之

---

① （清）陈济生《广连珠》,《丛书集成续编》第 25 册,第 606 页。
② （清）凌廷堪《校礼堂文集》,中华书局 1998 年版,第 183 页。
③ 谢抗白《清史连珠》不易见,此参孙津华《连珠题材的演变与突破——明末以来连珠创作管窥》,《河南教育学院学报》2014 年 3 期。

后的文学创作不满,而对之前则评价较高。屈原和宋玉正是建安之前文学的重要代表人物,情感表达上的哀怨之深是他们创作的最重要特点。国破家亡、流离失所、亲人不断离去,这些经历使庾信的创作对悲哀之情的表达亦尤其重视和集中,崇尚以悲为美,如《哀江南赋》言:"潘岳之文采,始述家风;陆机之辞赋,先陈世德。信年始二毛,即逢丧乱,藐是流离,至于暮齿。燕歌远别,悲不自胜;楚老相逢,泣将何及! 畏南山之雨,忽践秦庭;让东海之滨,遂餐周粟。下亭漂泊,高桥羁旅。楚歌非取乐之方,鲁酒无忘忧之用。追为此赋,聊以记言。不无危苦之辞,唯以悲哀为主。"《哀江南赋》是庾信最重要的代表作,题目即取自《楚辞》"魂兮归来哀江南"。因最重表达哀伤之情,故而庾信最推崇楚辞。在《谢滕王集序启》中,庾信不禁以宋玉自比:"比年疴恙弥留,光阴视息,桑榆已迫,蒲柳方衰,不无秋气之悲,实有途穷之恨。是以精采瞀乱,颇同宋玉;言辞謇吃,更甚扬雄。"由此,庾信的创作深受楚辞的影响也就很自然了。倪璠《注释庾信题辞》有言:"子山入关而后,其文篇篇有哀,凄怨之流,不独此赋(按,指《哀江南赋》)而已。若夫《枯树》衔悲,殷仲文婆娑于庭树;《邛竹》寓愤,桓宣武赠礼于楚丘。《小园》岂是乐志之篇,《伤心》非为弱子所赋。《咏怀》之二十七首,楚囚若操其琴;《连珠》之四十四章,汉将自循其发。吴明彻乃东陵之故侯,萧世怡亦思归之王子。永丰和《言志》之作,武昌思食其鱼;观宁发《思旧》之铭,山阳凄闻其笛。何仆射还宅怀故,周尚书连句重别。张侍中藏舟终去,并尔述怀;元淮南宝鼎方归,犹惭全节。曾叨右卫,犹是故时将军;已筑仁威,尚赠南朝处士。徐孝穆平生旧友,一见长辞;王子珩故国忠臣,千行下泪。凡百君子,莫不哀其遇而悯其志焉。"①这里提到的作品涉及赋、诗、连珠、墓志、铭等多种文体,认为它们都表现出浓郁的悲情。这种审美风格的形成除了与庾信本人经历最相关外,与受楚辞影响、渗透的关系甚大。

不唯前贤多所论及的赋、诗,庾信的实用文体创作同样受到楚辞影响、渗透,整体抒情性上有很大的提升,相应文学性也得以增强,尤其典型地表现于连珠、铭二体。

(一) 连珠

庾信的《拟连珠》四十四首与前代连珠颇有不同,富有创新性,叙事性增强,表现出深沉的历史感;另一方面,受楚辞影响,抒情性增强,倪璠于此有"观其辞旨凄切,略同于《哀江南》之赋矣"之评②,谭献亦言其"与《哀江南

① (北周)庾信撰,(清)倪璠注,许逸民校点《庾子山集注》,卷首第4—5页。

② (北周)庾信撰,(清)倪璠注,许逸民校点《庾子山集注》,第593页。

赋》相表里"①。

　　连珠在南朝发生了诸多变化,刘祥以连珠寄怀抒愤,梁简文帝临终述怀,"文甚凄怆"②,都极大地改变了连珠,使其抒情性大大增强,庾信的连珠则沿此继续向前发展。《拟连珠》自第二十首始,绝大部分篇目是庾信自述梁亡后个人的遭迹和心路历程,并由此展开磅礴的历史画卷和情感波澜。他的乡关故国之思、耻辱怨愤之情与对政治历史的批判相结合,以展现个体的心路历程为线索,展现社会人生,这种创作模式显然是受到了楚辞的影响。首先,《拟连珠》叙述了庾信在北的生活和经历。其二十以游鱼失托、归燕失巢,叙在梁亡之后,无所依归。他仕魏后,生活颇不如意,一则如其二十一所言,在魏虽有高名,但受困于小人,如猛虎之长饥、神龙之失水。二则如其二十三所言,生活于异族人之间,内心常感孤苦,倪璠引李陵之言为其处境作释:"终日无睹,但见异类。举目言笑,谁与为欢?"③三则如其二十五所言,其在北不过以文采取得高名,并无实权,外既无人相援,内又缺乏安慰,使他常常感到处于危境之中。而北朝政治环境又是如此险恶:"盖闻磨砺唇吻,脂膏齿牙,临风扇毒,向影吹沙。是以敬而远之,豺有五子;吁可畏也,鬼有一车。"(其四十二)他更深感难安。不仅如此,时时伴随他的还有深深的耻辱之感,其二十九将己与东门贫民、西山饿士对比,羞愧之感难以自抑。即使满腹高才,也难能抵挡这种羞辱之感,如其三十所言,大节既已亏缺,文章何用? 更令他难安的是,庾氏家族世代南朝为官,自己恐要辱没家声:"盖闻水之激也,实浊其源;木之蠹也,将拔其根。是以延年之家,预论扫墓;羊舌之族,先知灭门。"(其四十一)庾信的愧疚与难安确实深沉,故竟致在其三十八中以无节之甘蕉自比,可想内心之沉痛。

　　但庾信终究难忘自身高才,他一方面感叹仕北之耻,另一方面却又深恨在北怀才不遇。其二十二言鹤被囚于樊笼中,千里之马处卑贱之所,不能高飞远举,喻己被埋没的命运;其三十四又以豫章之被埋丰草,芳兰之沦于幽谷自比,预见自己终然会沦没无声,徒然年老志衰而已;其二十七哀叹自己不能如交让那般全生,只能如梧桐般半死。在这种矛盾的心境中,最折磨庾信的还是乡关之思,其二十四写许迁白羽、赵虏房陵、吴起去西河、荆轲别燕市等历史上有名的故国、故地之别,他们或一别而难再归,或一别而永失故土,令人凄楚,内中包含着庾信深沉的故国之恨。最让庾信感到遗憾的是,

①　(清)李兆洛《骈体文钞》,第 655 页。
②　(唐)姚思廉《梁书》,第 108 页。
③　(北周)庾信撰,(清)倪璠注,许逸民校点《庾子山集注》,第 608 页。

周、陈通好,其他文士得以召回,唯己与王褒不得南归,其二十六言:"盖闻执珪事楚,博士留秦;晋阳思归之客,临淄羁旅之臣。是以亲友会同,不妨怀抚凄怆;山河离异,不妨风月关人。"这种情况下,他开始感到恐惧,或许回故地再也无望,自己终将埋骨异乡。其二十八感慨自己如同韩非死于秦、信陵客于赵,不仅南归无望,亦恐在北不得善终。乡关之思是如此浓烈,身在此,而心永在彼,其三十一即以蚌枯珠在、树死曲存,言己怀梁之心永在。但庾信明白的是,自己的乡关之思再切,国破家亡早已是不可更改的事实,如其四十四所写,梁武帝早已故去,梁元帝江陵覆亡,陈朝非是故国,如此可知纵有舟楫,乌江终不可渡;纵有白雁,却无家可致书信。

庾信把自己的身世遭遇、心路历程都写进了《拟连珠》四十四首中,这些文辞的背后是那个风卷云涌的时代、战乱残破的现实。这种创作模式正是来自楚辞。

庾信《拟连珠》受楚辞的影响还表现在比兴手法的大量运用。屈原的作品大量运用比兴手法,比兴中除包含着作者深沉的感情外,还常有讽谏之义。《文心雕龙·比兴》篇有云:"楚襄信谗,而三闾忠烈,依《诗》制《骚》,讽兼比兴。"①此处"讽"字,学界有不甚相同的理解,但结合《辨骚》篇"讥桀纣之猖披,伤羿浇之颠陨,规讽之旨也",《明诗》篇"逮楚国讽怨,兼《离骚》为刺",以及王逸《离骚后序》"屈原履忠被谮,忧悲愁思,独依诗人之义,而作《离骚》,上以讽谏,下以自慰"之语,学者们多以为此处"讽"字应即讽谏之义②。屈原用比兴,目的在讽谏,在自慰,庾信《拟连珠》用比兴手法,同样含有这些意味。

庾信《拟连珠》四十四首用比兴是比较普遍的,其比兴所指,大概可以分几种情况。一比谗奸小人,这也是楚辞中常见的比兴类别。如其三中以"封豕""长蛇"比侯景,以"解封豕之结,塞长蛇之源"比梁武帝任用侯景,可见侯景对梁朝的毒害之深,亦可见梁武帝用侯景的失误之大。其四十二中用"豺有五子""鬼有一车"比喻北朝权臣,可见当时政治斗争之凶险,权臣相争中用尽心机和诡计,凶残至极。二比喻自己,这同样是楚辞中常见的比兴类别。其二十一比自己为"洪泽之蛟""失水之龙"、其二十二比自己为"樊笼之鹤""肮脏之马",塑造的是高才而不得用的形象,颇类于屈原。其三十四中比自己为"豫章""芝兰",为大木,为香草,但却为丰草、幽谷所淹,用意与上两首相同。其二十中庾信比自己为失堑之鱼、巢火之燕,写尽梁朝灭亡

① (梁)刘勰著,詹锳义证《文心雕龙义证》,第1356页。
② (梁)刘勰著,詹锳义证《文心雕龙义证》,第1357页。

后,自己无所依归的状态。其三十一中庾信又比自己为含明月之珠的"日南枯蚌"、抱《咸池》之曲的"龙门死树",表明自己身在北朝,而心永存南国。但终究是身仕北朝了,在其三十八中庾信又自比为无节之甘蕉。从这些自比中,我们能感受到庾信对自身才华所视甚高,对自己在北朝不与才华相堪的处境甚为不满,同时又时时沉浸在乡关之思中难以自拔。三比喻自身处境。庾信深感自己处北危殆,其三十二比自身如"百尺之高,累于九棋之上;千钧之重,悬于一木之枝",可谓时时处于危险之中。其三十六以"鸿毛沉水""磐石陵波"比喻得到援助与否两种情况,感叹自己失势之时,纵使轻如鸿毛,也将下沉于水,湮没无闻。其四十一则以水激浊源、木蠹拔根喻仕北污己家声。庾信对自己在北处境不满的同时,充满忧虑与自责、遗憾。四比政治形势。其六以"穴蚁冲泉""玄禽巢幕"比喻台城失陷,梁朝处于不可救存的境地。其八以"一马之奔,无一毛而不动;一舟之覆,无一物而不沉"比喻梁朝兴亡系于武帝一身。

综观庾信所用比兴手法,内寓深沉的身世之悲,饱含深情而又兼有慰喻、讽兴之义,可谓深得屈骚精神。

庾信连珠受楚辞影响,抒情性大大增强。但正如前引谭献之评,此又使连珠改换了"正体"本有的特征,与庾信其他以抒情见长的作品更趋一致。有学者探讨连珠至唐宋式微的原因,即认为庾信连珠四十四首自首至尾一贯,抒发了深沉的家国之痛、羁旅之苦,消泯了首与首之间的界限,更类于抒情散文,这一方面是对前代连珠的巨大突破与改变,但同时致使它能被其他文体替代,最终"彻底衰落"①。

(二) 铭

庾信今存铭文 10 篇②,可分为建筑铭(《秦州天水郡麦积崖佛龛铭》)、山川铭(《吹台山铭》《玉帐山铭》等)、器物铭(《刀铭三首》)等诸种类别,这些皆是铭文的传统类别,在庾信之前都有创作。代表着庾信铭文创作水平的是《思旧铭》,它深受楚辞影响,表现出极强的抒情性。

从文体功能上说,庾信的《思旧铭》颇为特殊,不同于传统铭文。"铭"作为一种文体,起源甚早,王应麟《辞学指南》"铭"类言《汉书·艺文志》所载《黄帝铭》六篇③,用于自警。《礼记·大学篇》所载汤之《盘铭》"苟日新,日日新,又日新",是警戒自己要日新其德。《左传·襄公十九年》载:"臧武

---

① 丁红旗《先唐"连珠"论》,《许昌学院学报》2008 年 3 期。
② 此处所谓铭文不包括他的墓志铭和碑铭。
③ (南宋)王应麟《辞学指南》,王水照编《历代文话》,第 1001 页。

仲谓季孙曰:'……夫铭,天子令德,诸侯言时计功,大夫称伐。'"①是言天子以"铭"体来记德,诸侯以之计功,大夫以之言攻伐之劳,皆以之祝颂功德。综合来看,较早期的"铭"文,大体包括这样两类内容:颂功与警戒。后来的"铭"文遂沿袭不改,只不过警戒又分为自警和戒告他人。萧统编《文选》,列有铭文一体,收文五篇:《封燕然山铭》《石阙铭》《新刻漏铭》用以颂功;《座右铭》《剑阁铭》用以警戒。前者自警,后者戒告他人。五篇皆是"铭"文的典型。就内容而言,"铭"体在漫长的历史发展过程中,变化不大。直至明人徐师曾还说:"要其体不过有二:一曰警戒,二曰祝颂。"②然庾信《思旧铭》既不为颂功,又不为警戒。倪璠《思旧铭》解题言:"《思旧铭》者,悼梁观宁侯萧永作也。观宁之卒,王褒有送葬之诗,子山著《思旧》之铭。昔向秀山阳闻笛,感音而赋。子山与萧、王二君同时羁旅,是篇皆其乡关之思。及褒薨,信作诗云:'惟有山阳笛,凄余《思旧》篇。'谓斯铭也。"③萧永是梁武帝弟弟鄱阳王萧恢之子,梁时被封观宁侯,后往依萧绎,与庾信同朝为官,为庾信旧友。江陵失守后萧永被虏西魏,与庾信再次相见,同羁旅长安,庾信对萧永颇有相惜之意,萧永逝后,庾信作此铭。《思旧铭》为纪念死去的旧友而作,学习向秀思旧友嵇康、吕安而作《思旧赋》之意。如倪璠所言,这是一篇充满抒情色彩的文章,实为铭文中的异响。

钱锺书《篇锥编》评庾信《思旧铭》云:"文为悼萧永而作,信与永皆梁臣入北,是以触绪兴哀,百端交集,思逝者亦复自念。"④铭文包含着作者深沉而复杂的情感。一为故国之痛。《思旧铭》用曹魏鱼飞武库、西晋鸟伏翟泉之典,写异象出现,预示梁朝的灭亡。国已破,不管贵贱贤愚皆遭其害,"芝兰萧艾之秋,形殊而共瘁"化用了《离骚》之语:"何昔日之芳草兮,今直为此萧艾也。"如此国家破败、人命危浅、上下悲恨,令庾信呼天抢地,愤怨不已:"所谓天乎? 乃曰苍苍之气;所谓地乎? 其实抟抟之土。怨之徒也,何能感焉!"李岚《庾信晚期文学探源》一文认为庾信"继承了屈原敢于上天下地、穷究人世奥秘的精神",面对自身和国家的巨大不幸时,在《哀江南赋》《小园赋》《拟连珠》等作品中,表现了对天道的反思和质疑,而在《思旧铭》中,他的痛苦、怨愤实在难以承受,已化作"对天道的根本否定",庾信"对天发出那么强烈的怨诘、质疑、否定","和屈原的《天问》一样,也是从对国破家亡痛心疾首的怨愤中生发出来的,在对天的大胆怀疑甚至否定中,织入了对

---

① 杨伯峻编著《春秋左传注》,第 1047 页。
② (明)吴讷、(明)徐师曾《文章辨体序说 文体明辨序说》,第 142 页。
③ (北周)庾信撰,(清)倪璠注,许逸民校点《庾子山集注》,第 684 页。
④ 钱锺书《管锥编》,第 1526 页。

社会现实的深刻认识和强烈抗议"①。庾信的故国之痛中包含着对社会现实的深刻思考，也包含着愤愤不平与强烈的疑问，这确是对屈骚精神的继承，而其疑问天地所用的"抟抟"一词，亦出宋玉《九辩》"乘精气之抟抟兮"。二为乡关之思。庾信入北之后时时沉浸在这种情绪之中，乡关之思是他很多作品的共同主题。在《思旧铭》中，他感叹："高台已倾，稷下有闻琴之泣；壮士一去，燕南有击筑之悲。项羽之晨起帐中，李陵之徘徊歧路，韩王孙之质赵，楚公子之留秦，无假穷秋，于时悲矣！"用了雍门周说孟尝君、荆轲刺秦、项羽悲歌、李陵居匈奴、顷襄王太子质秦等一系列典故，感叹萧永留长安不得归。这自然是感叹萧永的命运，但其中也包含着庾信留北不得归，对故土无限思念的情绪，这种情绪在下面的表达中就是越过萧永的命运而直接抒发了："及乎垂翅秦川，关河羁旅，降乎悲谷之景，实有忧生之情。美酒酌焉，犹思建邺之水；鸣琴在操，终思华亭之鹤。"用孙皓时童谣和陆机的典故，言说乡关之思伴随日常生活并将延续到生命的尽头。这种思恋是如此强烈，庾信在铭文中继续抒写："风云上惨，舟壑潜移。骎骎霜露，君子先危。纪侯大去，怀王不返。玉树长埋，风流遂远。荀伯旧县，庆封余邑。万里归魂，修门讵入？"又用多个有乡难回之典，慨恨萧永羁旅长安，最后两句则化用楚辞《招魂》语句："魂兮归来！入修门些。"据王逸注，修门为郢城门。庾信乃借之慨叹萧永身死异乡，离家万里，恐魂魄难归故乡，而这何尝不是在感慨自己的命运？三为失友之痛。序文言："山阳车马，望别郊门；颍川宾客，遥悲松路。嵇叔夜之山庭，尚多杨柳；王子猷之旧径，惟余竹林。"作者用向秀、灌夫之典，追忆昔日与萧永宴饮之好；又用嵇康、王徽之典，言萧永已逝，然遗物尚存，令人长想。又言："昔尝欢宴，风月留连，追忆生平，宛然心目。"就是直接的感情抒发了，追忆昔日欢宴之好，觉今日宛存。在铭文中亦述此情："畴昔隆贵，提携语默。托情嵇、阮，风云相得。有酒如渑，终温且克。"言萧永昔日隆贵，庾信得追随左右，二人交情似嵇康与阮籍，意气颇为相得。

　　就语言形式来说，《思旧铭》由骈散结合的序文和四言铭文两部分组成，符合铭文的一般特征。但就文体功能与内容来说，却与传统铭文相差甚远，庾信受楚辞及向秀《思旧赋》等的影响，结合自身的经历、情感，赋予这种本不以抒情为目的的文体强烈的抒情性，成就了此篇独特的作品。

　　综而言之，庾信的实用文体创作表现出更强的抒情性，受到了楚辞的影响、渗透，作品中典故、词语、意象、创作手法等也多借用、学习楚辞。其实用

---

　　①　李岚《庾信晚期文学探源》，《汉中师院学报》1986 年 3 期。

文体创作成就的取得,得益于楚辞不少。

　　庾信继承南、北朝文学遗产,集南、北朝文学之大成,在文体学上的贡献亦应引起我们的重视。他能灵活运用文体,其碑文和墓志互相影响、渗透,表现出融合、统一的倾向;他的多种实用文体创作受史传、楚辞等的影响、渗透,增强了叙事性或抒情性,甚或兼而有之,表现出与以往创作不一样的特征。庾信是多种实用文体发展过程中地位非常重要和关键的作家,对后世同类文体的创作产生了深远影响。

第三章　同一文类实用文体 之间的互渗

　　自宋代始,文体分类出现由博返约的趋势,"文类"的概念被强调。多种文学批评著述和总集将功能、性质相近的文体归入同一文类,将诸多文体用相对较少的文类统领起来。姚鼐《古文辞类纂》将文体划分为十三类,成为"类分"文体的典范。能被列入同一文类的文体,由于性质、功能的接近,保持着更密切的亲缘关系,这也就注定了它们之间会发生更多的联系,也更易相互影响。本章探讨属于同一文类实用文体之间的相互渗透关系,这是汉魏六朝时期实用文体互渗发生的主要领域。

　　汉魏六朝是文体高度发展演化的时期。诸多文体在演变的过程中,一些会和其他文体发生较强烈的碰撞,从而改变自身的演变轨迹和命运;而有些受其他文体的影响则少些,保持了相对独立的发展过程。本章即以互渗现象表现较为突出的以下文体为例:属于哀祭类文体的哀策与诔、吊文与祭文,属于书牍类文体的书与笺,属于颂赞类文体的颂与赞,研讨属于同一文类的实用文体之间的互渗现象。

第一节　哀　策　与　诔

　　哀祭类各种文体因施用对象都是亡者,一般都要抒发哀悼之情,所以较之其他文类的文体,彼此之间更容易发生互渗。诔与哀策在汉魏六朝时期,就经历了一个互相影响的过程,是汉魏六朝文体史上文体互渗现象的重要组成部分,在文体学史上具有典型意义。

一、典制之诔逐渐被哀策取代的事实

　　李兆洛《骈体文钞》将诔文分为两种,一种列于卷五的"谥诔哀策"类,属于"庙堂之制,奏进之篇",乃受诏或进呈朝廷的典制之作;另一种列于卷

二六的"诔祭"类,属于"指事述意之作"①,所选乃私诔,表达着作者真诚的伤逝之情。这种分法颇合诔文发展的实际,反映着诔文存在的真实情况。

关于哀策,《文心雕龙·祝盟》有言:"又汉代山陵,哀策流文;周丧盛姬,内史执策。然则策本书赗,因哀而为文也。"②所谓"书赗",《仪礼·既夕礼》郑玄注云:"书赗莫赗赠之人名与其物于板。"③哀策用于皇帝、后妃、太子迁梓宫和薨逝时,目的在于赠赐。

哀策和诔尤其是典制之诔在功能上有一定的相似之处:一则诔以赐谥,哀策以书赠,两者都有给死者评价、赠赐的意思;二则两者的对象都是和中央皇权相关、身份地位高贵的死者,都要表达对亡者的伤悼之情。刘勰论哀策称其"义同于诔,而文实告神,诔首而哀末"④,实际即指出哀策在体制上与诔的相似甚至一致性。这种相似成为两种文体在漫长的发展过程中,互相影响、渗透的基础,最终的结果是哀策代替了典制之诔。

诔在东汉已形成了稳定的文体特征,产生了一批相对成熟的作品,如杜笃《大司马吴汉诔》、傅毅《明帝诔》《北海王诔》、崔瑗《和帝诔》、苏顺《和帝诔》《陈公诔》《贾逵诔》、汉安帝《梁商诔》、张衡《司徒吕公诔》《司空陈公诔》《大司农鲍德诔》等。从篇名即可见出,这些诔文的诔主皆是身份地位高贵的人物,或皇族,或朝中大臣,而操笔者则多为朝廷文臣,甚至有皇帝为大臣作诔的例子。很明显,东汉诔文基本皆属典制之诔,创作较为兴盛。

而此时,作为一种文体,哀策还正在形成中。在皇家的葬礼上用策,最早的记载见于《汉书·景帝纪》:"(景帝中)二年春二月,令诸侯王薨、列侯初封及之国,大鸿胪奏谥、诔、策。列侯薨及诸侯太傅初除之官,大行奏谥、诔、策。"应劭注曰:"皇帝延诸侯王,宾王诸侯,皆属大鸿胪。故其薨,奏其行迹,赐与谥及哀策、诔文也。"⑤明指上引所谓策,即哀策文。《后汉书·东平宪王苍传》则记载了东平王刘苍葬时,汉章帝所作之策。严可均《全后汉文》收录此策内容,并题为《东平宪王哀策》。任昉《文章缘起》有"哀策"一体,列其首出作品为李尤《和帝哀策》,或不以前所载为哀策文也未可知,但《和帝哀策》已佚,我们也无从得知其具体内容。

三国时期,今存诔文共 15 篇,其中典制之诔 8 篇:曹丕《曹仓舒诔》、曹植《任城王诔》《平原懿公主诔》《文帝诔》《武帝诔》《卞太后诔》、刘劭《文帝

---

① 李兆洛《骈体文钞》,卷首第 14 页。

② (梁)刘勰著,詹锳义证《文心雕龙义证》,第 372 页。

③ (东汉)郑玄注,(唐)贾公彦疏《仪礼注疏》,(清)阮元校刻《十三经注疏》,第 1153 页。

④ (梁)刘勰著,詹锳义证《文心雕龙义证》,第 372 页。

⑤ (东汉)班固《汉书》,第 145 页。

诔》《明帝诔》①。其中用于皇帝、后妃、太子,即与哀策的施用对象相同者占
5 篇。今存此时哀策共 3 篇:曹丕《武帝哀策文》、曹叡《孝献皇帝赠册文》
《文德郭皇后哀策文》。值得注意的是,这 3 篇哀策全出帝王亲笔。清人邓
绎《藻川堂谭艺·唐虞篇》有言:"一代文辞之极盛,必待其时君之鼓舞与国
运之昌皇,然后炳蔚当时,垂光万世。"②帝王的提倡对文学的发展会起到极
大的推动作用,对文体的发展亦然。曹丕、曹叡亲制哀策,就对两晋哀策的
创作产生了积极的影响。

　　两晋哀策文今存共 11 篇③,远远多于三国时期,尤其在晋武帝时代,皇
太后、皇后去世,都有创制哀策文的记载。作为朝廷典制,哀策文在当时文
人心中的地位很高,《晋书·王珣传》就载:"珣梦人以大笔如椽与之,既觉,
语人云:'此当有大手笔事。'俄而帝崩,哀册、谥议,皆珣所草。"④此期的哀
策,既有如张华、潘岳、郭璞这样的名家参与,又有帝王亲为操刀的例子,而
更常见的情况则是,遵照前典,由史官完成。今存两晋哀策文阙名的 5 篇,
即多属此类,如下列三例:

　　　　《成帝哀策文》:哀备物之虚在,痛永往之无期,乃命史官,述德
　　　　寄辞。

　　　　《康帝哀策文》:遂命国史,述德铭勋。事以言显,功以名存。

　　　　《简文帝哀策文》:爰命史臣,叙述圣德,扬徽音于飞旌,写哀心于
　　　　翰墨。⑤

史官作哀策比文人要更多,更集中一些。同时,两晋也是诔文高速发展的时
期,今共存诔 49 篇,但其中典制之诔仅有 8 篇:晋安帝《元皇后诔》《万年公
主诔》、张华《章怀皇后诔》、潘岳《世祖武皇帝诔》《南阳长公主诔》《皇女
诔》、陆机《吴大帝诔》《愍怀太子诔》。8 篇中,与哀策施用对象相同,即用
于诔皇帝、后妃、太子者,有 5 篇。这些数字表明,两晋时期,哀策大大向前
发展,创作更多,地位更为重要;私诔发展迅速,相应地,典制之诔的生存空
间被大大压缩,所存大部分与哀策施用对象相同,已呈现出被哀策取代之

---

① 可注意的是,曹丕《曹仓舒诔》、曹植《任城王诔》《文帝诔》《武帝诔》《卞太后诔》皆较特
　殊,都为亲人而作,实兼有典制之诔和私诔的双重性质。

② (清)邓绎《藻川堂谭艺》,王水照编《历代文话》,第 6146 页。

③ 据赵厚均《两晋文研究》(陕西人民教育出版社 2011 年版,第 60 页),两晋哀策文,《全晋
　文》收有 12 篇,其中卷五八张华《元皇后哀策文》与卷一四六阙名《武元杨皇后哀策文》实
　为一篇,其文《晋书·武元杨皇后传》不载作者,《艺文类聚》卷一五题为张华,严可均失察,遂
　重出。故两晋哀策文仅存 11 篇。

④ (唐)房玄龄等《晋书》,第 1756—1757 页。

⑤ (清)严可均《全晋文》,第 2303—2304 页。

势。但同时值得注意的是,本时期的哀策由于多出史官之手,相对质朴无闻,不及刘宋以后哀策的影响大。

刘宋今存 12 篇诔中,典制之诔占 4 篇:谢灵运《武帝诔》《庐陵王诔》、谢庄《宋孝武宣贵妃诔》、殷琰《宣贵妃诔》,其中用于皇帝、太子、后妃的有 3 篇。彼时哀策今存 3 篇:谢庄《孝武帝哀策文》《皇太子妃哀策文》、颜延之《宋文皇帝元皇后哀策文》。但考虑到谢庄《宋孝武宣贵妃诔》为诔为哀策之不同记载①,实则,此期哀策的运用也多于典制之诔。更关键的是,颜延之和谢庄参与哀策的创作,进一步加强了这种文体的庙堂性质。

颜延之在刘宋时文学地位很高,《文心雕龙·时序》给他的评价是:"王袁联宗以龙章,颜谢重叶以凤采。"②《宋书》言:"文章之美,冠绝当时。"③他擅长宫廷文学,是刘宋宫廷文学的代表人物。鲍照称其创作"雕缋满眼"④,锺嵘言其"喜用古事,弥见拘束",并引汤惠休"颜如错彩镂金"之评⑤,这些评价无不彰显着颜延之宫廷文学的特色。今人孙明君《颜延之与刘宋宫廷文学》有言:"不论是在顺境还是在逆境,他(按,指颜延之)始终没有辜负宋文帝的厚爱,写作了多篇庙堂之作,成为刘宋乃至南朝著名的宫廷大手笔。""颜延之的宫廷诗文之所以受到皇帝的赏识,受到同时代大臣们的推服,最重要的原因有两点,一是他对刘宋帝国和当今皇上忠心耿耿,二是他在宫廷文学创作方面数量众多,在艺术上独领风骚。"⑥颜延之的创作尤被时人欣赏,并影响深远,《南史·颜延之传》即载:"延之既以才学见遇,当时多相推服。"⑦他的哀策文最为突出地体现了他宫廷文学的特色。

颜延之《宋文皇帝元皇后哀策文》为宋文帝袁皇后而作。即如有的学者所统计,全文共 103 句,对句占 52 句,用典句达 82 句⑧。正文通体四言,主要篇幅颂扬皇后美德,罗织经典,精心雕琢,形成典雅藻丽的风格,即如称扬袁皇后受到了良好的教育,所言"昌晖在阴,柔明将进。率礼蹈和,称诗纳顺。爰自待年,金声凤振。亦既有行,素章增绚",实采《周易》"顺而丽乎大明,柔进而上行",《毛诗》"于以采蘋""于以采藻"郑笺"蘋之言宾也,藻之

① 《南史·后妃传》载,孝武殷贵妃薨,"谢庄作哀策文奏之,帝卧览读,起坐流涕曰:'不谓当今复有此才。'都下传写,纸墨为之贵。"(唐)李延寿《南史》,中华书局 1975 年版,第 324 页。而《文选》收此文,题作《宋孝武宣贵妃诔》。
② (梁)刘勰著,詹锳义证《文心雕龙义证》,第 1716 页。
③ (梁)沈约《宋书》,第 1891 页。
④ (唐)李延寿《南史》,第 881 页。
⑤ (西晋)陆机、(梁)锺嵘著,杨明译注《文赋诗品译注》,第 76 页。
⑥ 孙明君《颜延之与刘宋宫廷文学》,《文学遗产》2012 年 2 期。
⑦ (唐)李延寿《南史》,第 878 页。
⑧ 刘涛《颜延之骈文论略》,《朝山师范学院学报》2008 年 2 期。

言澡也,妇人之行,尚柔顺,自洁清",《论语》"礼之用,和为贵",《左传》杜预注"至是归者,待年于父母国",《孟子》"孔子之谓集大成也者,金声而玉振"等组联成文①,这样密集地使用经典成文,使文章形成了典雅的风格,涵蕴更为丰富,孙镛评其为"雅腴"②,但也在过分的雕琢中使作者的情感表达丧失了自然与完整性,七零八落中不免味同嚼蜡。文章最后写及皇子丧母之痛,言"嗷嗷储嗣,哀哀列辟。洒零玉墀,雨泗丹掖",运用白描夸张手法,并无特异之处。继而写国人的哀悼"遥酸紫盖,眇泣素轩。灭采清都,夷体寿原。邑野沦蔼,戎夏悲欢",则又不免夸饰失实,与袁皇后的实际德行及其所能带给国人的感受相差甚远,并不能打动人。总体而言,颜延之《宋文皇帝元皇后哀策文》体现着颜文一贯的典雅藻丽喜用事的风格特征,是庙堂文字中的经典。《宋书·后妃传》关于此文的记载是:"(后)崩于显阳殿,时年三十六。上甚相悼痛,诏前永嘉太守颜延之为哀策,文甚丽。……策既奏,上自益'抚存悼亡,感今怀昔'八字,以致其意焉。"③而刘宋另一哀策文作者谢庄,与颜延之创作颇有一致之处,用典亦尤为繁密。

　　颜延之和谢庄的创作,使哀策这种典制之作更进一步向庙堂化的方向发展,颇为符合这种文体的初衷和精神实质,从而大大推动了它代替同为典制之作的典制之诔的步伐。颜延之、谢庄之后,哀策文即专由宫廷文人创作,它作为宫廷文学的性质进一步被凸显。

　　萧齐今存诔文仅1篇,乃释慧琳《新安寺释玄运法师诔》,为释僧诔。此时皇帝、后妃、太子之逝皆用哀策,而无用诔之例。所存哀策共4篇:王俭《高帝哀策文》《皇太子妃哀策文》、王融《皇太子哀策文》、谢朓《齐敬皇后哀策文》。萧梁今存诔4篇,其中典制之诔2篇:简文帝《司徒始兴忠武王诔》、江淹《齐太祖高皇帝诔》。后者乃帝王诔,其他皇帝、后妃、太子薨逝均用哀策,今所存共4篇:沈约《齐明帝哀策文》、任昉《王贵嫔哀策文》、张缵《丁贵嫔哀策文》、王筠《昭明太子哀策文》。很明显,至齐梁,哀策文皆出当时一流作家之手,已基本取代典制之诔。赵翼《廿二史札记》即言:"至齐则专重哀策文,齐武裴后薨,群臣议立石志,王俭曰:'石志不出礼经,今既有哀策,不烦石志。'乃止。可见齐以后专以哀策为重也。今见于《齐》、《梁》书各列传者,梁武丁贵嫔薨,张缵为哀策文;昭明太子薨,王筠为哀策文;简文为侯景所制,其后薨,萧子范为哀策文,简文读之曰

---

① (梁)萧统编,(唐)李善注《文选》,第797页。
② (明)孙镛《孙月峰先生评文选》,明天启二年刻本,北京大学图书馆藏。
③ (梁)沈约《宋书》,第1284—1285页。

'今葬礼虽缺,此文犹不减于旧'是也。唐代宗独孤后薨,命宰相常衮为哀策,犹沿此制。"①

　　齐梁时期,哀策得到朝廷特别的重视与提倡,皆出宫廷名家之手,作为庙堂文学的性质高度凸显,这诸多因素,最终促使这种文体取代了同为典制之作的典制之诔。

二、哀策与典制之诔的互渗

　　典制之诔逐渐衰微,被哀策取代的过程,实则是一个两种文体互相影响、渗透的过程。

　　东汉时,诔文已形成了稳定的文体特征,刘师培云:"东汉之诔,大抵前半叙亡者之功德,后半叙生者之哀思。"②据今所存,刘师培所言大抵是事实,东汉诔文基本有两部分构成:述德、序哀。述德在前,序哀次之;述德为主,序哀为辅。所序之哀是一种理性的群体之哀,无关作者的真实感情。我们仅举苏顺《和帝诔》为例:

　　　　天王徂登,率土奄伤。如何昊穹,夺我圣皇。恩德累代,乃作铭章。
　　其辞曰:
　　　　恭惟大行,配天建德。陶元二化,风流万国。立我蒸民,宜此仪则。厥初生民,三五作刚。载籍之盛,著于虞唐。恭惟大行,爰同其光。自昔何为,钦明允塞。恭惟大行,天覆地载。无为而治,冠斯往代。往代崎岖,诸夏擅命。爰兹发号,民乐其政。奄有万国,民臣咸秩。大孝备矣,闷宫有俪。由昔姜嫄,祖妣之室。本枝百世,神契惟一。弥留不豫,道扬末命。劳谦有终,实惟其性。衣不制新,犀玉远屏。履和而行,威稜上古。洪泽滂流,茂化沾溥。不憖少留,民斯何怙。歔欷成云,泣涕成雨。昊天不吊,丧我慈父。③

文章主要叙述和帝治国之功、孝顺之性、节俭之行,最后简单写及人民对于和帝之丧的无限悲哀。

　　当诔文已形成稳定的文体特征之时,相对晚出的哀策正在形成之中。《后汉书·东平宪王苍传》载:"及葬,策曰:'惟建初八年三月己卯,皇帝曰:咨王丕显,勤劳王室,亲受策命,昭于前世。出作蕃辅,克慎明德,率礼不越,傅闻在下。昊天不吊,不报上仁,俾屏余一人,夙夜茕茕,靡有所终。今诏有

---

①　(清)赵翼著,王树民校证《廿二史札记校证》,中华书局1984年版,第258页。
②　刘师培《中古文学论著三种》,第153页。
③　(清)严可均《全后汉文》,第744页。

司加赐鸾辂乘马,龙旂九旒,虎贲百人,奉送王行。匪我宪王,其孰离之！魂而有灵,保兹宠荣。呜呼哀哉！'"①策文简叙刘苍功德,表述章帝哀思之情,并记皇帝之赠赐。它融合了诔文的因素,"昊天不吊,不报上仁,俾屏余一人,夙夜茕茕,靡有所终"数句明显袭自《孔子诔》"旻天不吊,不慭遗一老,俾屏余一人以在位,茕茕余在疚"②,表明彼时诔作为强势文体,对其他文体的影响。但这篇策文显然和后来成熟的哀策文有明显的不同。

至曹魏,哀策文发生了一些变化。曹丕《武帝哀策文》今所存非全文,所余文字主要抒发曹丕对曹操去世的哀悼之情。曹叡《文德郭皇后哀策文》乃作者伤悼其母之作:

> 维青龙三年三月壬申,皇太后梓宫启殡,将葬于首阳之西陵。哀子皇帝叡亲奉册祖载,遂亲遣奠,叩心擗踊,号啕仰诉,痛灵魂之迁幸,悲容车之向路,背三光以潜翳,就黄垆而安厝。呜呼哀哉！昔二女妃虞,帝道以彰,三母嫔周,圣善弥光,既多受祉,享国延长。哀哀慈妣,兴化闺房,龙飞紫极,作合圣皇,不虞中年,暴罹灾殃。愍予小子,茕茕摧伤,魂虽永逝,定省曷望？呜呼哀哉！③

文章以四言为主,杂以其他句式。形制上相对完整,前有数句叙临葬场景,接着的颂德、述哀皆很简要。虽然与此时典制之诔篇幅较长、述德细致详尽有差别,但颂德、述哀内容皆已具备,则又见出其受到诔文影响的痕迹。

曹叡的《孝献皇帝哀策文》乃为汉献帝作,篇幅较长,以四言为主,相杂用及二言至九言句式,带着散文化的特征。全文主要叙述汉献帝德业,文末云:"朕惟孝献享年不永,钦若顾命,考之典谟。恭述皇考先灵遗意,阐崇弘谥,奉成圣美,以章希世同符之隆,以传亿载不朽之荣。魂而有灵,嘉兹弘休。呜呼哀哉！"④结以告神,并强调作此文意在"阐崇弘谥,奉成圣美"。总体而言,曹魏留存下来的三篇哀策文,与东汉时《东平宪王哀策》相比,不再有"书赠"的内容,述德占主要位置,兼致哀悼,有明显受诔文影响而向诔文结构体制趋同的倾向,但还没有形成稳定的结构特征,即使出自同一作者之手的哀策文,结构也并不统一,体式也并不一致。

与曹魏时相比,哀策文至晋时发生了较大变化,受到典制之诔强烈影响的同时,也反向影响了典制之诔,向其渗透,两种文体实现了极大程度的融合。主要表现在以下几个方面:

---

①　(南朝宋)范晔《后汉书》,第 1441 页。

②　杨伯峻编著《春秋左传注》,第 1698 页。

③　(西晋)陈寿撰,(南朝宋)裴松之注《三国志》,第 167 页。

④　(西晋)陈寿撰,(南朝宋)裴松之注《三国志》,第 103 页。

（一）哀策完善了自我体制，形成了与典制之诔相同的模式

相较于曹魏存留的哀策，晋时哀策篇幅加长，述德、写哀并重，形成了完整而成熟的体制特征。如潘岳《景献皇后哀策文》：

> 於穆先后，俪黄协运。世宗之胤，德博化先。用俭礼峻，任姒隆周。后亦母晋，终温且惠。其仪淑慎，既慎其仪。克明礼教，抚翼齐蕃。训成弘操，其慈有威。不舒不暴，乃家乃邦，是则是效。嗟余艰屯，仍遭不造，靡恃惟妣，景命弗保。心之云痛，痛贯穿昊。袭龟筮之良辰，启幽房之潜隧，整武驾之隆牡，结龙辀之缟驷，望旐常而崩摧，披辒辌以增欷，口呜咽以失声，目横迸以洒泪，邈雨绝于官闱，长无亲于仿佛。①

从景献皇后的仪容、明礼、抚蕃、性格等方面颂其德行，又通过丧礼的描述写出对逝者的伤悼之情。又如张华《武后哀策文》，自武帝登禅颂起，主要累列其治绩，最终通过对武帝葬礼的描写，抒发了"仰诉皇穹，零泪屏营。云谁能忍，寄之我情"②的哀悼之情。

述德加写哀的模式是诔文典型的体制特征，晋时哀策同样体制的形成，表明它在发展过程中，学习借鉴了与其功用最为相近的典制之诔，受到后者的影响、渗透。

（二）哀策主要采用四言韵文体式，亦是受到了诔文的影响

诔文在东汉时既已形成了正文通篇用四言韵文的体式，如前文所述，至魏晋时，情况有所变化，一些作家的创作中出现了如骚体句等非四言句式，但彼时四言仍是诔文的基本句式。晋时哀策的体制与诔相同，以四言为主，亦有四言而兼取其他句式的情况。两晋留存下来的 11 篇哀策，通体四言者共 7 篇：张华《武帝哀策文》《元皇后哀策文》、郭璞《元皇帝哀策文》、佚名《文明王太后哀策文》、佚名《成帝哀策文》、佚名《康帝哀策》、佚名《穆帝哀策文》。四言为主，辅以六言的有 3 篇：潘岳《景献皇后哀策文》、王珣《孝武帝哀策文》、佚名《简文帝哀策文》。通体基本四言，杂有 1 句三言句、1 句六言句的有 1 篇：晋惠帝《愍怀太子哀策文》。

显然，哀策也是以四言韵文成篇的一种文体，与诔相同。而某些篇目偶杂其他句式，亦与某些诔文的表现一致。见出哀策在体式上对诔文的借鉴。

（三）典制之诔被哀策渗透：借葬仪写哀

至晋，受诔的影响，哀策形成了较完整的体制特征，作为典制之文，由于其被统治者提倡强调的强势地位，渐渐也开始对典制之诔产生影响，最主要

---

① （清）严可均《全晋文》，第 1996 页。
② （清）严可均《全晋文》，第 1793 页。

的表现就是：典制之诔中出现了对葬仪进行描写、借葬仪写哀的内容。

诔本为赐谥之用，后来在发展过程中，这个实际用途渐渐消失。诔的文体功用和性质让它没有对葬仪进行描写的必要，事实上，在两晋之前的诔文中，也很少见到描写葬仪的例子。而且，即使到了两晋，一些典制之诔也同样没有这类内容。但哀策不同，它用于临葬书赠，在晋时依前典仍由史官在遣奠时诵读，由此结尾皆叙葬仪，呈现别神、告神的经过。典型的例子如张华同作有《章怀皇后诔》和《武帝哀策文》，前者结末简单提及章怀皇后的卒葬之所："杳杳新宫，下绝三泉。茫茫陵域，合体中原。委弃晖章，即安太清。"①衬托了死者死后的孤寂。而后者结末则详写死者葬礼："终制尚俭，率由典度。华幕弗陈，器必陶素。不封不树，所在惟固。贻法来世，是则是慕。大隧既启，吉日将征。钟鼓雷震，白虎抗旐。龙螭骧首，良驷悲鸣。倡者振铎，挽夫齐声。背此崇殿，将适下庭。玄宫窈窕，修夜冥冥。光灯永戢，幽闼长扃。"②凸显了哀策文作为丧葬典制之作的特征。这种对葬仪的描写，是哀策文的一种普遍构成内容，再举下二文为例：

晋惠帝《愍怀太子哀策》：窀穸既营，将宁尔神。华髦电逝，戎车雷震。芒芒羽盖，翼翼缙绅。同悲等痛，孰不酸辛！庶光来叶，永世不泯。③

《文明王太后哀策文》：灵輀凤驾，设祖中闱。辒辌动轸，既往不追。哀哀皇妣，永潜灵晖。进攀梓宫，顾援素旐。屏营穷痛，谁告谁依。诉情赠策，以舒伤悲。尚或有闻，顾予孤遗。呜呼哀哉！④

受哀策影响，晋时一些典制之诔也开始有了对葬仪的描写，如：

潘岳《世祖武皇帝诔》：龟筮既袭，吉日惟良。永指太极，宁神峻阳。群后擗踊，长诀辒辌。圣灵斯顾，岂伊不伤。家无远迩，邦靡小大。四海供职，同轨毕会。茫茫原野，亭亭素盖。缟辂解驾，白虎弭旆。龙辒即定，玄闼载扃。如天斯崩，如地斯倾。哀哀庶僚，茕茕自愍。彼苍者天，胡宁斯忍。圣君不返，我独旋轸。⑤

陆机《吴大帝诔》：神庐既考，史臣献贞。龙辒启殡，宵载紫庭。辰旒飞藻，凶旗举铭。崇华熠烁，翠盖繁缨。千乘结驷，万骑重营。箫鼓振响，和銮流声。动轸阊阖，永背承明。显步万官，幽驱百灵。随化太

① （清）严可均《全晋文》，第 1793 页。
② （清）严可均《全晋文》，第 1793 页。
③ （清）严可均《全晋文》，第 1503 页。
④ （清）严可均《全晋文》，第 2302—2303 页。
⑤ （清）严可均《全晋文》，第 1992 页。

素,即宫杳冥。亿兆同慕,泣血如零。①

两文皆通过对葬礼悲伤场面的渲染,抒写送葬者的伤悼哀痛之情,与哀策葬仪的描写颇为接近。潘岳因善述哀情,在对葬仪的描写中更多穿插直抒伤痛之情的语句。

南朝的典制之诔创作不多,今存更有限,但结末皆有对葬仪的描写,篇幅也加长了,如谢庄《宋孝武宣贵妃诔》:

> 题凑既肃,龟筮既辰。阶撤两奠,庭引双辒。维慕维爱,曰子曰身。恸皇情于容物,崩列辟于上旻。崇徽章而出寰甸,照殊策而去城闉。呜呼哀哉! 经建春而右转,循闾阎而径渡。旌委郁于飞飞,龙逶迟于步步。锵楚挽于槐风,喝边箫于松雾。涉姑繇而环回,望乐池而顾慕。呜呼哀哉! 晨辒解凤,晓盖俄金。山庭寝日,隧路抽阴。重扃闭兮灯已黯,中泉寂兮此夜深。销神躬于壤末,散灵魄于天浔。响乘气兮兰驭风,德有远兮声无穷。呜呼哀哉!②

描写葬仪颇为细致,将哀情融于时间、空间的演进中,与同时的哀策文无异。值得注意的还有江淹《齐太祖高皇帝诔》:

> 帷宫低景,辇路颣光。恻柏门之黯黯,泣松帐之茫茫。上宫擗而诏御咽,群后慕而侍卫伤。攒灵既俨,远日以筮。郁岪既奠,龙辒已撤。素月夜横,翠烟晓结。拟虚金而下秋,吟空箫而增绝。呜呼哀哉! 于是飒天驾而从绮舆,涩神行而抚文辇。傍建春而南眄,径宣阳而东践。尚葢蒀而未散,乍眇默而不转。睇千乘之共啜,盼万骑之相法。嗟魏后之恋谯,恻汉主之怀沛。辞金陵之茝义,降云阳之杳蔼。风奇响而驻轩,烟异色而低旆。怨街邑之彩骖,吊原野之缟盖。挽夫怆而征马凝,痛萦盈其如带。呜呼哀哉! 复林油云,重山减日。御房清凄,神路冥谧。昭徒肃囊,幽祇竦毕。攀光洒动,临泉澍泗。璪座长严,雕宫永闭。寂帐寂兮寂已远,夜釭夜兮夜何邃? 呜呼哀哉!③

写葬仪的篇幅进一步加长,不仅描述葬礼场面,而且随着时、空的演进,交杂着路途景物的渲染描绘,哀情在一唱三叹中深沉动人。

综而观之,自哀策产生开始,就与诔尤其是典制之诔结下了不解之缘,在后者的影响、渗透下,哀策形成了稳定的体制特征;同时,它又反作用于典制之诔,使其发生了一些变化。但明显的是,在哀策与典制之诔融合的过程

---

① (清)严可均《全晋文》,第2028页。
② (梁)萧统编,(唐)李善注《文选》,第794—795页。
③ (南朝)江淹著,(明)胡之骥注《江文通集汇注》,中华书局1984年版,第364—365页。

中,哀策受到典制之诔的影响、渗透更多一些,然最终的结果却是哀策代替了典制之诔,其中原因又是什么呢?

三、哀策代替典制之诔原因探析

哀策代替典制之诔的过程,正是典制之诔逐步衰微,渐渐退出历史舞台的过程。关于诔文在南朝衰微的原因,黄金明《汉魏晋南北朝诔碑文研究》曾做了较全面可信的解释:"一是朝廷不把诔作为典制,使诔作为典礼之文的功能丧失了。二是佛教的兴盛,个体生命的伤悼之情在很大程度被寄托在宗教上,诔作为抒发个体伤悼之情的职能也已式微。三是诔文文体的局限性及哀祭文体的拓展,也使得这一文体存在空间渐趋萎缩。"①刘涛在黄金明的基础上,结合南朝诔文创作的实际,指出此期诔文的实用价值极大弱化,而形式美却极大加强②,这成为此种实用文体自身不可调和的矛盾。徐师曾言:"盖古之诔本为定谥,而今之诔惟以寓哀,则不必问其谥之有无,而皆可为之。"③诔本来是一种饰终之典,为定谥的实际需要而发,但后来其功能被谥议等其他文体所取代,诔也就朝着文学化的方向发展,主要的表现是述哀成分的增强,所述哀情的渐趋深切动人,以及对用典、藻采等的日渐讲求,这种演变是借鉴学习其他哀祭类文体的结果。但也在借鉴学习的过程中,诔逐渐失去了其自身独有的一些特征,也就越来越失去存在的必要,逐渐走向消亡。

典制之诔逐渐衰落的过程,又是哀策越来越被重视、强调的过程。

作为一种文体,哀策的归类自初就有争议:一重在"哀",一重在"策"。前者以《文选》为代表。《文选》设"哀"体,收 3 篇文章:潘岳《哀永逝文》、颜延之《宋文皇帝元皇后哀策文》、谢朓《齐敬皇后哀策文》。将两篇哀策和一篇哀辞放在一起,统称"哀"体,显见重视的是它们"因哀而成文"的共同特征。然萧统的这种归类方法,却少有嗣响。更多的批评者则看重哀策作为"策"文的性质,强调它同皇家典礼的关系。刘勰从祀神的角度出发,把哀策附于《祝盟》篇论述,称"汉代山陵,哀策流文;周丧盛姬,内史执策"④,在提示它作为朝廷典制的同时,更强调了它告神的特质。《文苑英华》在"谥哀册文"类下列"哀册"子目,收哀册文 33 篇。后来的《宋文鉴》《文体明辨》皆将哀册文收于"册"类。如前所述,李兆洛《骈体文钞》也将哀策文归于

---

① 黄金明《汉魏晋南北朝诔碑文研究》,第 236 页。
② 刘涛《南朝诔文演进及撰作探析》,《山东师范大学学报》2010 年 5 期。
③ (明)吴讷、(明)徐师曾《文章辨体序说 文体明辨序说》,第 154 页。
④ (梁)刘勰著,詹锳义证《文心雕龙义证》,第 372 页。

"庙堂之制,奏进之篇"。而随着人们对于琐碎分体的检讨,清代而后,将相近文体进行归并的总集及文学批评著作多了起来,如吴曾祺《文体刍言》、来裕恂《汉文典·文章典》、张相《古今文综评文》等皆将哀策归入诏令等类文体中。可见,关于"哀策"这一文体的主流认识,实际上偏重在"策",强调它的典制性质,突出其施用对象的身份、地位之高贵,彰显着中国封建社会强烈的等级观念。

哀策用于皇家葬礼,有着多方面的礼制规定性。较早的相关记载见于司马彪《续汉书·礼仪志》:"治礼引太尉入就位,大行车西少南,东面奉谥策,太史令奉哀策立后。太常跪曰'进',皇帝进。太尉读谥策,藏金匮。皇帝次科藏于庙。太史奉哀策苇箧诣陵。……车少前,太祝进醴献如礼。司徒跪曰'大驾请舍',太史令自车南,北面读哀策,掌故在后,已哀哭。太常跪曰'哭',大鸿胪传哭如仪。司徒跪曰'请就下位',东园武士奉下车。司徒跪曰'请就下房',都导东园武士奉车入房。司徒、太史令奉谥、哀策。"①皇帝丧葬要用哀策文,哀策由专门人员——太史令保管,盛于苇箧之中,由太史奉往皇帝陵墓。太史令在灵车之南,面向陵寝宣读哀策。最终哀策文要同明器一起藏入玄宫之中。

从《后汉书》的记载还可看出,哀策一般由史官执笔,至晋时还沿袭此规,后来则多由朝廷大手笔操刀。当然,自哀策产生之后,还多有皇帝亲力亲为的例子。这突出的是哀策比一般文体高贵的地位。

同时,哀策在用语上也有规定性。《隋书·礼仪志》就记载了一场关于皇帝哀策用语的讨论:

> 陈永定三年七月,武帝崩。新除尚书左丞庾持称:"晋、宋以来,皇帝大行仪注,未祖一日,告南郊太庙,奏策奉谥。梓宫将登辒辌,侍中版奏,已称某谥皇帝。遣奠,出于陛阶下,方以此时,乃读哀策。而前代策文,犹云大行皇帝,请明加详正。"国子博士、领步兵校尉、知仪礼沈文阿等谓:"应劭《风俗通》,前帝谥未定,臣子称大行,以别嗣主。近检梁仪,自梓宫将登辒辌,版奏皆称某谥皇帝登辒辌。伏寻今祖祭已奉策谥,哀策既在庭遣祭,不应犹称大行。且哀策篆书,藏于玄宫。"谓"依梁仪称谥,以传无穷"。诏可之。②

就皇帝哀策文应称"大行"还是应称谥号进行讨论,最终由当朝皇帝发诏书

① (南朝宋)范晔《后汉书》,第3145—3146页。范晔在《后汉书》的志未完成时即遇害。现在《后汉书》的《律历》《礼仪》《祭祀》《天文》《五行》《郡国》《百官》《舆服》八志,乃系后人将司马彪《读汉书》的志拿来补入范书的。
② (唐)魏征等撰《隋书》,中华书局1973年版,第151页。

定准称谥,可见哀策称呼语严格之一斑。同时,这则材料还反映出,书写哀策的书体也有限制,即要用篆书。

可见,哀策作为一种皇家丧葬典制文体,有多方面的礼仪规定性,这些礼仪规定实际共同促成了它在人们心中至高无上的地位,充当了体现皇权的角色,黄金明言:"哀策由于列入丧葬礼仪,受到朝廷重视,而诔已不在典制中,渐渐成为典制的补充。"①正是由于哀策作为典制文体,且施用对象和典制之诔基本重合,后者虽多方学习前者,却又慢慢被前者挤出了历史舞台。

值得注意的是,与当时各体文章包括典制之诔发展的规律相同,哀策从魏晋至南朝,也经历了一个"踵其事而增华,变其本而加厉"的过程,且南朝的哀策作者又皆是骈文高手,作品自然也极尽华美之能事,前举颜延之文就是显证。但举体华美的风格,又正与哀策施用的场合相符,刘师培有言:"情文相生之作法,或以缠绵传神,轻描淡写,哀思自寓其中;或以侧艳丧哀,情愈哀则词愈艳,词愈艳音节亦愈悲。古乐府之悲调,齐梁间之哀文,率皆类此。"②悲艳之美正适用于临葬而诵,颇合文主的身份。于是,哀策在合适的文学环境中保持了良好的发展势头,逐步取代了典制之诔。

第二节　吊文与祭文

《说文解字》云:"吊,问终也。"③吊在古代是一种对遭遇了丧亲之痛的人进行慰问的行为。《周礼》曰:"以吊礼哀祸灾。"④也用于遭遇灾祸的国家。另外,早期的吊礼还因所施对象的不同,有不同的称呼,《玉篇·人部》言:"吊。吊生曰唁,吊死曰吊。"⑤慰问遭遇丧亲之痛的生者称为唁,表达对死者的哀悼之情称为吊,实际运用中则没有太大区别。在这些吊丧慰问的活动中,自然难免需要有一些口头的吊问之辞,《礼记·杂记》有这样的记载:"吊者升自西阶,东面致命曰:'寡君闻君之丧,寡君使某,如何不淑。'子拜稽颡,吊者降,反位。"⑥后来,这种口头的吊辞就书面化了,《礼记·檀弓

---

①　黄金明《汉魏晋南北朝诔碑文研究》,第 258 页。

②　刘师培著,陈引驰编校《刘师培中古文学论集》,第 158 页。

③　(东汉) 许慎撰,(北宋) 徐铉校定《说文解字》,中华书局 1963 年版,第 167 页。

④　(东汉) 郑玄注,(唐) 贾公彦疏《周礼注疏》,(清) 阮元校刻《十三经注疏》,第 759 页。

⑤　(梁) 顾野王《大广益会玉篇》,中华书局 1987 年版,第 12 页。

⑥　(东汉) 郑玄注,(唐) 孔颖达正义《礼记正义》,(清) 阮元校刻《十三经注疏》,第 1557 页。

下》记载:"滕成公之丧,使子叔敬叔吊,进书。"郑玄注曰:"进书,奉君吊书。"①口头的吊辞走向书面,进而形成一种文体。

　　古人重祭祀,《礼记·祭统》开篇便道:"凡治人之道,莫急于礼;礼有五经,莫重于祭。"②《左传》更言:"国之大事,在祀与戎。"③对祭祀的这种态度,导致了古代祭礼的繁多,《艺文类聚》将《说文》中涉及的祭礼进行了类列:"除恶之祭曰禬,告事示福曰祷,道上之祭曰禓,洁意以享曰禋,以事类祭神曰禷,祭司命曰祂,祭豕先曰禷,月祭曰祽。"④而先秦及后代实际存在的祭礼种类还要远多于此。祝辞便产生于祭祀活动的实际需要,是负责祭祀的官员"祝"为通鬼神所宣读之辞。这种口头文辞后来发展出一种文体——祭文。由于施祭对象的广泛性,祭文的种类相应也非常繁多,吴曾祺《文体刍言》即言:"祭则所用者广,不尽施之死者,如告祭天地、山川、社稷、宗庙,凡一切祈祷酬谢诅咒之举,莫不有祭,祭莫不有文。"⑤然在这众多对象不同的祭文中,祭亡者文无疑是主流,也最富文学色彩,本节所论即在此种。

　　分别源于吊礼和祭礼的吊文和祭文,都是哀祭类文体的重要类别。汉魏六朝时期,两种文体在发展过程中,发生了相互渗透和影响。这种相互关系推动了吊文和祭文的演变,改变着它们的发展方向,是研究两种文体必须予以探究的现象,亦是汉魏六朝文体发展史上文体互渗现象的重要组成部分。吊文和祭文在汉魏六朝的发展以至互渗,可以分汉魏、两晋、南北朝三个阶段进行描述。

一、汉魏

　　吊文虽源于人亡后即时而吊的吊礼,但西汉吊文史上的第一篇吊文,却是针对古人的凭吊之作。《文心雕龙·哀吊》篇论吊文,称"自贾谊浮湘,发愤吊屈,体周而事核,辞清而理哀,盖首出之作也"⑥,以贾谊《吊屈原文》为吊文之祖。任昉《文章缘起》所列吊文首出之作相同,《文选》"吊文"一体选文亦自此篇始。《吊屈原文》作由,《汉书》贾谊本传有明确记载,乃"追伤"屈原,"因以自喻"⑦,即借凭吊古人以抒写作者怀抱。贾谊伤屈原被谗放逐,对屈原所处环境发出"鸾凤伏窜兮,鸱枭翱翔。阘茸尊显兮,谗谀得

---

① (东汉)郑玄注,(唐)孔颖达正义《礼记正义》,(清)阮元校刻《十三经注疏》,第 1312 页。
② (东汉)郑玄注,(唐)孔颖达正义《礼记正义》,(清)阮元校刻《十三经注疏》,第 1602 页。
③ 杨伯峻编著《春秋左传注》,第 861 页。
④ (唐)欧阳询撰《艺文类聚》,上海古籍出版社 1999 年版,第 676 页。
⑤ 吴曾祺《文体刍言》,王水照编《历代文话》,第 6664 页。
⑥ (梁)刘勰著,詹锳义证《文心雕龙义证》,第 479 页。
⑦ (东汉)班固《汉书》,第 2222 页。

志。……章甫荐履,渐不可久兮"的感叹,既是悲悯屈原,更是因"绛、灌、东阳侯、冯敬之属尽害之"的自身遭遇而发①。而他对屈原未能"历九州而相其君兮"的批评,未尝不是对自己无处逃匿的现状的感叹。处处是吊屈原,更处处是哀叹自身,"自喻"才是写作的真正目的。在贾谊《吊屈原文》的示范作用下,这种凭吊吊文成为吊文在汉魏创作的主要形式,今存彼时吊文除阮籍《吊某公文》所吊对象不详外,其他皆吊古抒怀之作,所吊人物"或骄贵以殒身,或狷忿以乖道,或有志而无时,或行美而兼累"②,致吊的目的不仅在哀悼古人,更是为了作者的自喻抒怀,即刘勰"千载可伤,寓言以送"之谓③。

《文心雕龙·哀吊》篇这样描述吊文的写作规范:"正义以绳理,昭德而塞违,割析褒贬,哀而有正。"④此篇所论皆为凭吊吊文,刘勰强调凭吊吊文要以义理为准绳,对死者应褒应贬要进行仔细深入的剖析,抒发感情要哀而不失性情之正。这样的要求就使凭吊吊文多了深入剖析的成分,有了理性沉思的特质,不但以情动人,而且以理服人,这也是自贾谊《吊屈原文》就开始形成的特点。《吊屈原文》对屈原有这样的评析:"所贵圣人之神德兮,远浊世而自藏。使骐骥可得系而羁兮,岂云异夫犬羊?般纷纷其离此尤兮,亦夫子之故也!历九州而相其君兮,何必怀此都也。"⑤对屈原的出处进行了理性思考,认为他可以离开楚国,到其他国家去实现自己的政治理想。

诔、哀辞、哀策等作为哀祭类文体,虽然在功能和施用对象等方面都有差别,但表达对逝者的伤悼之情却是共同的内容。相形之下,凭吊吊文的个性非常突出,它借古人"自喻"抒情,且对已逝者的命运进行理性的思考,带着理性沉思的特质。

汉代以屈原为凭吊对象的吊文相对集中,今存有贾谊《吊屈原文》、扬雄《反离骚》、班彪《悼离骚》、蔡邕《吊屈原文》、梁竦《悼骚赋》等。与贾谊《吊屈原文》相同,后几篇也都表达着遭盛世而不得志,或遇末世而才不能展的主题,是"士不遇"主题在吊文文体中的一次集中展现。

集中产生于汉魏易代之际的吊文把致吊对象集中在伯夷、叔齐身上,如胡广《吊夷齐文》、阮瑀《吊伯夷》、王粲《吊夷齐文》、糜元《吊夷齐文》等,其创作皆与作者的处身遭遇密切相关。汉末诸侯纷争,文人流离失所,选择继

---

① (东汉)班固《汉书》,第2222页。
② (梁)刘勰著,詹锳义证《文心雕龙义证》,第478页。
③ (梁)刘勰著,詹锳义证《文心雕龙义证》,第486页。
④ (梁)刘勰著,詹锳义证《文心雕龙义证》,第485页。
⑤ (梁)萧统编,(唐)李善注《文选》,第832页。

续忠于已没落的王朝,还是另投新主,是一个大问题,这也正是伯夷、叔齐曾经面临的问题。曾祖、祖父皆曾位列汉三公的家庭背景,使王粲有强烈的功名事业心,在刘表手下的无所作为使他在《登楼赋》中发出伤心的哀叹,转投曹操正是他为实现人生抱负而做的重要选择,他在《吊夷齐文》中责备夷、齐二人"知养老之可归,忘除暴之为世,洁己躬以骋志,愆圣哲之大伦"①,未尝不是为自己依附曹操找借口。然而,同一时期的阮瑀却在《吊伯夷文》中表达了不同的观点,他热烈称扬二人"重德轻身,隐景潜晖。求仁得仁,报之仲尼。没而不朽,身沉名飞"②,对他们能不惜生命忠于旧主的行为非常崇敬,这亦与他的处世态度密切相关。《三国志》裴注引《文士传》记载:"太祖雅闻瑀名,辟之,不应,连见逼促,乃逃入山中。太祖使人焚山,得瑀,送至,召入。"③阮瑀最终归附曹操或出于不得已,他在《吊伯夷文》中对伯夷、叔齐不食周粟、保持清高气节赞赏有加,表达着他所向往的立身境界。相形之下,胡广、廉元二人皆有强烈的功名事业心,故亦如王粲,深讥夷、齐。不同的态度正是"各其志也"的表现④。

祭亡者文是由早期祭祀之礼中祭祀先祖的祝辞发展而来的。这类祝辞较早见于《仪礼·少牢馈食礼》中的记载,贾公彦在《士虞礼》下疏云:

> 孝孙某,敢用柔毛刚鬣,嘉荐普淖,用荐岁事于皇祖伯某,以某妃配某氏。尚飨。⑤

周代卿大夫行祭奠先祖之礼,主持祭礼的祝进行致辞,祝辞写明施祭之人,所献祭品,所祭之人,并请亡者享用祭品,止于告飨而已。《士虞礼》中所载"哀子某,来日某隮祔尔于尔皇祖某甫。尚飨"⑥,大抵类同。这些告飨之辞产生于祭祀典礼之中,简短而质朴少文,有一定的格式。至东汉,这类祝辞在祭祀典礼中仍不可或缺,如东汉桓帝有《祠恭怀皇后祝文》:

> 孝曾孙皇帝志,使有司臣太常抚:夙兴夜处,小心畏忌,不堕其身,一不宁。敢用洁牲一元大武,柔毛刚鬣,商祭明视,芗萁嘉荐,普淖咸鹾,丰本明粢,醪用荐酎,事于恭怀皇后。尚飨。⑦

这篇祝文与其前祝辞相比,显然多了赞言行之语——"夙兴夜处,小心畏忌,不堕其身,一不宁",虽然它们还不是针对所祭对象,而是施祭者的自赞,但

---

① 俞绍初辑校《建安七子集》,第142页。
② 俞绍初辑校《建安七子集》,第170页。
③ (西晋)陈寿撰,(南朝宋)裴松之注《三国志》,第600页。
④ (梁)刘勰著,詹锳义证《文心雕龙义证》,第482页。
⑤ (东汉)郑玄注,(唐)贾公彦疏《仪礼注疏》,(清)阮元校刻《十三经注疏》,第2531页。
⑥ (东汉)郑玄注,(唐)贾公彦疏《仪礼注疏》,(清)阮元校刻《十三经注疏》,第1175页。
⑦ (清)严可均《全后汉文》,第512页。

是这种变化，无疑启发了后来祭文的创作。所可注意者还有，在真正的祭文出现之前，上列几种祭亡祝辞都用于社会的较高阶层①。任昉《文章缘起》以杜笃《祭延钟文》为最早的祭文，因其文不存，我们无缘窥见其貌。现存最早的祭文是曹操的《祀故太尉桥玄文》。《文心雕龙·祝盟》篇有言："中代祭文，兼赞言行。祭而兼赞，盖引神而作也。"②意谓祭文之体在"中代"已形成，此体兼赞人物言行，由祭祝之辞发展而来，而"中代"谓何时？詹锳指出："本书（按，指《文心雕龙》）《颂赞》篇称晋代为末代，可见这里是以'中代'指汉魏时期。"③正是《祀故太尉桥玄文》出现的时期。《祀故太尉桥玄文》全文如下：

> 故太尉桥公，诞敷明德，泛爱博容。国念明训，士思令谟。灵幽体翳，邈哉晞矣！吾以幼年逮升堂室，特以顽鄙之姿，为大君子所纳。增荣益观，皆由奖助，犹仲尼称不如颜渊，李生之厚叹贾复。士死知己，怀此无忘。又承从容约誓之言："殂逝之后，路有经由，不以斗酒只鸡过相沃酹，车过三步，腹痛勿怨。"虽临时戏笑之言，非至亲笃好，胡肯为此辞乎？匪谓灵忿，能诒己疾，旧怀惟顾，念之凄怆。奉命东征，屯次乡里，北望贵土，乃心陵墓。裁致薄奠，公其尚飨！④

祭文颂扬桥玄美德，回忆二人昔时交谊，感念桥玄的知遇之恩，表达哀伤痛悼之情。将与亡者彼时的嬉戏之言写入祭文中，表现出曹文通脱的特色。而述德、写哀的文章结构，应是受到了在彼时已形成"前半叙亡者之功德，后半叙生者之哀思"⑤的较为成熟稳定的文体模式的诔文的影响。文末"裁致薄奠，公其尚飨"乃临墓而祭之语，为祭文所独有。

综上可见，吊文虽源于人亡后即时而吊的吊礼，但在汉魏时期产生的吊文作品却基本全是借凭吊古人以抒作者之怀的凭吊吊文，这种创作状况与吊文首出之作——贾谊《吊屈原文》的强大示范作用有密切关系。与其他哀祭类文体相比，凭吊吊文有着鲜明而独特的文体特征。祭文产生较晚，此期作品仅有一篇，为祭亲友而作，虽也有标志祭祀的用语，但明显受到诔文的影响，开始形成自己的体式。总体而言，吊文和祭文在汉魏时期，区别明确，尚处于各自不同的发展轨道上。

---

① 这与"诔文"一体在最初的发展颇为相似。周以前，诔就只适用于国君、诸侯、卿大夫这些地位高贵者，直至周衰之时，始下及于士。
② （梁）刘勰著，詹锳义证《文心雕龙义证》，第372页。
③ （梁）刘勰著，詹锳义证《文心雕龙义证》，第373页。
④ 安徽亳县《曹操集》译注小组《曹操集译注》，第81页。
⑤ 刘师培《中古文学论著三种》，第157页。

二、两晋

两晋时期,吊文和祭文继续向前发展,皆进入了不同于汉魏时期的新的发展阶段。

两晋今存凭吊吊文共 8 篇: 陆机《吊魏武帝文》《吊蔡邕文》、傅咸《吊秦始皇赋》、潘岳《吊孟尝君文》、庾阐《吊贾生文》、嵇含《吊庄周文》、李充《吊嵇中散文》、袁宏妻李氏《吊嵇中散文》。陆机《吊魏武帝文》无疑成就最高。与贾谊《吊屈原文》一致,《吊魏武帝文》对所吊对象的立身行事进行了理性思考。由个体生命的死亡虑及个人与历史、有限与无限等问题,感叹人一生要遭遇成败、盛衰、生死等。"苟形声之翳没,虽音景其必藏。徽清弦而独奏,进脯糒而谁尝? ……嗟大恋之所存,故虽哲而不忘"①,像曹操这样一个英明的人,面对死亡尚且如此,其他普通人又如何呢? 陆机所感叹已指向一种普遍的生命现象。

经过汉魏至西晋的发展,凭吊吊文以其强烈的个性特征在哀祭类文体中独树一帜,并开始向祭文渗透,促成祭古人文在东晋时期产生。今存彼时祭古人文有王珣《祭徐聘士文》、殷允《祭徐孺子文》、周祗《祭梁鸿文》等。它们与祭亲友文不同,如周祗《祭梁鸿文》云:

> 晋隆安四年十一月,陈郡周颖文以蕰藻行潦,祠于梁先生之墓。夫子迈志箕颍,尘垢雕俗,骨秀风霜,性淳寡欲,娶待偕隐之俪,文绝陪臣之录。遂负策周鲁之郊,逆旅吴会之阿,可谓高奇绝伦,孤生莫和者也。后学抚牍,得人在文。忽以知命,而展其坟,芒芒积草,有馥余芬。昔先生过延陵而想季,经海隅而感连。苟践迹而趣合,亦断金于当年。②

梁鸿是汉代著名的隐士与诗人,与有共同志趣的贤妻孟光共隐霸陵山中,成为久传的一段佳话。此文中,作者赞扬梁鸿孤高离世的风神和独绝一时的文才,直言自己慕梁鸿之高致,如生当年,欲与之成断金之交。

东晋祭古人文的祭祀对象徐稺、梁鸿等,皆前代高隐之士,他们之所以受到东晋文士的关注,应与彼时追求高旷闲逸的社会风气关系密切。祭古人文作者对前代隐士的人生选择进行了理性思考,并表达了追求高世隐居的人生理想。与凭吊吊文一样,东晋祭古人文隐藏在祭奠背后的更重要用意是,表达作者的理想和情志。显然,它们的出现,受到了凭吊吊文的很大影响,是吊文对祭文进行文体渗透的结果。因为在祭古人文出现之前,哀祭

---

① (梁)萧统编,(唐)李善注《文选》,第 835 页。
② (清)严可均《全晋文》,第 2277 页。

类诸种文体中,仅凭吊吊文以古人为对象,且借古人以表作者情志。

祭亲友文在两晋时期继续向前发展。曹操《祀故太尉桥玄文》的祭祀对象指向的还是仕宦阶层,至两晋祭亲友文如王沈《祭先考东郡君文》、潘岳《为诸妇祭庾新妇文》《为杨长文作弟仲武哀祝文》、殷阐《祭王东亭文》等,祭祀对象都是亲友,施用对象的转变,揭示的是这种文体的更广泛应用。潘岳《为诸妇祭庾新妇文》是两晋祭亲友文的代表,乃潘岳代庾氏妯娌祭奠庾氏之作。今存残文写明祭文作于将启殡之时,从此诸妇与庾氏将永不能再见,作者比为"雨绝华庭,埃灭大宵",想起曾经的"俪执箕帚,偕奉夕朝",怎不令人生物是人非之感?作者所写"室虚风生,床尘帷举"①,实与其《悼亡诗》"帷屏无仿佛,翰墨有余迹。流芳未及歇,遗挂犹在壁"②有异曲同工之妙;"自我不见,载离寒暑。虽则乖隔,哀亦时叙",用语虽极平淡,但如与人对面谈,情实甚悲;"仿佛未行,顾瞻弗获","形未废目,音犹在耳",言始终难以相信与接受逝者已逝,尤见昔日情深。潘岳不愧西晋写哀第一高手,《为诸妇祭庾新妇文》虽为代言之作,但仍颇能动人,将所代对象对逝者的哀思怀念之情款款叙出,刘勰视之为祭文的典范。陶渊明的《自祭文》则是两晋祭文中的奇葩,以施祭对象而言,此文或可勉强归入祭亲友文之列,但作者借祭文的形式自叙抒怀,表达了对生命的理性思考,颇富哲理深度,则又类于祭古人文。这篇文章实结合了祭亲友文和祭古人文的双重特点,虽有对自己生命往昔的回顾,但更重对生命的体验和感悟。

吊文发展至两晋,一个重要现象是吊丧吊文的出现。两晋今存以同时人为哀吊对象的吊丧吊文共5篇:陆机《吊少明》、束皙《吊萧孟恩文》《吊卫巨山文》、陆云《吊陈永长书》《吊陈伯华书》。章太炎《国故论衡·正赍送》云:"自伤辞出者,后有'吊文'。贾谊《吊屈原》,相如《吊二世》,录在赋篇,其特为文辞而迹可见于今者。若祢衡《吊张衡》,陆机《吊魏武帝》,斯皆异时致闵,不当棺柩之前,与旧礼言吊者异。惟束皙吊卫巨山、萧孟恩二首,斯得职耳。"③吊丧吊文的出现正是对吊文古义的回归,章太炎以束皙的两篇吊丧吊文为得吊文古义之作,这类吊文重视抒发对死者的哀悼之情,如束皙《吊卫巨山文》云:

> 同志旧友,阳平束皙,顷闻飞虎肆暴,窃矫皇制,祸集于子,宗祊几灭。越自冀方,来赴来祭。遥望子弟,铭旌丛立。既窥子庭,其殡盈十。

---

① (清)严可均《全晋文》,第1998页。下引该文皆出此,不再标注。
② (梁)萧统编,(唐)李善注《文选》,第330页。下引该诗皆出此,不再标注。
③ 章太炎《国故论衡》,第95页。

徘徊感恸,载号载泣。敛袂升阶,子不我揖;引袂授袪,子不我执。哀哉魂兮,于焉乃集![1]

吊文述卫巨山家族在八王之乱中几被灭族的事实,言前来吊祭所见殡葬景况,并抒哀伤思念之情。既为吊文,而文中称"祭",显然,与凭吊吊文相比,吊丧吊文没有那么突出的个性特征,其体式应同祭亲友文一样,受到此时正处于黄金发展阶段的诔文的影响。

综而言之,两晋时期,吊文和祭文开始发生密切关系,凭吊吊文向祭文渗透,产生了祭古人文。祭古人文借古自喻的写作模式及富于理性沉思的特质等特点,都来自凭吊吊文。吊丧吊文在此期开始有了创作,祭亲友文进一步向前发展,两者都受到此时处于强势地位的诔文的影响。

三、南北朝

南北朝时期,吊文和祭文皆发生了较大变化,二者在进一步的互渗中,开始出现部分合流的趋势,导夫后世吊文融于祭文、前者被后者替代的先路。

南北朝今存吊文共 8 篇,凭吊吊文只占 2 篇。北魏孝文帝《吊殷比干墓文》篇幅较长,作者在序文中言此文为经比干之墓,"慨狂后之猖秽,伤贞臣之婞节",故而"怅然悼怀""聊兴其韵"[2],乃吊古伤怀之作。袁淑《吊古文》今存为残篇,各以一句话概括贾谊、司马相如、蔡邕、孔融等人的人生遭际,认为"士以伐能见斥,女以骄色贻遣。以往古为镜鉴,以未来为针艾"[3],有才能的士人和美貌的女子往往遭遇乖舛的命运,人们应以这些古人为鉴,才能使自己免受此类弊病。言语中透露出的是作者的自负和愤愤不平之气。一文凭吊多位古人的做法虽然特殊,但不出借古人以抒怀的阃域。可见,南北朝凭吊吊文还沿袭着此前的发展轨迹,但作品却大大减少了,吊丧吊文成为此期吊文创作的主流。对于吊文创作的这种变化,有学者言:"吊文对象由前贤向时人的回归,由怀古向伤今的转变,显现了吊文文体的成熟过程:由抒怀的筌蹄回到了问终之礼,其作为哀祭文体的特性得到确认。"[4]诚然如此。然而,凭吊吊文借凭吊古人以抒怀的功能和创作模式却在祭古人文中得到了延展。

沿承东晋祭古人文的创作,南朝出现的祭古人文有谢惠连《为学生祭周

---

① （清）严可均《全晋文》,第 1965 页。
② （清）严可均《全后魏文》,第 3551 页。
③ （清）严可均《全宋文》,第 2681 页。
④ 赵厚均《两晋文研究》,陕西人民教育出版社 2011 年版,第 74—75 页。

居士文》、颜延之《祭屈原文》《为张湘州祭虞帝文》、卞伯玉《祭孙叔敖文》、萧绎《又祭颜子文》等。所祭古人范围较东晋时为广,有隐世高蹈者,有忠臣烈士,有先贤圣人等。其中尤其值得注意的是为《文选》所录的颜延之《祭屈原文》。《祭屈原文》的创作背景,《宋书·颜延之传》言:"时尚书令傅亮自以文义之美,一时莫及,延之负其才辞,不为之下,亮甚疾焉。庐陵王义真颇好辞义,待接甚厚,徐羡之等疑延之为同异,意甚不悦。少帝即位,以为正员郎,兼中书,寻徙员外常侍,出为始安太守。领军将军谢晦谓延之曰:'昔荀勖忌阮咸,斥为始平郡。今卿又为始安,可谓二始。'黄门郎殷景仁亦谓之曰:'所谓俗恶俊异,世疵文雅。'延之之郡,道经汨潭,为湘州刺史张邵祭屈原文以致其意。"①"性婞刚洁"(王僧达《祭颜光禄文》)的颜延之,由于傅亮、徐羡之等权臣的嫉恨与陷害,被贬为始安太守,途经汨水而作此文。文言"兰薰而摧,玉缜则折。物忌坚芳,人讳明洁",一方面是对屈原悲剧原因的思考,另一方面更是对自我遭际因由的探析与总结;"嬴芈遘纷,昭怀不端。谋折仪尚,贞蔑椒兰。身绝郢阙,迹遍湘干",表面是叙述屈原的人生遭逢,内里则是对自己遭陷害被远迁经历的再现。《祭屈原文》借祭古人来进行自我感叹,抒写心中愤怨,这种写作特点与抒情方式和凭吊吊文并没有什么差别。同时,该文也带着凭吊吊文那种理性沉思的特质,如前引对屈原悲剧原因的探析,是经过深沉思考的,不止适用于屈原,而是对中国古代正直而失意的士大夫群体命运的思索。同时,用"声溢金石,志华日月。如彼树芳,实颖实发"评价屈原②,言其性行之芳、行谊之洁、文词之美、声名之永传,乃是至刘宋为止,历史对屈原的共识与定评。此文以"祭"名篇,但实同凭吊之作,与贾谊《吊屈原文》并无文体上的明确区别。可见,至南北朝,随着凭吊吊文创作的减少,祭古人文更多地承担起了吊古抒怀的功能,并已开始出现取而代之之势。至韩愈创作《祭田横墓文》,序文言"感横义高能得士,因取酒以祭",要临墓而祭,紧接着却又说"为文而吊之",标志的则是凭吊吊文和祭古人文在唐代的合流。

祭古人文在南朝得到了较大发展,题材范围进一步扩展,产生了一些与祭古人相关的祭古冢类祭文,如谢惠连《祭古冢文》、任昉《祭杂坟文》等。与前列祭古人文稍有不同的是,此类祭文所祭对象姓名不详,无义烈可感之事迹,故作者借祭奠亡者更多地表达的是对生命的敬畏及体悟、思考。如谢惠连《祭古冢文》所言"追惟夫子,生自何代? 曜质几年,潜灵几载? 为寿为

① (梁)沈约《宋书》,第1892页。
② 以上引《祭屈原文》皆见(梁)萧统编,(唐)李善注《文选》,第837页。

夭,宁显宁晦? 铭志湮灭,姓氏不传。今谁子后,曩谁子先? 功名美恶,如何
蔑然"①,实际是借无名古冢中人写出了作者对过往生命整体的追索。

　　与上列《祭古冢文》《祭杂坟文》等颇为接近的是,江淹《萧骠骑祭石头
城战亡文》、萧纲《祭战亡者文》等这些祭战亡者的祭文,虽然作者所祭或还
是当代人,但借以抒发的是对逝者的感伤和对战亡生命的思考,具有打破古
今界限的含义。如萧纲《祭战亡者文》言"降夫既旋,功臣又赏;班荷元勋,
苏逢漏网。校尉沾荣,属国蒙奖,独念断魂,长毕灰壤。膏原染刃,委骨埋
泉;徒闻身没,讵辨名传"②,一将功成万骨枯,指挥战争的将帅得以封赏,而
战死疆场的战士血染刀刃,生命也没有了,谈何功名? 祭文表现出的是作者
对于战争的思考和对生命的关怀,与前祭古冢类祭文创作意图及主旨都颇
为接近。这类祭文在唐代得到了较大发展,类似的作品有陈子昂《吊国殇
文》、张说《吊国殇文》、李华《吊古战场文》、王昌龄《吊轵道赋》、孤独及《吊
道殣文》,等等,而用"祭"用"吊"在本质上已无差别,正反映的是吊文与祭
文的互渗及合流。

　　南朝吊丧吊文今存有颜延之《吊张茂度书》、任昉《吊乐永世书》《吊刘
文范文》、梁简文帝《吊道澄法师亡书》、刘之遴《吊震法师亡书》《吊僧正京
法师亡书》6篇,皆为哀悼逝去的亲友而作。如颜延之《吊张茂度书》③,采
取了书信致吊的形式,合于古礼,残文如下:

　　　　贤弟子少履贞规,长怀理要,清风素气,得之天然。言面以来,便申
　　忘年之好,比虽艰隔成阻,而情问无暌。薄莫之人,冀其方见慰说,岂谓
　　中年,奄为长往。闻问悼心,有兼恒痛。足下门教敦至,兼实家宝。一
　　旦丧失,何可为怀。④
先赞所吊对象的才华品性,次序作者与亡者的交情,最后抒发对逝者的伤痛
怀念之情。

　　南朝祭亲友文留存至今的数量大体和吊丧吊文相当,有颜延之《祖祭弟
文》、王僧达《祭颜光禄文》、谢朓《为诸娣祭阮夫人文》、孔稚圭《祭外兄张长
史文》、刘令娴《祭夫徐悱文》、沈景《祭梁吴郡袁府君文》等。为《文选》所选
的王僧达《祭颜光禄文》堪为代表之作:

　　　　维宋孝建三年九月癸丑朔十九日辛未,王君以山羞野酌,敬祭颜君

---

①　(梁)萧统编,(唐)李善注《文选》,第836页。
②　(清)严可均《全梁文》,第3031页。
③　此文名为《吊张茂度书》,但实则所吊对象应为张茂度的从父张敷,见徐国荣《中古感伤文
　　学原论》,中国社会科学出版社2001年版,第202页。
④　(清)严可均《全宋文》,第2639页。

之灵：呜呼哀哉！夫德以道树，礼以仁清。惟君之懿，早岁飞声。义穷机象，文蔽班杨。性婷刚洁，志度渊英。登朝光国，实宋之华。才通汉魏，誉浃龟沙。服爵帝典，栖志云阿。清交素友，比景共波。气高叔夜，严方仲举。逸翮独翔，孤风绝侣。流连酒德，啸歌琴绪。游顾移年，契阔燕处。春风首时，爱谈爱赋。秋露未凝，归神太素。明发晨驾，瞻庐望路。心凄目法，情条云互。凉阴掩轩，娥月寝耀。微灯动光，几牍谁炤？衾衽长尘，丝竹罢调。揽悲兰宇，屑涕松峤。古来共尽，牛山有泪。非独昊天，歼我明懿。以此忍哀，敬陈奠馈。申酌长怀，顾望歔欷。呜呼哀哉！①

序文交待祭奠时间、施祭之人、所用祭品及祭奠对象，正文先赞祭主道德、才华、志向、风神，继写亡逝，并通过写景、用典、直写胸臆等多种手段，抒发作者哀伤痛惜之情。

可以看出，南北朝时期的吊丧吊文和祭亲友文主体内容是大体一致的，都指向对逝者的颂赞及伤悼之情的抒发。而这也是哀祭类文体，如哀策、哀辞、诔文等的通式。

当然，吊丧吊文和祭亲友文还是有一些可资区别的形式特征，如祭文因要在祭礼上宣读，所以一般开头会有一个表示祭享的格式，即点明某年某月某日某人用某物致祭，末尾则多有"呜呼哀哉"的悲号语及"尚飨"等的祈神语②；而吊丧吊文则多有一些表示现场临吊的语句。这些因之前学者已多有总结，兹不赘述。吊文和祭文分别源出于吊礼和祭礼，在后世的发展过程中，它们还都保存着一些古礼的特征，也造成了两种文体在形式上的一些差别。但除此之外，吊丧吊文和祭亲友文实都受到更早于它们产生，且在东汉已发展相对成熟的诔文的影响，从而表现出在内容、体式上很大程度的相似性。

总之，汉魏六朝时期，先是吊文向祭文渗透，在凭吊吊文影响下，祭古人文在东晋产生，但至南朝却出现了代替凭吊吊文的趋势。吊丧吊文和祭亲友文施用对象相同，都受到诔文的影响，在内容、体式等方面表现出很大程度的相似性。古今文论家多有将两种文体归而为一的做法，如《文苑英华》将"哀吊"作为"祭文"的子目，收录韩愈《吊塞上翁》、卢藏用《吊纪信文》等吊文13篇。徐师曾《文体明辨序说》论"吊文"时曾言："其有称祭文者，则

---

① （梁）萧统编，（唐）李善注《文选》，第 837—838 页。

② 褚斌杰《中国古代文体概论》（北京大学出版社 1984 年版）、姜涛《古代散文文体概论》（山西人民出版社 1990 年版）、王人恩《古代祭文精华·前言》（甘肃教育出版社 2009 年版）、谢敏玉《唐宋吊文的文体形态和文学性》（《文艺评论》2013 年 8 期）等著述都提到此点。

并列之,以其实为吊也。"①王人恩所言"吊文与祭文的界限是比较模糊的","至唐时,它们之间的界限似乎已荡然无存","明清以还,'祭文'的内涵几乎囊括了吊文、祝文的全部内容,无论是哀悼人事,还是凭吊古迹,或者祈祷神灵,大多以'祭文'标题"②,则描述出了自唐而及明清,吊文被祭文替代及二者合流的事实。

值得关注的是,祭文虽在哀祭类文体中较为晚起,生命力却异常强大。它受吊文的渗透影响,却最终致使这一在文学史上产生了一系列优秀作品的文学体式走向消亡,其中的原因又是什么呢? 吊文源于吊礼,本应是一种有着很强的实用性的文体。但贾谊以其强大的影响和示范作用,所作史上第一篇吊文却是自感伤怀的凭吊吊文,表现出极强的抒情性,致使这种文体从最开始就和它的实用性质相偏离,似乎变成了一种抒情性文学体裁。而随着文学史的向前发展,能够承担凭吊吊文那种借古讽今、以古伤今、借古抒怀功能的文学样式也越来越多了,如咏史怀古的诗词、吊古抒怀的小品文等。回归吊礼本义的吊丧吊文至两晋才出现,此时其他哀祭类文体如哀辞、哀策、诔等都已历经了不短时间的发展,如诔等还正处于发展的黄金时期,人们能给予吊丧吊文的关注是非常有限的,相应而来的是其发展空间的压缩。所以事实上,汉魏六朝时期,吊丧吊文一直没有产生典范性作品或名篇佳作。

祭文源于祭礼,文以通神,在产生之初,实用目的亦明确。但同时,其实用的目的和表述哀情的内容又是相得益彰的,近人徐昂即言:"文字之制,本求适用于人,后乃浮其用而及于鬼神。……哀辞、诔文只以鸣悲哀之情而已,祭文则直接对于亡者,读之而告其灵,焚之而示诸幽。揆之于理,似近杳冥,而衡之于情,尚非敻闊。"③抒写哀情是这种实用文体本身的要求,其实用性和文学性较好地统一于一体。而且,祭文施于亡者,相较于哀辞、哀策、诔文、吊文等其他哀祭类文体,施用对象没有明确的限定性,这也使它更易生存发展,更富生命力。魏晋南北朝之后,当其他哀祭类文体多趋于衰落之时,祭文还在不断发展壮大,成为迄今为止仍被应用的文体。

第三节　书　与　笺

提及"笺",人们每以其为"书"体的异称,但如《文选》《文章缘起》等皆

---

①　(明)吴讷、(明)徐师曾《文章辨体序说　文体明辨序说》,第155页。
②　王人恩《古代祭文精华·前言》,第22—23页。
③　徐昂《文谈》,王水照编《历代文话》,第9047页。

将书、笺列为两种并行不悖、各自独立的文体,后来如《文苑英华》《宋文鉴》《元文类》《文体明辨序说》《骈体文钞》《六朝文絜》等亦承前绪,将"笺"体独列。

书与笺各自独立的文体命名显示二体独立成体的性质,但两者之间又有着密切的关系,如《文心雕龙·书记》所言:"若夫尊贵差序,则肃以节文,战国以前,君臣同书,秦汉立仪,始有表奏,王公国内,亦称奏书,张敞奏书于胶后,其义美矣。迄至后汉,稍有名品,公府奏记,而郡将奏笺。……原笺记之为式,既上窥乎表,亦下睨乎书。"①与表、奏一样,笺亦从书中分化而来,是封建社会森严的等级制度在文体上的投映。表、奏后来皆成为与书体有明确界域,内涵较清晰及外延丰富的独立文体。"笺"也如上所列,为诸多总集及文学批评著述视为独立的文体类别,但它与"书"有着天然的亲源性,建安时期诸多因缘际会,致使"书"对"笺"进行渗透,二体发生交叉、混淆,进而影响了笺体的演变进程。

一、建安时期书对笺的渗透

刘勰以为笺从书中分化而出,其创作始于东汉。任昉《文章缘起》以班固《说东平王笺》为最早的笺文。在东汉,作笺被认为是文吏的一项必备技能,如《后汉书·左雄传》记载左雄上言:"请自今孝廉年不满四十,不得察举,皆得先诣公府,诸生试家法,文吏课笺奏,副之端门,练其虚实,以观异能,以美风俗。"②顺帝从其言,付诸行,《后汉书·顺帝纪》记载:"(阳嘉元年冬十一月)辛卯,初令郡国举孝廉,限年四十以上,诸生通章句,文吏能笺奏,乃得应选。"③《后汉书·梁冀传》言:"百官迁召,皆先到冀门笺檄谢恩,然后敢诣尚书。"④梁冀专横跋扈,但百官诣其门而奏笺、檄,亦见此乃公门惯常应用文字。应劭《汉官仪》亦云:"孝廉年未五十,先试笺奏。"⑤"笺"与"檄""奏"一样,在东汉属朝廷公文,为日常公务所须。

据严可均《全后汉文》,东汉今存笺文 5 篇,多用以谢赐诣拜,如班固《与窦宪笺》是表达对窦宪赏赐骇犀、玳瑁簪、绛纱单衣、宝刀等物的感激之情,并显其效忠之心;葛龚的《与张府君笺》、皇甫规的《与刘司空笺》也是答谢之作;冯衍《诣邓禹笺》为诣拜之作;崔骃《与窦宪笺》为劝谏畋猎而发。

---

① (梁)刘勰著,詹锳义证《文心雕龙义证》,第933—941页。
② (南朝宋)范晔《后汉书》,第2020页。
③ (南朝宋)范晔《后汉书》,第261页。
④ (南朝宋)范晔《后汉书》,第1183页。
⑤ (唐)虞世南撰《北堂书钞·设官部》引,台湾商务印书馆影印文渊阁四库全书本。

这些笺文用语皆古朴简单，或谈公事，或虚文客套，总体价值不高。

建安时期，笺文的创作较东汉有了较大发展，产生了诸多名篇，笺体也出现了新的发展演变趋势，最大的表现即是受"书"体影响，与书发生交叉、混淆。

承东汉余绪，建安时期诸多笺文乃是为公务而发。有为劝进，如荀攸《劝进魏公笺》；有为荐举，如应璩《荐和虑则笺》《荐贲伯伟笺》；有为劝谏，如诸葛恪《谏齐王孙奋笺》；有临终劝主，如张纮《临困授子靖留笺》、周瑜《疾困与吴主权笺》等。然而，建安时期创作成就最高，最为后人关注的笺文却非此类，而是邺下文人与曹丕、曹植兄弟往还的一批作品，这些笺文集中反映了"书"对"笺"进行渗透，致使笺体演变分化，与"书"交叉混淆这一事实。

建安时期，书、笺二体的交叉、混淆，首先表现在建安文人上于曹氏兄弟之文，用"书"、用"笺"不大分别。如严可均《全三国文》收吴质与曹丕、曹植兄弟书、笺五篇：《答魏太子笺》《在元城与魏太子笺》《答东阿王书》《答文帝笺》《与文帝书》。上于曹丕的或用书，或用笺，上于曹植的用书。杨修和陈琳上于曹植之文却又用笺：杨修《答临淄侯笺》、陈琳《答东阿王笺》。刘桢今存与曹氏兄弟往还之作三篇，又都用书：《与曹植书》《谏曹植书》《答魏太子丕借廓落带书》。笺本是一种带有明确等级性质的文体，自产生之日起，它就是一种上行文，其行文对象，刘勰特指为"郡将"，但如徐师曾所言："若班固之说东平，黄香之奏江夏，所谓郡将奏笺者也。是时太子、诸王、大臣皆得称笺，后世专以上皇后、太子，于是天子称表，皇后、太子称笺，而其它不得用矣。"①魏晋南北朝时期，上于太子、诸侯王、大臣之文多用笺。然邺下文人一些上于太子、诸侯王的文章虽用笺，但如上列用"书"之例亦不乏。可见，"书""笺"在当时的界限并不甚清晰。

内容上，邺下文人与曹氏兄弟往还的笺文，回忆昔日交游盛况、互诉彼此思念之情、谈文说艺、感叹人生等，与曹氏兄弟书信并无二致。笺以言私事、私情，可称"私笺"。它们与曹氏兄弟书信一一对针，骆鸿凯先生就举为《文选》"书""笺"两体所收的曹植《与杨德祖书》与杨修《答临淄侯笺》、曹丕《与吴质书》与吴质《答魏太子笺》两组文章，证明它们虽有称书、称笺的不同，但在内容上是若合符契的②。尤其值得注意的是，此期笺文受"书"体创作影响，产生了一类特殊内容——谈文说艺，杨修的《答临淄侯笺》、吴质

① （明）吴讷、（明）徐师曾《文章辨体序说　文体明辨序说》，第123页。
② 骆鸿凯《文选学》，第500、505—506页。

的《答魏太子笺》、陈琳的《答东阿王笺》、繁钦的《与魏文帝笺》等都涉及此。如繁钦《与魏文帝笺》写作目的即是为了向曹丕推荐"能喉啭引声,与笳同音"的"异妓"薛访车子,通篇描写薛访车子音声之哀婉动人,达到了"凄入肝脾,哀感顽艳"的地步,曹丕复有《答繁钦书》以回应。陈琳的《答东阿王笺》则是为评曹植来书及所示《龟赋》而作,通篇称扬曹植的文学创作才能。建安时期文学批评发达,彼时的书、笺是文学批评的重要载体。而用笺谈文说艺,进行文学、艺术批评,实是"书"向"笺"渗透、影响的重要表现。因为建安之前的书信,如司马迁《报任安书》已及于文学批评,建安之后以"书"谈文说艺更成一种传统,如陆机与陆云兄弟来往的多篇书信①,范晔的《狱中与诸甥侄书》,陆厥的《与沈约书》,沈约的《答陆厥书》,萧纲的《与湘东王书》,等等,都谈及重要的文学批评问题。至唐宋时期,以书论文者更多,尤著名者如韩愈《答李翊书》、李翱《答朱载言书》、白居易《与元九书》、柳宗元《答韦中立论师道书》、元稹《叙诗寄乐天书》、杜牧《答庄充书》、司空图《与李生论诗书》、欧阳修《答吴充秀才书》、苏轼《答谢民师书》、黄庭坚《答洪驹父书》、陆游《上辛给事书》,等等。而自东汉始,笺体虽历朝历代皆有创作,但除建安时期邺下文人与曹氏兄弟往还笺文之外,论文谈艺的却很少见,正可见出建安时期"书"对"笺"在创作题材上的渗透影响,使此期笺文表现出独特之处。

邺下文人的笺文,与曹丕、曹植书信内容一一对针,风格亦复似之,皆意兴飞动,情思飞扬,受到后人的重视,如《文选》"笺"体就收录杨修《答临淄侯笺》、繁钦《与魏文帝笺》、陈琳《答东阿王笺》、吴质《答魏太子笺》《在元城与魏太子笺》5篇,超过了《文选》"笺"体所收自魏至梁9篇笺文的半数。

自东汉至建安,笺体发生了演变分化。东汉笺文或虚文客套,或为具体公务而发,至建安时期,此类笺文得以延续。但成为建安笺文主流,对后世影响更大的,却是邺下文人与曹氏兄弟来往的言私情、私事的私笺,其内容、风格被彼时"书"体渗透,受到后者较大影响。

二、建安时期书、笺交叉混淆的原因

与笺相较,建安时期"书"是一种极强势的文体。"书"体产生既早,建安之前已多有名篇,如司马迁《报任安书》、东方朔《与公孙弘借车书》、杨恽《报孙会宗书》、扬雄《答刘歆书》,等等。至建安,"书"体更进入发展的高峰期,据严可均《全上古三代秦汉三国六朝文》,今存西汉书信约五十篇,东汉

---

① 《全晋文》载陆云《与兄平原书》35篇,30篇都在论文学创作。

约一百三十篇,而建安书信则逾二百篇。建安文学对应的数十年时间,"书"体创作数量超过了长达四百年的两汉。评论者也多称扬建安作家擅长书信创作,如曹丕《与吴质书》称:"元瑜书记翩翩,致足乐也。"①《三国志·魏书·王粲传》注引《文章叙录》云:"(应)璩字休琏,博学好属文,善为书记。"②《文心雕龙·书记》云:"魏之元瑜,号称翩翩;文举属章,半简必录;休琏好事,留意词翰:抑其次也。"③《文选》"书"体选录自西汉至萧梁书信22篇,建安时期就占了9篇。书体的强势地位,是它能够对本与其有亲缘关系的笺产生影响的一个前提。

在上述前提下,建安时期君臣之间日常交往中平等密切的关系,成为"书"对"笺"进行渗透影响,促使笺体演变分化的重要契机。曹操为求得政治上的胜利,善于笼络天下人才为己所用,如曹植《与杨德祖书》所言:"昔仲宣独步于汉南,孔璋鹰扬于河朔,伟长擅名于青土,公幹振藻于海隅,德琏发迹于此魏,足下高视于上京。当此之时,人人自谓握灵蛇之珠,家家自谓抱荆山之玉。吾王于是设天网以该之,顿八纮以掩之,今悉集兹国矣。"④这些文人聚集之后,多与曹丕、曹植兄弟宴饮游乐,曹丕《与朝歌令吴质书》即言:"每念昔日南皮之游,诚不可忘。既妙思六经,逍遥百氏;弹棋间设,终以六博。高谈娱心,哀筝顺耳。驰骋北场,旅食南馆,浮甘瓜于清泉,沉朱李于寒水。白日既匿,继以朗月,同乘并载,以游后园,舆轮徐动,参从无声,清风夜起,悲笳微吟,乐往哀来,怆然伤怀。"⑤南皮之游、西园之会,都令文人们流连忘返。在游宴的过程中,君臣、文人之间产生了深厚的情谊,颇具一种平等的交往模式。如曹丕《与吴质书》言:"岁月易得,别来行复四年。三年不见,《东山》犹叹其远,况乃过之,思何可支!虽书疏往返,未足解其劳结。"⑥表达对吴质真诚的思念之情。而昔日好友的去世更令曹丕心痛无比:"昔年疾疫,亲故多离其灾,徐、陈、应、刘,一时俱逝,痛可言邪!昔日游处,行则连舆,止则接席,何曾须臾相失。每至觞酌流行,丝竹并奏,酒酣耳热,仰而赋诗。当此之时,忽然不自知乐也。谓百年已分,可长共相保。何图数年之间,零落略尽,言之伤心。"⑦昔日共同的游处历历在目,转瞬间一场瘟疫夺去了多位朋友的性命,令人黯然神伤。曹植《与杨德祖书》言"数

---

① （梁）萧统编,（唐）李善注《文选》,第591页。
② （西晋）陈寿撰,（南朝宋）裴松之注《三国志》,第604页。
③ （梁）刘勰著,詹锳义证《文心雕龙义证》,第929页。
④ （梁）萧统编,（唐）李善注《文选》,第593页。
⑤ （梁）萧统编,（唐）李善注《文选》,第590—591页。
⑥ （梁）萧统编,（唐）李善注《文选》,第591页。
⑦ （梁）萧统编,（唐）李善注《文选》,第591页。

日不见,思子为劳,想同之也"①,数日的分别竟至如此思念!建安时期君臣关系亲密融洽,以至身居高位的曹丕专论"交"之重要:"夫阴阳交,万物成;君臣交,邦国治;士庶交,德行光;同忧乐,共富贵,而友道备矣。《易》曰:'上下交而其志同。'由是观之,交乃人伦之本务,王道之大义,非特士友之志也。"②从经书中为"交"找根源,把"交"提高到"人伦之本务,王道之大义"的地位。此段文字,严可均《全三国文》辑入《典论》内,《典论》在曹丕自己的眼中,属于"立言"一类子书,是要传之后世以求声名不朽的。从此尤可见出,建安是个友道大宏的时代。

虽然关系密切,但战乱不断,随着曹操的东征西讨,邺下文人不免四处奔波,或长或短的分离不可避免,如阮瑀《杂诗》所言:"置酒高堂上,友朋集光辉。念当复离别,涉路险且夷。"他们经常写诗以抒别离相思之苦,如刘桢《赠徐幹》言"思子沉心曲,长叹不能言。起坐失次第,一日三四迁",徐幹《答刘桢诗》言"我思一何笃,其愁如三春"。继则代之以书信往还,曹氏兄弟往之以书,邺下文人复之以笺,他们之间交流频繁,笺与书成为互诉衷肠的重要工具与手段,也客观造成了二体的密切关系,促使笺体发生分化演变,从本用于公务发展到亦抒私情。

笺在内容、格式等方面的无特定规定性,是其易于向书靠近的重要因素。《文心雕龙》对笺的定义为:"笺者,表也,表识其情也。"③这是一个非常宽泛的概念,外延无限丰富,与最可包罗万象的"书"体天然接近。笺文的格式似也没有严格的规定,如为《文选》所收录的五篇笺,杨修《答临淄侯笺》、陈琳《答东阿王笺》皆以作者名及"死罪死罪"开头、结尾;繁钦《与魏文帝笺》以"正月八日壬寅,领主簿繁钦,死罪死罪"开篇,结以"钦死罪死罪";吴质《答魏太子笺》则以"二月八日庚寅,臣质言"开篇,结以"质死罪死罪";吴质《在元城与魏太子笺》则省去月日,仅以"臣质言"开头,又结以"质死罪死罪"。此五文格式虽不完全相同,但多有"死罪死罪"字样,标志的是笺作者和行文对象的身份差距,显示出笺为等级制度而生的特性。但这种格式又不为每篇笺文所必须遵守,亦多有以"某言"方式开篇者,与彼时书体格式相类。

书与笺在建安时期的交叉、混淆还与当时人的文体观念有关。刘师培言"文章各体,至东汉而大备"④,而随着文学批评的发达,对这诸多文体进

① (梁)萧统编,(唐)李善注《文选》,第593页。
② (清)严可均《全三国文》,第1094页。
③ (梁)刘勰著,詹锳义证《文心雕龙义证》,第937页。
④ 刘师培《中国中古文学史讲义》,第20页。

行区别、辨析也成为一项重要任务。建安时期正处于文体辨析的初期,人们对差别较大的文体已能进行较好的区分,但对一些相近文体的界限认识却是模糊的。批评家往往把相近的文体相提并论,还未能有意识地对它们进行细致的差异辨析,最典型的例子如曹丕《典论·论文》所论四科八体"奏议宜雅,书论宜理,铭诔尚实,诗赋欲丽"①,就是把两两相近的文体放在一起,强调了它们的共性。又言:"琳、瑀之章表书记,今之隽也。"②但据俞绍初先生辑校《建安七子集》,陈琳今存有《答东阿王笺》《为曹洪与魏文帝书》,皆为《文选》所录;阮瑀今存有《谢太祖笺》《为曹公作书与孙权》等,可见曹丕只是大体称之。对于相近的文体,人们是没有细致辨别的,对于相近的文体之间究竟应该保持什么样的界限,人们的要求也是相对松散,不那么严格的。直到陆机《文赋》论文体,才更着重于指出各种文体的不同风格。

三、建安之后的笺

两晋进入笺体创作的兴盛期,严可均《全晋文》所辑近50篇。与建安时期不同,两晋之笺基本皆与国事相关。有用于劝谏,如王羲之的《与会稽王笺》,《晋书·王羲之传》言:"及浩将北伐,羲之以为必败,以书止之,言甚切至。……又与会稽王笺陈浩不宜北伐。"③事关国之大体。又如王述《与庾冰笺》,《晋书·王述传》言:"时庾翼镇武昌,以累有妖怪,又猛兽入府,欲移镇避之。述与冰笺曰。"④为州郡之事而发。他如王羲之《与桓温笺》、庾亮《与郗鉴笺》、王豹《致齐王冏笺》《重致齐王冏笺》等,皆陈说利害,忠心为国。又用于请辞,如华谭《上笺求退》、慕容廆《与陶侃笺》、卞壶《上笺自陈》等。用于荐举,有陆机《与赵王伦笺荐戴渊》、孙楚《荐傅长虞笺》、庾阐《荐唐彀笺》、应亨《与州将笺》等;用于讨论国家礼仪,如王彪之《与会稽王笺》、徐彦《与征西桓温笺》等;用以言恢复河山之志,主要集中于刘琨的《上太子笺》《与丞相笺》《答晋王笺》等。这些笺具有公文性质,合于此体的初起之意。

两晋时亦有少量笺文言私事,属私笺。如陆玩有《与王导笺》,《晋书·陆玩传》云:"玩尝诣导食酪,因而得疾。与导笺曰:'仆虽吴人,几为伧鬼。'其轻易权贵如此。"⑤为一饭之私,讽刺谐谑。又如东晋喻希《与韩豫章笺》,

---

①　(梁)萧统编,(唐)李善注《文选》,第720页。
②　(梁)萧统编,(唐)李善注《文选》,第720页。
③　(唐)房玄龄等《晋书》,第2094—2096页。
④　(唐)房玄龄等《晋书》,第1962页。
⑤　(唐)房玄龄等《晋书》,第2024页。

此笺奉于豫章太守韩康伯，为其言豫章风景民俗，如言当地槟榔树云："大者三围，高者九丈，叶聚树端，房构叶下，华秀房中，子结房外。其擢穗似禾，其缀实似谷，其皮似桐而厚，其节似竹而概。其中空，其外劲，其屈如覆虹，其申如缒绳。本不大，末不小，上不倾，下不邪，调直亭亭，千百若一。"描绘颇细，文字质朴而形象可观。"步其林则寥朗，庇其阴则萧条。信可以长吟，可以远想矣。"①则又颇富闲情逸致。又有顾恺之《与殷仲堪笺》，谐谑排调，《晋书·顾恺之传》言："恺之好谐谑，人多爱狎之。后为殷仲堪参军，亦深被眷接。仲堪在荆州，恺之尝因假还，仲堪特以布帆借之，至破冢，遭风大败。恺之与仲堪笺曰：'地名破冢，真破冢而出。行人安稳，布帆无恙。'"②与一般公、私之笺不类，当是受到了谐谑文的影响。

总体而言，两晋时期，因笺文的创作已脱离了建安时期的环境，"笺"体更多地回到了上行公文的状态，承继东汉笺文的余绪而又有发展，偶有私笺出现，与建安私笺亦不类。

至南朝，笺体文的创作又发生了一些变化。南朝一些皇室子弟与其僚属之间，关系密切，情谊深厚，如谢灵运与庐陵王刘义真，谢朓与隋王萧子隆，江淹与建平王萧景素等。谢灵运有《与庐陵王义真笺》、谢朓有《拜中军记室辞隋王笺》、江淹有《被黜为吴兴令辞笺诣建平王》，这些笺基本皆言私情，颇以情采见长。关于谢灵运《与庐陵王义真笺》，《南史·王弘之传》言："始宁沃川有佳山水，弘之又依岩筑室。谢灵运、颜延之并相钦重。灵运与庐陵王义真笺曰。"③指出该笺作于谢灵运谢永嘉太守任回会稽始宁东山隐居期间，时庐陵王刘义真任南豫州刺史。因仕途不如意，谢灵运在笺文中表达了隐居佳山水的愿望：

> 会境既丰山水，是以江左嘉遁，并多居之。但季世慕荣，幽栖者寡，或复才为时求，弗获从志。至若王弘之拂衣归耕，逾历三纪；孔淳之隐约穷岫，自始迄今；阮万龄辞事就闲，纂成先业；浙河之外，栖迟山泽，如斯而已。既远同羲、唐，亦激贪厉竞。殿下爱素好古，常若布衣，每意昔闻，虚想岩穴，若遣一介，有以相存，真可谓千载盛美也。④

作者喜山水自然，故钦羡王弘之、孔淳之、阮万龄这些归耕修隐之人，所表或是彼时真性情。

谢朓本与萧子隆相厚，《南齐书·谢朓传》言："子隆在荆州，好辞赋，数

① （清）严可均《全晋文》，第 2225 页。
② （唐）房玄龄等《晋书》，第 2404 页。
③ （唐）李延寿《南史》，第 656 页。
④ （梁）沈约《宋书》，第 2282 页。

集僚友,朓以文才,尤被赏爱,流连晤对,不舍日夕。"①但因受谗言,谢朓被召回调职,有《拜中军记室辞隋王笺》之作。笺文先言被召回不得共处之无奈:"潢汗之水,思朝宗而每竭;驽蹇之乘,希沃若而中疲。"继言己受萧子隆厚待隆遇:"舍耒场圃,奉笔苑园。东乱三江,西浮七泽,契阔戎旃,从容宴语。长裾日曳,后乘载脂,荣立府庭,恩加颜色。"因之离去颇多孤寂聊落之感:"清切藩房,寂寥旧荜。轻舟反溯,吊影独留,白云在天,龙门不见。"②全文情真而意切。

　　江淹《被黜为吴兴令辞笺诣建平王》的创作背景,《梁书》云:"会南东海太守陆澄丁艰,淹自谓郡丞应行郡事,景素用司马柳世隆。淹固求之,景素大怒,言于选部,黜为建安吴兴令。"③笺文乃因被贬向建平王辞行而作。文中所言,既有不被重用的愤愤不平:"窃思伏皂九载,齿录八年。以春以秋,且思且顾。竟不能抑黑质,扬赤文,抽精胆,服慈光。而自为拥肿之异木,卒成踊跃之妖金。"又有对建平王昔日隆遇的感恩:"淹本迁徙之徒,非有儒墨之能。亦以转命沟间,待殡岩下。误得步修栿,循高轩,伏层槛,坐曲池。承翠河之润,降璇日之光。载笔奉后,盛饰立朝。于山东百姓,亦已殊甚。虽蓐蝼蚁,抵黄泉,不足以塞惠。"复有依依不舍的道别:"一辞城濠,旦夕就远。白云在天,山川间之。眷然西顾,涕下若屑。"④颇能见出江淹当时的复杂心态。

　　上述笺文皆是南朝笺文的代表,虽时移世易,与建安时期邺下文人作与曹氏兄弟的笺文表达的感情有较大差异,文章风格也不相类,但在表达一己之真情这一层面上两者却是一致的。可以说是笺文在建安之后的又一波异响。

　　同时,南朝笺文更多用于各种公务。用于请辞,有谢庄《与江夏王义恭笺》、孔觊《辞署记室笺》、王僧孺《奉辞南康王府笺》、何逊《为孔导辞建安王笺》等;用于劝进,有任昉《为府僚劝进梁公笺》《百辟劝今上笺》等;用于议政,有萧思话《奉世祖笺》、沈攸之《与武陵王赞笺》,等等。

　　可见,建安之后笺文更多是作为一种上行公文存在的,它与书之间的距离也被拉开,更显示了作为一种独立文体的特质。但作为建安私笺嗣响,表达一己之私情的笺文还存在着,且往往是彼时笺文中的佼佼者。

　　综而观之,"书"向"笺"渗透,对"笺"的发展演变造成了重大影响,促使

① （梁）萧子显《南齐书》,第825页。
② （梁）萧统编,（唐）李善注《文选》,第569页。
③ （唐）姚思廉《梁书》,第249页。
④ （南朝）江淹著,（明）胡之骥注《江文通集汇注》,第333—334页。

笺体分化,产生了一批独具韵味与魅力的作品,增强了此体的文学性,提高了其文学史地位。尤其值得注意的是,两体之间的渗透总是发生在非常特殊的历史情境中,产生于等级观念不那么森严的君臣之间。严格的等级制度促使某些文体产生,而同时,等级观念某种程度上的松绑同样影响文体的发展,可窥见的同样是封建等级制度与我国古代文体的密切关系,这是我们研究文体,尤其是公文文体时必须关注的一个因素。

第四节　颂　与　赞

颂、赞是各自独立的两种文体,都曾在我国古代社会发生重要作用,并被文论家重视。但同时,这两种文体之间有很密切的关系,在发展的过程中,相互交叉、融合,如刘勰言赞为"颂家之细条"①,萧绎称"班固硕学,尚云赞、颂相似"②,刘孝绰称"孟坚之颂,尚有似赞之讥"③。这种相互关系,影响着颂、赞两种文体的演变和进程,是两种文体发展史上的重要现象。

一、颂之颂美与赞由辅助、说明而赞美

如前所述,颂体产生很早,也较早引起了人们的重视,虽然历代文论家对其论述有详有略,认识也或有不同,但关于其颂美的文体性质与功能则都有一致意见。自晋代挚虞至明代徐师曾,在漫长的历史时期内,人们界定颂体,主要是从其用途和功能入手,颂主于颂美,符合这一特征即为颂体。

与颂不同,作为一种文体,赞在发展过程中性质发生了变化,即由辅助、说明而变为赞美。

"赞"字之本义,如刘勰所言:"赞者,明也,助也。"④乃用以辅助、说明其他事物。六经中"赞"字频繁出现,注者皆以为辅助、说明之意。此点,范文澜先生曾进行过归纳证明:"《周礼》州长、充人、大行人,注皆云赞助也。《易·说卦传》'幽赞于神明',《书·皋陶谟》'思曰赞赞襄哉',韩注、孔传皆曰'明也'。"⑤

赞字辅助说明的本义,在赞发展成为一种文体之初得以保留。早期的

---

① （梁）刘勰著,詹锳义证《文心雕龙义证》,第349页。
② （梁）萧绎《内典碑铭集林序》,（清）严可均《全梁文》,第3053页。
③ （梁）刘孝绰《昭明太子集序》,（清）严可均《全梁文》,第3312页。
④ （梁）刘勰著,詹锳义证《文心雕龙义证》,第338页。
⑤ （梁）刘勰著,范文澜注《文心雕龙注》,第172页。

赞文如像赞、史赞、婚物赞等均被用以辅助、说明事物。

像赞是赞文中较早发展的一类。李充《翰林论》言"容象图而赞立"①，萧统《文选序》言"图像则赞兴"②，均认为赞体起源于像赞。郗文倩《汉代图画人物风尚与赞体的生成流变》一文即赞同李、萧之言，又以东汉武氏祠堂为例，证明像赞在较早的阶段依附于图画，乃辅助、说明的性质，甚为可信③。

严可均《全上古三代秦汉三国六朝文》所收最早的赞文是产生于东汉前期的一篇婚物赞——郑众《婚礼谒文赞》。赞前述婚礼有言：

> 六礼文皆封之。先以纸封表，又加以皂囊，著箧中。又以皂衣箧表讫，以大囊表之，题检文言"谒表某君门下"。其礼物凡三十种，各有谒文。外有赞文各一首，封如礼文。箧表讫，蜡封题，用皂帔盖于箱中。
>
> 无囊表，便题检文言"谒箧某君门下"，便书赞文通共在检上。④

婚礼中用到的礼物有雁、粳米、卷柏、嘉禾等三十种，每种礼物上都附赞文一首。郑众《婚礼谒文赞》，严可均《全后汉文》所收仅有十首。其中如关于"雁"的赞文"雁候阴阳，待时乃举。冬南夏北，贵有其所"，关于"卷柏"的赞文"卷柏药草，附生山颠。屈卷成性，终无自伸"，关于"嘉禾"的赞文"嘉禾为谷，班禄是宜。吐秀五七，乃名为嘉"⑤，皆是对所附礼物进行说明，对礼物内蕴进行解释，蕴含着对于婚姻美好的期望与祝福。如同像赞，婚物赞在东汉前期亦是附着于实际事物之上，起着辅助、说明的作用。

史赞也是赞体文的重要一类。班固《汉书》在传记之末首用"赞曰"的形式，其用意在于补充史事、褒贬评论、阐明撰述义例、说明材料取舍等，史传附此类文字，虽称呼不同，其实是一种通例，刘知幾进行过很好的概括总结：

> 《春秋左氏传》每有发论，假君子以称之。二传云公羊子、穀梁子，《史记》云太史公。既而班固曰赞，荀悦曰论，《东观》曰序，谢承曰诠，陈寿曰评，王隐曰议，何法盛曰述，扬雄曰撰，刘昺曰奏，袁宏、裴子野自显姓名，皇甫谧、葛洪列其所号。史官所撰，通称史臣。其名万殊，其义一揆。必取便于时者，则总归论赞焉。⑥

---

① （清）严可均《全晋文》，第1767页。
② （梁）萧统编，（唐）李善注《文选》卷首。
③ 郗文倩《汉代图画人物风尚与赞体的生成流变》，《文史哲》2007年3期。
④ （清）严可均《全后汉文》，第591页。
⑤ （清）严可均《全后汉文》，第592页。
⑥ （唐）刘知幾撰，（清）浦起龙释《史通通释》，上海古籍出版社1978年版，第81页。

班固之后,这些"论赞"基本皆附于传记之末,目的在于对传记进行解释说明,篇中有未尽者于篇末尽之,如刘师培所言:"逮及后世,以赞为赞美之义,遂与古训相乖。不知《汉书》纪传所载,非尽贤哲;而孟坚篇必有赞,岂皆有褒无贬,有美无刺乎?(原注:如《吴王濞传》亦有赞)盖总举一篇大意,助本文而明之耳。正以见其不失古义也。"①詹锳也表达过同样的意思:"'迁史固书,托赞褒贬。'这样的赞,可以帮助发明传意,所以不论人的善恶,都可以叫作赞,和专门赞美的赞稍有区别。"②都认为如《汉书》篇末之"赞",乃用赞之"明也""助也"的本义。值得注意的是,《汉书》中的"赞"用的是散化的文字,至《后汉书》,则用四言韵文,与其他种类的赞,如画赞、婚物赞等语言形式更为接近。

　　总体来看,东汉前期的诸种赞文如上列像赞、婚物赞、史赞等,虽用于不同的场合和对象,但都依附于其他事物或文字,起到辅助、说明的作用,这正是彼时赞体的性质。

　　然而,到了东汉末年,"赞"在人们的认识中已然成为一种用以赞美的文体。刘熙《释名》是一部探求各种事物名称缘起的著作。其《释书契》和《释典艺》两篇释及奏、檄、谒、符等二十余种文体名称,一向被人们当作文体学的重要资料。关于"赞"体,其云:"称人之美曰'赞'。赞,纂也,纂集其美而叙之也。"③对于"赞"字本义及赞体性质的解释都已集中为"赞美"。稍后桓范《世要论·赞象》云:

　　　　夫赞象之所作,所以昭述勋德,思咏政惠,此盖《诗》颂之末流矣。宜由上而兴,非专下而作也。世考之导,实有勋绩。惠利加于百姓,遗爱留于民庶,宜请于国,当录于史官,载于竹帛。上章君将之德,下宣臣吏之忠。若言不足纪,事不足述,虚而为盈,亡而为有,此圣人之所疾,庶几之所耻也。④

桓范不仅认为"赞"专意赞美,用于"昭述勋德,思咏政惠",而且指出它与颂体一样都由《诗经》三颂发展而来。可见,在东汉末年人的观念里,"赞"体用以赞美已成为一种普遍的认识,"赞"与"颂"也就具有了相同的文体功能。

　　赞由原来的附于他物以辅助、说明,转向赞美,与颂体性质相同。这种转变的出现,应在东汉前期以后,末期以前。

① 刘师培著,陈引驰编校《刘师培中古文学论集》,第153页。
② (梁)刘勰著,詹锳义证《文心雕龙义证》,第347页。
③ (东汉)刘熙著,任继昉汇校《释名汇校》,齐鲁书社2006年版,第345页。
④ (清)严可均《全三国文》,第1263页。

二、赞、颂的交叉、融合

赞的文体性质发生转变,由辅助、说明转向赞美,与这种文体自身功用、应用场合的关系很大。比如像赞,本依附于图画,对图画进行辅助、说明,而在汉代,图画本身的用意多在褒扬。关于此点,多有学者论及,如郗文倩《汉代图画人物风尚与赞体的生成流变》一文就详举例子,证明汉代图画古圣帝明王、功臣贤能之士、列女、孝子、义士、文学之士等以褒扬是重要的社会风气,这种风气尤以东汉为炽。同时,作者也客观指出了汉代也有图画劣迹之人以示警鉴的风气,但"在汉代人眼里,图像正面人物以示纪念表彰仍然是图像人物的主要功用,起到主流舆论导向的作用,东汉时颂扬之风甚烈,这种观念就表现得尤为明显"①。像赞由辅助、说明向赞美的转变,正是在图画人物以示褒扬的社会风气中发生的:

> 单从像赞本身来看,它所承担的功能主要是说明画面、叙述史事,并不含明显的褒贬。但是,由于像赞所作,多针对圣君贤臣烈女孝子等有嘉行令德者,再加上东汉以后图像作赞以示表彰纪念之风甚为流行,致使赞体在人们的观念中就渐渐变为称美不称恶之文。……画像题赞这一行为本身显示出对画像主人公及其事迹中所包含的忠孝节义等观念的推重,从而也透出作像者纪念、表彰、教化的意图。由此,人们对图像本身表彰称美功能的认识也就渐渐连带到像赞这一文字形式上,成为其文体功能的附加部分,也就相应地使得赞体和颂发生了联系。②

郗文所描述赞体由辅助、说明向赞美的转变细致而客观,颇能展示此体发展演化的动态过程。然则,这种演变的发生,除郗文所言因素,还有其他一些重要缘由,颂体对赞体的渗透即是最重要的原因之一。

在东汉,"颂"是一种强势文体,其参与作家、创作数量均远多于"赞"体。据严可均《全后汉文》,今存的东汉颂文共有 27 篇,而赞文仅有 12 篇,不及前者二分之一。从《后汉书》中,我们也可以看到颂文创作远比赞体兴盛这一情况。《后汉书》传记之末多有记载传主文体著述的情况,如《文苑传》为 29 位作家作传③,20 人的传记末尾著录了传主各体著述④,其中,史

---

① 郗文倩《汉代图画人物风尚与赞体的生成流变》,《文史哲》2007 年 3 期。

② 郗文倩《汉代图画人物风尚与赞体的生成流变》,《文史哲》2007 年 3 期。

③ 《后汉书·文苑传》共列 29 位作家传记:杜笃、王隆、史岑、夏恭、夏牙、傅毅、黄香、刘毅、李尤、李胜、苏顺、曹众、曹朔、刘珍、葛龚、王逸、王延寿、崔琦、边韶、张升、赵壹、刘梁、孙桢、边让、郦炎、侯瑾、高彪、张超、祢衡。

④ 《后汉书·文苑传》诸传记后附有传主文体著述的有 20 人:杜笃、王隆、史岑、夏恭、夏牙、傅毅、黄香、李尤、李胜、苏顺、曹众、曹朔、刘珍、葛龚、王逸、崔琦、边韶、张升、赵壹、张超。

岑、夏恭、夏牙、傅毅、李尤、李胜、曹朔、刘珍、崔琦、边韶、张升、赵壹、张超13家传,记载传主作有颂体文,占有文体著述记载作家的一半以上。《文苑传》外,《后汉书》传文末附有文体著述的有 30 家①,有颂体文创作记载的见于《刘騊驹传》《贾逵传》《班固传》《刘苍传》《崔骃传》《崔瑗传》《崔烈传》《胡广传》《杨修传》《马融传》《张奂传》《孔融传》《卫宏传》《班昭传》14 家,基本占一半比例。又有一些作家本有颂体文的创作,如蔡邕,今存有《胡广黄琼颂》《颍川太守王立义葬流民颂》《京兆樊惠渠颂》等颂文数篇,且不乏名篇,但《后汉书·蔡邕传》篇末并未记及。相比起来,《后汉书》所列有"赞"体创作的作家则要少得多,《文苑传》仅见于《杜笃传》《夏牙传》,其他亦仅见于《桓麟传》《杨修传》《蔡邕传》《皇甫规传》等数家。而且,在《后汉书》所著录文体的排列顺序上,颂也是非常靠前的一种,郭英德先生就总结为"传主所著各种文体的著录次序,一般先诗、赋、碑、诔、颂、铭、赞、箴等'有韵之文',后疏、奏、论、议、章、表、书、记等'无韵之笔'"②。显然,在东汉,颂是远比赞强势的一种文体,受到较为普遍的关注。

颂在东汉的创作盛况,同样引起了后世批评家的注意,如《文心雕龙·颂赞》篇论"颂",自周言至魏晋,而论及东汉的代表作家及代表作品最多③。实则,在整个汉魏六朝时期,相较于赞及其他诸多文体,颂一直处于强势地位,挚虞《文章流别论》论文体首论颂;刘勰虽将颂、赞置于一篇,显然详颂而略赞,萧统《文选序》详论赋、骚、诗、颂四种文体,颂居其一。颂的强势地位是它能够影响其他文体包括"赞"的重要前提。

颂是一种流变复杂的文体。关于此体,刘勰在《文心雕龙·颂赞》篇中就提出了"变体""谬体""讹体"等概念。随着历史向前发展,颂的流变首先表现在施用对象的不断扩展上,由颂扬先祖而颂扬当世圣帝明王,而及于官吏,又及于普通人,又由人而及物。吴曾祺《文体刍言》即言:"颂为四诗之一,盖揄扬功德之词。其初本臣子施之君上,后则自敌以下,亦相与为之。

---

① 除《文苑传》外,《后汉书》传记末著录各体著述的有 30 人:刘睦、刘騊驹、桓谭、冯衍、曹褒、贾逵、桓麟、班彪、班固、刘苍、朱穆、胡广、崔骃、崔瑗、崔寔、崔烈、杨修、刘陶、张衡、马融、蔡邕、李固、延笃、卢植、皇甫规、张奂、孔融、卫宏、服虔、班昭。

② 郭英德《中国古代文体学论稿》,第 64 页。

③ 《文心雕龙·颂赞》云:"若夫……孟坚之序戴侯,武仲之美显宗,史岑之述熹后,或拟《清庙》,或范《骃》《那》,虽浅深不同,详略各异,其褒德显容,典章一也。至于班、傅之《北征》《西征》,变为序引,岂不褒过而谬体哉!马融之《广成》《上林》,雅而似赋,何弄文而失质乎!又崔瑗《文学》,蔡邕《樊渠》,并致美于序,而简约乎篇。挚虞品藻,颇为精核。至云杂以风雅,而不变旨趣,徒张虚论,有似黄白之伪说矣。"见(梁)刘勰著,詹锳义证《文心雕龙义证》,第 324—331 页。

其以称古人以寓仰止之意者为更多,甚至器物禽兽之微,亦借以见意。"①林纾《春觉斋论文》有言:"《商颂》《鲁颂》,用之以告神明,若《原田》《裳裳》,一出诸野夫之口,一用为刺讥之辞。至训'颂'为'诵',此颂之变体也。三闾《橘颂》,则罩及细物,又为寓怀之作,非颂之正体。于是子云、孟坚,用之以美赵充国、窦融,已移以颂显人,晋而上之颂天子矣。此颂之源流也。"②施用对象的扩展,致使颂体一步步发扬光大。而颂扬对象的变化是同社会环境的变化密切相关的,东汉前期由于国势的强盛,常有征伐、巡狩之事,因此征伐颂文、巡狩颂文大量集中出现,马融《东巡颂》、班固《东巡颂》《南巡颂》《窦将军北征颂》、崔骃《四巡颂》等皆是其中代表;东汉后期,由于政治腐败的加剧,大量贤官颂文涌现,如蔡邕有《陈留太守颂》《颍川太守王立义葬流民颂》《京兆樊惠渠颂》等。颂在发展的过程中,逐渐由宫廷走向民间,又由人而及于物,经历了一个由上及下的过程。

　　随着时代的向前发展,赞的施用对象同样也处在发展变化中。图像以示褒扬最初基本皆是朝廷发出的官方行为,如《汉书·李广苏建传》所载:"甘露三年,单于始入朝。上思股肱之美,乃图画其人于麒麟阁,法其形貌,署其官爵姓名。……皆有功德,知名当世,是以表而扬之,明著中兴辅佐,列于方叔、召虎、仲山甫焉。"③所图乃为朝廷立下汗马功劳的股肱之臣。至后汉,朝廷利用绘画进行歌功颂德的风气更加流行,如《后汉书》卷二二记载:"永平中,显宗追感前世功臣,乃图画二十八将于南宫云台。"④汉明帝时期绘制32个有功于东汉政权建立的功臣像,其中28人被称为云台二十八将。而且此时图画都已配有像赞。唐张彦远《历代名画记·述古之秘画珍图》"汉明帝画宫图"小注云:"五十卷,第一起庖牺五十杂画赞,汉明帝雅好画图,别立画官,诏博洽之士班固、贾逵辈,取诸经史事,命上方画工图画,谓之画赞。"⑤直至汉末,多有皇帝命令图像作赞的行为,如《太平御览》卷七五〇引孙畅之《述画》曰:"汉灵帝诏蔡邕图赤泉侯杨喜五世将相形像于省中,又诏邕为赞,仍令自书之。"⑥图画作赞乃受皇帝之诏而为,所褒扬赞美对象是先代帝王或朝廷功臣。

　　然而,后来,诸侯国及各地方官也有了命人图像和图像作赞的行为。如

①　吴曾祺《文体刍言》,王水照编《历代文话》,第 6661—6662 页。
②　林纾《春觉斋论文》,王水照编《历代文话》,第 6340 页。
③　(东汉)班固《汉书》,第 2468—2469 页。
④　(南朝宋)范晔《后汉书》,第 789 页。
⑤　(唐)张彦远《历代名画记》,浙江人民美术出版社 2019 年版,第 69 页。
⑥　(北宋)李昉等编《太平御览》,台湾商务印书馆影印文渊阁四库全书本。

王延寿《鲁灵光殿赋》言：

> 图画天地，品类群生。杂物奇怪，神灵山海。写载其状，托之丹青。
> 千变万化，事各缪形。随色象类，曲得其情。上纪开辟，遂古之初。五
> 龙比翼，人皇九头。伏羲鳞身，女娲蛇躯。鸿荒朴略，厥状睢盱。焕炳
> 可观，黄帝唐虞。轩冕以庸，衣裳有殊。下及三后，淫妃乱主。忠臣孝
> 子，烈士贞女。贤愚成败，靡不载叙。恶以诫世，善以示后。①

鲁灵光殿乃"景帝程姬之子恭王余之所立"②，殿内多画古圣帝明王、忠臣孝
子、烈士贞女像，是否作赞则不得而知。但可预见的是，有朝廷的图画褒扬
在先，或在此风影响下，在西汉时已有郡国图画以示褒扬、劝诫的传统。至
东汉，形成了图画地方官像以示美政的传统，所赞对象为地方官员，如应劭
《汉官仪》称"尹"这一官职："尹，正也。郡府听事壁诸尹画赞，肇自建武，讫
于阳嘉。"③自东汉光武帝建武年间至汉顺帝阳嘉年间，在郡府为历届地方
最高长官画像作赞已成惯例。另《后汉书·应劭传》又载："初，父奉为司隶
时，并下诸官府郡国，各上前人像赞，劭乃连缀其名，录为《状人纪》。"④地方
官关注像赞的创作，表明的正是像赞的流行及施用范围的扩大。实则，此时
不仅为地方官画像作赞，画像作赞甚至发展成为一种私人行为，《后汉书·
赵岐传》载，赵岐生前"先自为寿藏，图季札、子产、晏婴、叔向四像居宾位，又
自画其像居主位，皆为赞颂"⑤。

显然，颂、赞皆是流变复杂的文体，都经历了施用对象由上而下的扩展，
在扩展中二体交叉、融合。至东汉后期，如蔡邕所作既有颂，又有赞，所作赞
文如《太尉陈公赞》《赤泉侯五世像赞》等皆颂扬地方官，所作颂文如《陈留
太守行县颂》《颍川太守王立义葬流民颂》《京兆樊惠渠颂》等亦指向对地方
官本人或某些具体行为的颂扬。而如张衡作有《南阳文学儒林书赞》，描写
郡学盛况，歌颂南阳太守鲍德善政，蔡邕《颍川太守王立义葬流民颂》亦是歌
颂颍川太守王立义葬流民的德政。颂、赞皆以颂扬，且具有了共同的颂扬
对象。

可见，颂、赞的交叉、融合应发生在东汉中后期。此时，赞真正转变为一
种以赞美为旨归的文体。而且此时赞受颂的影响，褒扬赞美的对象不断扩
大，与颂体形成交叉之势。

① （梁）萧统编，（唐）李善注《文选》，第 171 页。
② （东汉）王延寿《鲁灵光殿赋》，（梁）萧统编，（唐）李善注《文选》，第 168 页。
③ （清）严可均《全后汉文》，第 670 页。
④ （南朝宋）范晔《后汉书》，第 1614 页。
⑤ （南朝宋）范晔《后汉书》，第 2124 页。

赞本附于他物,用以辅助、说明,但汉代本有图画以褒扬的传统,受这种因素的影响,赞实际上成为与颂天然接近的一种文体,在汉代颂美风潮的影响下①,以及在作为当时强势文体的颂体的感召下,自然愈要颂美,愈向颂靠拢。这种演变使赞的生命力更为强大:由最初依附于其他事物而单独成文流行。

颂、赞二体的交叉、融合表现在诸多方面。首先在于一些作品的称赞、称颂不甚分别。如卞兰《赞述太子赋》序文末以“乃作颂曰”引起正文。曹植有《社颂》,严可均《全三国文》卷一七题记称:“《御览》题作《赞社文》。”②又如夏侯湛《东方朔画赞》云:“慨然有怀,乃作颂焉。”③

又有一些相同题材的篇章,有称赞、称颂的不同。如《隋书·经籍志》载:“《列女传颂》一卷,刘歆撰;《列女传颂》一卷,曹植撰;《列女传赞》一卷,缪袭撰。”④又繁钦既作有《砚赞》,又有《砚颂》。其《砚赞》四言韵文成篇,《砚颂》骚体成篇,但如《砚赞》称“班采散色,沤染豪芒。点黛文字,耀明典章。施而不德,吐惠无疆。浸渍甘液,吸受流光”⑤,《砚颂》称“有般倕之妙匠兮,眅诡异于遐都。稽山川之神瑞兮,识玗璇之内敷。遂萦绳于规矩兮,假卞氏之遗模”⑥,皆描述砚的功用,赞其价值。晋左棻有《德柔颂》,又有《德刚赞》,皆四言韵语成篇。另左棻有《武帝纳皇后颂》,又有《纳杨后赞》,颂扬事件相类,涉及人物身份亦同。《文心雕龙斠诠》即云:“晋左贵嫔有《德柔颂》,又有《德刚赞》,文体如一,而别二名,是知颂赞有相通者,彦和所谓颂之细条也。”⑦以此二篇来证明颂、赞二体的相通。再如陆机的《汉高祖功臣颂》与袁宏的《三国名臣赞》,人们更是经常相提并论,或论二文体式相近,如清人俞汤称:“士衡《功臣颂》实赞体,此(按,指袁宏《三国名臣赞》)全仿之。”⑧或比较二文高下,如清人何焯言:“赞(按,指袁宏《三国名臣赞》)胜士衡《高祖功臣颂》,序亦激昂,晋代之佳者。”⑨

魏晋南北朝时期,颂、赞二体在题材内容上的交叉混淆甚多。如颂体有咏物颂一类,赞体也有咏物赞一类;颂体有隐逸颂一类,赞体也有隐逸赞一

① 黄金明《汉魏晋南北朝诔碑文研究》,第76—81页。
② (清)严可均《全三国文》,第1144页。
③ (梁)萧统编,(唐)李善注《文选》,第669页。
④ (唐)魏征等《隋书》,第978页。
⑤ (清)严可均《全后汉文》,第978页。
⑥ (清)严可均《全后汉文》,第977页。
⑦ (梁)刘勰著,詹锳义证《文心雕龙义证》引,第352页。
⑧ (清)俞汤评《昭明文选》,清抄本,浙江省图书馆藏。
⑨ (清)何焯评《文选》,清乾隆三十七年叶树藩海录轩朱墨套印,复旦大学图书馆藏。

类;颂体有佛教人物颂一类,赞体也有佛教人物赞一类。仅以前两者为例来看。

魏晋南北朝沿两汉创作余绪,咏物颂向三个不同的方向发展。一为以歌功颂德为目的的符瑞颂,如何晏《瑞颂》、薛综《麟颂》《凤颂》、沈演之《嘉禾颂》《白鸠颂》、鲍照《河清颂》、张畅《河清颂》、梁简文帝《马宝颂》,等等,数量庞大,与“颂”最初颂扬先祖、圣帝明王功德之意也最为契合。二为相对较纯粹的体物颂,如曹植《宜男花颂》、成公绥《菊花颂》、左棻《郁金颂》《菊花颂》《芍药花颂》,等等,虽主要笔力用于描写细物,但基本未摆脱儒家以物“比德”的传统,往往牵及道德说教,如左棻《郁金颂》言:“伊此奇草,名曰郁金。越自殊域,厥珍来寻。芬香酷烈,悦目欣心。明德惟馨,淑人是钦。窈窕妃媛,服之襘衿。永重名实,旷世弗沉。”①以郁金之芬香悦目谈及妃媛应名实俱佳。此类咏物颂在魏晋及以后大大发展,作品亦多。三为沿袭了屈原《橘赋》托物言志的传统,题为咏物,实际目的在于吟咏作者情志的咏物颂。如辛萧《燕颂》云:“翩翩玄鸟,载飞载扬。颉颃庭宇,遂集我堂。衔泥啄草,造作室房。避彼湫隘,处此高凉。孕育五子,靡大靡伤。羽翼既就,纵心翱翔。顾影逸豫,其乐难忘。”②表面写燕之适性自由,实则抒发作者羁于仕宦、志不获骋的郁悒。再如颜延之《赤槿颂》,以赤槿比况出身名门的世袭子弟,曰:“华纂闲物,受色朱天,是谓珍树,今艳丹间。”③语有讽意。

此期的咏物赞,如福瑞赞有缪袭《神芝赞》、万震《南州异物志赞》、刘骏《清暑殿薋嘉禾赞》、刘义恭《华林四瑞桐树甘露赞》等。体物赞如戴逵有《松竹赞》,庾阐有《松赞》,卞承之有《乐社树赞》《怀香赞》《甘蔗赞》,王叔之有《柑橘赞》,颜延之有《蜀葵赞》,颜测有《栀子赞》,谢惠连有《松赞》《仙人草赞》,王微有《茯苓赞》《桃饴赞》《黄连赞》,谢庄有《竹赞》,孔瑶之有《艾赞》,刘骏有《梨花赞》《孤桐赞》,江总有《花赞》等。这些赞文多写及松、竹、孤桐等,或纯粹体物,亦多借物暗寓作者的高洁人格。如谢惠连《松赞》云:“松惟灵木,拟心云端。迹绝玉除,形寄青峦。子欲我知,求之岁寒。”④重点不在对松进行描绘,而在赞其植于少有人至之处、耐于岁寒之性,寄寓着作者自身的人格追求。又如谢庄《竹赞》:“瞻彼中唐,绿竹猗猗。贞而不介,弱而不亏。杳袅人表,萧瑟云崖。推名楚潭,美质梁池。”⑤既言

---

① (清)严可均《全晋文》,第1534页。
② (清)严可均《全晋文》,第2287页。
③ (清)严可均《全宋文》,第2640页。
④ (清)严可均《全宋文》,第2624页。
⑤ (清)严可均《全宋文》,第2631页。

竹之品性,但更多的是对自身人格的期许。魏晋六朝之咏物颂、赞取材既近,一些作品又共寓作者情志,差别不大。

东汉后期,宣扬隐逸思想的颂文出现,崔琦《四皓颂》、崔骃《四皓墟颂》、班固《安丘严平颂》等皆以对平淡恬静的隐逸生活的描写,表达渴望超越现实生存环境,走向适性安然的愿望。魏晋时期,由于社会政治的黑暗,文士动辄有性命之忧,许多转而消极避世,企慕羽化登仙,加之玄学思想的盛行,借赞颂道家人物表达逍遥出世愿望的颂体文就更多了,如曹植有《玄俗颂》,牵秀有《老子颂》《彭祖颂》《王乔赤松颂》,潘岳有《许由颂》,等等,而陆云《登遐颂》更是歌颂了郊间人、王子乔、玄洛等21位登仙之士,规模宏大。这些隐逸颂中,如班固《安丘严平颂》"无营无欲,澹尔渊清"[1]、崔琦《四皓颂》"富贵而畏人,不如贫贱而轻世"[2]、曹植《玄俗颂》"逍遥北岳,凌霄引领。挥雾昊天,含神自静"[3]等,皆描绘道家逍遥自适之境,表达对富贵的傲视。

隐逸赞此期也多有创作。仅以魏晋时期而论,如阮籍有《老子赞》,湛方生有《老子赞》《北叟赞》,戴逵有《尚长赞》,郭元祖有《列仙传赞》,陆云有《荣启期赞》,陶渊明有《尚长禽庆赞》,孙楚有《荣启期赞》《庄周赞》,夏侯湛有《庄周赞》,等等。其中郭元祖《列仙传赞》赞赤松子、彭祖、王子乔、安期先生等72位仙人,赞文皆四言八句,与陆云《登遐颂》形式上非常接近。而且,这些隐逸赞、颂皆颂及老子、王子乔、赤松子等人,颂扬对象亦大体相同。

三、颂、赞作为各自独立的文体

虽然颂、赞二体在发展的过程中出现交叉、融合的现象,但它们在汉魏六朝及以后仍都是作为独立的文体存在的,这个事实说明颂、赞在交叉融合的同时,仍保持着各自独立的文体特征和存在意义。

古往今来,人们借以区别颂、赞的一个依据是篇幅的长短。如刘勰论颂云:"原夫颂惟典懿,辞必清铄,敷写似赋,而不入华侈之区。……揄扬以发藻,汪洋以树义。"[4]因为颂体在发展的过程中,受到赋的影响,一定程度上表现出了敷写似赋的特征,这就使它在篇幅上一般较长。相对而言,赞则一直以篇幅短小为特征,刘勰言:"然本其为义,事生奖叹,所以古来篇体,促而

---

① (清)严可均《全后汉文》,第652页。
② (清)严可均《全后汉文》,第720页。
③ (三国)曹植著,赵幼文校注《曹植集校注》,第117页。
④ (梁)刘勰著,詹锳义证《文心雕龙义证》,第334页。

不广,必结言于四字之句,盘桓乎数韵之辞,约举以尽情,昭灼以送文,此其体也。"①之所以篇幅多简洁不广,林纾有言:"赞体不能过长,意长而语约,必务括本人之生平而已,与颂略异。"②因为赞文往往总括人、事,故简洁约略。当然,就实际的创作而言,我们既能举出较长的赞,也可以列出较短的颂,但总体而言,篇幅长短已成为区别两种文体的一个依据。

与篇幅的长短相应,颂、赞也有大体可资区分的风格,如刘师培所言:"推赞之本源,既别于颂体,虽后世已混淆无分,然实不能尽同。盖颂放而赞敛;颂可略事铺张,赞则不贵华词。观汉人之赞,篇皆短促,质富于文;朴茂之中,自然曲雅。既不伤于华侈,亦不失之轻率:斯其所以足式也。"③赞文往往典雅朴茂,而颂则多铺张华艳。即如同颂老子,牵秀的《老子颂》和湛方生的《老子赞》即有区别。前者略事铺陈,言"研精玄奥,幽赞神微。抱质怀素,蕴宝藏辉。述而好古,仪圣作师"④,用四言八句称颂老子学问、品行,多形容概括之语。后者则仅以"深矣若人,乃作皇师"叹之,有总结老子一生的味道,继言"亦参儒训,道实希夷。恂恂孔父,是敬是祗"⑤,称老子儒道兼修,得孔子尊敬,也更多叙述语气,相应也就显得简洁质朴。再如同为蔡邕所作的《胡广黄琼颂》和《太尉陈公赞》,皆颂扬人物:

> 岩岩山岳,配天作辅。降神有周,生申及甫。允兹汉室,诞育二后。日胡曰黄,方轨齐武。惟道之渊,惟德之薮。股肱元首,代作心膂。天之烝人,有则有类。我胡我黄,钟厥纯懿。巍巍特进,初践其位。赫赫三事,七佩其绂。弈弈四牡,沃若六辔。衮职龙章,其文有蔚。参曜乾台,穷宠极贵。功加八荒,群生以遂。超哉邈猗,莫参其二。(《胡广黄琼颂》)⑥

> 公在百里,有西产之惠。赐命方伯,分陕余庆。余庆伊何? 兆民其观。少者是怀,老者是安。纲纪文王,文王用平。东督京辇,京辇用清。乃登三事,三事攸宁。契稷之佐,具于尧庭。今则由古,于穆诞成。(《太尉陈公赞》)⑦

前者在颂扬胡广、黄琼的功绩时,多形容概括,后者虽亦多赞扬之语,但亦重叙述二人生平行迹。

---

① (梁)刘勰著,詹锳义证《文心雕龙义证》,第348页。
② 林纾《春觉斋论文》,王水照编《历代文话》,第6341页。
③ 刘师培著,陈引驰编校《刘师培中古文学论集》,第156页。
④ (清)严可均《全晋文》,第1946页。
⑤ (清)严可均《全晋文》,第2270页。
⑥ (清)严可均《全后汉文》,第874页。
⑦ (清)严可均《全后汉文》,第875页。

另外,在施用对象上,某些领域用颂、用赞还是不可互替的,这也正是两种文体并行不废、保持各自生命力的重要原因。如在魏晋南北朝时期,咏颂先帝圣王的赞文数量较多,所赞对象有伏羲、神农、黄帝、尧、舜、禹、周文王、周武王以及汉高祖、汉文帝、汉武帝等,这类题材在彼时的颂文中较少见,这应与赞体最初与画像结合,而画像又多以古圣帝明王为题材的传统有关。又如在使用场合上,某些时候是只用赞而不用颂的,如婚礼中的婚物赞;某些较为庄重严肃的场合是只用颂而不用赞的,如征伐、巡狩之事。

第四章　不同文类实用文体
之间的互渗

　　不仅文体和文体之间有亲疏关系的不同,文类与文类之间也有亲疏远近。如曾国藩《经史百家杂钞》将十一大类文体归为三门,来裕恂《汉文典·文章典》将九大类文体归为三篇,依据的都是这些文类在社会功能、表达方式等方面的相近性,属同一门或同一篇的文类自然比其他文类更具亲缘关系。如哀祭类与碑志类,这是两种不同的文类,前者包括哀辞、哀策、诔、祭文、吊文、谥议等文体,后者包括刻石文、碑、墓志等文体,划分文类的依据主要是,前者皆是针对亡者的哀死之文,后者"其体本于《诗》,歌颂功德,其用施于金石"①。但显然,碑志类所包括多数文体往往亦针对死者,哀祭类所包括大多文体表达哀伤之情外,也往往对死者进行歌颂。也就是说,碑志类和哀祭类是颇具亲缘关系的文类。又如奏议类文体与书牍类文体,前者用于臣子向帝王的上书言事,后者更多用于同辈之间的交往,在曾国藩《经史百家杂钞》的分类中,它们同属于告语门,实际昭示的正是它们表现功能上某种程度的一致性。

　　虽然同一文类之内的文体更易互相影响,互相渗透,但分属不同文类的文体,因文类关系的亲近,也会发生联系。这种关系往往不如同一文类之间文体的渗透表现得强烈、集中,但也不可忽视。本章即以相互之间影响渗透现象表现较为突出的下列几种文体为例:属于哀祭类文体的诔文与属于碑志类文体的碑文、属于论辨类文体的论与属于书牍类文体的书,以及分别受到奏议类和书牍类数种文体影响、渗透的启,看分属不同文类的实用文体之间的互渗现象。

第一节　诔与碑文

　　诔与碑文是两种与亡者相关的文体②,在古人的文化生活中都曾发挥

---

　　①　(清)姚鼐《古文辞类纂序目》,《古文辞类纂》,上海古籍出版社 1998 年版,卷首第 11 页。
　　②　碑文的种类很多,徐师曾《文体明辨序说·碑文》就言:"后汉以来,作者渐盛,故（转下页）

重要作用。诔、碑文在发展的过程中,尤其是东汉中后期,曾发生过横向上的相互影响、渗透,并对两种文体的发展演变造成影响,是两种文体发展史上的重要现象。

一、诔与碑文的相近

诔、碑文两种文体的相近,汉魏六朝文学批评家早有认识。如《文赋》论及十种文体,将性质相近的两两并列,碑、诔相临,代表着陆机对二者亲密关系的体认。刘勰《文心雕龙》论文体,往往将相近的两种放在一篇,以便进行比较,列《诔碑》一篇,言:“夫碑实铭器,铭实碑文,因器立名,事先于诔,是以勒石赞勋者,入铭之域,树碑述亡者,同诔之区焉。”①明确当碑文用于述亡时,与诔的性质是一样的。东汉时期,诔与碑文在发展的过程中,施用对象、文体功能及语言特征最为接近,造成两种文体交叉、互渗。

(一)诔、碑文在施用对象上的相近

诔是国家的一项重要礼制,属于某些官员的特定职责,如《周礼·春官·大祝》所言:“作六辞以通上下亲疏远近……六曰诔。”②作为国家礼制,诔有许多相关规定。《仪礼》云:“死而谥今也,古者生无爵,死无谥。”贾公彦疏曰:“今谓周衰,记之时也,古谓殷,殷士生不为爵,死不为谥。周制以士为爵,死犹不为谥耳,下大夫也。今记之时,士死则谥之,非也,谥之由鲁庄公始也。”③周以前,诔只适用于国君、诸侯、卿大夫这些地位高贵者,至周衰之时,始下及于士。诔事实上只是官方的特权,并不用于普通百姓,彼时之诔皆官诔。发展至东汉,诔文的施用对象还主要是帝王、朝中官员等这些身份地位高贵者,如为《文心雕龙》所称扬的东汉诔文作家,留存至今的诔文如杜笃有《大司马吴汉诔》,傅毅有《明帝诔》《北海王诔》,崔瑗有《和帝诔》,苏顺有《和帝诔》《陈公诔》《贾逵诔》等,诔主身份皆然。

东汉时期碑文的施用对象也是身份地位高贵者。蔡邕《铭论》言:“《春秋》之论铭也,曰:天子令德,诸侯言时计功,大夫称伐。……钟鼎礼乐之器,昭德纪功,以示子孙,物不朽者,莫不朽于金石,故碑在宗庙两阶之间。

(接上页)有山川之碑,有城池之碑,有宫室之碑,有桥道之碑,有坛井之碑,有神庙之碑,有家庙之碑,有古迹之碑,有风土之碑,有灾祥之碑,有功德之碑,有墓道之碑,有寺观之碑,有托物之碑,皆因庸器(彝鼎之类)渐阙而后为之,所谓‘以石代金,同乎不朽’者也。”其中墓碑文又是碑文的主体,人们常以“碑文”代指“墓碑文”,本章所谓“碑文”即指“墓碑文”。徐师曾语见(明)吴讷、(明)徐师曾《文章辨体序说　文体明辨序说》,第144页。

① (梁)刘勰著,詹锳义证《文心雕龙义证》,第457页。
② (东汉)郑玄注,(唐)贾公彦疏《周礼注疏》,(清)阮元校刻《十三经注疏》,第809页。
③ (东汉)郑玄注,(唐)贾公彦疏《仪礼注疏》,(清)阮元校刻《十三经注疏》,第959页。

近世以来,咸铭之于碑,德非此族,不在铭典。"①天子、诸侯、大夫"昭德纪功",则铭之于钟鼎礼乐之器。钟鼎礼乐之器是铭文的载体,后来这种载体扩及于石碑。这也注定了碑文要同铭文一样施于功德非常、身份地位高贵之人。事实上,东汉碑文的施用对象即以朝中官员为主,即如创作数量和成就居首的作家蔡邕,今存碑文四十余篇,碑主大部分是当时显贵,顾炎武就感叹:"蔡伯喈集中,为时贵碑诔之作甚多,如胡广、陈寔各三碑,桥玄、杨赐、胡硕各二碑。"②

就施用对象来说,在东汉流传的与亡者相关的文体中,诔与碑文是最接近的。其他如当时已经产生并发展的哀辞,《文心雕龙·哀吊》篇言其"不在黄发,必施夭昏"③,篇中所论篇目实际针对两种人:童殇夭折及不幸暴亡者。哀辞创作在魏晋才进入相对兴盛期,代表性作家及作品皆产生于彼时,施用对象的扩展也在彼时。在东汉,这是一种正在形成且与诔、碑文区别明确的文体。与哀辞不同,哀策乃庙堂之制,其施用对象为皇帝、后妃、太子等皇室成员,任昉《文章缘起》所列最早的哀策文是东汉李尤的《和帝哀策》,现在我们所能见到的最早的哀策文是曹丕的《武帝哀策文》。吊文产生于西汉,刘勰《文心雕龙·哀吊》言其施用对象为"或骄贵以殒身,或狷忿以乖道,或有志而无时,或行美而兼累"者④,所吊主要是古人,借古以抒怀是这种文体的主要功能。东汉时诔、碑文名家杜笃、胡广、蔡邕等分别作有《吊比干文》《吊夷齐文》《吊屈原文》,皆吊古抒怀之作,吊文与诔、碑文的文体界限亦很明确。祭文产生较晚,任昉《文章缘起》以杜笃《祭延钟文》为首出之作,现存最早的祭文则是曹操的《祀故太尉桥玄文》。

可见,东汉时期与亡者相关的文体,哀辞、哀策、吊文、祭文等,或未大行,或在彼时与诔、碑文施用对象区别明确。而诔、碑文因当时皆多用于朝中官员等身份地位高贵者,关系也就更为密切。

(二)文体功能的接近

诔在产生之初是一种实用性较强的文体,如前第二章第二节所述,诔是为定谥的实际需要而生。至东汉以后,诔已失去定谥的实际用途,但仍是一种述人德行的文体。诔的这种功能是批评家们的共识。《文心雕龙·诔碑》云:"诔者,累也;累其德行,旌之不朽也。"⑤颂人德行,使人不朽,这就是诔

---

① (清)严可均《全后汉文》,第875—876页。
② (清)顾炎武著,(清)黄汝成集释《日知录集释》,上海古籍出版社2013年版,第1108页。
③ (梁)刘勰著,詹锳义证《文心雕龙义证》,第465页。
④ (梁)刘勰著,詹锳义证《文心雕龙义证》,第478页。
⑤ (梁)刘勰著,詹锳义证《文心雕龙义证》,第427页。

作为一种文体的职司所在。五臣注曹丕《典论·论文》"铭诔尚实"云:"铭诔述人德行,故不可虚也。"①言"诔"要"实",是从其述德的功能出发的,述诔主之德行功业应遵从事实而不夸张虚造。

在实际创作中,诔文述德的功能在东汉直至后代也一直被强调。东汉杜笃《大司马吴汉诔》云:"死而不朽,名勒丹书,功著金石,与日月俱。"②诔文述德起到了使亡者声名与日月俱存的作用。曹植《文帝诔》云"何以述德? 表之素旟。何以咏功? 宣之管弦"③,《任城王诔》云"凡夫爱命,达者徇名。王虽薨殂,功著丹青。人谁不没,贵有遗声"④,诔文之述德咏功,使诔主声名永垂。潘岳最善述哀,但其《杨荆州诔》云:"呜呼哀哉! 自古在昔,有生必死。身没名垂,先哲所遗。行以号彰,德以述美。敢托旐旗,爰作斯诔。"⑤亦强调诔在述德传名方面的作用。

同样,述德也是碑文的主要功能。如前所引,蔡邕在《铭论》中即指出碑由铭发展而来,同样继承铭"昭德纪功"的功能。在实际创作中,东汉的碑文亦对这一功能进行了强调:

《孟孝琚碑》:身灭名存,美称修饬。……流惠后昆。四时祭祀,烟火连延。万岁不绝,勖于后人。⑥

《河间相张平子碑》:纪于铭勒,永终誉兮。死而不朽,芳烈著兮。⑦

《广野君庙碑》:延熹六年十二月,雍丘令董生,仰余徽于千载,遵茂美于绝代,命县人苌照为文,用章不朽之德。⑧

《郭有道碑文》:乃相与惟先生之德,以谋不朽之事。佥以为先民既没,而德音犹存者,亦赖之于见述也。今其如何,而阙斯礼。于是树碑表墓,昭铭景行,俾芳烈奋于百世,令问显于无穷。⑨

《太尉李咸碑》:名莫隆于不朽,德莫盛于万世。铭勒显于钟鼎,清烈光于来裔。刊石立碑,德载不泯。⑩

碑文以金石为载体,称述功德的文字刻于其上,便使碑主永垂不朽了。最值

① (梁)萧统编,(唐)李善等注《六臣注文选》,第949页。
② (清)严可均《全后汉文》,第628页。
③ (清)严可均《全三国文》,第1156页。
④ (清)严可均《全三国文》,第1156页。
⑤ (清)严可均《全晋文》,第1992页。
⑥ 高文《汉碑集释》,河南大学出版社1997年版,第16页。
⑦ (清)严可均《全后汉文》,第719页。
⑧ (清)严可均《全后汉文》,第836页。
⑨ (梁)萧统编,(唐)李善注《文选》,第801页。
⑩ (清)严可均《全后汉文》,第887页。

得注意的是刘桢《处士国文甫碑》,则同时指出了碑、诔使人不朽的共同功用:"咸以为诔所以昭行也,铭所以旌德也。古之君子,既没而令问不亡者,由斯二者也。"①

在东汉,诔、碑文之述德称美,如有学者指出的那样:"诔碑文述德铭勋,是东汉文学颂美主题的一个重要组成部分,它凝聚着时人'褒称盛美以成风德'之儒家教化意识。"②既是由它们共同的文体功能所决定的,又共同贡献于东汉颂美文学的发展。

既然要述德纪功,就离不开对亡者德行功绩的记叙描述,诔、碑文由此也分别具有了叙事功能。《文心雕龙·诔碑》云:"详夫诔之为制,盖选言录行,传体而颂文,荣始而哀终。"③"夫属碑之体,资乎史材,其序则传,其文则铭,标序盛德,必见清风之华;昭纪鸿懿,必见峻伟之烈:此碑之制也。"④诔要"累列其事",故成"传体";碑因"述德纪功,归于实录"⑤,故刘勰言其创作"资乎史材,其序则传",对诔、碑文的叙事功能都予强调。在选文定篇中,刘勰尤其重视诔、碑文作家的叙事能力,如言傅毅诔文,赞其"文体伦序",是说写得有条贯次序;称苏顺、崔瑗"辨絜相参""序事如传",是说他们的诔文内容清晰,文辞简洁,叙事如史传;崔骃、刘陶,则"工在简要"。叙事的成功成就了这些诔文作者在诔文发展史上的地位。而称曹植诔文"体实繁缓",则是不满其叙述上的不能简要得法。善于叙事与否已成为诔文能否成功的一个关键。碑文亦然,刘勰赞蔡邕碑"叙事也该而要",评孔融碑"辨给足采",称孙绰碑"辞多枝杂",切入角度都是这些碑文作者在叙事上的成败得失。这些评价,全部建立在对诔、碑文叙事功能认定的基础之上。

(三) 与文体功能相关的语言特征的接近

刘勰虽对诔、碑文的叙事功能给予强调,称诔文"传体",碑文"如传",但诔、碑文不同于史传文学则是显然的,表现在诔、碑文的叙述描写多是形容概括性的,而非如史传文学般对事件、对话、行为等作细致描写刻画。如杜笃《大司马吴汉诔》"四方残暴,公不征兹。征兹海内,公其攸平。泯泯群黎,赖公以宁。勋业既崇,持盈守虚。功成即退,挹而损诸"⑥,叙吴汉荡平海内的军功及功成身退的高风亮节,没有任何具体的事件、细节,而皆以简

---

① 俞绍初辑校《建安七子集》,第 209 页。
② 黄金明《汉魏晋南北朝诔碑文研究》,第 76 页。
③ (梁)刘勰著,詹锳义证《文心雕龙义证》,第 442 页。
④ (梁)刘勰著,詹锳义证《文心雕龙义证》,第 457 页。
⑤ (东晋)李充《起居诫》,《北堂书钞》引,台湾商务印书馆影印文渊阁四库全书本。
⑥ (清)严可均《全后汉文》,第 628 页。

括之语颂赞形容。又如蔡邕《陈太丘碑文》,以"四为郡功曹,五辟豫州,六辟三府,再辟大将军,宰闻喜半岁,太丘一年"数语简叙陈寔仕历,更多的笔墨则是如"德务中庸,教敦不肃。政以礼成,化行有谧"这类对亡者德行的概括描绘之语①。对于碑文叙事的概括形容,刘师培已有分析:

> "其序则传。"碑前之序虽与传状相近,而实为二体,不可混同。盖碑序所叙生平,以形容为主,不宜据事直书。……未有据事直书,琐屑毕陈,而与史传、家传相混者。试观蔡中郎之《郭有道碑》,岂能与《后汉书·郭泰传》易位耶?彦和"其序则传"一语,盖谓碑序应包括事实,不宜全空,亦即陆机《文赋》所谓"碑披文以相质"之意,非谓直同史传也。六朝碑序本无与史传相同之作法,观下文所云"标序盛德,必见清风之华;昭纪鸿懿,必见峻伟之烈",则彦和固亦深知形容之旨,绝不致泯没碑序与史传之界域也。②

诔文亦然。

另外,诔、碑文骈体化的形式也必然要求它们概括形容的叙事方式。诔文的主体部分——诔辞本多由四言韵语组成,碑文的主体部分——序文虽亦用散体,但实则是骈散夹杂,骈化的成分很大。骈文的形式本不利于叙事,"在汉魏六朝骈体盛行时代,文士们认为那些讲求对偶、辞藻、音韵、用典等修辞美的作品才具有优美的文学性,而那些散体写实的传记则缺乏文学性。因此他们写作碑传文,大抵以骈文行文,以华美的词句代替写实的叙事,传主的事迹往往显得笼统而不具体。"③且诔文乃临葬礼文,碑文刻于墓碑之上,本皆不宜长篇大论,只需最大程度上概括形容亡者的美好德行与功绩。

诔、碑文共同的述德与叙事功能及与此相关的形容概括的语言特征,进一步拉近了两种文体的距离,也同样是造成两种文体交叉互渗的重要因素。

二、东汉中后期诔对碑文的渗透及二体的交融

东汉中后期,立碑之风渐盛,碑文创作进入兴盛阶段,由于施用对象、文体功能等的接近,碑文挤占了诔文的生存空间,诔文的创作开始大幅度减少。在桓、灵之前,东汉诔文还多有名家名篇,前列为《文心雕龙》所称赏的诔文作家就多生活在东汉前中期,而进入桓、灵之世,留存至今的诔文则仅

---

① (清)严可均《全后汉文》,第892页。
② 刘师培著,陈引驰编校《刘师培中古文学论集》,第168—169页。
③ 王运熙《从〈文选〉所选碑传文看骈文的叙事方式》,《上海大学学报》2007年3期。

见蔡邕《济北相崔君夫人诔》。然而,诔文在表面上衰落、被碑文取代之际,实际以另一种形式生存,那就是向碑文渗透,影响并改变着碑文。

东汉中后期,诔与碑文两种文体的互渗,最直接的表现即是碑上明言所刻乃诔文。如汉顺帝时《景君碑》、桓帝和平元年《严𬤇碑》、灵帝熹平六年《堂邑令费凤碑》等皆然,它们最直观地表明,诔、碑文两体开始混淆,诔文刻于碑上,与碑文融合。具体来看,可分两种情况:

一、明言碑上所刻乃诔文,但实具有碑、诔的双重特征。如前所列汉顺帝时《景君碑》,序文首言:"惟汉安二年,仲秋□□,故北海任城景府君卒,呜歔哀哉!"从碑主卒葬写起,叹以"呜歔哀哉",是典型的诔文的开篇模式。序文又言:"于是故吏诸生相与论曰:上世群后,莫不流光□于无穷,垂芬耀于书篇。身殁而行明,体亡而名存。或著形像于列图,或系颂于管弦。后来咏其烈,竹帛叙其勋。乃作诔曰。"交待为使亡者不朽而作诔文的写作缘由,亦是诔文通例,且"乃作诔曰"更标志着下面应是一篇诔文。就形式看,铭文部分以四言韵语成篇,前半述德,后半序哀,且以"呜歔哀哉"收尾,确亦合诔文通式,但在述德部分,又插叙亡者历官仕迹:"实渌实刚,乃武乃文。遵考孝谒,假阶司农。流德元城,兴利惠民。强衙改节,微弱蒙恩。威立泽宣,化行如神。帝嘉厥功,授以符命。守郡益州,路遐孥亲。躬作逊让,凤宵朝庭。建策忠说,辨秩东衍。玺追嘉锡,据北海相。部城十九,邻邦归向。分明好恶,先以敬让。残伪易心,轻黜逾竟。鸱枭不鸣,分孚还养。元元鳏寡,蒙佑以宁。蓄道修德,□祉以荣。纷纷令仪,明府体之。仁义道术,明府膺之。黄朱邵父,明府三之。台辅之任,明府宜之。以病被征,委位致仕。"①自其入仕叙至致仕,是碑文常见而诔文少有的内容。后又结以四言乱辞,又是东汉部分诔文的体式。总体而言,这篇刻于碑上的文字,更多合于诔文的结构和体式特征,但其内容又有部分来自碑文,是两体融合的一个典型。又如《严𬤇碑》,序文中有"咨嗟痛兮,呜呼悲伤,故著名诔……其辞曰"的诔文标志用语。铭文部分韵散结合,开头先以散体交待亡者名讳、才学,以四言韵语括其品德,继而又以散体序其历官仕迹,间以四言韵语言其治绩:"幼为郡掾史,会稽诸暨尉。守乌程、毗陵、余暨、章安、山阴长,以疾去官。后为丹阳陵阳丞,守春谷长,举廉,迁东牟侯相。□□□□长典牧十城。所在若神,宣布政声,□□甘棠。贫细随附,贤士敬名,行旅歌谣谣慎于所□□□□□郑实与相似,恩泽奂眄。"②更与东汉后期碑文的序文部分类似。此之后又写

---

① 高文《汉碑集释》,第61—62页。
② (清)严可均《全后汉文》,第1002—1003页。

及存者的丧亡之悲,叹以"呜呼哀哉",又类诔文。与《景君碑》相比,此文表现出更多碑文的特点,但亦显见对诔文特征的吸收、利用。再如顺帝汉安二年邯郸淳《孝女曹娥碑》,序文用碑文的一般通例,介绍碑主籍贯、生平、卒因,却又称"度尚设祭诔之,辞曰"①。铭文乃诔文,先叙其品性,次序其亡及诸人之哀,序哀文字所占比例更大,后结以"乱辞"。序文类碑,而正文类诔。《堂邑令费凤碑》自卒葬写起,"惟熹平六年岁格于大荒无射之月,堂邑令费君寝疾卒。呜呼哀哉。于是夫人元弟故□□□守卜胤追而诔之。其辞曰"②,似诔文,而后叙亡者历官、德行,并抒哀情,写及卒葬,韵散兼用,兼有诔、碑文的特征。

　　以上数例,皆刻于碑,却又言所刻乃诔文,究其实,皆兼融诔、碑二体的特征。可见在东汉中后期,诔文消融于碑文,碑文消化、吸收、利用诔文,二体在相互影响、渗透中发展。

　　二、并未明言碑上所刻乃诔文,但实同诔文。如汉和帝永元八年《孟孝琚碑》③,此碑残缺颇多,就今留存看,碑序自亡者卒逝写起,以散语叙及亡者主要经历及起坟立碑之事;铭文从其卒逝写起,以卒葬写哀情,如"凉风渗淋,寒水北流"能将哀情与惨景相结合。序哀之后,又颂其德,后又有七言之乱。总体而言,此碑序类碑、诔的结合,而铭文类诔,但又与一般先述德、后序哀之诔稍有不同。又如桓帝延熹六年《平舆令薛君碑》,序言:"惟延熹六年春二月,平舆令薛君卒,乌呼哀哉!吏民其咨,咨君之德,乃建碑石于墓之侧。其辞曰。"以卒逝开头,又叹以"乌呼哀哉",更似诔文。铭文"我君肇祖,官有世功。乃侯于薛,苗胤枝分。作汉卿尹,七世相承。君之懿德,性此淑真。如冰之洁,如玉之坚。靡术不综,罔礼不遵。忻忻之至,三族以敦。英名委质,宣昭令闻。升州入宰,炳乎其勋。莅政己吾,烂而有成。迁典平舆,匪威匪仁。宽猛以济,藐矣惟清",述其历官行迹,并兼颂赞。继之以伤悼逝者:"国人巷哭,若丧厥亲。鬓白号怛,童稚吟呻。嗟嗟酷痛,如何昊乾。灵柩旋归,卜此穸窀。哀哀士俊,恻尔酸辛。姻族毕至,素缟填庭。于是吏民,乃复追叹。"④写一种群体之哀,且又从临葬写哀情,都在东汉诔文中常见,文中"旻天不吊,不慭遗君"乃来自《孔子诔》"旻天不吊,不慭遗一老"。这篇碑刻兼融诔、碑,而带有更多诔文的特征。

　　从上述情况可以看出,东汉中后期诔、碑的融合,不仅仅是诔文刻于碑

---

①　(清)严可均《全后汉文》,第1196页。
②　(清)严可均《全后汉文》,第1028页。
③　此碑作年据高文《汉碑集释》考证,第16页。
④　(清)严可均《全后汉文》,第1011页。

上那么简单。碑上所刻文字实际往往结合了诔、碑两体的特征,显示出诔文对碑文的渗透,碑文对诔文的转化和吸收。

实则,上述诔、碑融合的第二种情况,归根结底就是碑文中写哀成分增加,这是东汉中后期,特别是桓、灵之世,诔文向碑文渗透,影响碑文的最重要表现。

《文心雕龙·诔碑》篇言诔文体式结构云"荣始而哀终",并说这种文体应"道其哀也,凄焉如可伤"①。述哀是诔的重要组成部分。刘师培云:"东汉之诔,大抵前半叙亡者之功德,后半叙生者之哀思。"②东汉时的诔文已经形成了前半述德、后半叙哀的稳定的文体结构。

碑文承先秦铜器铭文而来,主要功能在颂德纪功,但同时它又是一种与亡者相关的文体。裴松之《请禁私碑表》有云:"碑铭之作,以明示后昆,自非殊功异德,无以允应兹典。……若乃亮采登庸,绩用显著,敷化所莅,惠训融远,述咏所寄,有赖镌勒,非斯族也,则几乎僣黩矣。"③强调碑文用于殊功异德者,有斯人,则必赖斯体才能显扬。但同时,此体也有"述咏所寄"的功用,即作为一种纪念亡者的文体,碑可以抒发作者内心情怀,主要即是对亡者的伤悼之情。裴松之上此表在晋安帝义熙中,显见在当时,述哀已被作为碑文应有的组成部分。

碑文写哀成分的增多,正是在碑受到诔渗透、影响的东汉中后期,尤其是桓、灵之世。彼时很多碑文不仅借用诔文的常用语,如"呜呼哀哉""如何昊天""号咷失声"等,还沿用了诔文述哀的方式:

《小黄门谯敏碑》:呜呼哀哉! 国丧良佐,家陨栋梁。遐迩咨悼,士女哀怀。僚朋亲戚,莫不失声。④

《琅邪王傅蔡朗碑》:呜呼哀哉! 凡百君子,咨痛罔极。殷怀伤悼,含涕流恻。如何昊天,丧我师则!⑤

《北军中侯郭仲奇碑》:孝孤忉乎,悲恸剥裂。行路泣血,辟踊伤绝。凡百君子,靡不哀恻。丧国之镇,朝失模式。⑥

《敦煌长史武斑碑》:百僚惟□,后帝感伤。学夫丧师,士女凄怆。⑦

---

①　(梁)刘勰著,詹锳义证《文心雕龙义证》,第442页。
②　刘师培《中古文学论著三种》,第153页。
③　(梁)沈约《宋书》,第1699页。
④　(清)严可均《全后汉文》,第1038页。
⑤　(清)严可均《全后汉文》,第880页。
⑥　(清)严可均《全后汉文》,第1022页。
⑦　(清)严可均《全后汉文》,第1001页。

《安平相孙根碑》:呜呼有哀!孝嗣夙夜,不舍严父;孝孙临殡,礼服承后,忉怛有感。□惟古圣,孔尼丧鲤。赢缩有命,不可增损。于是握粟,卜葬中坰。冠□奔赴,充衢塞庭。同胞恻怆,涕泪交零。呱呱竖子,号咷失声。①

这些碑文,碑主皆为官员,作者受托或受命而作,一般与碑主并无甚交谊。写哀部分概括形容各方对亡者之逝的悲痛,多沿古语,夸张绘饰,却并不深切感人。这正是东汉成熟的诔文常用的写哀方式,影响于碑文。

然而,作为一种文体,诔文处在不断的发展变化中,其写哀在东汉也有一个逐渐增加,渐及真切的过程。如至蔡邕《济北相崔君夫人诔》,即以大段文字写哀情,"于是孝子长号,气绝复苏。号呼告哀,不知其辜。昊天上帝,忍吊遗孤。寻想游灵,焉识其徂。呜呼哀哉",写子孙的悲哀,已较之前诔文详细,能设身处地想及遗孤失去母亲之可怜悲伤。"逝彼兆域,于时翳藏。冥冥窀穸,无时有阳。灯烛既灭,马道纳光。形影不见,定省何望?嗟其哀矣,不可弥忘"②,又写及既葬之后,生者深感物是人非,再也找不回从前的生活。继以"日月代序,古皆有丧"安慰生者,正反映当时人们对生命的一种普遍思考。此篇诔文写哀,虽然还多有形容概括之语,但也有了感同身受的深情及对生命的思考。

在诔文的影响下,东汉中后期碑文的写哀成分也在增多,技巧也开始富于变化,所抒哀情也变得感人。如《司徒袁公夫人马氏碑》:"呜呼哀哉!几筵虚设,帏帐空陈。品物犹在,不见其人。魂气飘飘,焉所安神?兄弟何依?姊妹何亲?号咷切怛,曾不我闻。吁嗟上天,何辜而然。伤逝不续,近者不旋。"③写逝者已逝,物是人非,使兄弟姊妹孤独无依,正因写人之常情,所以动人。又如《太傅胡广碑》所写:"唯我末臣,顽蔽无闻。仰慕群贤,恶乎可及!自公寝疾,至于薨毙。参与尝祷,列在丧位。虽庶物戮力,不愈于礼。进睹坟茔,几筵空设。退顾堂庑,音仪永阙。感悼伤怀,心肝若割。"④作者和碑主本有师徒关系,老师的逝去给作者带来深沉的悲哀,所以当作者只能看到老师的坟墓,退归堂庑却永不得老师音容之时,其"心肝若割"大概是最真切的感受。再如《司隶从事郭究碑》"悲夫,破镆铘之刃而不宰元,摧晨风之翼而不厉天。耆侄士女,呜悒惟戚。孤嗣叫号,涕零如雨。咸曰□晨有殁,历数犹终,自古迄兹,孰能保存? 生荣死哀,弈贵遗称"①,从生而皆有死的角度感受生命逝去的无奈与悲哀。

在感伤主义思潮和以悲为美的审美风尚影响下②,东汉诔文写哀成分增多,所述哀情更真切感人,更私人化,这一点又影响着碑文,向碑文渗透。碑文在吸收、消化诔文的特征后,自身更为强大,反之又对诔文的创作造成了冲击,使诔文在东汉后期渐归于沉寂。但至魏晋大力禁碑之时,诔文沿东汉后期的发展方向,经曹植、潘岳的创作,在述哀的道路上越走越远,使这种原本实用性很强的文体文学性越来越强,在魏晋及以后又与碑文明确区别开来。

第二节 论 与 书

"论"与"书"是两种有着较明确界限的文体,《文心雕龙·论说》言:"详观论体,条流多品:陈政,则与议说合契;释经,则与传注参体;辨史,则与赞评齐行;铨文,则与叙引共纪。"③认为议、说、传、注、赞、评、叙、引等多体皆论之条流,论与它们性质一致,但未谈及"论"与"书"的接近。实际上,魏晋南北朝时期,"论"体向"书"体渗透,二体在发展过程中,发生一定程度的交叉、融合。这是两种文体发展史上的事实,也是汉魏六朝文体史上文体互渗现象的组成部分。

一、魏晋南北朝的说理、议论书信与以"书"论辨

"书"是最能包罗万象的一种文体,举凡叙事、抒情、写景、说理皆可。徐师曾《文体明辨序说》"书记"条就强调"书"的议论功用:"书有辞命、议论二体。"④至魏晋南北朝,"书"体得到了很大发展,说理、议论的功用也进一步被强调。人们经常用"书"讨论军事政治、文艺、礼仪、佛理等问题,采用"书"的形式往返论辨。

"书"体产生很早,《文心雕龙》所谓"《春秋》聘繁,书介弥盛"⑤,春秋战国以至魏晋南北朝产生了较多与军事政治相关的书信。知名者如乐毅《报

---

① (清)严可均《全后汉文》,第 1037 页。
② 参黄金明《汉魏晋南北朝诔碑文研究》,第 108—117 页。
③ (梁)刘勰著,詹锳义证《文心雕龙义证》,第 669 页。
④ (明)吴讷、(明)徐师曾《文章辨体序说 文体明辨序说》,第 129 页。
⑤ (梁)刘勰著,詹锳义证《文心雕龙义证》,第 920 页。

燕惠王书》、李斯《谏逐客书》等,摆事实、讲道理,都有很强的说服力。又如为《文选》所收的孙楚《为石仲容与孙皓书》,既引经据典,又纵论时势,诱之以利、胁之以害,恩威并施,说服孙皓投降西晋,文章气势宏大而面面俱到。尤其值得关注的是,具有往返论辨意义的军政之书的出现,典型代表是孔融与曹操议论禁酒令的两篇书信。因连年用兵,又遇灾荒,军中粮食短缺,曹操曾下令禁酒,孔融作《难曹公禁酒书》,书中举自古及今之圣王、将相、忠臣皆须酒、好酒为例,证酒之不可禁,文结以"由是观之,酒何负于治者哉"①,颇以气势胜。孔融作此书后,复作《又书》,开首言"昨承训答,陈二代之祸,及众人之败,以酒亡者,实如来诲",曹操复信应是以饮酒误国辨称应禁酒,孔融则反唇相讥:"徐偃王行仁义而亡,今令不绝仁义;燕哙以让失社稷,今令不禁谦退;鲁因儒而损,今令不弃文学;夏、商亦以妇人失天下,今令不断婚姻。"以此众例类比,证酒之不可禁,终直指曹操禁酒"疑但惜谷耳,非以亡王为戒也"②。孔融因不赞同曹操的政治立场,看不惯曹操的行为,处处和曹操对着干。他反复写信反对曹操禁酒,用意也仅在给曹操捣乱,或并不代表他的真实观点。但他以嘲笑戏谑之心作庄重严肃之文,书疏往还,反复论辨,这些有关政治的书信实颇具论辨文的意义。从这个角度来看,在魏晋南北朝军政书信中,孔融之作有着独特的意义,以"书"的形式进行论辨,赋予"书"论辨文的功用。

　　谈文说艺是"书"体的一项传统内容,自汉代扬雄《与桓谭书》就已论及司马相如之赋。至曹魏,进入"文学的自觉时代",书信中谈论文艺的内容就更多了。如曹丕《与吴质书》《又与吴质书》《与王朗书》中一些说法可以和《典论·论文》相互印证;曹植《与杨德祖书》《与吴质书》也表达着对文学及当时文人的重要看法。至西晋,陆云作《与兄平原书》三十五篇,其中三十篇论文学,不仅评论其兄之文,亦多论当代及前人创作,还论及自身作品,以"清"为审美追求的境界和评文的标准,并重视文章感情的表达。陆云通过这些论文书信相对系统地表达了自己的文学观念。至南北朝,如陆厥与沈约往还的《与沈约书》和《答陆厥书》,讨论声韵问题,对永明声律说颇有贡献。萧梁皇室能文者多,萧统、萧纲、萧绎兄弟皆有谈文书信留存至今,如萧统《答湘东王求文集及〈诗苑英华〉书》、萧纲《与湘东王书》《诫当阳公大心书》《答张缵谢示集书》《答新渝侯和诗书》、萧绎《与刘孝绰书》《与萧挹书》等,皆是在与人往还书信中,讨论文学问题,表达文学观点。

---

① 俞绍初辑校《建安七子集》,第24页。
② 俞绍初辑校《建安七子集》,第25页。

　　显而易见,说理、议论确是"书"体产生最早且最为重要的功能之一。这种功能,在魏晋南北朝探讨礼仪和佛理的书信中,表现得更为淋漓尽致。

　　西晋之前谈论礼仪的书信较少,今可见者,西汉杨贵《报祁侯缯它书》论葬礼,东汉樊长孙《与越骑校尉刘千秋书》主张依拟周礼重新整理汉代礼仪。西晋时谈论儒家礼仪的书信稍多,挚虞有《答杜预书》,陆云有《与朱光禄书》《与张光禄书》《与严宛陵书》等。挚虞对儒家礼法颇有造诣,据《晋书·挚虞传》记载,武元杨皇后崩,杜预上奏,认为"皇太子与国为体"①,故而在整个葬礼过程中都应居丧致哀,以合上古之法。挚虞针对其提议,作《答杜预书》陈己主张:"今帝者一日万机,太子监抚之重,以宜夺礼,葬讫除服,变制通理,垂典将来,何必附之于古。"②不仅明理,且反驳杜预。而"使老儒致争哉"之结语则透露,参与此事论争的非仅此二人,《宋书·礼志二》的记载证明了此点,当时张靖、陈逴、卢钦、魏舒、杜预、挚虞等皆各陈己见③,挚虞《答杜预书》论辨往复的性质明确。陆云三篇书信皆申述儒家长幼之礼的重要性,反复言其乃"教化所崇""人伦大司"④,并对因世事多难而造成的礼法废弛深表叹惋。就同一问题以书信的形式与不同的人反复讨论,同样见出的是书信的论辨功用。

　　至东晋,讨论礼仪的书信较之前大大增加,尤以探讨居丧除服之礼者最多,其他又有言即位告庙、郊祀祭牲、养子之礼者。其中较值得注意的是这样两组:司马道子《与王彪之书》与王彪之《答会稽王书》,王导《又与贺循书问即位告庙》与贺循《答王导书》《又答王导书》。会稽王司马道子作《与王彪之书》,问东海王迎居丧之女为妃之事:"东海王来月欲迎妃,而女身有大功服,此于常礼,当是有疑。但先拜时,大礼已交,且拜时本意,亦欲通如此之阕耳。不得同之初婚,固当在于可通。"⑤主张拜礼已行,虽女现今丧服在身,但不同于初婚,仍可迎娶。但心中对此还有疑问,故问于王彪之。王彪之《答会稽王书》答:"女有大功服,若初婚者,礼例无许;既已拜时,犹复不同。昔中朝许侍中等曾议此事,以为拜时不应以丧为疑,倚傍经礼,甚有理据,谈者多谓是。殿下可视而量之。"⑥同意会稽王的观点,且佐之以实据。二书对居丧之礼的探讨甚为细致入微。王导《又与贺循书

---

① （唐）房玄龄等撰《晋书》,第 1426 页。
② （唐）房玄龄等撰《晋书》,第 1426 页。
③ （梁）沈约《宋书》,第 392 页。
④ （清）严可均《全晋文》,第 2045 页。
⑤ （清）严可均《全晋文》,第 1555 页。
⑥ （清）严可均《全晋文》,第 1578 页。

问即位告庙》问即位告庙之礼:"或谓宜祭坛拜受天命者,或谓直当称亿兆群臣告四祖之庙而行者。若尔当立行庙,主今固辞尊号,俯顺群情,还依魏晋故事,然魏晋皆禀命而行,不知今进玺当云何?"①对于即位告庙之具体仪式,众人互有异议,王导遂致书贺循加以询问,贺循作《答王导书》《又答王导书》予以解惑。这些书信往返讨论礼仪,来书致疑,答书解惑,明礼仪而助谈兴。

随着佛教的兴盛,探讨佛理的书信在东晋以后也多了起来。东晋时期,释慧远的书信尤其值得注意,不仅在数量上和质量上首屈一指,还普遍涉及当时的重要议题,且多产生于与人的往返论辨中。

在东晋,关于沙门是否应礼敬王者,僧俗两界掀起了一场旷日持久的论争,参与人数颇多,产生的书信数量也特别多。先是庾冰从维护封建国家的伦理秩序和皇权威严出发,提出沙门应向皇帝跪拜致敬。此主张遭到尚书令何充等人的反对,何充指出先代帝王不令沙门跪拜并无亏王法,倘若突然下令沙门跪拜,则会给社会带来不稳定因素。东晋末年,桓玄作《与桓谦等书论沙门应致敬王者》,重提沙门应敬王者的问题,他对庾冰、何充的辨论进行总结,并与桓谦、王谧就此问题书信往还,展开了更深层次的探讨。在这次论争中,桓玄首先发难,桓谦作《答桓玄书明沙门不应致敬王者》、王谧作《答桓玄书明沙门不应致敬王者》与之相辨;桓玄复作《难王谧不应致敬事》三首,王谧答以《答桓玄应致敬难》三首;桓玄再致以《重难王谧》,王谧复答以《重答桓玄》;桓玄再出以《三难王谧》,王谧复以《三答桓玄》,辨论往复不止,终王谧为桓玄所屈,但桓玄认为"一代大事,不可令其体不允"②,遂作《与释慧远书》,致书慧远,期其解惑,慧远接书作《答桓玄书》,桓玄复有《重与慧远书》。后慧远以已所作书为蓝本,成《沙门不敬王者论》。前数番书信往还,实为代表着慧远重要思想和理论水平的《沙门不敬王者论》奠定了理论基础和深度。

又慧远与何无忌讨论沙门能否袒服,何无忌作有《难释慧远沙门袒服论》,慧远答以《答何无忌难沙门袒服论》。桓玄下令清理天下僧尼,慧远复有《与桓玄书论料简沙门》。沙门是否应礼敬王者、沙门能否袒服和料简沙门三个问题,是东晋僧俗两界论辨最多的问题。慧远与诸人的书信往还使持不同观点的各方意见得以充分表达,一些问题也愈辨愈明。书信起着非常重要的论辨、明理的功用。且一些书信成为人们提炼论体文的基础,书与

① （清）严可均《全晋文》,第1564页。
② （清）严可均《全晋文》,第2143页。

论的关系在此时凸显出来。

　　东晋又有戴逵作《与远法师书》一文,称自己精研佛典,信奉祸福转换、因果报应之理,于是"自少束脩,至于白首。行不负于所知,言不伤于物类",以求得到福报,然"一生艰楚,荼毒备经",由是心中疑惑丛生,"悲慨盈怀",于是"近作此《释疑论》,今以相呈,想消息之余,脱能寻省"①,将此书与所作《释疑论》共呈慧远法师,望其释疑解惑,指点迷津。慧远回以《答戴处士书》《又与戴处士书》,指出"佛教精微,难以事诘"②,认为佛教所谓因果报应,并不拘泥反映于具体细微之事,并在两封答书中对戴逵《释疑论》进行简略评价,且述及自己得书相答之状。随书寄予戴逵《三报论》,详细阐述祸福因果报应之理,以解戴惑。戴逵得其书,心中大是宽慰,又有《答远法师书》云:"并见《三报论》,旨喻宏远,妙畅理宗。览省反复,欣悟兼怀。"③戴逵《释疑论》和慧远《三报论》是当时论辨佛教因果报应之理的重要作品,论文而兼以书信往还。这些书信对论体文起到评论、绍介及说明等作用,书与论在佛学论辨中密切地结合在一起。

　　上述而外,东晋又有谯王司马尚之《答张新安论孔释书》、张新安《答谯王论孔释书》,往复论辨儒、佛之关系;有郗超《与亲友书论支道林》《与谢庆绪书论三幡义》,与人讨论佛教人物及佛教教义等。

　　佛教发展至南朝,更受到皇室及士族重视,因此关于佛理的讨论也更如火如荼。如刘宋时,释慧琳作《均善论》,假白学先生与黑学道士之问答,论孔释之异同,意图调和儒佛,招来了何承天、宗炳、颜延之等人的论辨,今天还留存有何承天《与宗居士书释慧琳〈白黑论〉》《答宗居士书》、宗炳《答何承天书难〈白黑论〉》《答何衡阳难释〈白黑论〉》等书信。又有宗炳著《明佛论》将人与万事万物并列为"众生",以明因果报应、六道轮回之说,何承天著《达性论》与之讨论。继而引发颜延之的关注,作《释何衡阳〈达性论〉》《重释何衡阳〈达性论〉》《又释何衡阳〈达性论〉》,何承天复以《答颜永嘉》《重答颜永嘉》。刘宋末,顾欢作《夷夏论》以黜佛,袁粲、刘虬、谢镇之、朱昭之等群起而斥之,与顾欢论辨,今天留下的作品有顾欢《答袁粲驳〈夷夏论〉》、袁粲《托为道人通公驳顾欢〈夷夏论〉》、谢镇之《与顾道士书折〈夷夏论〉》《重与顾欢书》、朱昭之《与顾欢书难〈夷夏论〉》、朱广之《咨顾欢〈夷夏论〉》、释慧通《驳顾道士〈夷夏论〉并书》、释僧愍《戎华论折顾道士〈夷夏

---

① （清）严可均《全晋文》,第 2249 页。
② （清）严可均《全晋文》,第 2390 页。
③ （清）严可均《全晋文》,第 2249 页。

论〉》等。齐梁时代，正当佛教最为兴盛、举国上下梵呗一片之时，范缜著《神灭论》，力言神灭，舆论大哗，竟陵王萧子良、萧琛、曹思文、沈约等作文诘难。梁武帝登基后，亲著《立神明成佛义论》，又敕令臣下与之辩难，作书者六十余人，论辨之盛，史所罕见。这些论辨之"书"，思辨性很强，以"书"的形式承载论辨的内容，参与到当时重要的论辨话题之中，乃佛理讨论的重要阵地。

说理、议论本是"书"体重要的功用之一。魏晋南北朝时期，讨论军事政治、文艺、礼仪、佛理问题时，人们经常采用书疏往返的方式，"书"体与"论"体产生了密切的关系。尤其是探讨佛理时，二体之亲密，是其他时代所少见的。

二、"论"对"书"的渗透

在魏晋南北朝特殊的社会环境与学术风气中，"书"体与"论"体产生亲密的关系，"论"体向"书"体渗透，二体发生一定程度的交叉、融合，主要表现为：

（一）书与论结合，书在论前或书在论后

这种情况，书信与论辨文结合在一起，书信中交代论辨文的创作背景，对批驳对象进行简要评价或介绍，论辨文则引对方观点逐一批驳。有书在论前者，如前所提及的释慧通《驳顾道士〈夷夏论〉并书》，前书言：

> 余端夏有隙，亡事忽景，披顾生之论，昭如发蒙。见辨异同之原，明是非之趣。辞丰义显，文华情奥。每研读忘倦，慰若萱草，真所谓洪笔之君子，有怀之作也。然则察其指归，疑笑良多。譬犹盲子采珠，怀赤菽而反，以为获宝；聋宾听乐，闻驴鸣而悦，用为知音。斯盖吾子夷夏之谈，以为得理，其乖甚焉。见论引道经，益有昧如。昔老氏著述，文指五千，其余淆杂，并淫谬之说也，而别称道经，从何而出？既非老氏所创，宁为真典，庶更三思，傥祛其惑。①

先恭维顾欢《夷夏论》，但接着就对顾氏观点进行否定，指为珠菽不分。反对顾欢黜佛的核心观点已在书信中表明，并最后指出，自己接着要发论以祛对方之惑。这里的"书"起到了交待论辨文写作背景，并引起论辨的作用。

又《文选》收有刘孝标《重答刘秣陵沼书》，情哀而辞美。五臣注此文创作背景云："初孝标以仕不得志，作《辨命论》。秣陵令刘沼作书难之，言不

---

① （清）严可均《全宋文》，第 2773 页。

由命,由人行之。书答往来非一。其后,沼作书未出而死,有人于沼家得书以示孝标,孝标乃作此书答之,故云重也。"①关于刘孝标与刘沼就《辩命论》展开的书信往还论辨,今人陈庆元据五臣注曾有细致描述:"刘孝标《辩命论》出后,刘沼就作有《难〈辩命论〉》,刘孝标作《答刘秣陵沼〈难辩命论〉书》反驳;刘沼又作《重难〈辩命论〉》讨论,刘孝标再作此书答之。"②刘孝标最后一论作于刘沼死后,刘孝标结合论辨文修此书一封,因《文选》与《梁书》皆载书而弃论,此书扬名千古,而论早湮灭无闻。刘孝标《重答刘秣陵沼书》全文如下:

> 刘侯既重有斯难,值余有天伦之戚,竟未之致也。寻而此君长逝,化为异物,绪言余论,蕴而莫传。或有自其家得而示余者,余悲其音徽未沫,而其人已亡;青简尚新,而宿草将列,泫然不知涕之无从也。虽隙驷不留,尺波电谢,而秋菊春兰,英华靡绝,故存其梗概,更酬其旨。若使墨翟之言无爽,宣室之谈有征,冀东平之树,望咸阳而西靡;盖山之泉,闻弦歌而赴节。但悬剑空垅,有恨如何!③

书悲叹刘沼之亡,继言复以论文相酬,希望对方泉下有知。书与论结合,书同样起着交待创作背景、引入论辨的作用。

又有论在前而书在后者,刘宋时王弘《与谢灵运书问〈辨宗论〉义》开门见山对谢灵运的《辨宗论》进行质疑,论辨之后附书,《广弘明集》载之,严可均《全宋文》辑之:

> 弘白:一悟之谈,常谓有心。但未有以折中异同之辨,故难于厝言耳。寻览来论,所释良多。然犹有未好解处,试条如上。为呼可容此疑不? 既欲使彼我意尽,览者泠然,后对无兆,兼当造膝,执笔增怀,真不可言。王弘敬谓。④

始以"弘白",结以"王弘敬谓",所遵从的是其时"书"体较标准的格式。此书附于论后,言谢论犹有不详尽之处,是对何以作此论的说明。

(二) 书与论结合,书信体结构,论辨性内容

魏晋南北朝时期,论辨风气兴盛,论辨也经常采用书疏往还的方式,此类书信的文体归属,就引起后人的疑惑,刘永济《文心雕龙校释》有云:"何承天《通裴难荀论大功嫁妹》,见《通典》六十。裴松之有《答江氏问大功嫁

---

① (梁)萧统编,(唐)李善等注《六臣注文选》,第795页。
② 陈庆元《悬剑空垅,有恨若何——读刘孝标〈重答刘秣陵沼书〉》,《古典文学知识》2004年5期。
③ (梁)萧统编,(唐)李善注《文选》,第610页。
④ (清)严可均《全宋文》,第2533页。

妹》,荀伯子著议难之,故承天通二家之论,而著此文。又是时所讨论者,尚有次孙宜持重否,与为人后为所后父服二事。所与往复者,为司马操、荀伯子、裴松之等。大抵以书疏往还,非论式也,故不具列。"①刘永济称如何承天与裴松之,司马操、荀伯子、裴松之之间这种以书疏往还方式进行论辨的文章,虽核心内容是论辨,但用的是书信的形式,故而不能归入论体文之列。但明确的是,如它们从文体上仍归为"书",却显然已是受到了"论"体影响、渗透的"书",故而才引起刘永济的特别说明。

如何承天《答颜光禄》一文,与颜延之论因果报应之说,文始以"敬览芳讯,研复渊旨。区别三才,步验精粹。宣寅道心,褒赏施士。贯综幽明,推诚及物。行之于己则美,敷之于教则弘,殆无所闻。退寻嘉海之来,将欲令参观斗极,复迷反径。思或昧然,未全晓洽。故复重申本怀"②,称美来书,交待作此书缘由,是书信常见的内容。结以"何承天白",则是标准的书信体格式。而此文的主要部分,自"足下所谓共成三才者"至"不似吾党之为道者,是以快快耳",针对颜延之观点,一一进行辨驳,认为因果报应乃必然之理。又如顾欢作《夷夏论》言当黜佛,谢镇之《与顾欢书折〈夷夏论〉》,针对《夷夏论》而作,书始以"谢镇之白:敬览夷夏之论,辩摧一源,详据二典。清辞斐暐,宫商有体。玄致亹亹,其可味乎?吾不涯管昧,竭窥幽宗,若不思探赜,无阶毫繢。但镜复逾三,未消鄙惑,聊述所疑,庶闻后释",文首有明确的书信体标志"某某白",且评议彼论,交待此书写作缘由。继之针对顾欢原论,一一驳辨,认为夷夏各有所长与不足,华夏务求反俗,"反俗之难,故宜祛其甚泰",而祛甚泰之法,则在:"必先堕冠削发,方衣去食,堕冠无世饰之费,削发则无笄栉之烦。方衣则不假工于裁制,去食则绝情想于耆味,此则为道者日损,岂夷俗之所制?及其敷文奥籍,三藏四舍,此则为学者日益,岂华风之能造?"③顺承彼方之论,提出己方观点,论锋精颖,气势不凡。其他如桓玄《与王谧书论沙门应致敬王者》、王谧《答桓玄书明沙门不应致敬王者》等,皆以书信的形式,行论辨之内容。且很多书信本身就是因论体文而发,针对来论而一一驳辨。这些书信是书体形式与论辨内容的结合,以书体行论辨之实,表明在当时论辨风气的影响下,"论"体对"书"体的渗透,二者一定程度上的交叉融合。

---

① 刘永济《文心雕龙校释》,中华书局 2007 年版,第 70 页。
② (清)严可均《全宋文》,第 2562 页。
③ (清)严可均《全宋文》,第 2740—2741 页。

（三）作书复又成论

魏晋南北朝时期"书"与"论"的交叉融合，又有一种情况是，因书疏往还论辨，理愈辨愈明，最终在总结书疏内容的基础上，形成更富理论色彩与深度的论体文。如前所言，释慧远的《沙门不敬王者论》，正是在东晋关于沙门是否应礼敬王者的诸多论辨书信的基础上形成的。

慧远《答桓玄书》称："佛经所明，凡有二科：一者处俗弘教，二者出家修道。处俗则奉上之礼，尊亲之敬，忠孝之义，表于经文；在三之训，彰乎圣典。斯与王制同命，有若符契。此一条全是檀越所明，理不容异也。出家则是方外之宾，迹绝于物。其为教也，达患累缘于有身，不存身以息患；知生生由于禀化，不顺化以求宗。求宗不由于顺化，故不重运通之资。息患不自于存身，故不贵厚生之益。此理之与世乖，道之与俗反者也。"[1]声明佛徒有处俗弘教与出家修道两种，前者居家修行，理应遵循礼制，奉上尊亲；后者出家修道，迹绝于物，超脱凡俗，则不应与世俗同礼。慧远以其对儒佛的双重修为，圆通而富创造性地调和了儒佛关系。但此段总体上止于对处俗者和出家者所遵之礼不同的说明，在《沙门不敬王者论》中，这些内容演化为《在家》《出家》两大部分。《在家》先申言在家修行者应守奉主之礼，此可"使民知有自然之恩""使民知有自然之重"，这与佛学所讲求"以罪对为刑罚，使惧而后慎；以天堂为爵赏，使悦而后动"，乃属同理。进而释二者理同原因在于"耽湎世乐，不能自勉而特出。是故教之所检以此为崖，而不明其外耳。其外未明则大同于顺化，故不可受其德而遗其礼，沾其惠而废其敬。是故悦释迦之风者，辄先奉亲而敬君；变俗投簪者，必待命而顺动。若君亲有疑，则退求其志，以俟同悟"[2]，人们沉湎于世俗之乐，不能自勉，佛教在此时起到助人修检的作用，人因而知礼敬，能奉亲献君，待命顺动。并进而得出"佛教之所以重资生、助王化于治道者也"的结论，在俗修行者礼敬王者，是佛教助王化之所在，则儒、佛相通且相助益之理明。《出家》先言出家者所奉之道与俗反，"是故凡在出家，皆遁世以求其志，变俗以达其道。变俗则服章不得与世典同礼，遁世则宜高尚其迹"[3]，故不必遵循俗理，如此才能不与俗同流合污，高尚其迹，故而能拯俗流，使泽被天下，在宥生民。所以不施俗礼，却能"不违其孝""不失其敬"。显见，《沙门不敬王者论》与《答桓玄书》相较，既是引申，更是深化，是作者对在东晋历时颇久、涉人颇多的关于沙门是否应礼敬

---

① （清）严可均《全晋文》，第 2392 页。
② （清）严可均《全晋文》，第 2393 页。
③ （清）严可均《全晋文》，第 2393 页。

王者之争的提高和总结。

三、魏晋南北朝"书""论"亲密关系追由

说理、议论本是"书"体的功用之一,而论"弥纶群言,而研精一理"①,"论如析薪,贵能破理"②。两体的功能是有一定交叉的,当然,即使如此,我们不能说凡用于说理、议论的"书",就与"论"体有密切关系。而只有在魏晋南北朝特殊的社会环境与学术风气中,"书"被用于往返论辨,受"论"影响、渗透,才造就它们交叉、融合的关系。

魏晋南北朝是我国各种思想大力发展的一个时期,儒学、玄学、佛学都繁荣昌盛,成为我国思想、学术的重要组成部分。彼时论辨风气之盛,传世典籍如《世说新语》《三国志》《晋书》《宋书》《南齐书》《梁书》《南史》《高僧传》等记载多矣,今天学者也多有论述③,此不再赘言。人们在各种公开的或私人的场所进行面对面的论辨,当面对面的论辨不方便进行时,书疏往还显然成为人们重要的选择。论辨成风的社会文化环境,是造成"论"体向"书"体渗透的重要契机。如前所举例,书疏往还论辨,书、论结合之作,多产生于东晋和南朝,彼时正是佛学论争最为激烈之时。

魏晋南北朝时期,"论"体向"书"体渗透,来自文体内部的原因是,相较于"书"体,彼时"论"是一种更为强势的文体。显然,在我国封建时代,诗、赋而外,"论"与"书"都应归入创作数量最多、名家名篇最多、影响最大的文体之列。在魏晋南北朝时期,由于特殊的思想文化背景,事实上,"论"更为强势。强势的地位使"论"能够辐射、影响其他文体,向其他文体渗透。

魏晋南北朝时期,"论"被选为"立言"以传不朽的文体,在人们心目中的地位是"书"体无法比拟的。自然立言以求不朽的是子书,魏晋南北朝的子书,大多正是由单篇论体文组成,是单篇论体文的汇集。这些单篇论体文之间,或有着某种联系,或言说不同的问题,独立成篇。既然用以立言不朽,自然非常受重视,如曹植《与杨德祖书》言:"辞赋小道,固未足以揄扬大义,彰示来世也。昔杨子云先朝执戟之臣耳,犹称

---

① （梁）刘勰著,詹锳义证《文心雕龙义证》,第674页。
② （梁）刘勰著,詹锳义证《文心雕龙义证》,第699页。
③ 如刘永济《文心雕龙校释》（中华书局2007年版）,骆鸿凯《文选学》（中华书局1989年版）,彭玉平《魏晋清谈与论体文之关系》（《中国社会科学》2001年2期）、《汉魏六朝论文主题的历史演进》（《安徽师范大学报》1994年3期）,杨朝蕾《魏晋南北朝论体文研究》（山东师范大学2012年博士学位论文）等,皆有或详或略的论述。

壮夫不为也。吾虽德薄,位为藩侯,犹庶几戮力上国,流惠下民,建永世之业,流金石之功,岂徒以翰墨为勋绩,辞赋为君子哉!若吾志未果,吾道不行,则将采庶官之实录,辩时俗之得失,定仁义之衷,成一家之言。"①曹植首要的追求是在政治上立功,如若不能,则退而制作,所作即在论体文,而辞赋相比之下反是"小道"了。又如曹丕《与吴质书》表扬徐幹:"著《中论》二十余篇,成一家之言,辞义典雅,足传于后,此子为不朽矣。"②《典论·论文》又言:"融等已逝,唯幹著论,成一家言。"③徐幹所著乃由"论"组成的《中论》,此使人不朽。又如桓范在《世要论》中对能著作"书论"者,极力予以称扬表彰:"夫著作书论者,乃欲阐弘大道,述明圣教,推演事义,尽极情类,记是贬非,以为法式,当时可行,后世可修。且古者富贵而名贱废灭,不可胜记,唯篇论俶傥之人为不朽耳。夫奋名于百代之前,而流誉于千载之后,以其览之者益,闻之者有觉故也。"④制作"书论"不仅可以使作者名垂不朽,而且能影响于当时、后世,故功莫大焉,而"书论"正"指论说性文字"⑤。后来葛洪将"子""论"并称,在《抱朴子》多篇中极力张扬制作"子论"之重要,如《百家》篇云:"子书披引玄旷,眇邈泓窈。总不测之源,扬无遗之流。变化不系于规矩之方圆,旁通不沦于违正之邪径。风格高严,重仞难尽。是偏嗜酸甜者,莫能赏其味也;用思有限者,不得辩其神也。……狭见之徒……惑诗赋琐碎之文,而忽子论深美之言。"⑥总体而言,在魏晋南北朝人眼中,写作论说性文字最能表现一个人的才具识力,并对当时、后世产生影响,使作者传世不朽。

　　重视由论体文组成的子书,造成了从建安时期开始,诵读论体文成为学童的日课,如《三国志·陈思王植传》载曹植"年十余岁,诵读诗、论及辞赋数十万言,善属文"⑦。能论也是有文才的重要标志,如《三国志·魏书·王粲传》裴松之注引《魏略》记载曹植首次接见邯郸淳,除展示"胡舞五椎锻,跳丸击剑,诵俳优小说数千言"这些"奇术"外,更重要的是与邯郸淳"论羲皇以来贤圣名臣烈士优劣之差","论用武行兵倚伏之势"⑧。建安也是"书"体大力发展的一个时期,但书信在当时更多是文人交流通好的手段,创

①　(三国)曹植著,赵幼文校注《曹植集校注》,第154页。
②　(梁)萧统编,(唐)李善注《文选》,第591页。
③　(梁)萧统编,(唐)李善注《文选》,第721页。
④　(清)严可均《全三国文》,第1263页。
⑤　杨明《〈典论·论文〉"书论宜理"解》,《文学评论》1985年4期。
⑥　(东晋)葛洪《抱朴子》,台湾商务印书馆影印文渊阁四库全书本。
⑦　(西晋)陈寿撰,(南朝宋)裴松之注《三国志》,第557页。
⑧　(西晋)陈寿撰,(南朝宋)裴松之注《三国志》,第603页。

作论体文显然具有更高的意义和价值。

魏晋南北朝"论"体文的创作非常繁荣，流传于今的单篇论体作品就有二百多篇，彼时史籍中也包含诸多史论，且往往最受作者重视①。《弘明集》与《广弘明集》中载有大量佛学论文。有些作家以一论而留名青史，如曹冏与李康；又有一些作家文名不显，但论为大家，如慧远、僧肇等。

魏晋南北朝时期，"论"与子书的特殊关系及当时儒、玄、佛思想的发展，论辨风气的盛行等，都使"论"体的地位凸显。作为更强势的文体，它向"书"体渗透，与其发生交叉、融合，让"书"为论辨服务，使彼时的思想文化有了更多样化的载体。事实上，在当时，"论"不仅向"书"渗透，也影响、辐射其他文体，彼时还有这样一些作品，如曹冏《六代论并上书》、何承天《安边论并上表》、僧肇《涅槃无名论并上秦主姚兴表》等，是论与上书、表等体的结合，采用前上书后论、前表后论的结构方式，上书、表附着于论，对论进行说明、简介等，服务于论。

但是，应该看到的是，虽然一定程度上，"论"体向"书"体渗透，"书""论"发生交叉融合，但总体而言，"论"体对"书"体的发展演变趋势并未造成大的方向性的影响和改变。当两种文体都较强大，也都发展得相对成熟、体制较为完备时，在某些特殊因素作用下，一种会向另一种渗透，但也只能是局部的、暂时性的，并不能改变另一种文体的发展方向。

第三节　启与表、奏、书

在魏晋六朝文体史上，"启"虽不能归入最重要的文体之列，但其产生与发展，如《文心雕龙·奏启》所言"自晋来盛启，用兼表奏。陈政言事，既奏之异条；让爵谢恩，亦表之别干"②，孙梅《四六丛话》所言"若乃敬谨之忱，视表为不足；明慎之旨，侔书为有余"③，与属于奏议类文体的奏、表，属于书牍类文体的书等发生密切关系，反映了文体演变的一些重要规律，具有较重要的文体学意义。

---

① 如范晔《在狱中与诸甥侄书》言："吾杂传论，皆有精意深旨，既有裁味，故约其词句。至于《循吏》以下及《六夷》诸序论，笔势纵放，实天下之奇作。其中合者，往往不减《过秦》篇。尝共比方班氏所作，非但不愧之而已。……赞自是吾文之杰思，殆无一字空设，奇变不穷，同合异体，乃自不知所以称之。此书行，故应有赏音者。"见（梁）沈约《宋书》，第1830—1831页。

② （梁）刘勰著，詹锳义证《文心雕龙义证》，第873页。

③ （清）孙梅《四六丛话》，王水照编《历代文话》，第4524页。

一、奏、表与作为上奏公文的启

在我国封建时代,上奏类公文经历了一个不断衍生、分化的发展过程,如《文心雕龙·章表》所言:"夫设官分职,高卑联事。天子垂珠以听,诸侯鸣玉以朝。敷奏以言,明试以功。……降及七国,未变古式,言事于王,皆称上书。秦初定制,改书曰奏。汉定礼仪,则有四品:一曰章,二曰奏,三曰表,四曰议。章以谢恩,奏以按劾,表以陈请,议以执异。"①先秦时期,上奏君王言公务用"上书",秦朝改为"奏",而至汉初,被细化为章、奏、表、议四体。至刘勰作《文心雕龙》,列《章表》《奏启》《议对》等篇论上奏类公文;《文选》列表、上书、启、弹事、笺、奏记等数种上奏公文;任昉《文章缘起》对文体的分类颇为细密,所及上奏类公文有表、让表、上书、上疏、启、奏记、笺、谢恩、奏、议、弹文、荐、封事、白事、上章十五种。及至曾国藩《经史百家杂钞》,所列"奏议类"收录了书、疏、议、奏、表、札子、封事、弹章、笺、对策等文体;吴曾祺《文体刍言》将"奏议类"分为奏、议、驳议、谥议、册文、疏、上书、上言、章、书、表、贺表、谢表、降表、遗表、策、折、札子、启、笺、对、封事、弹文、讲义、状、谟、露布二十七种文体。

显见,随着封建国家机器的发展,政治职能分工的细密,以及文书制度的健全,上奏类公文不断衍生出新的类别。上奏类公文在现实政治生活中发挥着实际的作用,它们的不断衍化来自现实的需要。如上文刘勰所谓章、奏、表、议的分化,即源自它们承担了不同的现实功能。又有一些上奏类公文因特殊行文对象的需要衍生,如在汉前,上奏类公文的主要行文对象是君主,随着封建国家的强大,等级制度的逐渐森严,一些针对封建皇帝以外对象的上奏公文产生,如上书三公之府用的奏记,上书太子、诸侯王用的笺等。又有一些上奏类公文则因特殊的传播方式的需求衍生,如封事,上章封以皂囊以求机密;如露布,则宣露以使广闻。不同的身份、场合、礼制、事体等的需要,促使上奏类公文不断立体,细密繁生,如刘永济《十四朝文学要略》所言:"文无类也,体增则类成。体无限也,时久而限广。类可旁通,故转注而转新;体由孳乳,故迭传而迭远。"②

"启"就产生于上奏类公文不断细化的过程中。《文心雕龙·奏启》言:"孝景讳启,故两汉无称。至魏国笺记,始云启闻。奏事之末,或云谨启。"③

---

① (梁)刘勰著,詹锳义证《文心雕龙义证》,第820—826页。
② 刘永济《十四朝文学要略》,第4页。
③ (梁)刘勰著,詹锳义证《文心雕龙义证》,第873页。

认为启文最早产生于曹魏之时,而检严可均《全后汉文》,收有桓谭《启事》和赵息《启京兆尹》两文,虽都仅留残句,但皆是为上奏公务而发。《全三国文》所收启文,有高柔《军士亡勿罪妻子启》、刘辅《论赐谥启》。钟涛《试论晋唐启文的体式嬗变》认为前者标题中"启"是启奏之意,不属文体的专有名词;后者标题中"启"作为文体专有名词的意味则很明显①。但值得注意的是,这些东汉、曹魏时期以"启"名篇的作品,虽皆为上奏言事而发,却都没有出现后来作为启体标志的"启闻""谨启"等字眼。但似又与一般的表、奏文字稍有区别,即所言之事不关国体之大者,如桓谭《启事》奏及郡守之类官吏以隐求官的虚诈现象,赵息《启京兆尹》奏请不应为新任京兆虎牙都尉的唐衡弟专买菜食,高柔《军士亡勿罪妻子启》启奏不应罪及逃跑士卒的妻子儿女,刘辅《论赐谥启》论赐谥应据官秩,皆为公务中之较琐细者而发,故而都篇幅不长。

两晋时期,使用"启闻""谨启"的文章渐多,但"启"体并没有完全发展成熟。一则作为"启"体标志的文字、格式,不仅出现在以"启"名篇的作品中,亦见于他体,如陆云《与兄平原书》35 篇,就有 29 篇以"谨启"结尾。二则检严可均《全晋文》,以"启"名篇的作品,较早的如陆云有 6 篇,皆论政陈事,都以"郎中令臣云言"或"臣云言"开篇,仅《言事者启使部曲将司马给事覆校诸官财用出入启宜信君子而远小人》一篇结以"谨随启以闻"。陆云之后多篇启文,并不见明确的文体标志。直至东晋末年,卞嗣之的《沙门应致敬启》四篇,格式才相对成熟,每篇篇末皆云"谨启",然亦仅第二篇篇首言"侍中臣嗣之等启事重被明诏",有"启"字出现,其余各篇皆以"某某言"开篇。三则较多以"启"名篇的上奏公文,往往篇题中"启"字被用作动词,即如陆云六启(《国起西园第表启宜遵节俭之制》《西园第既成有司启观疏谏不可》《王即位未见宾客群臣又未讲启宜飨宴通客及引师友文学观书问道》《舆驾比出启宜当入朝》《言事者启使部曲将司马给事覆校诸官财用出入启宜信君子而远小人》《国人兵多不法启宜峻其防以整之》),篇题中"启"字均表示"启奏"之意。而如王昶《谢启表》、陆云《国起西园第表启宜遵节俭之制》、刘娥《手疏启救陈元达》,篇题则启、表,启、疏混称。

然而同时,两晋启文如李重《荐曹嘉启》为荐举,王导《请原羊聃启》、司马道子《请崇正文李太妃名号启》《皇太子纳妃启》、傅祇《请原杨骏官属启》为请事,熊远《谏以尚书令荀组领豫州牧启》为劝谏,王彪之《丧不数闰启》

---

①　钟涛《试论晋唐启文的体式嬗变》,《文学遗产》2007 年 4 期。

为议礼,皆是表奏文字的惯常类别。不同的是,它们多篇幅短小,且所及多为细务,如司马道子《请崇正文李太妃名号启》为已故太妃请名号,傅祗《请原杨骏官属启》请不连罪罚及杨骏僚佐,王导《请原羊聃启》为当时声名狼藉的羊聃求生,王彪之《丧不数闰启》议守丧不应计闰月。

综合以上情况可见,"启"从表、奏中分离,并彻底独立,实经历了相当长的时间。两晋时,"启"在形制等方面还没有完全成熟,但它与一般的表、奏在篇幅、所言事务大小上有所区别。

"启"的衍生,乃是出于言细小公务的需要,如前文引孙梅所言,"敬谨"不及表体。相应地,如刘勰所言:"必敛饬入规,促其音节,辨要轻清,文而不侈,亦启之大略也。"①其篇幅也往往短小。将言细小公务这一职能从表、奏中剥离出来,代表着上奏类公文的进一步细化。启体较表、奏稍显随意,数语道尽,创作及使用起来就更方便、自由一些。这一特性,是对一直以来庄重严肃的上奏类公文的稍稍解缚。但其文体职能还是相对欠明确的,故形成独特的文体特征的过程就比较漫长。

"启"从表、奏中独立出来,分担表、奏言细务职能的这一过程,有类于"弹事"一体的衍生。秦汉开始,御史台对百官的弹劾是通过按劾之奏来实现的。吴讷《文章辨体序说》云:"《汉书》注云:'群臣上奏,若罪法按劾,公府送御史台,卿校送谒者台。'是则按劾之名,其来久矣。"②按劾是奏文的重要功用。然《文心雕龙·奏启》言:"陈政事,献典仪,上急变,劾愆谬,总谓之奏。"③奏文上奏言事的范围是非常广泛的,按劾只是其中的一种。以按劾为目的的"弹事"一体正式成立于晋时。刘勰《文心雕龙·奏启》篇言"弹事"一体,先言自汉至晋的"按劾之奏",列举汉魏至晋用以按劾的代表性奏文篇目后,称"后之弹事",应是将"弹事"的成体列在晋或以后。任昉《文章缘起》以晋冀州刺史王深集《杂弹文》为弹事之始④。《隋书·经籍志二》则著录有"《晋弹事》十卷"⑤,是一部以弹事为收录对象的总集。更重要的是,在晋代,"弹事"一体形成了不同于汉魏按劾之奏的独立的文体模式,钱锺书先生在《管锥编》中即举《晋书·庾纯传》所载自劾表文为例,证明此点:"'即主'以上犹立状,举其罪,'谨按'以下犹拟判,定其罚。"⑥弹事"即主"

① (梁)刘勰著,詹锳义证《文心雕龙义证》,第873页。
② (明)吴讷、(明)徐师曾《文章辨体序说 文体明辨序说》,第40页。
③ (梁)刘勰著,詹锳义证《文心雕龙义证》,第851—852页。
④ (梁)任昉《文章缘起》,台湾商务印书馆影印文渊阁四库全书本。
⑤ (唐)魏征等《隋书》,第973页。
⑥ 钱锺书《管锥编》,第1404页。

以上主要陈述所弹劾之人的罪状,"谨按"以下则是呈请量刑定罚。这也是今存南朝"弹事"的通式,钱锺书先生举沈约《奏弹王源》、任昉《奏弹曹景宗》《奏弹刘整》《奏弹萧颖达》、元匡《奏弹于忠》、王显《奏弹石荣抱老寿》等文,力证此点。

"即主。谨按"的格式为弹事所独有,是"弹事"体的独特标志。启体则以始云"启闻"、末云"谨启"为标准模式。

二、谢物小启衍生的文体内在要素

从刘宋开始,特别是至齐梁时期,启文的发展出现了新的变化。除创作数量大增,体式上发展成熟,多采用标准格式外,其功用,一部分沿前代启文,表现为上奏公文的性质,有为荐举,如刘义恭《荐沈邵启》、萧赜《任用沈宪启》、王僧虔《请用谢宪督运启》等;有为自荐,如王融《求自试启》、刘孝绰《求豫北伐启》等;有为劝谏,如萧子良《密启武帝》《请敛塘役钱启》《上武帝请赠豫章王嶷启》、鲍照《论国制启》、谢庄《密诣世祖启》等;有为谢恩,如鲍照《谢上除启》、谢朓《为王敬则谢会稽太守启》,等等。最重要的是,此期启文发生演变、分化,谢物小启衍生,并成为齐梁启文的大宗。当时启文创作较多的作家,谢物小启的创作数量往往占多数,如谢朓今存启文 3 篇,谢物小启占 2 篇;沈约 18 篇,谢物小启占 12 篇;萧统 13 篇,谢物小启占 8 篇;萧纲 46 篇,谢物小启占 20 篇;萧绎 25 篇,谢物小启占 18 篇;刘孝仪 21 篇,谢物小启占 17 篇;庾肩吾 24 篇,谢物小启占 20 篇。这些谢物小启皆为谢赐赉而作。

刘宋时期谢物小启的衍生,首先决定于"启"体自身的内在因素,主要包括两个方面。一是,如前所言,"启"体本是为细小公务而生的上奏文,当人们要对所赐细物表示感谢时,"启"同时满足了对上级、言细事两种要求,是最容易被选用的文体。此不必赘述。

二是,"让爵谢恩,亦表之别干",谢恩本是启承章表而来的一项重要职能,谢物小启的衍生,乃是"启"体此项功能发扬光大的结果。因魏晋此类启文已基本亡佚,我们仅以南朝用于公务之谢恩启为例。南朝的谢恩启较知名的有袁昂《谢武帝启》、鲍照《谢上除启》、江淹《萧太尉子侄为领军江州兖州豫州淮南黄门谢启》、谢朓《为王敬则谢会稽太守启》等,尤以任昉《为卞彬谢修卞忠贞墓启》因被选入《文选》,声名最广。这些谢启一则表达着作者对行文对象的感激之情,如袁昂《谢武帝启》言:"幸约法之弘,承解网之宥,犹当降等薪粲,遂乃顿释钳赭。敛骨吹魂,还编黔庶,濯疵荡秽,入楚游陈,天波既洗,云油遽沐。古人有言:'非死之难,处死之难。'臣之所荷,旷古不书;臣之死所,未知何地。"①袁昂拒降萧衍,后萧衍平建康,不治袁罪,并以之为后军临川王参军事,袁昂上此启谢恩,表达了对梁武帝宥其罪、全其生的感激,"敛骨吹魂"之语也被后人沿用,或有作者真实感受在内。江淹《萧太尉子侄为领军江州兖州豫州淮南黄门谢启》为代言启文,其中言:"臣公言:臣频结崇宠,亟延上爵,休恩动俗,烈荣振古。鸿品清饰,已蔼金图,秀鼎号铭,共茂瑶篆。永言戚虑,鉴寐殷心。况乃秩洽朝门,庆沾国珮。……虽咸馨愚识,恪居匪替。岂足以少塞神渥,裁酬皇眷?嚣黩一盈,惭厉弥积。谈天之辨,不能为臣陈辞;雕龙之文,无以为臣饰愧。静然肃念,徘徊交集,不任忧感沐浴之情。"②因得官受封,秀词锦句犹称无言表谢,感激恩沐之情溢于词间。再则对行文对象进行颂赞。谢朓《为王敬则谢会稽太守启》代王敬则谢封会稽太守,其中有言:"陛下继历胜统,日月重光,得以桓珪兖服,拜奉岁时,视濯献牲,鞠躬郊庙。"③文作于齐武帝继统不久,赞齐武帝统治天下乃使"日月重光",赞语不多而颇能悦主之心。任昉《为卞彬谢修卞忠贞墓启》代卞壼孙卞彬谢齐武帝重修卞壼之墓,赞武帝言:"陛下弘宣教义,非求效于方今;壼余烈不泯,固陈力于异世。但加等之渥,近阙于晋典;樵苏之刑,远流于皇代。"④颂齐武帝能够宣扬忠烈,将武帝做法与晋时相比,尤显武帝仁人远情。且颂武帝对针此事,既不夸大,又能彰显其举动之重大意义,便见颂扬之真诚切实。虽属小文,却见任笔之力。

由感激而颂赞,亦是自然常情。谢恩之启用于琐细公务,同样需要表达此类感情,且用于关系较为密切的上下级之间时,谢物小启的衍生也就好理解了。谢物小启的出现,正是"启"体一些内在要素发扬光大的结果。当然,这些内在要素能够发扬光大,还需一些外在条件的作用。

三、谢物小启与书

刘宋至齐梁谢物小启的作者多高门士族,或皇室成员,也有少数受赏识的寒门庶族,作者群体较集中。作者和行文对象之间一般有较密切的关系,如齐梁时期,谢物小启集中产生于围绕在竟陵王萧子良身边的文人之手,沈约有《谢齐竟陵王教撰〈高士传〉启》《谢齐竟陵王示华严璎珞启》《谢齐竟陵王示永明乐歌启》《谢齐竟陵王赉母赫国云气黄绫裙襦启》等,王融有《谢竟陵王赐纳裘启》《谢竟陵王示扇启》《谢竟陵王示法制启》等。沈约、王融皆

① (清)严可均《全梁文》,第3228页。
② (清)严可均《全梁文》,第3169页。
③ (清)严可均《全齐文》,第2921页。
④ (清)严可均《全梁文》,第3200页。

"竟陵八友"中人物,这些谢物小启皆作于竟陵文学集团活跃的永明年间,显然产生于竟陵王萧子良与文人们的日常交往甚至雅集活动中,是对他们日常琐细生活的一种雅化反映。又谢朓有《谢隋王赐紫梨启》《谢隋王赐〈左传〉启》等,行文对象为隋王萧子隆,谢朓与萧子隆相厚,《南齐书·谢朓传》有记载:"子隆在荆州,好辞赋,数集僚友,朓以文才,尤被赏爱,流连晤对,不舍日夕。"①又如萧梁时期的启文,较多产生于皇室成员萧统、萧纲、萧绎兄弟和他们的僚属之手,有萧统为谢父赐而作,如《谢敕赉水犀如意启》《谢敕赉制旨大涅槃经讲疏启》《谢敕赉制旨大集经讲疏启》《谢敕赉铜造善觉寺塔露盘启》等;有萧纲、萧绎为谢萧统赐赉而作,如萧纲《谢东宫赐裘启》,萧绎《上东宫古迹启》《谢东宫赐白牙缕管笔启》《为姜宏夜姝谢东宫赉合心花钗启》等;又有臣属谢赐赉之作,如刘孝仪《谢东宫赐城傍橘启》《谢东宫赐净馔启》《谢赉锦被启》,张伯绪《谢东宫赉园启》,任孝恭《谢赉钱治宅启》,庾肩吾《谢东宫赐宅启》《谢东宫赉米启》《谢东宫赉古迹启》《谢赉梨启》等。萧氏兄弟因自身皆有较高的文学素养,都素喜与文人来往,如《梁书·昭明太子传》就记载萧统"性宽和容众,喜愠不形于色。引纳文学之士,赏爱无倦。恒自讨论篇籍,或与学士商榷古今。间则继以文章著述,率以为常"②。这样的关系,是上列启文产生的生活基础。再如入于北周的庾信,"至于赵、滕诸王,周旋款至,有若布衣之交"③,所作与赵王、滕王之谢物小启颇多,如《谢滕王集序启》《谢滕王赉马启》《谢赵王赉马并伞启》《谢赵王赉息丝布启》《谢赵王赉丝布启》《谢赵王示新诗启》《谢赵王赉白罗袍袴启》《谢赵王赉犀带等启》《谢赵王赉米启》《谢赵王赉干鱼启》等。

　　南北朝谢物小启的行文对象和作者的关系,或为侯王与其僚属,或为同属皇室成员的父子、兄弟,他们之间往往情谊深厚,启文因谢赠赐而发,表现出明确的私人交流的性质,与"书"体本质上一致。显见,发展至南朝,"启"体衍生出谢物小启一类,这类启文脱离了表、奏的特点,更多向"书"体靠近,与"书"体融合。

　　谢物小启与"书"体的融合,首先表现在,谢物小启为私事而发,具有私人交流的性质。今存南北朝谢物小启,如上所列,大多都是为所赐赉琐细之物如日常器物及食物而作。相应地,这些启文所描写的重点在于日常饮食及生活物用。赐物之举与答谢之作一往一还,赐以珍物,答以美文,私人交

---

①　(梁)萧子显撰《南齐书》,第825页。
②　(唐)姚思廉《梁书》,第167页。
③　(唐)令狐德棻等《周书》,第733页。

往的性质明确。

而且，随着启文的发展，南朝时还出现了一些书、启往来之作，如陶弘景有《与武帝启》五首，萧衍答以《答陶弘景书》四首，就书法创作以及作品真伪进行交流讨论。陶弘景上《进〈周氏冥通记〉启》，萧衍答以《答陶弘景进〈周氏冥通记〉书》。又"启"还用为平行文体，如庾肩吾有《答陶隐居赍术煎启》《答陶隐居赍术蒸启》，皆答陶弘景赠物之作，与"书"没有任何区别。又萧纲有《叙南康简王薨上东宫启》，萧绎有《答晋安王叙南康简王薨书》，所叙为一事，皆因南康简王薨逝而表悲悼之情，仅因行文对象的差别而有用书、用启的不同。这些作品的存在说明，随着表私情的谢物小启的推动，在"书"体的影响下，"启"体总体向"书"体靠拢。

谢物小启与"书"体的融合，第二个重要表现是，与书一样，谢物小启中融汇着作者的感情、生活情趣，反映着文人的生活情态。刘勰引殷高宗"启乃心，沃朕心"解释"启"字，孔颖达疏此句云"当开汝心所有，以灌沃我心"①，即是用来沟通、交流上下级，启发内心之意。谢物小启因产生于情谊深厚的上下级之间，作者往往有以启文获得赐予者赏识、拉近与赐物者距离、展现自我才思之意。如谢朓《谢隋王赐紫梨启》"将恐帝台妙棠，安期灵枣，不得孤擅玉盘，独甘仙席"四句，用帝台之棠、安期之枣两典盛赞隋王所赐紫梨；"虽秦君传器，汉后推餐，望古可俦，于今何答"②四句用秦穆公遗戎王女乐、韩信受餐于汉王两典比隋王之赐梨，既显示作者超人的才学，又暗隐其忠心侍主之情。又如萧纲《谢赍扇启》"肃肃清风，即令象簟非贵；依依散彩，便觉夏室含霜。饮露青蜩，应三伏之修景；群飞黄雀，送六月之南风"，排比对偶，极写所赐之扇夏日送清凉之喜，又以"圣人造物之巧，俯萃庸薄；王府好玩之恩，于兹下被。顶戴曲私，伏增欣跃"表感激与颂赞③，颇显作者寄情细物之情怀。再如庾信《谢赵王示新诗启》以"八体六文，足惊毫翰；四始六义，实动性灵。落落词高，飘飘意远。文异水而涌泉，笔非秋而垂露"赞赵王新诗，"藏之山岩，可使云雾郁起；济之江浦，必当蛟龙绕船"，"琉璃彤管，鹊顾鸾回；婉转绿沉，猿惊雁落"数句，皆以形象生动的比喻象征性语言表达自己对新诗的感受，文字优美而思致亦佳，应对后来的比喻象征性的文学批评手法产生影响。而文末之"寂寞荆扉，疏芜兰径。骖驾来梁，未期卜

---

① （西汉）孔安国传，（唐）孔颖达正义《尚书正义》，（清）阮元校刻《十三经注疏》，第174页。

② （南朝齐）谢朓著，曹融南校注《谢宣城集校注》，上海古籍出版社1991年版，第64页。

③ （清）严可均《全梁文》，第3005页。

日;遣骑到邺,希垂枉道"①数言,则颇含作者对行文对象的深沉思念之情。

南北朝的谢物小启,一方面多为日常琐细之物而发,能于其中看到当时文人与诸王,以及皇室成员之间日常交往的种种情态;另一方面,作者与行文对象之间本素多交往,情谊深厚,谢物小启表达着作者真诚的感情;再者,谢物小启也成为作者展现自我才华、赢得赏识的一条途径,可见作者希求任用之心。这些都使谢物小启更富私人交往的性质,与"书"体相融。

启文在南朝的发展过程中,骈化是一个重要现象。李兆洛《骈体文钞》收录启文49篇,5篇归入"庙堂之制,奏进之篇"②,其余"缘情托兴之作"③44篇,基本皆谢物小启。孙梅《四六丛话》有言:"是以骈俪之文,其盛也,启之为用最多;其衰也,启之为弊差广。"④并以大量篇幅论述此体。可见,"启"是南朝文章骈偶化过程中表现非常典型的一种文体。启文的骈化,当今论者亦多矣,如钟涛《论晋唐启文的体式嬗变》⑤《论六朝骈体书牍文》⑥、陈鹏《论六朝启文的骈化及其艺术得失》⑦、田小中《启文述源》⑧等文,从骈句数量、用典、词藻、声韵等角度力证之。而谢物小启的高度骈化,某种意义上使它成为一种供欣赏的美文,这与齐梁时期的简牍颇有一致之处,齐梁时期的山水写景短札及言情小简,如吴均《与朱元思书》《与施从事书》《与顾章书》、陶弘景《与谢中书书》、萧纲《与萧临川书》、沈约《与陶弘景书》、刘孝标《答刘之遴借类苑书》等,皆骈体成文,文字优美,音节流利。而且篇幅短小,一般数十字,多则百余字,与启在形制上亦复相类。

正因用于私人交流,启向"书"靠拢。至唐代,启得到进一步发展,作品数量大大增加,私人交往性质亦更凸显。它不仅用于向身份地位略高之人行文,身份地位相当者,如朋友之间也多用,与书信功能类似,如柳宗元今存启文21篇,18篇作于被贬谪其间,集中反映着作者彼时的内心感受。从而,隋唐及以后,"书启文"这一说法得到广泛流行。《四库全书总目·四六标准》又言:"至宋,而岁时通候、仕宦迁除、吉凶庆吊,无一事不用启,无一人不用启,其启必以四六。"⑨更见启文发展壮大及受书影响,进一步与书交叉相

---

① （清）严可均《全后周文》,第3933页。
② （清）李兆洛《骈体文钞》,目录第8页。
③ （清）李兆洛《骈体文钞》,目录第19页。
④ （清）孙梅《四六丛话》,王水照编《历代文话》,第4525页。
⑤ 钟涛《论晋唐启文的体式嬗变》,《文学遗产》2007年4期。
⑥ 钟涛《论六朝骈体书牍文》,《广西师范大学学报》1999年4期。
⑦ 陈鹏《论六朝启文的骈化及其艺术得失》,《楚雄师范学院学报》2008年11期。
⑧ 田小中《启文述源》,《渝西学院学报》2003年4期。
⑨ （清）永瑢等撰《四库全书总目》,中华书局1965年版,第1396页。

融的发展趋向。

　　魏晋南北朝时期的总集及文学批评著述,如《文心雕龙》《文选》《文章缘起》等,都是将启作为上奏公文看待的。即如《文选》,虽产生于谢物小启已然大力创作的时期,但因为文学批评滞后于文学创作的特性,其所选仍重在上奏启文,且"启"体本身也列于"上书""弹事"二体之间,表明启作为上奏公文的性质。但到后来,如李兆洛《骈体文钞》,所选谢物小启皆被列入"笺牍类",与同为"心声之献酬"①的书札笺牍并列。曾国藩《经史百家杂钞》"书牍类",书、启、简等都包括在内。清末吴曾祺《文体刍言》对"书牍类"文体的界定沿袭曾氏之例而更为细致,如书、启、笺、札子等皆列其中。刘师培《〈文章学史〉序》亦言:"有由下告上之词,则为奏疏;有同辈相告之词,则为书启尺牍。"②及至今人,如刘湘兰、吴承学《书牍类文体》一文,论及书、尺牍、简、启四体③。这些事实说明,处于启体发展分化时期的著述,更多看到了启在魏晋的发展状态及其上奏公文的性质;而后来者立足于南北朝及之后漫长历史时期启文发展演变的事实,更多看到了启向书靠拢,用于私人交往的私函性质。

　　谢物小启从"启"中分化而出,与书相融,有类于"笺"体的分化发展。如第三章第三节所述,笺产生于东汉,是一种明确反映着封建等级制度的上行公文。但在建安时期,笺受书的影响渗透,衍化出一支言私事、私情的"私笺",并为后人沿承创作,产生了一批优秀的作品。

　　在汉魏六朝时期,"书"作为最为包罗万象、创作数量巨大、名家名篇最多的强势文体,对其他文体有巨大的影响、辐射作用。它不仅在建安时期向笺渗透,促进了私笺的衍生;也在南朝时期,影响于启,促进了用于私人交流的谢物小启的衍生,从而改变了这两种文体的发展轨道。在其他强势文体的影响、渗透下,受作用于自身的某些内在要素的影响,以及外在社会环境的因缘际会,某些文体会发生演变、分化,这是文体发展的重要规律。

---

① （梁）刘勰著,詹锳义证《文心雕龙义证》,第 933 页。
② 刘师培著,陈引驰编校《刘师培中古文学论集》,第 218 页。
③ 刘湘兰、吴承学《书牍类文体》,《古典文学知识》2008 年 5 期。

第五章　诗、赋对实用文体的渗透

汉魏六朝文学史上,诗、赋因抒情、审美的需要而发,无疑是文学性最强的文体,它们在文学版图中占有最重要的分量,对其他文体的影响也最大。如李士彪《魏晋南北朝文体学》一书曾专论诗、赋与其他文体的关系,称魏晋南北朝人对诗、赋非常重视,它们在彼时地位最为显赫,从而影响其他文体:"诗、赋在众多体裁中处于统治地位。由于诗、赋这两大体裁皆以语言表现手法而得名,因此较少受到题材、主题的限制,苍蝇之微,宇宙之大,皆可入诗入赋。文人在写其他体裁的文章时,或因擅长诗、赋,不自觉地将诗、赋的手法运用到文章中;或为了显示自己的诗、赋才能,刻意运用诗赋手法。这导致了众多体裁的诗赋化,体裁的诗赋化又导致了骈文的产生。骈文的发展又促进了骈赋、律诗的形成。在魏晋南北朝,许多体裁都用骈文写成,诗赋的影响无处不在。"①

汉魏六朝时期,作为文学文体的诗、赋和实用文体发生关系,但与诸多实用文体之间的双向影响互渗关系不同,诗、赋与实用文体之间的关系往往是,前者更多影响后者,前者更多向后者渗透,这是由实用文体追求文学性,诗、赋更为强势、影响力更大等因素共同决定的。

第一节　诗与实用文体

诗在中国古代的地位不言而喻,它的巨大价值不仅体现于自身,还体现于对其他文体的影响力。蒋寅先生《中国古代文体互参中"以高行卑"的体位定势》一文引明人张岱所言"诗自《毛诗》为经,古风为典,四字即是碑铭,长短无非训誓。摩诘佞佛,世谓诗禅;工部避兵,人传诗史。由是言之,诗在唐朝,用以取士,唐诗之妙,已登峰造极。而若论其旁引曲出,则唐虞之典

---

① 李士彪《魏晋南北朝文体学》,第132—133页。

谟,三王之诰训,汉魏之乐府,晋之清谈,宋之理学,元之词曲,明之八股,与夫战国之纵横,六朝之华赡,《史》《汉》之博洽,诸子之荒唐,无不包于诗之下已,则诗也而千古之文章备于是矣"①后指出:"这段话清楚地表明,古人认为诗包括了所有文体的共同特征,用今天的话来说就是最集中地体现了文学性,以至'诗性'至今仍是文学性的代名词。诗在众文体中毫无争议地居于首位,它可以向其他文体渗透。"②诗向诸多文体渗透,影响着它们的发展演变。

　　诗与其他文体的关系,当代学者多有注意,如马积高先生《赋史》将赋分为骚体赋、文赋、诗体赋,所谓诗体赋即指由《诗》三百篇演变而来的赋③。吴承学先生《从破体为文看古人审美的价值取向》一文分析了文学史上以诗为词和以词为诗、以文为诗和以诗为文等现象④;《辨体与破体》一文以诗、词的互渗为例,认为破体为文对文学发展具有重要意义⑤。徐公持先生《诗的赋化与赋的诗化——两汉魏晋诗赋关系之寻踪》认为在两汉魏晋时期,诗与赋最初彼此疏隔,后彼此靠拢,终至互相影响,互相渗透,走上比肩发展的道路⑥。陶东风《文体演变及其文化意味·文类交叉和渗透》集中探讨了诗与文、诗与词的关系,梳理了唐之后文学批评家对于诗与文、诗与词互渗的认识⑦。王水照《文体丕变与宋代文学新貌》一文重点例举宋代的以文为诗、以诗为词现象,认为破体为文是宋代一大文学景观⑧。靳启华、曹贤香《论南北朝赋的诗化》认为南北朝的赋受诗的影响、渗透,表现为五七言诗句大规模入赋、赋重视主观抒情⑨。李士彪《魏晋南北朝文体学》认为魏晋南北朝时期,诗、赋在众多文体中处于中枢地位,二者相互渗透,使各自的形制发生变化,同时,它们又对其他文体产生影响,如"文有诗语",即当时各种体裁文章中多见五言、七言诗句,乃诗向其他文体渗透的重要表现⑩。莫道才《六朝诗赋文的同步骈化与文体互融》认为六朝诗、文、赋同步骈化的过程,带来了文体互渗与文体融合,发展到齐梁,形成了赋似诗,或赋中有诗的格

---

① （清）张岱《一卷冰雪文后序》,《琅嬛文集》,岳麓书社 1985 年版,第 53—54 页。
② 蒋寅《中国古代文体互渗中"以高行卑"的体位定势》,《中国社会科学》2008 年 5 期。
③ 马积高《赋史》,上海古籍出版社 1987 年版,第 4—7 页。
④ 吴承学《从破体为文看古人审美的价值取向》,《学术研究》1989 年 5 期。
⑤ 吴承学《辨体与破体》,《文学评论》1991 年 4 期。
⑥ 徐公持《诗的赋化与赋的诗化——两汉魏晋诗赋关系之寻踪》,《文学遗产》1992 年 1 期。
⑦ 陶东风《文体演变及其文化意味》,云南人民出版社 1994 年版,第 67—80 页。
⑧ 王水照《文体丕变与宋代文学新貌》,《中国文学研究》1996 年 4 期。
⑨ 靳启华、曹贤香《论南北朝赋的诗化》,《岱宗学刊》1999 年 3 期。
⑩ 李士彪《魏晋南北朝文体学》,第 132—134 页。

局①。余恕诚、吴怀东《唐诗与其他文体之关系》以诗、文、赋、传奇、词这几种唐代最重要的文体为对象，研究围绕诗歌展开的文体间的交流互动关系②。

诗歌对诸多文体产生影响，是古今学者公认的事实。诗歌是一种典型的抒情性文体，它与讲究实用性的实用文体是什么样的关系，也作为独立的问题较早引起了批评家的注意。如司空图《题〈柳柳州集〉后》有言："尝观杜子美祭太尉房公文、李太白佛寺碑赞，宏拔清厉，乃其歌诗也。"③认为如杜甫、李白这样的诗歌大家，他们的实用文体的风格与诗歌风格一致。宋王铚《四六话序》言："世所谓笺、题、表、启，号为四六者，皆诗赋之苗裔也。故诗赋盛则刀笔盛，而其衰亦然。"④综言诗赋对多种实用文体发展演变的作用。诗歌与实用文体的关系亦引起当今学者的关注。如胡大雷《论中古文体的扩张、互动及非常态化》论及文学文体向其他文体扩张，以宫体诗对赋、连珠、表、书、启、铭等文体的影响为例，论及诗对实用文体的渗透，又论及作为诗歌典型特征的声律向其他实用文体的扩张⑤。余恕诚、吴怀东《唐诗与其他文体之关系》第二章《文中有诗与"以文为诗"》论唐诗与唐文的关系，以诗与作为实用文体的书、序、哀祭文、碑赞为例，认为隶属后者的很多作品在用语与情感表达上与诗歌并无二致，它们展现了诗情诗境；又论及李商隐骈文与诗歌的互相影响关系，指出李商隐所作表、状、启、牒、祝文、序、书、碑、铭、祭文、黄箓斋文等多种骈化的实用文体，与其诗在用典、对仗等方面相通⑥。米臻《魏晋南北朝文章抒情性的强化——以〈文选〉选文为中心》指出，较之两汉，魏晋南北朝文章的抒情性大大强化，尤其表现于哀祭文、书牍文、上下行公文等实用性文体，发生的原因则与诗赋的影响密切相关。同时，诗歌对彼时文章的影响还表现在表现手法、词藻韵律上⑦。

可见，在文学发展的过程中，诗对实用文体产生的影响是确切而广泛的，既表现为后者抒情性的增强，又表现于具体的表现手法、词藻等。汉魏六朝时期，诗歌和诸多实用文体都处于发展演变的重要阶段，彼时诗歌与实用文体的关系除上论外，有其独有的特点，最突出地表现于两个方

---

① 莫道才《六朝诗赋文的同步骈化与文体互融》，《求索》2017 年 4 期。

② 余恕诚、吴怀东《唐诗与其他文体之关系》，中华书局 2012 年版。

③ （唐）司空图《司空表圣文集》，《四部丛刊》本。

④ （南宋）王铚《四六话》，王水照编《历代文话》，第 6 页。

⑤ 胡大雷《论中古文体的扩张、互动及非常态化》，《学术月刊》2012 年 9 期。

⑥ 余恕诚、吴怀东《唐诗与其他文体之关系》，中华书局 2012 年版，第 118—194 页。

⑦ 米臻《魏晋南北朝文章抒情性的强化——以〈文选〉选文为中心》，山东师范大学 2015 年硕士学位论文。

面：一则诗歌题材、内容对实用文体的渗透，形成了很多异体同题（材）的现象；二则四言诗对颂、赞、箴、铭、诔、碑等多种实用文体产生强烈影响。下面试析之。

一、诗歌的题材、内容渗透于实用文体

汉魏六朝时期，诗歌和实用文体往往呈现相同的题材和内容，这些题材和内容在诗歌中是传统，在实用文体中却很新鲜，是诗歌影响于实用文体的直接体现。建安时期的赠答诗、公宴诗、游览诗与书牍文，西晋时的哀伤诗与哀祭文，东晋南朝的山水诗与山水诗序、地志等，都尤其鲜明地体现了汉魏六朝时期诗歌与实用文体的关系。

建安时期的书信，大概可以分为两类。一与政事相关，如孔融《论盛孝章书》、陈琳《为曹洪与魏文帝书》、阮瑀《为曹公作书与孙权》等，这是沿承两汉书信传统的创作。二呈现邺下文人的日常生活，如《文选》所选曹丕、曹植兄弟和邺下文人来往的信件：杨修《答临淄侯笺》、繁钦《与魏文帝笺》、陈琳《答东阿王笺》、吴质《答魏太子笺》《在元城与魏太子笺》、曹丕《与朝歌令吴质书》《又与吴质书》《与钟大理书》、曹植《与杨德祖书》《与吴季重书》、吴质《答东阿王书》。后者是建安书信主要成就所在，它们的取材和主要内容与彼时诗歌颇有重合。

一写曹丕、曹植兄弟与诸文人的游宴生活，如曹丕《与朝歌令吴质书》所言：“每念昔日南皮之游，诚不可忘。既妙思六经，逍遥百氏；弹棋间设，终以六博。高谈娱心，哀筝顺耳。驰骋北场，旅食南馆，浮甘瓜于清泉，沉朱李于寒水。白日既匿，继以朗月，同乘并载，以游后园，舆轮徐动，参从无声，清风夜起，悲笳微吟，乐往哀来，怆然伤怀。”①兼写游览与宴饮。《与吴质书》言：“昔日游处，行则连舆，止则接席，何曾须臾相失。每至觞酌流行，丝竹并奏，酒酣耳热，仰而赋诗，当此之时，忽然不自知乐也。”②偏写宴饮。这类内容更多地出现在彼时的诗歌中。如曹植、王粲、刘桢都有以“公宴”题名的诗作，写当时文人的游宴生活，曹植和刘桢《公宴诗》侧重写游赏所及：“清夜游西园，飞盖相追随。明月澄清景，列宿正参差。秋兰被长坂，朱华冒绿池。潜鱼跃清波，好鸟鸣高枝。神飙接丹毂，轻辇随风移。”③“月出照园中，珍木郁苍苍。清川过石渠，流波为鱼防。芙蓉散其华，菡萏溢金塘。灵鸟宿水

---

① （梁）萧统编，（唐）李善注《文选》，第590—591页。
② （梁）萧统编，（唐）李善注《文选》，第591页。
③ （梁）萧统编，（唐）李善注《文选》，第282页。

裔,仁兽游飞梁。华馆寄流波,豁达来风凉。"①王粲《公宴诗》描绘宴饮之
乐:"高会君子堂,并坐荫华榱。嘉肴充圆方,旨酒盈金罍。管弦发徽音,曲
度清且悲。合坐同所乐,但愬杯行迟。"②

　　二抒发对对方的思念之情并感叹人生。尤以曹丕所写最为动人,《与朝
歌令吴质书》在写宴饮之乐后言:"余顾而言,斯乐难常,足下之徒,咸以为
然。今果分别,各在一方。元瑜长逝,化为异物,每一念至,何时可言! 方今
蕤宾纪时,景风扇物,天气和暖,众果具繁。时驾而游,北遵河曲,从者鸣笳
以启路,文学托乘于后车。节同时异,物是人非,我劳如何!"③物是而人非,
道尽世间常情,令人动容。《与吴质书》则先叙对于"徐、陈、应、刘,一时俱
逝"的"痛可言邪"的深沉哀伤,然后在对往日共同美好生活的回忆中生出
"已成老翁,但未白头"的感叹,骆鸿凯评此文曰:"子桓文便娟宛约,颇极徘
徊往复之情。……尔则子桓之才,虽富文藻,而遭会所逢,尤多感慨,宜其俯
仰唏嘘,一往情深也。"④情感的婉转深沉使这篇文章富有了诗的情韵。实
则,其所表现正于彼时的赠答诗中常见。如刘桢《赠徐幹》抒发思念之情云:
"思子沉心曲,长叹不能言。起坐失次第,一日三四迁。"作者的感情是如此
深沉,实在无可告慰,只有"步出北寺门,遥望西苑园",而当看到"细柳夹道
生,方塘含清源。轻叶随风转,飞鸟何翻翻"⑤这样自然界生生不息的变化
之后,不禁"涕下与衿连",将对朋友的思念与对生命的思考融为一体。又如
刘桢《赠五官中郎将四首》其三先因秋而感怀:"秋日多悲怀,感慨以长叹。
终夜不遑寐,叙意于濡翰。明灯曜闺中,清风凄已寒。白露涂前庭,应门重
其关。四节相推斥,岁月忽欲殚。"感叹时间流转,光阴易逝,在岁月已晚之
时,尤起友朋之思:"壮士远出征,戎事将独难。涕泣洒衣裳,能不怀所
欢?"⑥建安时期的赠答诗,与书信一样,常常将友朋之念与人生之思两种情
感结合在一起抒写,情感的深沉动人,使诗歌更为生动,使书信富有诗歌的
情韵。

　　建安时期的书信和诗歌表达了类似的情感和内容,书信富有诗歌的情
韵,鲜活地展现出诗歌对实用文体的影响渗透,而非相反。因为在建安之
前,如游宴、思念友朋、感叹人生等本已是诗歌的重要题材,而这些题材在之

　　① (梁)萧统编,(唐)李善注《文选》,第283页。
　　② (梁)萧统编,(唐)李善注《文选》,第283页。
　　③ (梁)萧统编,(唐)李善注《文选》,第591页。
　　④ 骆鸿凯《文选学》,第495—496页。
　　⑤ (梁)萧统编,(唐)李善注《文选》,第337页。
　　⑥ (梁)萧统编,(唐)李善注《文选》,第337页。

前的书信中则颇少见到。建安之前的书信名篇，如李陵《答苏武书》、司马迁《报任安书》、杨恽《答孙会宗书》等表达感情都真挚热烈，但所写都由政治上的不如意，而成一种愤激与无奈。建安书信显然与之前书信不类，其所表达的情感与彼时诗歌相近，且是诗歌的传统内容。汉乐府之《长歌行》《薤露行》《蒿里行》《怨歌行》《西门行》等都集中抒发了生命易逝的感叹；《古诗十九首》中，如《青青陵上柏》《今日良宴会》虽不以写游宴为目的，但都有所述及，而如《回车驾言迈》《东城高且长》《驱车上东门》《去者日以疏》《生年不满百》等则皆是感叹人生短暂无常的名篇。也就是说，建安诗歌所表达的内容，虽带着明确的时代特征，但同样源自对传统的继承，在继承中又有发展。建安书信抒写了同样的内容，未见于前代书信，是建安文人生活鲜活生动的反映，又是同时期及前代诗歌启发和影响的结果。而且，这些书信因重情感的抒发，富有诗的情韵。

综而言之，建安时期书信受到了同时期诗歌的影响和渗透，又因为萧统《文选》的选录与强调，成为文学史上浓墨重彩的一笔，对后世影响深远。

《文选》诗有"哀伤"类，收录包括潘岳《悼亡诗》、谢灵运《庐陵王墓下作》等在内的哀悼亡者的诗作。《文选》文有诔、哀、碑文、墓志、吊文、祭文等文体，同样为亡者而发。从《文选》的文类划分及选文可以见出，如诔、哀、碑文、墓志、吊文、祭文等实用性文体，与以抒情为目的的悼念亡者的诗歌，在题材内容方面，本身已有一致之处，这成为它们发生联系的基础。事实上，在发展的过程中，它们确实关系密切，尤其体现在两者兼善的作家身上，如潘岳。潘岳善述哀情，前人早有定评，他悼念亡者的作品，既有诗歌，又有哀辞、诔文、祭文、吊文、哀策等数体之文。

潘岳今存诗歌如《内顾诗》二首、《悼亡诗》三首、《杨氏七哀诗》等为哀悼亡妻而作，《思子诗》为怀念幼子而发。其今存哀诔文如《景献皇后哀策文》有关国家礼制，但更多则是悼念亲朋之作。潘岳这些哀诔文与诗歌在情感表达、表现手法，甚至遣词造句等方面都表现出互通的痕迹。如《为诸妇祭庾新妇文》为代言体，乃潘岳代庾氏姒娣祭奠庾氏之作。今存残篇皆四言韵语，主要抒发了对亡逝者的哀思怀念之情，"室虚风生，床尘帷举"，写人去室空，与其《悼亡诗》"帷屏无仿佛，翰墨有余迹。流芳未及歇，遗挂犹在壁"的写法相同，物是而人非，景象真切悲凉。《哀永逝文》乃悼念亡妻之作，被收入《文选》"哀"体，描写了亡妻由启殡、祖奠、发引至入葬的过程，饱含着作者的无限深情。写祖祭后的发引云："停驾兮淹留，徘徊兮故处。周求兮何获？引身兮当去。去华辇兮初迈，马回首兮旋旆。风泠泠兮入帷，云霏霏兮承盖。鸟俯翼兮忘林，鱼仰沫兮失濑。怅怅兮迟迟，遵吉路兮凶归。思其人兮已灭,览余迹兮未夷。"①灵棺即将启行,作者徘徊于灵室,四处寻觅而不得妻子身影;启行之后,路途上感受到的是冷风凄凄、乌云漫漫,觉得鸟、鱼也在为其悲伤。与之有异曲同工之妙的是《悼亡诗》其三中的描写:"徘徊墟墓间,欲去复不忍。徘徊不忍去,徙倚步踟蹰。落叶委埏侧,枯荄带坟隅。"②同样徘徊留恋,孤寂凄苦之时,满目唯见落叶、枯枝,借景抒情而情景交融。《哀永逝文》最后写及葬后归家:"户阖兮灯灭,夜何时兮复晓?归反哭兮殡宫,声有止兮哀无终。是乎非乎何皇?趣一遇兮目中。既遇目兮无兆,曾寤寐兮弗梦。既顾瞻兮家道,长寄心兮尔躬。"因妻子的离去,家中已黯然无光,自己昼夜思念,悲不能已。《杨氏七哀诗》写及类似情景:"堂虚闻鸟声,室暗如日夕。昼愁奄逮昏,夜思忽终昔。展转独悲穷,泣下沾枕席。"又《哀永逝文》"重曰"部分云:"已矣!此盖新哀之情然耳。渠怀之其几何?庶无愧兮庄子。"是对自己悲不自胜的无可奈何的安慰,这样的内容同样出现在悼亡诗歌中,如《悼亡诗》其一之"庶几有时衰,庄缶犹可击",《杨氏七哀诗》之"人居天地间,飘若远行客。先后讵能几,谁能弊金石",都是求得自我解脱的无力尝试,源自人内心无力承受的极度悲痛之情。再如《伤弱子辞》《思子诗》皆为未满三月而夭亡的幼子而作,取材相同,《伤弱子辞》以"咨吾家之不嗣,羌一适之未甄。仰崇堂之遗构,若无津而涉川",感叹幼子未能成人而夭亡,以致无人继承祖业。《思子诗》则以"奈何念稚子,怀奇陨幼龄。追想存仿佛,感道伤中情"表达了同样的感伤。《伤弱子辞》又以"叶落永离,覆水不收"感叹生命之一去不复返,《思子诗》亦叹以"一往何时还,千载不复生"。诗和哀辞取材相同,悲伤之情及由之而来的感慨亦同,确实异曲同工。

潘岳的哀诔文深情绵邈,有着诗的内在情韵。哀辞、诔等文体在发展的过程中,都经历了一个述哀成分增加、抒情性增强的过程,曹植、潘岳是这一发展过程中的关键作家,这一发展过程与很多因素,如文学观念、价值观念、重情的社会背景、文学发展的内部动力等皆有关系,受诗的影响亦是一个很重要的原因。在潘岳之前,许多诗歌已以悲悼亡者为主题,如汉武帝有《思奉车子侯歌》和《李夫人歌》,分别为悼念奉车都尉霍嬗和宠妃李夫人而作。前者之亡令作者"不觉涕下兮沾裳",后者因作者的强烈思念,竟至产生幻觉:"是邪非邪?立而望之,偏何姗姗其来迟。"而在《古诗十九首》中,也有多首表达思念亲人之情,如《行行重行行》《涉江采芙蓉》《冉冉孤生竹》《迢

---

① (梁)萧统编,(唐)李善注《文选》,第795页。下引该文皆出此,不再标注。
② (梁)萧统编,(唐)李善注《文选》,第331页。下引该文皆出此,不再标注。

迢牵牛星》等,思念而不得的悲伤时时流露在诗中,这种感情无疑会对后来悲悼亲友的诗歌和哀祭文产生影响。潘岳的悲悼诗歌多与哀祭文悲悼对象相同,表达的感情也相类,后者因表情的深沉,往往富有诗的韵致,悲悼类诗歌对哀祭文的影响、渗透,清晰可见。

魏晋南北朝特别是南朝时期,山水诗和实用体裁的山水文都获得了很大的发展。因取材的一致性,山水诗和山水文自然关系密切,山水诗对山水文的影响、渗透,主要表现于两个方面。一则诗序类山水文,序文与诗相得益彰,服务于诗的序显然围绕诗的内容展开。魏晋南北朝产生的"序"体山水文主要有:石崇《金谷诗序》、王羲之《兰亭集序》、桓玄《南游衡山诗序》、陶渊明《游斜川诗序》、阙名《庐山诸道人游石门诗序》、湛方生《庐山神仙诗序》、萧子显《行宅诗序》等。这些诗序或存全篇,或余零章,诗或存或不存,在彼时的山水文中占据重要位置。我们仅以诗、序俱存者为例,看二者的关系。石崇的《金谷诗序》乃为金谷雅集诸人诗作所写的序文,序文描述金谷园中景致及诸人雅集之乐。写园中景致云:"有清泉茂林,众果、竹柏、药草之属……莫不毕备。又有水碓、鱼池、土窟,其为娱目欢心之物备矣。"称金谷园中诸物齐备,可为娱乐。又写雅集时的音乐享受:"时琴、瑟、笙、筑,合载车中,道路并作;及住,令与鼓吹递奏。"①《金谷诗序》表现出明确的沉湎于物质享受的倾向。金谷雅集参与者不少,但留存至今的完整诗作却仅有潘岳《金谷集作诗》一首。与《金谷诗序》相同,《金谷集作诗》亦描写了金谷园中的景致:"回溪萦曲阻,峻阪路威夷。绿池泛淡淡,青柳何依依。滥泉龙鳞澜,激波连珠挥。前庭树沙棠,后园植乌椑。灵囿繁若榴,茂林列芳梨。"亦叙音乐之美:"扬桴抚灵鼓,箫管清且悲。"②一序一诗虽出自不同人之手,但诗与序中所表现的内容,以及所表达的追求物质享受的倾向与欲望,却都一致。

东晋兰亭雅集今存诗作较多,王羲之为之所作序文《兰亭集序》亦为千古名篇。兰亭雅集所产生的诗作,大致涉及三方面内容。一写游赏,融山水之美、饮酒之乐及临流赋诗之雅兴于一体,如谢万"碧林辉杂英,红葩擢新茎。翔禽抚汗远,腾鳞跃清泠",王彬之"丹崖竦立,葩藻映林。渌水扬波,载浮载沉",写山水之美,皆色彩鲜明艳丽;孙绰"流风拂枉渚,停云荫九皋。莺羽吟修竹,游鳞戏澜涛。携笔落云藻,微言剖纤毫。时珍岂不甘,忘味在闻韶",以清雅之景衬赋诗之趣、游赏之乐;郗昙"温风起东谷,和气振柔条"则

---

① (清)严可均《全晋文》,第 1651 页。
② (梁)萧统编,(唐)李善注《文选》,第 293 页。

一派温暖平和气氛。二写山水游冶令人忘记忧愁,如徐丰之"清响拟丝竹,班荆对绮疏。零觞飞曲津,欢然朱颜舒",王肃之"在昔暇日,味存林岭。今我斯游,神怡心静""嘉会欣时游,豁尔畅心神",王徽之"散怀山水,萧然忘羁",魏滂"三春陶和气,万物齐一欢。明后欣时康,驾言映清澜。亹亹德音畅,萧萧遗世难",王蕴之"散豁情志畅,尘缨忽以捐。仰咏挹遗芳,怡神味重玄",皆言与山水欣然一体,令人暂忘世间烦恼。三写在山水游览中体悟玄理,如谢安"万殊混一象,安复觉彭殇",王彬之"临川欣投钓,得意岂在鱼",王徽之"先师有冥藏,安用羁世罗。未若保冲真,齐契箕山阿",庾友"驰心域表,寥寥远迈。理感则一,冥然玄会",都是由山水启迪哲思。显然,这三方面的内容,也正是王羲之《兰亭集序》所集中表达的。另外,王羲之在兰亭雅集中也留下了一首四言诗和一首五言诗,由于与序文同出一手,就表现出更多的契合。如序文言"虽无丝竹管弦之盛,一觞一咏,亦足以畅叙幽情",五言诗言"虽无丝与竹,玄泉有清声。虽无啸与歌,咏言有余馨",不仅语意相同,用词亦复相类。同样的情况还有,序文言"是日也,天朗气清,惠风和畅",四言诗言"欣此暮春,和气载柔",皆言雅集之日天气晴朗温和。序又言:"向之所欣,俯仰之间,已为陈迹,犹不能不以之兴怀。况修短随化,终期于尽。古人云:'死生亦大矣。'岂不痛哉!"感叹万物随着时间的流逝而渐趋消亡,故而引起古今人的长叹。其五言诗亦有言:"合散固其常,修短定无始。造新不暂停,一往不再起。于今为神奇,信宿同尘滓。谁能无此慨,散之在推理。言立同不朽,河清非所俟。"①言万物消亡的道理与序所言同,言由此引起人们的无限感叹亦同于序。

他如陶渊明《游斜川诗》及其序文,序文言游斜川之日"天气澄和",众人"临长流,望曾城,鲂鲤跃鳞于将夕,水鸥乘和以翻飞",写出川中一片活跃景象。诗言"气和天惟澄,班坐依远流;弱湍驰文鲂,闲谷矫鸣鸥",述景与序文完全相同。序又写曾城景象:"若夫曾城,傍无依接,独秀中皋。"诗亦有述:"迥泽散游目,缅然睇曾丘;虽微九重秀,顾瞻无匹俦。"又由山川之不朽,想及生命之有穷,序叹以"悲日月之遂往,悼吾年之不留",诗言以"中觞纵遥情,忘彼千载忧。且极今朝乐,明日非所求"②。序文与诗作在用语、构思、行文线索等方面都是一致的。

另可注意者是谢灵运的《游名山志》与山水诗的关系。《游名山志》是谢灵运为所游历名山胜水所作之记,类似于东晋以来的地记作品,它与谢灵

① 以上兰亭雅集诗作见(宋)桑世昌集《兰亭考》,浙江人民美术出版社2009年版。
② 以上见《陶渊明资料汇编》,中华书局1962年版,第60页。

运的山水诗正可互相参证,如谢灵运的山水诗有《石室山》,《游名山志》有《石室山》;诗有《游赤石进帆海》,志有《赤石山》;诗有《石壁精舍还湖中作》,志有《会稽郡石壁山》;诗有《南楼中望所迟客》,志有《南门楼》;诗有《登石门最高顶》,志有《石门山》;诗有《从斤竹涧越岭溪行》,志有《神子溪》①;诗有《登临海峤初发强中作与从弟惠连见羊何共和之》,志有《临江楼》《强中》;诗有《入华子冈是麻源第三谷》,志有《临川郡华子冈》。这些志实皆可视为诗的序文。如志之《会稽郡石壁山》介绍石壁精舍所在及周围环境:"湖三面悉高山,枕水渚。山溪涧凡有五处,南第一谷,今在所谓石壁精舍。"此实可为《石壁精舍还湖中作》一诗之注脚,对诗起到补充说明的作用,李善即引志以注诗。又如志之《赤石山》言:"永宁、安固二县中路东南便是赤石,又枕海。""赤岩山水石之间,唯有甘蔗林,高者十丈。"描述赤石山的地理位置及物产,亦有助理解《游赤石进帆海》一诗。又如志之《石室山》言:"楠溪入一百三十里有石室,北对清泉,高七丈,广十三丈,深六十步,可坐千人。状如龟背,石色黄白,扣之声如鼓。沿山石壁,高十二丈。古老传云是石室步廊。""名(石)室药多黄精。""石室紫苑。"写石室山用的是说明和描述性的文字,一如它志,但此志着重写石室山的神仙之迹,写出了脱世之感,这就与同名的《石室山》诗所表达的情绪一致:"虚泛径千载,峥嵘非一朝。乡村绝闻见,樵苏限风霄。微戎无远览,总笄羡升乔。灵域久韬隐,如与心赏交。合欢不容言,摘芳弄寒条。"又志之《临川郡华子冈》言:"华子冈,麻山第三谷。故老相传,华子期者,禄里弟子,翔集此顶,故华子为称也。""华子冈上杉千仞,被在崖侧。"着重写此冈得名来由,描述其环境则言杉松千仞,突出的都是其仙道氛围。此与《入华子冈是麻源第三谷》一诗同:"遂登群峰首,邈若升云烟。羽人绝仿佛,丹丘徒空筌。图牒复磨灭,碑版谁闻传?莫辩百世后,安知千载前。且申独往意,乘月弄潺湲。恒充俄顷用,岂为古今然!"②写华子冈高耸险要,仿佛有羽人往返,令作者生羡慕之意。总体而言,谢灵运山水诗与《游名山志》一如诗与序的关系,一则《游名山志》可对诗起到补充说明的作用,李善即多引志以注诗;二则《游名山志》所流露出的感情倾向与山水诗往往一致,两者可相互印证、诠释。如《游名山志》序文所言:"夫衣食,生之所资,山水,性之所适。今滞所资之累,拥其所适之性耳。俗议多云,欢足本在华堂,枕岩漱流者乏于大志,故保其枯槁。

---

① 《从斤竹涧越岭溪行》一诗李善有注云:"谢灵运《游名山志》曰:神子溪,南山与七里山分流,去斤竹涧数里。"则此诗所谓"溪"即《游名山志》之"神子溪"。李善注见(梁)萧统编,(唐)李善注《文选》,第315页。

② 以上谢灵运山水诗见(南朝宋)谢灵运著,黄节注《谢康乐诗注》,中华书局2008年版。

余谓不然。君子有爱物之情,有救物之能,横流之弊,非才不治。故有屈己
以济彼,岂以名利之场,贤于清旷之域邪?"①言自己乃因乐爱山水,故选择
隐居,这与其山水诗表达的情绪一致。由此可见,谢灵运的《游名山志》与其
山水诗有着密切的关系,二者相互影响渗透,从而可以相互印证。

　　山水诗对实用体裁的山水文的影响渗透,另一个重要表现是山水文往
往含有诗的情韵。莫砺锋先生《南朝山水文初探》有言:"山水文在篇章和
字句方面的演变,可以部分地归因于诗歌在体制上的一些特征逐渐渗入了
山水文。诗歌对山水文最重要的影响则在意境方面。"②具体而言即山水文
往往也饱含着作者的感情,能做到情景交融,富有诗的情味韵致。典型的如
鲍照《登大雷岸与妹书》,文章开首极写旅途之艰辛:"吾自发寒雨,全行日
少,加秋潦浩汗,山溪猥至,渡沂无边,险径游历,栈石星饭,结荷水宿,旅客
贫辛,波路壮阔,始以今日食时,仅及大雷。途登千里,日逾十晨,严霜惨节,
悲风断肌,去亲为客,如何如何!"不由使读者联想到鲍照因出身低微而仕途
艰辛的命运,而作者未尝无此寓意。故文章紧接着即言:"向因涉顿,凭观川
陆;邀神清渚,流睇方曛;东顾五洲之隔,西眺九派之分;窥地门之绝景,望天
际之孤云。长图大念,隐心者久矣。"直言历山川之景,而消仕进之心,生隐
逸之望。文章结尾复现一片萧瑟孤寂悲凉之景:"夕景欲沉,晓雾将合,孤雏
寒啸,游鸿远吟,樵苏一叹,舟子再泣。诚足悲忧,不可说也。风久(按,久当
作吹)雷飙,夜戒前路。下弦内外,望达所届。"③作者把自我的经历、对人生
的感慨体会融入对景物的描绘中,文章呈现的是山川之景,让我们感受到的
却是作者孤寂凄清的内心。文写山水却有着诗的内在韵致。鲍照又有《瓜
步山揭文》,写瓜步山之美,言此山"亦江中眇小山也,徒以因迥为高,据绝作
雄,而凌清瞰远,擅奇含秀",瓜步山不大,但因所处地势高,而颇能引人注
目,令作者生出"是亦居势使之然也"之叹。作者由此领会到的是"故才之
多少,不如势之多少远矣"④,这既是对自身命运的感叹,更是对当时社会的
深刻认识。作者写此揭文的目的也就明确了——意在抒发才秀人微的愤怨
不平之情,这也正是鲍照诗歌最重要的主题。此文尤可见受诗的主题意趣
影响的痕迹。

　　魏晋南北朝时期,诗的题材、内容向实用文体渗透,尤其突出地表现于

---

①　以上引《游名山志》见张兆勇《谢灵运集笺释》,中国社会科学出版社 2017 年版,第 167—
　　173 页。
②　莫砺锋《南朝山水文初探》,《中国文学研究》1996 年 1 期。
③　以上见(南朝宋)鲍照著,丁福林、丛玲玲校注《鲍照集校注》,中华书局 2012 年版,第 877 页。
④　(南朝宋)鲍照著,丁福林、丛玲玲校注《鲍照集校注》,第 981 页。

建安时期的书信与赠答诗、公宴诗、游览诗,潘岳悼念亡者的诗歌和哀诔文,以及山水诗和实用体裁的山水文。由于受诗的影响,实用文章往往饱含诗的情韵,成为文学史上的精品。这是文体渗透对文学创作产生积极作用的明确表现,见出其对文学发展的重要意义。

二、四言诗与颂、赞、箴、铭、诔、碑等实用文体

汉魏六朝时期,在诗与实用文体的关系中,尤其需要关注的是四言诗与颂、赞、箴、铭、诔、碑等主要以四言韵文成篇的实用文体的关系。颂、赞、箴、铭、诔、碑在汉魏六朝的实用文体中占据尤其重要的位置,《文心雕龙》全部论及,《文选》全部立体,《典论·论文》论及铭、诔,《文赋》所论十体,包括上述除赞外的五体,《文章流别论》今存残文论及十一种文体,亦包括上述除赞外的五体。汉魏六朝是四言诗衰落的时期,却又是颂、赞、箴、铭、诔、碑等体成体、发展的最重要时期,此期四言诗对上述实用文体的渗透,是后者发展演变的关键,故而研究汉魏六朝的文体互渗现象,此二者的关系必须予以关注。

(一) 四言诗的衰落与颂、赞、箴、铭、诔、碑等体式的定型

四言诗体在《诗经》时代最为盛行,至汉魏六朝时期由于自身的局限性及其他诗体的兴起,逐渐没落,总体创作量不大,优秀作品和作家就更少。但是,四言诗所运用的四言句式,却并未随着四言诗的衰落而被抛弃,而是像很多学者指出的那样,它被颂、赞、箴、铭、诔、碑等实用文体吸收利用①,又放异彩。吴讷《文章辨体序说》曾言:"大抵箴、铭、赞、颂,虽或均用韵语而体不同。"②指出如箴、铭、颂、赞等属于不同的文体,但它们在语言体式上颇有一致之处,即皆用韵语。这些实用文体四言韵文的体式特征,皆形成于汉魏六朝时期。

颂是源于《诗经》三颂的一种文体。李斯刻石是颂体发展史上的重要作品,它们歌功颂德,皆通篇四言。但四言还不是秦时颂文的唯一体式,如稍后于李斯的周青臣今存有《进颂》之篇,颂扬秦始皇功德的主旨类同于李斯刻石,但在行文方式上却大有不同。全文不押韵,虽亦多四言偶句,但五言、八言、九言等穿插其中,是一篇典型的散体颂文。至汉代,颂体有散文式、骈

---

① 此可参考褚斌杰《中国古代文体概论》(北京大学出版社 1984 年版,第 55—57 页)、吴承学《辨体与破体》(《文学评论》1991 年 4 期)、倪其心《汉代诗歌新论》(百花洲文艺出版社 1992 年版,第 61—62 页)、张新科《文化视野中的汉代文学》(中国社会科学出版社 2006 年版,第 278—290 页)等。

② (明)吴讷、(明)徐师曾《文章辨体序说　文体明辨序说》,第 46 页。

散结合式,骚体、骚体与四言结合式,杂言等诸多类型。如董仲舒的《山川颂》,采用散体式,东方朔的《旱颂》全用骚体。而且即便是同一作者的颂文,也并不采用统一的形式,如班固《窦将军北征颂》为三言、四言与骚体的组合,《东巡颂》则为杂言体,三言、四言、六言句式错杂运用。但更多的是四言韵文成篇,如汉代颂文的代表作班固《安丰戴侯颂》、史岑《出师颂》、扬雄《赵充国颂》、傅毅《显宗颂》,它们或为《文心雕龙》所论,或为《文选》所选,或两者皆及之,皆通体四言。特别是经蔡邕、曹植的创作,四言韵文渐成为颂体文的通式。

赞文,早期用以辅助、说明事物,有史赞、婚物赞、像赞等,如严可均《全上古三代秦汉三国六朝文》所收最早的赞文是产生于东汉前期的一篇婚物赞——郑众《婚礼谒文赞》,于婚礼中用到的礼物如雁、稉米、卷柏、嘉禾等,每物写赞文一首,从今所存看,皆用四言韵文。史赞也是赞体文的重要一类。班固《汉书》在传记之末首用"赞曰"的形式,其用意在于补充史事、褒贬评论、阐明撰述义例、说明材料取舍等,所用还是散化的文字。至《后汉书》,则全用四言韵文,从而成为史籍的通例。后来赞体的功能转向赞美,刘勰谓之"颂家之细条"①,出现了诸多与颂体一致的特征,一度人们主要以篇幅的长短区分二者。与颂体一样,表示颂美之意的赞体采用的也是四言韵文的体式。

今天保存完整的最早的箴文是产生于周代的《虞箴》,《左传·襄公四年》有载:"昔周辛甲之为大史也,命百官,官箴王阙。于《虞人之箴》曰:'芒芒禹迹,画为九州,经启九道。民有寝、庙,兽有茂草;各有攸处,德用不扰。在帝夷羿,冒于原兽,忘其国恤,而思其麀牡。武不可重,用不恢于夏家。兽臣司原,敢告仆夫。'《虞箴》如是,可不惩乎?"②《虞箴》采用四言韵文的体式,它对后来箴体文的创作产生了巨大影响。扬雄是箴体文的代表作家,《汉书·扬雄传》言扬雄"箴莫善于《虞箴》,作《州箴》"③,扬雄箴文传至东汉亡佚数篇后,有人进行了增补,《后汉书·胡广传》载:"初,杨雄依《虞箴》作《十二州》《二十五官箴》,其九箴亡阙,后涿郡崔骃及子瑗又临邑侯刘騊駼增补十六篇,广复继作四篇,文甚典美。乃悉撰次首目,为之解释,名曰《百官箴》,凡四十八篇。"④这些箴文成为汉魏六朝箴体发展史上最重要的作品,它们皆模仿《虞箴》,采用四言韵文的体式,后来其他箴体作品的语言

① （梁）刘勰著,詹锳义证《文心雕龙义证》,第349页。
② 杨伯峻编著《春秋左传注》,第938—939页。
③ （东汉）班固《汉书》,第3583页。
④ （南朝宋）范晔《后汉书》,第1511页。

体式也大体相同。

铭体起源甚早,文献所载如《黄帝铭》六篇、汤之《盘铭》、春秋时卫国孔悝《鼎铭》等,或杂言,或三言,或散体。李斯的刻石对铭文的发展产生影响,从严可均所辑来看,汉代创作铭文较多的作家,如李尤、冯衍、崔骃、蔡邕等,所作铭文多用四言韵文,直至梁朝"铭"文名家陆倕创作《石阙铭》《新刻漏铭》,仍习之不改,四言韵文遂成为"铭"体的一般体式特征。

诔文在发展的最初阶段,体式并不统一。今存较早的诔文是春秋时期柳下惠妻的《柳下惠诔》和鲁哀公的《孔子诔》。前者以骚体句式成文,后者以散体成文。诔文在汉代形成了稳定的体式。就今存来看,自扬雄至汉末蔡邕,除崔瑗所作《窦贵人诔》外,正文皆通篇用四言韵文,形成统一的体式特征。

如第二章第三节所引,欧阳修结合文献记载与出土文物,将碑文的产生时代定于东汉,其体式的定型则在东汉中叶,碑铭颂序功德,以四言韵文为主。蔡邕作为东汉碑文大家,所作四十余篇,除《伯夷叔齐碑》为四言骚体,《幼童胡根碑》前半为四言韵语、后半为六言骚体外,绝大多数皆用四言韵语。

总之,颂、赞、箴、铭、诔、碑等实用文体,不管源起时体式如何,至汉魏六朝时期,吸取四言诗体的句式,皆形成了通篇用四言韵文或以四言韵文为主的体式特征。而何以当四言诗衰落之时,它的四言句式却能对多种实用文体产生影响,被后者吸收利用? 其中原因是复杂的,主要有以下几个方面:

首先,汉魏六朝时期,四言诗地位高,面貌庄重严肃,更易影响那些用于庄重严肃场合、需要表现出庄重严肃面貌的文体。因《诗经》多用四言,四言诗历来被视为正体,如挚虞《文章流别论》曾言:"雅音之韵,四言为正,其余虽备曲折之体,而非音之正也。"①《文心雕龙·明诗》亦言:"若夫四言正体,则雅润为本;五言流调,则清丽居宗。"②都将四言诗体和其他诗体对比,指出四言属于正体,它的地位高于其他诗体。在汉代,统治阶级用于祭祀大典的乐歌,即更多采用四言体,如汉武帝时《安世房中歌》十七章,十三章用四言,三章用三言,一章用杂言。汉武帝时《郊祀歌》十九首中四言体占八首,三言体七首,杂言体四首。东汉明帝时东平王刘苍所献用于祭祀武帝的庙歌《武德舞歌诗》也是四言体。另外,四言体多被用于表达比较庄重严肃的主题,如颂扬、讽刺、讽谏、述志等,而尤以颂扬主题为多,见出对于《诗经》传统的继承。

---

① (清)严可均《全晋文》,第1905页。
② (梁)刘勰著,詹锳义证《文心雕龙义证》,第210页。

　　颂、赞、箴、铭、诔、碑等体的产生多缘于礼制的需要,如《文心雕龙·宗经》篇言:"铭、诔、箴、祝,则《礼》总其端。"①颜之推《颜氏家训·文章》言:"夫文章者,原出《五经》……祭祀哀诔,生于《礼》者也。"②近世刘师培论"颂"体亦言:"颂以成功告神明,铭以功烈扬先祖,亦与祠祀相联。是则韵语之文,虽匪一体,综其大要,恒由祀礼而生。"③既源于礼制,就要应用于特定场合,遵守相关规定,如诔,是为定谥的实际需要而生。在地位高贵者亡逝后,用诔文累列亡者一生的事迹,"积累生时德行"④,在公共场合宣读,以定谥号。又如铭体,用于社会较高阶层,不同的人用之祝颂不同的功德。再如箴体,崔瑗《叙箴》言:"昔扬子云读《春秋传·虞人箴》而善之,于是作为《九州》及《二十五官》箴规匡救,言君德之所宜,斯乃体国之宗也。"⑤此体有关国体之大,最初箴戒对象就是君主。又如颂体,王充《论衡·须颂》篇言:"古之通经之臣,纪主令功,记于竹帛;颂上令德,刻于鼎铭。"⑥言斯体出于地位高贵者之手,目的在于使在上者功德流芳百世。

　　相较于其他体式,四言更适合于庄重严肃的场合,颂、赞、箴、铭、诔、碑等体对应用场合有同样的要求,这是它们接受四言诗影响渗透的重要前提和基础。

　　其次,四言庄重典雅的特点适应了颂、赞、箴、铭、诔、碑等体的风格追求。如前所引,挚虞和刘勰都认为相较于其他诗体,四言诗最为典雅。后世学者也多有一致认识。《文镜秘府论》言四言"最为平正"⑦,陆时雍《诗镜总论》言"四言优而婉","四言大雅之音也,其诗中之元气乎"⑧,胡应麟《诗薮》言四言"典则雅淳"⑨。四言乃雅正之体,最为温柔敦厚。颂、赞、箴、铭、诔、碑等体为符合礼制文化建设和应用场合的要求,在风格上亦都追求雅正,而避弃靡丽、俚俗,这正与四言诗的风格暗合,注定以四言诗为学习对象,如《文镜秘府论》所指出:"铭题器物,赞述功德,皆限以四言,分有定准,言不沉遁,故声必清;体不诡杂,故辞必典也。"⑩事实上,上述诸体运用四言,确也多形成以典雅平正为主的风格特征,如颂体,陆机《文赋》言:"颂优

---

① (梁)刘勰著,詹锳义证《文心雕龙义证》,第69—79页。
② (北齐)颜之推著,王利器集解《颜氏家训集解》,上海古籍出版社1980年版,第221页。
③ 刘师培著,陈引驰编校《刘师培中古文学论集》,第217页。
④ (东汉)郑玄注,(唐)贾公彦疏《周礼注疏》,(清)阮元校刻《十三经注疏》,第809页。
⑤ (清)严可均《全后汉文》,第717页。
⑥ (东汉)王充著,黄晖校释《论衡校释》,中华书局1990年版,第850页。
⑦ [日]遍照金刚撰,卢盛江校考《文镜秘府论汇校汇考》,中华书局2006年版,第1493页。
⑧ (明)陆时雍《诗镜总论》,丁福保《历代诗话续编》,第1402页。
⑨ (明)胡应麟《诗薮》,第4页。
⑩ [日]遍照金刚撰,卢盛江校考《文镜秘府论汇校汇考》,第1458页。

游以彬蔚。"李善注为:"颂以褒述功美,以辞为主,故优游彬蔚。"①刘勰亦谓"颂惟典懿,辞必清铄"②。又如铭体,《文赋》言其"博约而温润"③,《文心雕龙·铭箴》言:"铭兼褒赞,故体贵弘润。其取事也必核以辨,其摛文也必简而深。"④《文选序》言:"铭则序事清润。"⑤皆言此体文约意广、典雅庄重。再如碑文,《文心雕龙》对此体代表作家代表作品的评价是:"观《杨赐》之碑,骨鲠训典,《陈》《郭》二文,词无择言。《周》《胡》众碑,莫非清允。其叙事也该而要,其缀采也雅而泽;清词转而不穷,巧义出而卓立;察其为才,自然而至矣。"⑥这些优秀作品皆胜在清正、典雅、润泽。

再次,颂、赞、箴、铭、诔、碑等体皆以颂德记功为重要内容,亦用四言最为合适。这些文体中,颂体的功用在颂德纪功自不待言。其他几种,赞乃"颂家之细条",经由最初的辅助、说明之意,渐亦转向以颂扬为主。铭体的功用,一为警戒,二为祝颂,历史上产生的铭文,又以后者为主,刘勰即言"铭兼褒赞,故体贵弘润"⑦。继如碑文,乃以总结亡者一生功绩为要务,述德颂功亦其最重要功能,刘勰谓之"传体而颂文"⑧。诔文一体,萧统言"美终则诔发"⑨。诸种文体中唯箴用以警戒,但实则如箴文中的代表,扬雄的《十二州箴》《二十五官箴》亦不乏颂扬的内容。总体而言,颂扬是这些实用文体共同的内容,最适宜以四言体式来表达。葛晓音先生《汉魏两晋四言诗的新变和体式的重构》即认为四言之体最适宜罗列堆砌和铺排词藻,"于是,四言诗自然就成为颂圣述德应酬说理之首选"⑩。如前所述,汉代四言诗亦以颂扬类主题为多。

最后,四言实用文体作者多兼善四言诗。如在东汉时期,结合《后汉书》及逯钦立《先秦汉魏晋南北朝诗》,我们知道至少有班固、刘苍、张衡、蔡邕、孔融、傅毅等留传至今既有四言诗,同时又兼作有上述四言实用文体中的一种或数种。可以推测,实际兼作的作者应该比上列要多不少。这种兼善,自然会促进四言诗与颂、赞、箴、铭、诔、碑等体发生关系。

---

① （梁）萧统编,（唐）李善注《文选》,第 241 页。
② （梁）刘勰著,詹锳义证《文心雕龙义证》,第 334 页。
③ （梁）萧统编,（唐）李善注《文选》,第 241 页。
④ （梁）刘勰著,詹锳义证《文心雕龙义证》,第 420 页。
⑤ （梁）萧统编,（唐）李善注《文选》,卷首。
⑥ （梁）刘勰著,詹锳义证《文心雕龙义证》,第 450 页。
⑦ （梁）刘勰著,詹锳义证《文心雕龙义证》,第 420 页。
⑧ （梁）刘勰著,詹锳义证《文心雕龙义证》,第 442 页。
⑨ （梁）萧统《文选序》,（梁）萧统编,（唐）李善注《文选》,卷首。
⑩ 葛晓音《汉魏两晋四言诗的新变和体式的重构》,《北京大学学报》2006 年 5 期。

（二）四言诗影响下四言实用文体的独立特质

虽然四言诗对颂、赞、箴、铭、诔、碑等体产生很大影响，二者关系密切，但后者都是作为独立的文体存在的，前人于此已多有强调。如刘师培曾言："汉魏之四言诗虽与颂近，而于文体中称诗不称为颂；《赵充国颂》等篇虽四言似诗，而于文体中称颂不称为诗：其区分盖起于三代后也。"①指出颂与四言诗为二体。逯钦立则明确将四言实用文体与四言诗分开："箴、颂、铭、赞以及诔、赋，皆各具体制，与诗不同，今皆不录。"②因明确四言实用文体皆独立文体，不同于四言诗，故而《先秦汉魏晋南北朝诗》于诸体皆不录。褚斌杰《中国古代文体概论》则指出："四言作为一种诗体，在诗坛上虽然衰落了，但它作为一种整炼的句式，却一直被其它一些韵文文体所吸收、采用，如后世的铭文、赞颂以至辞赋、骈文，往往采用四言体，或利用四言句式与其它句式相搭配成篇。"③重在言说四言诗对四言实用文体及辞赋、骈文的影响。吴承学在《辨体与破体》一文中表达了类似的看法："作为整体的四言诗没落了，但其体制又被其它文体所吸取。如后世的铭文赞颂用四言句，显得肃穆典雅。辞赋、骈文中也有大量四言句，以求整饬凝炼。"④其他学者如倪其心⑤、曾枣庄⑥、张新科⑦等都曾撰文强调四言实用文体虽与四言诗关系密切，但它们具有独立的文体性质，皆是独立的文体。确实，这些文体虽以四言韵文为主要体式，但既然它们多产生于礼制的需要，就有着独特的文体功用，也有着独特的文体格式，自然是独立的文体。

颂体产生很早，也较早引起了人们的关注，虽然历代文论家对其论述有详有略，认识也或有不同，但关于其颂美的文体性质与功能则都有一致意见。挚虞《文章流别论》较早细言颂体，称："王泽流而诗作，成功臻而颂兴。……古者圣帝明王，功成治定而颂声兴。"⑧认为颂体源于《诗经》，用于颂美成功。萧统《文选序》言："颂者，所以游扬德业，褒赞成功。"⑨强调此体用于颂赞褒扬。直至明代徐师曾论颂体，仍沿用前人说法，称："颂者，容也，美盛德之形容，以其成功告于神明者也。"⑩在漫长的时期内，人们界定颂

---

① 刘师培著，陈引驰编校《刘师培中古文学论集》，第151页。
② 逯钦立辑校《先秦汉魏晋南北朝诗》，中华书局1983年版，卷首凡例。
③ 褚斌杰《中国古代文体概论》，第56页。
④ 吴承学《辨体与破体》，《文学评论》1991年4期。
⑤ 倪其心《汉代诗歌新论》，第61—62页。
⑥ 曾枣庄《中国古典文学的尊体与破体》，《清华大学学报》2009年1期。
⑦ 张新科《文化视野中的汉代文学》，第278—290页。
⑧ （清）严可均《全晋文》，第1905页。
⑨ （梁）萧统编，（唐）李善注《文选》，卷首。
⑩ （明）吴讷、（明）徐师曾《文章辨体序说　文体明辨序说》，第142页。

体,主要是从其用途和功能入手,颂主于颂美,符合这一特征即为颂体。

　　"赞"字之本义,如刘勰所言:"赞者,明也,助也。"①乃用以辅助、说明其他事物。早期的赞文如像赞、史赞、婚物赞等均为附于他物之文,所用乃此意。到了东汉末年,"赞"的性质转为赞美。刘熙《释名》是一部探求各种事物名称缘起的著作,其《释书契》和《释典艺》两篇释及奏、檄、谒、符等二十余种文体名称,一向被人们当作文体学的重要资料。其于"赞"体云:"称人之美曰'赞'。赞,纂也,纂集其美而叙之也。"②对于"赞"字本义及赞体性质的解释都已集中为"赞美"。但与颂体相比,赞一直以篇幅短小为特征,刘勰言:"然本其为义,事生奖叹,所以古来篇体,促而不广,必结言于四字之句,盘桓乎数韵之辞,约举以尽情,昭灼以送文,此其体也。"③之所以篇幅多简洁不广,林纾有言:"赞体不能过长,意长而语约,必务括本人之生平而已,与颂略异。"④因为赞文往往总括人、事,故简洁约略。刘师培亦有言:"推赞之本源,既别于颂体,虽后世已混淆无分,然实不能尽同。盖颂放而赞敛;颂可略事铺张,赞则不贵华词。观汉人之赞,篇皆短促,质富于文;朴茂之中,自然曲雅。既不伤于华侈,亦不失之轻率:斯其所以足式也。"⑤赞以篇幅约简、不贵华词等区别于颂。

　　较早的铭文,如《汉书·艺文志》所载《黄帝铭》,《礼记·大学篇》所载汤之《盘铭》,皆用于自警。《礼记·祭统》则言:"铭者,自名也,自名以称扬其先祖之美,而明著之后世者也。……铭者,论撰其先祖之有德善、功烈、勋劳、庆赏、声名,列于天下,而酌之祭器,自成其名焉。"⑥称铭以记述功德,铭文此种功用较上述用以警戒之铭所起为晚,《文心雕龙》言:"夏铸九牧之金鼎,周勒肃慎之楛矢,令德之事也;吕望铭功于昆吾,仲山镂绩于庸器,计功之义也;魏颗纪勋于景钟,孔悝表勤于卫鼎,称伐之类也。"⑦实则,夏鼎上并无铭,周矢上也仅言"肃慎氏之贡矢"⑧,并不能算作纪功德之铭的开始。今天所能见到的较早的祝颂功德的铭文是春秋时卫国的《鼎铭》,称颂孔悝数代先祖功德。铭文警戒和纪功的功用,后世沿袭不改,直至明人徐师曾还

　　①　(梁)刘勰著,詹锳义证《文心雕龙义证》,第338页。
　　②　(东汉)刘熙著,任继昉汇校《释名汇校》,第345页。
　　③　(梁)刘勰著,詹锳义证《文心雕龙义证》,第348页。
　　④　林纾《春觉斋论文》,王水照《历代文话》,第6341页。
　　⑤　刘师培著,陈引驰编校《刘师培中古文学论集》,第156页。
　　⑥　杨天宇撰《礼记译注》,上海古籍出版社2004年版,第646页。
　　⑦　(梁)刘勰著,詹锳义证《文心雕龙义证》,第394页。
　　⑧　《国语》,上海古籍出版社2008年版,第99页。

说:"要其体不过有二:一曰警戒;二曰祝颂,故今辩而列之。"①就内容而言,"铭"体在漫长的历史发展过程中,变化不大。

作为一种文体,"箴"体的得名即来自其箴戒的功用,历代对此体的功能也都有较一致的认识,《文心雕龙·铭箴》论之言:"所以攻疾防患,喻针石也。"②至宋人王应麟亦言:"箴者,谏诲之辞,若箴之疗疾。"③明人徐师曾复语:"其品有二:一曰官箴,二曰私箴。大抵皆用韵语,而反复古今兴衰理乱之变,以垂警戒,使读者惕然有不自宁之心,乃称作者。"④箴戒的独特功用,正是这种文体长存不衰的依据。而且,箴文的创作在周代之后即成为一种传统。箴体起源颇早,刘勰称"斯文之兴,盛于三代"⑤,认为自夏代开始就有箴文的创作。今天保存完整的最早的箴文是产生于周代的《虞箴》,据《左传·襄公四年》的记载,周文王太史辛甲命百官各从其职责出发,对君主的阙失进行箴谏,所谓"官箴王阙"。不光百官因太史之命而箴谏君主,周代还设有专门的谏诤之职。《晋书·武帝纪》载:"(泰始二年二月)庚午,诏曰:'古者百官,官箴王阙。然保氏特以谏诤为职,今之侍中、常侍实处此位。择其能正色弼违匡救不逮者,以兼此选。'"⑥保氏之职,《周礼·地官司徒·保氏》言:"保氏掌谏王恶。"郑玄注:"谏者以礼义正之。文王世子曰:'保也者,慎其身以辅翼之而归诸道者也。'"⑦既然有专人作箴谏的工作,那么箴谏就成为了一种常规的制度,而箴文也就成为了一种专人善长的文体。周代而后,"官箴王阙"成为了一种传统,历代书于史者不绝。《汉书·宣帝纪》载宣帝诏曰:"乃者九月壬申地震,朕甚惧焉。有能箴朕过失,及贤良方正直言极谏之士以匡朕之不逮,毋讳有司。"⑧《后汉书·显宗孝明帝纪》载明帝诏:"古者卿士献诗,百工箴谏。其言事者,靡有所讳。"⑨《三国志·魏书·高堂隆传》载:"隆曰:'……圣王乐闻其阙,故有箴规之道。'"⑩《晋书·段灼传》载段灼上表:"陛下自初践阼,发无讳之诏,置箴谏之官,赫然宠异谔谔之臣,以明好直言之信。"⑪《宋书·明帝纪》载明帝诏:"今藩隅克晏,

---

① (明)吴讷、(明)徐师曾著《文章辨体序说 文体明辨序说》,第142页。
② (梁)刘勰著,詹锳义证《文心雕龙义证》,第409页。
③ (南宋)王应麟《辞学指南》,王水照编《历代文话》,第997页。
④ (明)吴讷、(明)徐师曾著《文章辨体序说 文体明辨序说》,第140—141页。
⑤ (梁)刘勰著,詹锳义证《文心雕龙义证》,第409页。
⑥ (唐)房玄龄等撰《晋书》,第53页。
⑦ (东汉)郑玄注,(唐)贾公彦疏《周礼注疏》,(清)阮元校刻《十三经注疏》,第731页。
⑧ (东汉)班固《汉书》,第249页。
⑨ (南朝宋)范晔《后汉书》,第106页。
⑩ (西晋)陈寿撰,(南朝宋)裴松之注《三国志》,第709页。
⑪ (唐)房玄龄等撰《晋书》,第1343页。

敷化维始,屡怀存治,实望箴阙。"①《魏书·高祖纪》载魏孝文帝诏:"昔之哲王,莫不博采下情,勤求箴谏。"②《魏书·程骏传》言骏:"进箴于王,王纳而嘉之。"③《北齐书·张宴之传》载:"文宣笑曰:'得卿箴讽,深以慰怀。'"④或君主主动求箴,或臣下勤于献箴,总之,"官箴王阙"在汉魏六朝时期是一种从未真正衰败过的历史传统,箴文的创作自然同时也形成了传统,箴体成为一种保持着独立特性的文体。

诔在最初是国家的一项重要礼制,属于某些官员的特定职责,如《周礼·春官·大祝》所言:"作六辞以通上下亲疏远近,一曰祠,二曰命,三曰诰,四曰会,五曰祷,六曰诔。"⑤作为国家礼制,诔有许多相关规定。《仪礼》云:"死而谥,今也。古者生无爵,死无谥。"贾公彦疏曰:"今谓周衰,记之时也,古谓殷,殷士生不为爵,死不为谥。周制以士为爵,死犹不为谥耳,下大夫也。今记之时,士死则谥之,非也,谥之由鲁庄公始也。"⑥周以前,诔只适用于国君、诸侯、卿大夫这些地位高贵者,至周衰之时,始下及于士。诔事实上只是官方的特权,并不下及于普通百姓,彼时诔皆官诔。又《礼记·曾子问》言:"贱不诔贵,幼不诔长,礼也。唯天子,称天以诔之。诸侯相诔,非礼也。"⑦诔还要遵循地位高者施于地位低者、年长者施于年幼者的规定。以其礼制特征为基础,东汉诔文形成了稳定的文体模式。刘师培云:"东汉之诔,大抵前半叙亡者之功德,后半叙生者之哀思。"⑧这种特征是与其独特功用相结合的。

碑文亦是一种颂德纪功的文体,但同样有着独特的规定性。蔡邕《铭论》言:"《春秋》之论铭也,曰:天子令德,诸侯言时计功,大夫称伐。……钟鼎礼乐之器,昭德纪功,以示子孙,物不朽者,莫不朽于金石,故碑在宗庙两阶之间。近世以来,咸铭之于碑,德非此族,不在铭典。"⑨天子、诸侯、大夫"昭德纪功",则铭之于钟鼎礼乐之器。钟鼎礼乐之器是铭文的载体,后来这种载体扩及于石碑。这也注定了碑文要如同铭文一样施于功德非常、身份地位高贵之人。事实上,东汉碑文的施用对象即以朝中官员为主,如创作数

---

① （梁）沈约《宋书》,第159页。
② （唐）魏收《魏书》,中华书局1974年版,第155页。
③ （唐）魏收《魏书》,第1345页。
④ （唐）李百药《北齐书》,第469页。
⑤ （东汉）郑玄注,（唐）贾公彦疏《周礼注疏》,（清）阮元校刻《十三经注疏》,第809页。
⑥ （东汉）郑玄注,（唐）贾公彦疏《仪礼注疏》,（清）阮元校刻《十三经注疏》,第959页。
⑦ （东汉）郑玄注,（唐）孔颖达正义《礼记正义》,（清）阮元校刻《十三经注疏》,第1398页。
⑧ 刘师培《中古文学论著三种》,第153页。
⑨ （清）严可均《全后汉文》,第875—876页。

量和成就居首的作家蔡邕,今存碑文四十余篇,碑主大部分是当时显贵。碑文以墓碑文为大宗,墓碑文专为地位高贵者在亡逝后刻碑而作。

颂、赞、箴、铭、诔、碑等体既然各自有着独特的功用,与其功用相适应,它们往往拥有独特的用语作为文体的标志。如碑文往往穿插"呜呼哀哉"于文中,又因其述颂亡者功德,故每以"颂曰"连接序文与铭文。黄侃即云:"彦和云:标序盛德,昭纪鸿懿,此碑之制也。汉人碑文多称颂,如《张迁碑》名表颂,此施于死者。蔡邕《胡公碑》云:树石作颂。《胡夫人灵表》称颂曰:此施于死者。"①又如诔文,遵从礼制的需要抒发一种群体之哀,而无关作者真情,故也常有程式化的语句,《文心雕龙·诔碑》即云:"傅毅之《诔北海》,云'白日幽光,雰雾杳冥',始序致感,遂为后式。景而效者,弥取于工矣。"②多以夸张的语言形容人们的悲痛之情,遂成为定式。他如崔瑗《和帝诔》云:"三载四海,遏密八音。如丧考妣,擗踊号吟。"③用语颇类扬雄《元后诔》:"四海伤怀,擗踊拊心。若丧考妣,遏密八音。呜呼哀哉,万方不胜。"④它们同源于《礼记·问丧》"辟踊哭泣,哀以送之"⑤。又如傅毅《北海王诔》写哀:"于是境内市不交易,途无征旅,农不修亩,室无女工。感相惨怛,若丧厥亲。俯哭后土,仰诉皇旻。"⑥张衡《大司农鲍德诔》云:"命有不永,时不我与。天实为之,孰其能御。股肱或毁,何痛如之? 国丧遗爱,如何无思?"⑦皆将哀情夸大,用语程式化,难见真情。再如箴体,《虞箴》影响了后世的创作,该篇已用夷羿典故,后继箴文如扬雄《十二州箴》《二十五官箴》等,承此传统,每以用典竞高。

颂、赞、箴、铭、诔、碑等体在汉魏六朝时期,都具有独特的文体功能,形成了独立的文体特征,皆有较为清晰可循的发展轨迹。虽受四言诗的较大影响,但都是各自独立的文体。

作为一种创作多、受关注度高、地位高的强势文体,诗歌在文学史上起到的作用是不言而喻的,它与多种实用文体的产生、发展有莫大的影响,向多种实用文体渗透,改变着它们的发展进程和方向。在诗歌对实用文体的影响、渗透中,有三个倾向特别值得注意:一则在某些时期,诗与某些实用文体表现出更密切的关系,如建安时期的诗与书信;二则某些作家的诗歌创

---

①　黄侃《文心雕龙札记》,第72页。

②　(梁)刘勰著,詹锳义证《文心雕龙义证》,第439页。

③　(清)严可均《全后汉文》,第719页。

④　(清)严可均《全汉文》,第421页。

⑤　(东汉)郑玄注,(唐)孔颖达正义《礼记正义》,(清)阮元校刻《十三经注疏》,第1656页。

⑥　(清)严可均《全后汉文》,第707页。

⑦　(清)严可均《全后汉文》,第776页。

作与实用文体创作表现出更密切的关系,如潘岳的哀诔文和悼念亡者的诗歌;三则某一类诗与某些实用文体表现出更密切的关系,如四言诗与颂、赞、箴、铭、诔、碑等主要以四言韵文成篇的实用文体。这其中其实蕴含着文学发展的某些规律:在重"情"的时期,实用文体往往更倾向于向抒情文体靠拢;当某些文体在题材、内容,或表现形式上接近时,它们更易发生联系。

第二节　赋与实用文体

汉魏六朝时期,作为强势文体,赋同样向实用文体渗透。这一现象在古代就被关注,如南朝梁刘孝绰作《昭明太子集序》,有言:"士衡之碑,犹闻类赋之贬。"①程章灿先生认为此说出于陆云《与兄平原书》"碑文通大悦愉有似赋"之言②,则西晋人已注意到碑文与赋的关系。实则,不唯碑文,汉魏六朝时期,赋对实用文体的渗透是相当普遍的,成为文体发展史上的重要现象,影响着多种实用文体的发展演变。于此,当今学界已有不少研究成果,此话题也有继续讨论之价值与意义。

一、前人的相关研究

自 20 世纪 80 年代,文体学的研究受到关注以后,赋向其他文体渗透这一问题已被注意。

程千帆先生发表于 80 年代初期的《先唐文学源流论略之二》③一文,谈及对问(包括设论)、七、连珠、符命、论说、哀、吊、箴、铭、颂、赞等体,皆受到赋体的较大影响,在结构方法或表现手法上与赋相通,为赋体之旁衍。文章虽未用及"互渗"之类的词语,但所谈实即是汉代作为强势文体的赋,对其他文体在表现手法、题材内容等方面的渗透。万光治《汉代颂赞铭箴与赋同体异用》④一文,与程先生的认识有相通之处,指出汉代是赋文学的时代,但汉代的赋又并不都是以"赋"名篇的,诸如颂、赞、箴、铭,因较注重句式的整饬和用韵、换韵,不独可与赋同入韵文范畴,而且大多数篇章文辞繁富,重在铺陈,与赋实为同体异用。认为文体发展受到互渗规律的支配,但"互渗"分主次,汉代赋作为充分发达和成熟了的文体,其创作意识、艺术手法的扩散,不

①　(清)严可均《全梁文》,第 3312 页。
②　程章灿《论"碑文似赋"》,《东方丛刊》2008 年 1 期。
③　程千帆《先唐文学源流论略之二》,《武汉师范学院学报》1981 年 2 期。
④　万光治《汉代颂赞铭箴与赋同体异用》,《社会科学研究》1986 年 4 期。

独影响于颂、赞、铭、箴,也影响到诗歌和散文,在文学上的主导地位不可忽视。曹虹《从赋体的多元特征看辩证的文体论思想之产生》①一文从萧子显"体兼众制,文备多方"(兼提及谢灵运《山居赋序》"文体宜兼,以成其美")之语说开,指出赋是一种富于容纳性的文体,兼有多元特征,对多种文体具有渗透和旁衍作用。程章灿《魏晋南北朝赋史》认为赋在魏晋南北朝时期是处于中枢位置的核心文体,因此,许多文体或多或少受其辐射影响,表现出赋化的特征。如书信、表奏、论说、序录、移、志等都积极吸收赋的艺术表现特长,从而使自身呈现出与赋体相同或相近的面貌。具体说来,南朝文体的赋化倾向主要有两种类型。一种是采用赋体铺采摛文的艺术特长,从叙述层次到结构安排,处处表现出受赋体的鲜明影响。这类文体的赋化程度虽然有所不同,却有共同的倾向。其程度浅者,可以看作是文体的赋化,其程度深者,则可以认为是赋化的文体,从广义上说,也不妨认为是赋之旁衍。另一种文体的赋化倾向,集中表现在一批俳谐戏谑的文章中,它们往往借助了赋的铺采摛文、假设问对、铺陈排比②。作者另有《论"碑文似赋"》③一文,具体论述赋对碑文一体的影响,认为赋与碑文之间是"同体异用"的关系,二者在题材、风格、文学地位与功能上都是类同的,碑文赋化的进程实际上早在汉代就已启动了。汉魏六朝以至唐代作家的创作实践中,"碑文似赋"的例子很多。从文章结构和表现艺术的角度来看,"碑文似赋",或者说碑文的赋化,实际上是碑文通过借鉴赋的文学描写和表现手法,以增强自身的文学性与审美可感性。李士彪《魏晋南北朝文体学》认为汉魏六朝时期,诸多文体往往"文有'赋心'"。汉代赋的观念非常宽泛,在后世独立的七体、设论、吊文、骚、颂等体裁,此时还滞留在赋的区域,它们都是用赋的手法写成。汉赋在铺张渲染、用字等方面向子书及诏、诰、章、表等应用文渗透。至魏晋南北朝,赋的影响更为广泛,许多文体如官方公文、私人书信等皆铺采摛文,向赋靠拢④。

　　进入 21 世纪,赋对实用文体的渗透仍是文体学领域的重要研究课题。陈庆元《赋:时代投影与体制演变》认为颂、赞、书信、序受到赋的铺张、渲染、夸饰等手法的影响、渗透⑤。侯文学《汉代经学与文学》认为赋对箴、铭、赞、论等体产生影响,但后者属于应用性、论说性文体,以警戒教化等伦理政

---

①　曹虹《从赋体的多元特征看辩证的文体论思想之产生》,《宁夏社会科学》1991 年 5 期。

②　程章灿《魏晋南北朝赋史》,江苏古籍出版社 1992 年版,第 259—262 页。

③　程章灿《论"碑文似赋"》,《东方丛刊》2008 年 1 期。

④　李士彪《魏晋南北朝文体学》,第 137—147 页。

⑤　陈庆元《赋:时代投影与体制演变》,广西师范大学出版社 2000 年版,第 84—92 页。

治功用为主,尚未流入"降及品物,炫辞作玩"的逞才之域,而与丽辞之赋颂构成区别。与箴、铭、赞、论相类者,诸如诔、碑等亦应如是看待①。他如梁复明、费振刚《论汉代颂赞铭箴与汉赋的同体异用》②一文承万光治先生的研究,进一步证明颂、赞、箴、铭等体,与赋一样注重句式的整饬和用韵、换韵,与赋是同体异用的关系。王征《论汉赋与汉代奏议的互动关系》③一文,则论证赋对汉代奏议的渗透。

　　在赋与实用文体的关系中,最受学者关注的是赋与颂的关系。很多学者以《史记》《汉书》《后汉书》《论衡》《文心雕龙》等文献为据,例举了汉代赋、颂混称和连称的现象④,以兹证明二体密切相关。具体看法大概可分两种。一种认为在汉人的观念中,颂和赋属同体异名:如前引,程千帆先生即作如是观。程章灿先生亦称:"从《汉书·艺文志》的著录情况看,颂在当时乃赋之别名,是赋的一个组成部分。"⑤孙福轩《论康、乾时期辞赋创作中的赋、颂互渗现象》等文持论相同。另一种看法是赋对颂产生了较大影响,向颂渗透,二体关系密切,但并非同体。如陈庆元先生认为汉人有时把赋称作颂,或赋颂并称,"可能是为了突出诸赋中颂美的用意",而并非将赋体当作颂体⑥。王长华、郗文倩《汉代赋、颂二体辨析》⑦、丁玲《汉代赋颂关系析论》⑧等文皆注意到了赋、颂二体的关系,但也都强调了二体的不同。尤其值得注意的是,近些年来,学者们不仅探讨了赋向颂体渗透的现象,还深求了背后的原因,把相关研究推向深入。如王德华《东汉前期赋颂二体的互渗与散体大赋的走向》⑨强调赋、颂二体在题材上与帝王文化的关联以及帝王对儒家文化的提倡与实践,是二体互渗的主要原因;易闻晓《论汉代赋颂文体的交越互用》⑩、侯文学《汉代经学与文学》⑪等则着重从学术思潮的角

①　侯文学《汉代经学与文学》,第26—28页。

②　梁复明、费振刚《论汉代颂赞铭箴与汉赋的同体异用》,《学术论坛》2008年7期。

③　王征《论汉赋与汉代奏议的互动关系》,《中国韵文学刊》2014年3期。

④　如陈庆元《赋:时代投影与体制演变》(广西师范大学出版社2000年版),王长华、郗文倩《汉代赋、颂二体辨析》(《文学遗产》2008年1期),侯文学《汉代经学与文学》(人民出版社2010年版),易闻晓《论汉代赋颂文体的交越互用》(《文学评论》2012年1期),丁玲《汉代赋颂关系析论》(《哈尔滨学院学报》2014年11期),彭安湘《汉代颂体风貌以及颂与赋的关系》(《湖北大学学报》2015年2期),等等。

⑤　程章灿《魏晋南北朝赋史》,第7页。

⑥　陈庆元《赋:时代投影与体制演变》,第89页。

⑦　王长华、郗文倩《汉代赋、颂二体辨析》,《文学遗产》2008年1期。

⑧　丁玲《汉代赋颂关系析论》,《哈尔滨学院学报》2014年11期。

⑨　王德华《东汉前期赋颂二体的互渗与散体大赋的走向》,《文学遗产》2004年4期。

⑩　易闻晓《论汉代赋颂文体的交越互用》,《文学评论》2012年1期。

⑪　侯文学《汉代经学与文学》,第18—26页。

度,探讨二体的联系与区别;彭安湘《汉代颂体风貌以及颂与赋的关系》①从汉代赋、颂二体的内在演化规律角度进行了探析,认为在汉代由原本诗性走向散文化的近乎合拍的衍化趋势,造成了赋、颂二体界限的一度模糊。

综而言之,赋影响、渗透于实用文体早已成为学术界公认的事实,且所影响文体是相当普遍的。关于赋与颂的关系,研究成果已相当多,认识已趋成熟。在上述研究基础上,可以继续细致探讨的是,汉魏六朝时期赋影响于实用文体的主要方面,以及这种影响渗透关系产生的原因。

二、赋影响、渗透于实用文体的主要方面

汉魏六朝时期,赋向其他文体,包括向大量实用文体渗透,乃文体史和文学史上的重要现象。如上引学者所论,赋影响及于的实用文体有颂、赞、箴、铭、表、奏、书、移、论、序、碑、哀、吊等,这些文体的产生、发展分别源于礼仪、朝廷或民间、缅怀逝者的实际需要。选择用途不同的文体及这些文体的代表性作家、作品进行研究,能够典型而集中地展现赋对于实用文体影响的普遍性,以及赋影响于实用文体的主要方面和角度。下面即以箴、论、碑文三体为例。

关于箴体,《文心雕龙·铭箴》有言:“至扬雄稽古,始范《虞箴》,作《卿尹》《州牧》二十五篇。及崔、胡补缀,总称《百官》,指事配位,鞶鉴可征,信所谓追清风于前古,攀辛甲于后代者也。”②扬雄是箴体发展史上的代表作家,他的箴文模范《虞箴》,产生于“官箴王阙”的政治制度和历史传统中,乃箴文中的典范。《十二州箴》是扬雄箴文的代表,从中尤可见出赋体对箴体的渗透。《十二州箴》不仅仅是十二篇单篇的箴文,更是作为一个整体而存在的,连缀在一起所绘出的正是当时华夏民族完整的版图:

《冀州箴》:“洋洋冀州,鸿原大陆。岳阳是都,岛夷被服。”

《青州箴》:“茫茫青州,海岱是极。盐铁之地,铅松怪石。群水攸归,莱夷作牧。”

《兖州箴》:“悠悠济河,兖州之宇。九河既导,雷夏攸处。草繇木条,漆丝绨纻。济漯既通,降丘宅土。”

《徐州箴》:“海岱伊淮,东海是渚。徐州之土,邑于蕃宇。大野既潴,有羽有蒙。孤桐蠙珠,泗沂攸同。实列蕃蔽,侯卫东方。民好农蚕,大野以康。”

---

① 彭安湘《汉代颂体风貌以及颂与赋的关系》,《湖北大学学报》2015 年 2 期。
② (梁)刘勰著,詹锳义证《文心雕龙义证》,第 414 页。

《扬州箴》:"夭矫扬州,江汉之浒。彭蠡既潴,阳鸟攸处。橘柚羽贝,瑶琨篠簜。闽越北垠,沅湘攸往。"

《荆州箴》:"杳杳巫山,在荆之阳。江汉朝宗,其流汤汤。"

《豫州箴》:"郁郁荆河,伊洛是经。荥播皋漆,惟用攸成。田田相翠,庐庐相距。"

《益州箴》:"岩岩岷山,古曰梁州。华阳西极,黑水南流。……丝麻条畅,有粳有稻。自京徂畛,民攸温饱。"

《雍州箴》:"黑水西河,横截昆仑。邪指阊阖,画为雍垠。上侵积石,下碍龙门。"

《幽州箴》:"荡荡平川,惟冀之别。北陁幽都,戎夏交逼。"

《并州箴》:"雍别朔方,河水悠悠。北辟獯鬻,南界泾流。画兹朔土,正直幽方。"

《交州箴》:"交州荒裔,水与天际。越裳是南,荒国之外。"①

扬雄不仅详细地铺写描绘各州所跨区域、地理环境,甚至还写及各州物产,所谓"赋家之心,苞括宇宙,总览人物"②,在这里有明确的体现。这是赋铺陈排比的手法和思维方式影响于箴文的表现。

在描画华夏版图时,扬雄着重突出的是汉朝统一天下、恢拓疆域之功,并对大一统的汉王朝进行了热烈的歌颂,如《益州箴》言:"秦作无道,三方溃叛。义兵征暴,遂国于汉。拓开疆宇,恢梁之野。列为十二,光羡虞夏。"写大汉恢复华夏疆域之功。《幽州箴》云:"大汉初定,分狄之荒。元戎屡征,如风之腾。义兵涉漠,偃我边萌。既定且康,复古虞唐。"见大汉安定边疆之力。《交州箴》语:"大汉受命,中国兼该。南海之宇,圣武是恢。稍稍受羁,遂臻黄支。杭海三万,来牵其犀。"则透出恢复疆域后,外族来朝的自豪。大一统思想在扬雄箴文中有非常明确的表达,而这也正是西汉大赋作家所一致强调的主题,这是赋的主题思想影响于箴文的表现。

再看论体。赋与论是从功能、表现形式到表现手法都相距甚远的文体。然在二体的发展过程中,仍然发生了联系,赋也向论渗透。钱锺书先生《管锥编》有言:"按项安世《项氏家书》卷八:'贾谊之《过秦》、陆机之《辩亡》,皆赋体也。'洵识曲听真之言也。《文心雕龙·论说》早云:'详观论体,条流多品:陈政,则与议说合契;释经,则与传注参体;辨史,则与赞评齐行;铨

---

① 《十二州箴》引文据(清)严可均《全汉文》,第417—418 页。
② (东晋)葛洪《西京杂记》卷二引司马相如语,《西京杂记》,三秦出版社 2006 年版,第93 页。

文,则与叙引共纪。……八名区分,一揆宗论。'苟以项氏之说增益之,当复曰'敷陈则与词、赋通家',且易'八名'为'十名'。东方朔《非有先生论》、王褒《四子讲德论》之类,亦若是班。"①指出贾谊《过秦论》、陆机《辨亡论》、东方朔《非有先生论》、王褒《四子讲德论》等重铺陈排比,因而似赋,其他如《文选》所选班彪《王命论》、韦曜《博弈论》、李康《运命论》、刘孝标《广绝交论》等都大量运用铺陈排比手法,表现出明确的赋体化倾向,形成了文辞富赡、举体华美的特征。不唯如此,如《非有先生论》《四子讲德论》《广绝交论》等,还采用了主客问答的形式。据严可均《全上古三代秦汉三国六朝文》,魏晋南北朝留存至今的采用假设主客问答形式完成的论体文有近20篇,所假设之主客像赋体一样,也往往寄有寓意,如谯周《仇国论》假设贤卿与伏愚子,有反讽意味;阮籍《达庄论》所设之缙绅好事之徒与先生,代表不同的思想选择与为人处世的方式;欧阳建《言尽意论》所设之雷同君子与违众先生,分别代表随波逐流之俗辈与独立不羁之高人;释道衡《释驳论》假设东京束教君子和西鄙傲散野人,亦代表两人不同的思想倾向。通过客与主的往返论辨,作者的观点愈析愈明。这种由汉大赋而来的典型构篇方式,造就了论体文宏伟的结构特征。论体借助赋体的铺陈和问答增添了气势和词采。

继言碑文。汉魏六朝时期,赋同样影响于碑文,这一点,如前述,程章灿先生已发表《论"碑文似赋"》一文进行论证,多方举例,甚为确凿可信。碑文种类繁多,徐师曾所分就有14类(见第四章第一节),程先生学术眼光开阔,所举碑文之例,及于徐氏所谓山川、城池、宫室、桥道、神庙、古迹、风土、功德、墓道、寺观等各种类别。因墓碑文是碑文的主流,《文心雕龙·诔碑》篇论碑文即仅论墓碑文,今仅再以墓碑文为例论之。相较于其他种类的碑文,赋对墓碑文产生影响较晚,今存南朝墓碑文的赋化特征较为明确。刘师培曾言:"碑铭之体应以蔡中郎为正宗,然自齐梁以迄唐五代,碑文虽较逊于伯喈,而其体式则无殊于两汉,盖惟辞采增华,篇幅增长而已。"②又云:"六朝碑铭之格式固与两汉无异:增两汉之藻彩即成六朝,删六朝之华词仍返两汉。"③并删削王俭《褚渊碑文》,以证其比两汉碑文只是踵事增华而已。而何以踵事增华? 主要即是借用了赋体铺陈排比的手法。

蔡邕墓碑文叙碑主生平履历德行,一般采取概括式的叙事方式,如《郭有道碑文》言:"遂考览六经,探综图纬。周流华夏,随集帝学。收文武之将

---

① 钱锺书《管锥编》,第888—889 页。
② 刘师培《中古文学论著三种》,第169 页。
③ 刘师培《中古文学论著三种》,第170 页。

坠,拯微言之未绝。于时缨緌之徒,绅佩之士,望形表而影附,聆嘉声而响和者,犹百川之归巨海,鳞介之宗龟龙也。尔乃潜隐衡门,收朋勤诲,童蒙赖焉,用祛其蔽。州郡闻德,虚已备礼,莫之能致。群公休之,遂辟司徒掾,又举有道,皆以疾辞。将蹈鸿涯之遐迹,绍巢许之绝轨,翔区外以舒翼,超天衢以高峙。"①以 138 字先写郭泰学问之正,次叙其诲人不倦、附学者之众,又述其不应征召、高踪远隐之概,如此,郭泰一生行迹基本呈现。叙颂结合,具体行事未置一笔,而其人之大雅丰神已彰。以孔融、孙绰为代表的魏晋碑文叙事亦简括。而至南朝碑文,则一变之前的简括为逐节铺叙,用笔细密。刘师培云:"六朝人常恐事实挂漏,凡可叙入者纤细不遗,与东汉人着眼不同。"②王俭的《褚渊碑文》与沈约的《齐故安陆昭王碑文》都历叙碑主所历官职,所谓"凡迁一官,作一事,在宋,在齐,以及死后各作一段"③。如沈约《齐故安陆昭王碑文》历叙萧缅任吴郡太守、郢州刺史、会稽太守、雍州刺史的情况,每转任一处,必先叙此处形胜人文:

吴郡太守:姑苏奥壤,任切关河,都会殷负,提封百万。全赵之袿服丛台,方此为劣;临淄之挥汗成雨,曾何足称。

郢州刺史:夏首藩要,任重推毂,衿带中流,地殷江汉。南接衡巫,风云之路千里;西通酆邓,水陆之途三七。是惟形胜,阃外莫先。

会稽太守:禹穴神皋,地埒分陕,江左已来,常递斯任。东渚巨海,南望秦稽。渊薮胥萃,萑蒲攸在。货殖之民,千金比屋;郛郭之内,云屋万家。刑政繁舛,旧难详一。南山群盗,未足云多;渤海乱绳,方斯易理。

雍州刺史:方城汉池,南顾莫重。北指嵚潼,平途不过七百;西接峣武,关路曾不盈千。蛮陬夷徼,重山万里。小则俘民略畜,大则攻城剽邑。晋宋迄今,有切民患,烽鼓相望,岁时不息。椎埋穿掘之党,阡陌成群;傲法侮吏之人,曾莫禁御。累藩咸受其弊,历政所不能裁。加以戎羯窥窬,伺我边隙。北风未起,马首便以南向;塞草未衰,严城于焉早闭。④

或叙形胜以突出职掌之重,或叙险要以见托付之诚,或叙民风刁恶以衬碑主治平才能,或叙外夷窥窬以显碑主保国之功,将大赋的手法引入了碑文,尽铺陈之能事。又历叙四地政绩:

---

① (梁)萧统编,(唐)李善注《文选》,第 801 页。
② 刘师培《中古文学论著三种》,第 170 页。
③ 刘师培《中古文学论著三种》,第 170 页。
④ 本篇碑文据(梁)萧统编,(唐)李善注《文选》,第 820—822 页,下不出注。

吴郡太守：弘义让以勖君子，振平惠以字小人。抚同上德，绥用中典。疑狱得情而弗喜，宿讼两让而同归。虽春申之大启封疆，邓攸之缉熙萌庶，不能尚也。

郢州刺史：乃暴以秋阳，威以夏日。泽无不渐，蝼蚁之穴靡遗；明无不察，容光之微必照。由近而被远，自己而及物。惠与八风俱翔，德与五才并运。远无不怀，迩无不肃。邑居不闻夜吠之犬，牧人不睹晨饮之羊。誉表六条，功最万里。

会稽太守：公下车敷化，风动神行，诚恕既孚，钩距靡用。不待赭污之权，而奸渠必翦；无假里端之籍，而恶子咸诛。被以哀矜，孚以信顺。南阳苇杖，未足比其仁；颍川时雨，无以丰其泽。

雍州刺史：于是驱马原隰，卷甲遄征。威令首途，仁风载路。轨躅清晏，车徒不扰。牛酒日至，壶浆塞陌。失义犬羊，其来久矣，征赋严切，唯利是求；首鼠疆界，灾蠹弥广。公扇以廉风，孚以诚德，尽任棠置水之情，弘郭伋待期之信。金如粟而弗睹，马如羊而靡入。雏雉必怀，豚鱼不爽。由是倾巢举落，望德如归；椎髻鬌首，日拜门阙；卉服满途，夷歌成韵。礼义既敷，威刑具举，强民犷俗，反志迁情。风尘不起，囹圄寂寞。富商野次，宿秉停苫。蝝蝗弗起，豺虎远迹。北狄惧威，关塞谧静。侦谍不敢东窥，驼马不敢南牧。方欲振策燕赵，席卷秦代，陪龙驾于伊洛，侍紫盖于咸阳。而遘疾弥留，欻焉大渐。耕夫释耒，桑妇下机。参请门衢，并走群望。

此处颇可见出沈氏作文功力。因地方官员政绩不外保一方平安，人民生活富足，不闻鸡鸣狗盗之事。沈约却于四处采取不同的笔法，突出不同的方面，文字虽多却富于变化。叙为吴郡太守时政绩以历史人物春申君、邓攸之绩比之；叙为郢州刺史时功绩，重在言其德惠普施，小如蝼蚁必沾其恩；叙为会稽太守时功绩，则以南阳苇杖（《后汉书》记南阳太守刘宽吏民有过以蒲鞭示辱）、颍川时雨（《三辅决录》记东汉郭伋为颍川太守，化如时雨）二典喻其恩泽，颇富清新之感；叙为雍州刺史时功绩，又从治地人民的慕声响应进行侧面烘托。这些铺陈排比等手法的变化无不来自于赋。赋影响于碑文，最主要的是铺陈排比的手法。

可以见出，赋影响于实用文体最多的是铺陈排比的手法，而这本就是赋体最本质的特征。他如穷情尽物的思维方式、宏扬王朝声威的主题思想、假设问答的手法等亦都不同程度地向实用文体渗透，使实用文体带上了赋体的特征。但是，即使受到了赋体的影响、渗透，这些实用文体的文体性质并未被改变，它们仍以独特的功能、清晰可循的发展轨迹保持着

独立的特征和存在意义,一如诗的影响渗透亦未改变它们的独立性质
一样。

三、实用文体向赋学习、借鉴的原因

汉魏六朝时期,赋向诸多实用文体渗透,这种普遍的影响发生的原因是
复杂的。首先,汉魏六朝是赋体发展的兴旺时期,赋也是当时最为强势的文
体,它不仅被用以歌颂王朝声威、抒情达志,更成为文人驰骋才华的主场。
赋有着巨大的辐射力和影响力。此不必赘论。

其次,实用文体出于增强文学性的需要,借鉴赋的表现手法和艺术手
段。赋被历代学者认为是最为巨丽宏大的文体。葛洪《西京杂记》曾引司马
相如论赋言:"合綦组以成文,列锦绣而为质,一经一纬,一宫一商,此赋之迹
也。赋家之心,苞括宇宙,总览人物。"①赋体就是要牢笼世间万事万物,以
华艳巨丽之词进行描述。《汉书·扬雄传》言"蜀有司马相如,作赋甚弘丽
温雅,雄心壮之"②,"雄以为赋者,将以风也,必推类而言,极丽靡之辞,闳侈
巨衍,竞于使人不能加"③,赋要用最美丽的文辞,以最宏大的篇制分类描述
世间事物,扬雄之推崇司马相如,也因其赋宏大华丽。《汉书·艺文志》称枚
乘、司马相如、扬雄等赋"侈丽闳衍"④,所着眼亦在于众人赋语言之美与结
构之宏大。王充《论衡·定贤篇》言:"以敏于赋颂,为弘丽之文为贤乎? 则
夫司马长卿、杨子云是也。文丽而务巨,言眇而趋深。"⑤以"弘"和"丽"称
扬汉大赋优秀作家司马相如、扬雄。刘勰《诠赋》论赋体,称为"鸿裁"⑥,说
赋乃"极声貌以穷文"⑦,亦是认定这种文体以篇制的宏大和描声写貌的侈
丽为最重要特征。确实,与其他任何文体相比,赋都最为宏阔壮丽,所谓"文
章道巨,赋尤文家之最巨者"⑧。赋的注重铺张、排比、夸饰、假主客以问答、
牢笼万有等特征,都是形成其宏阔壮丽之美的重要因素。

赋体具有极强的文学性,它以宏阔壮丽之美吸引着实用文体。刘勰在
《文心雕龙·情采》篇中曾评价汉以来文坛:"故为情者要约而写真,为文者
淫丽而烦滥。而后之作者,采滥忽真,远弃风雅,近师辞赋;故体情之制日

---

① （东晋）葛洪《西京杂记》,第 93 页。
② （东汉）班固《汉书》,第 3515 页。
③ （东汉）班固《汉书》,第 3575 页。
④ （东汉）班固《汉书》,第 1756 页。
⑤ （东汉）王充著,黄晖校释《论衡校释》,第 1117 页。
⑥ （梁）刘勰著,詹锳义证《文心雕龙义证》,第 283 页。
⑦ （梁）刘勰著,詹锳义证《文心雕龙义证》,第 277 页。
⑧ （明）屠隆《啸庐四赋序》,《白榆集》,台湾伟文图书出版社有限公司 1977 年版,第 129 页。

疏,逐文之篇愈盛。"①批评汉以来文人竞逐辞采、为文造情的创作倾向,实际指明了汉魏六朝文坛的一个事实,即众多作者为了文辞之美,多向辞赋学习。直至东汉,后来被认为最富文学性的文体——诗歌,还处于发展的较早期阶段,五言诗才刚刚开始创作,风格也较为质朴。赋的华艳巨丽,最能吸引急于追求文学感染力与表现力的作者。

　　构成赋宏阔壮丽之美的最重要手段是铺陈、夸饰、假主客以问答等,也最易引起实用文体的学习。刘勰在《文心雕龙·夸饰》篇中言:"自宋玉、景差,夸饰始盛。相如凭风,诡滥愈甚。故上林之馆,奔星与宛虹入轩;从禽之盛,飞廉与焦明俱获。及扬雄《甘泉》,酌其余波,语瑰奇则假珍于玉树,言峻极则颠坠于鬼神。至《东都》之比目,《西京》之海若,验理则理无可验,穷饰则饰犹未穷矣。又子云《羽猎》,鞭宓妃以饷屈原;张衡《羽猎》,困玄冥于朔野。峚彼洛神,既非魑魅;惟此水师,亦非魍魉。而虚用滥形,不其疏乎!此欲夸饰其威,而忘其事义暌刺也。至如气貌山海,体势宫殿;嵯峨揭业,熠耀焜煌之状,光采炜炜而欲然,声貌岌岌其将动矣。莫不因夸以成状,沿饰而得奇也。"②指出夸饰能化静为动,化平淡为神奇,使描写对象具有极大的吸引力。使文章更富表现力与吸引力自然是所有创作者的愿望,所以他们纷纷把目光投向了能带来这些的辞赋。徐公持先生《诗的赋化与赋的诗化——两汉魏晋诗赋关系之寻踪》一文论及两汉魏晋诗的赋化与赋的诗化现象,曾言:"'化',并非根本性质上有所改变,此物化为彼物,乃是指吸收对方的某些艺术长处,为我所用,属于取长补短之义。"③这些话同样适用于赋和实用文体的关系,汉魏六朝时期实用文体一定程度上的赋化,正是吸收了赋体的华丽宏衍之美,加强了自身的文学性,保持其实用性的同时,补其文学性之短。这在文学文体和实用文体界域不严,实用文体也往往被当作审美的主体来对待的时代,是很正常的事情。

　　再次,汉魏六朝诸多作家的兼善众体也是实用文体赋化的重要原因。不可否认的事实是,实用文体的赋化现象多发生在那些兼善辞赋的作家身上。如扬雄本是汉大赋的优秀作家,他的箴文表现出铺陈排比等赋化特征;王褒同样善作赋,他的《甘泉宫颂》也被以赋称之;他如崔骃、崔瑗、马融、张衡、班固、蔡邕等,皆是优秀的赋作家,他们的铭、颂、箴、赞等都受赋的影响。我们仅以曹植为例,看其赋与实用文体的关系。曹植是一位优秀的赋作家,

①　(梁)刘勰著,詹锳义证《文心雕龙义证》,第1161—1162页。
②　(梁)刘勰著,詹锳义证《文心雕龙义证》,第1386—1394页。
③　徐公持《诗的赋化与赋的诗化——两汉魏晋诗赋关系之寻踪》,第20页。

虽然今存完整的赋作只有《洛神赋》一篇,但他所作辞赋数量实际很多,也对赋甚为重视,他生前曾为所作赋编集为《前录》,并自序言:"余少而好赋,其所尚也,雅好慷慨,所著繁多,虽触类而作,然芜秽者众。"①同时,曹植又兼善多种实用文体,如颂、碑、赞、铭、章、表、令、咏、序、书、论、说、谏、哀辞等都有创作。萧统编《文选》,录有他的书、诔、表等体作品,见出对其实用文体创作成就的肯定。而这些成就的取得,与赋的影响不无关系。曹植的实用文体作品常常借用赋的手法。如《求自试表》《求通亲亲表》等都铺排成文,此论者已多,不必赘言。又如其《辩道论》云:"夫帝者,位殊万国,富有天下,威尊彰明,齐光日月。宫殿阙庭,焜耀紫微,何顾乎王母之宫、昆仑之域哉!夫三乌被致,不如百官之美也。素女嫦娥,不若椒房之丽也。云衣羽裳,不若黼黻之饰也。驾螭载霓,不若乘舆之盛也。琼蕊玉华,不若玉圭之洁也。"②以排比之句言帝之尊贵,从百官、椒房、黼黻、乘舆、玉圭诸事物言帝之享用无穷。借赋之铺排形成此文的巨丽风格和气势。在其实用体作品中,还常用及赋的夸饰手法,如《文帝诔》写魏文帝之崩云:"于时天震地骇,崩山陨霜,阳精薄景,五纬错行。百姓吁嗟,万国悲悼。"③言曹丕之死惊动天地,使山川变色、太阳西沉、五行错乱、百姓伤心、他国悲叹,极夸张之能事。又如《与吴季重书》描述与吴质饮酒云:"当斯之时,愿举泰山以为肉,倾东海以为酒,伐云梦之竹以为笛,斩泗滨之梓以为筝;食若填巨壑,饮若灌漏卮。"④言与吴质宴饮之乐,直欲以泰山为肉、东海为酒,拿云梦泽的竹子来作笛,用泗水之滨的梓木来作筝,而食饮不尽,更若填巨壑、灌漏卮。如此夸张显然是为了突出宴饮之乐。作为兼善赋与实用文体的作家,曹植将赋的手法移植到实用文体中去,极大地提高了后者的文学审美价值,也成就了他在多种实用文体发展史上的地位。

赋影响渗透于实用文体,发生在特定的历史环境中,其原因也是复杂的,但上列应是重要因素。赋对实用文体的渗透是汉魏六朝文体史上的重要现象,也有重要的文体史和文学史意义。赋的影响、渗透加强了实用文体的文学性,使它们更富艺术价值。很多实用文体作品流传至今,仍然以极大的文学魅力吸引着我们的眼光。

① (三国)曹植著,赵幼文校注《曹植集校注》,第 434 页。
② (三国)曹植著,赵幼文校注《曹植集校注》,第 189 页。
③ (三国)曹植著,赵幼文校注《曹植集校注》,第 341 页。
④ (三国)曹植著,赵幼文校注《曹植集校注》,第 143 页。

第六章　复合型文体

文体之间不仅如本书上列章节所论,两两发生联系,很多时候更是和多种文体发生关联,如碑文即与诔、颂都有关系,诔又与哀辞、哀策、碑文都密切相关。而又有一些文体,本身就是结合多种文体的特征、受多种文体的影响渗透而形成的,我们称之为"复合型文体"。

所谓"复合型文体",是指那些复合了两种或多种文体的要素而形成的独立文体。它们的文体属性由多重要素来描述,而非一种。复合型文体最为典型地体现出文体之间的联动关系,反映着文体互渗的事实,有着独特的文体学意义。设论、俳谐文等是复合型文体的典型代表,它们虽不能归入实用文体之列,但都结合了实用文体的特征。

第一节　设　　论

长期以来,关于"设论"是否是一种独立的文体及其文体属性,一直存在争议,大概有四种意见。一、以设论文为"对问"。此种意见的最早提出者是刘勰,《文心雕龙·杂文》言:"宋玉含才,颇亦负俗,始造'对问',以申其志,放怀寥廓,气实使之。"[1]"自《对问》已后,东方朔效而广之,名为《客难》,托古慰志,疏而有辨。扬雄《解嘲》,杂以谐谑,回环自释,颇亦为工。班固《宾戏》,含懿采之华。"[2]认为东方朔诸人作品承袭了宋玉《对楚王问》,它们皆"对问"体之代表。后世如吴曾祺等赞成刘勰之说。二、以设论文为辞赋。许慎《说文解字·氏部》:"扬雄赋'响若氏隤'。"[3]"响若氏隤"[4]出自扬雄

---

① （梁）刘勰著,詹锳义证《文心雕龙义证》,第489页。
② （梁）刘勰著,詹锳义证《文心雕龙义证》,第499—501页。
③ （东汉）许慎撰,(北宋)徐铉校定《说文解字》,第265页。
④ 此句,《汉书》作"响若阺隤",《四部丛刊》本《六臣注文选》和胡刻本《文选》作"响若坻隤"。

《解嘲》,许慎以此篇为赋。姚鼐《古文辞类纂》"辞赋类"收有宋玉《对楚王问》、东方朔《答客难》、扬子云《解嘲》《解难》等文。曾国藩《经史百家杂钞·词赋之属》录入东方朔《答客难》、扬雄《解嘲》《解难》、班固《答宾戏》、韩愈《进学解》,并于《序例》中言:"词赋类,著作之有韵者。经如《诗》之赋、颂,《书》之五子作歌,皆是。后世曰赋、曰辞、曰骚、曰七、曰设论、曰符命、曰颂、曰赞、曰箴、曰铭、曰歌,皆是。"①三、以设论文为论。较有代表性的是明代徐师曾《文体明辨序说》,将论体文分为"八品":"一曰理论,二曰政论,三曰经论,四曰史论,五曰文论,六曰讽论,七曰寓论,八曰设论。"②前五种以内容分类,后三种以形式,分类标准不统一,但以"设论"为论体文之一种。四、"设论"是和对问、论、赋等体并立的文体。《文选》列"设论"体,收录东方朔《答客难》、扬雄《解嘲》、班固《答宾戏》三文,和包括赋、论、对问在内的其他38种文体并列。后世同意萧统意见,而予"设论"以独立文体地位的文学批评著述和总集颇多,如洪迈《容斋随笔》、吴讷《文章辨体序说》、贺复征《文体明辨汇选》、王兆芳《文章释》等。

上列意见,其实又可分为两派:一派承认"设论"为独立的文体类别,如萧统、姚鼐、曾国藩等;一派不以之为独立的文体,如刘勰、许慎、徐师曾等,将之归为对问、赋、论。而前一派的观点,又可分为两种情况,一种认为"设论"是和赋、论等相并列的、处于同等地位的独立文体,如萧统;另一种认为"设论"如"七""骚"等一样为独立文体,但又从属于"辞赋"大类。

"设论"的文体属性长期存在争议,实与这种文体"复合型"的特质有关,这是一种复合着多种文体要素的"复合型"文体。刘勰评东方朔《答客难》"疏而有辨",评扬雄《解嘲》"杂以谐谑,回环自释,颇亦为工",看到了设论文表现出论体文、俳谐文的特征。实则,作为"复合型"文体,"设论"复合了赋、对问、论、俳谐文等多体的要素。

一、设论与赋

设论文之"设",意为假设客主,今存设论文都是通过假设客主对话的方式来展开全文。如东方朔《答客难》设客与东方先生,扬雄《解嘲》设客与扬子,班固《答宾戏》设宾与主人,崔骃《达旨》设或与己,蔡邕《释海》设务世公子与华颠胡老,陈琳《应讥》设客与余,郭璞《客傲》设客与郭生等。这种假

---

① （清）曾国藩《经史百家杂钞》,岳麓书社1987年版,第2页。
② （明）吴讷、（明）徐师曾《文章辨体序说　文体明辨序说》,第131页。

设客主对话行文的方式,显然与赋体"客主以首引"①的体制有关。而且,汉大赋中往往有对客主形象特征的描绘,如司马相如《上林赋》写亡是公"听然而笑",张衡《西京赋》写凭虚公子"心侈体忲,雅好博古,学乎旧史氏,是以多识前代之载","安处先生于是似不能言,怃然有间,乃莞尔而笑",左思《吴都赋》写东吴王孙"軞然而咍",《魏都赋》写魏国先生"有睟其容,乃盱衡而诰",皆见诸人之从容淡定,谈论之成竹在胸。设论文往往对客主也有类似描绘,如东方朔《答客难》言东方先生"喟然长息,仰而应之",扬雄《解嘲》言扬子"笑而应之",班固《答宾戏》言主人"迺尔而笑",郭璞《客傲》言郭生"粲然而笑",皆与赋异曲同工,应属承袭。

《文心雕龙·诠赋》言:"赋者,铺也,铺采摛文,体物写志也。"②铺张扬厉和体物写志是赋在形式和内容上的重要特征,设论文亦似之。

设论文多铺采摛文。如东方朔《答客难》言当世人才显晦皆系之于君:"绥之则安,动之则苦;尊之则为将,卑之则为虏;抗之则在青云之上,抑之则在深渊之下;用之则为虎,不用则为鼠。"③用了四组排比句,言君之重用与否给个人命运带来的天壤之别。扬雄《解嘲》言大汉兴旺:"今大汉左东海,右渠搜,前番禺,后椒途。东南一尉,西北一侯。徽以纠墨,制以锧铁,散以礼乐,风以诗书,旷以岁月,结以倚庐。天下之士,雷动云合,鱼鳞杂袭,咸营于八区。家家自以为稷契,人人自以为皋陶。戴縰垂缨,而谈者皆拟于阿衡;五尺童子,羞比晏婴与夷吾。"从疆域、行政区设、法治、教育、人才等各个方面铺设;又言古时人才对国家存亡的决定意义:"昔三仁去而殷墟,二老归而周炽,子胥死而吴亡,种蠡存而越霸,五羖入而秦喜,乐毅出而燕惧,范雎以折摺而危穰侯,蔡泽以噤吟而笑唐举。"④多方例举。班固《答宾戏》言当朝隆盛:"方今大汉洒扫群秽,夷险芟荒,廓帝纮,恢皇纲,基隆于羲农,规广于黄唐;其君天下也,炎之如日,威之如神,函之如海,养之如春。是以六合之内,莫不同源共流,沐浴玄德,禀仰太和,枝附叶著。"⑤用了一连串类比、比喻。而且这些文句韵散结合,错落有致,组合起来气势充盈,亦有类大赋。

设论文皆为写志抒愤而作。据史籍记载,这些作品皆产生于作者不得通其道,意有所郁结的状况下。如东方朔《答客难》之作,《汉书·东方朔传》言:"朔上书陈农战强国之计,因自讼独不得大官,欲求试用。其言专商

---

①　(梁)刘勰著,詹锳义证《文心雕龙义证》,第 277 页。
②　(梁)刘勰著,詹锳义证《文心雕龙义证》,第 270 页。
③　(梁)萧统编,(唐)李善注《文选》,第 628 页。下引该文皆出此,不再标注。
④　(梁)萧统编,(唐)李善注《文选》,第 630—631 页。下引该文皆出此,不再标注。
⑤　(梁)萧统编,(唐)李善注《文选》,第 634 页。下引该文皆出此,不再标注。

鞅、韩非之语也。指意放荡,颇复诙谐,辞数万言,终不见用。朔因著论,设客难己,用位卑以自慰谕。"①希求政治上的任用而不得,只好退而作文表志,叹其不得"尽节效情"之悲,抒其"块然无徒,廓然独居,上观许由,下察接舆,计同范蠡,忠合子胥,天下和平,与义相扶"之志。又如崔骃作《达旨》,乃因作者"博学有伟才,尽通古今训诂百家之言,善属文。少游太学,与班固、傅毅同时齐名。常以典籍为业,未遑仕进之事",博学有高才,而不能仕进,故作文言其"下不步卿相之廷,上不登王公之门"的尴尬处境,但又不屑于"夸毗以求举","叫呼炫鬻","暴智耀世,因以干禄","游不伦党,苟以徇己;汗血竞时,利合而友"的行径,坚持"先人有则而我弗亏,行有枉径而我弗随",高尚其身,故只能"后名失实"②。郭璞《客傲》之作,《晋书·郭璞传》言:"璞既好卜筮,缙绅多笑之。又自以才高位卑,乃著《客傲》。"亦感才高位卑,故发"响不彻于一皋,价不登乎千金。傲岸荣悴之际,颉颃龙鱼之间"之叹,求如"庄周偃蹇于漆园,老莱婆娑于林窟,严平澄漠于尘肆,梅真隐沦乎市卒,梁生吟啸而矫迹,焦先混沌而槁杌,阮公昏酣而卖傲,翟叟遁形以倏忽"③,最终只能隐身自处而已。

对作者不得于时的思想情志的充分反映,使这些设论文成为"士不遇"文学的重要载体,与同时期"士不遇"赋颇为相通。如东方朔同时,董仲舒有《士不遇赋》,深叹"生不丁三代之盛隆兮,而丁三季之末俗",将己之不得志归于生不逢时,最终只求"不如正心而归一善"④。又司马迁有《悲士不遇赋》,感叹的亦是"悲夫士生之不辰",但亦不忘对世业的追求:"恒克己而复礼,惧志行之无闻,谅才韪而世戾,将逮死而长勤。……没世无闻,古人惟耻,朝闻夕死,孰云其否?"⑤扬雄同时,"士不遇"主题赋作殊多,刘歆《遂初赋》、崔篆《慰志赋》、冯衍《显志赋》等皆传扬后世。刘歆《遂初赋》有序文言:"《遂初赋》者,刘歆所作也。……歆好《左氏春秋》,欲立于学官,时诸儒不听,歆乃移书太常博士,责让深切,为朝廷大臣非疾,求出补吏,为河内太守。又以宗室不宜典三河,徙五原太守。是时朝政已多失矣,歆以论议见排摈,志意不得。之官,经历故晋之域,感今思古,遂作斯赋,以叹征事,而寄己意。"面对屡屡失意,刘歆追求消解的途径亦如扬雄,即道家的恬退自守:"反情素于寂漠兮,居华体之冥冥。玩琴书以条畅兮,考性命之变态。运四时而

① (东汉)班固《汉书》,第2863—2864页。
② (南朝宋)范晔《后汉书》,第1708—1715页。
③ (唐)房玄龄等撰《晋书》,第1905—1906页。
④ (清)严可均《全汉文》,第250页。
⑤ (清)严可均《全汉文》,第270页。

览阴阳兮,总万物之珍怪。虽穷天地之极变兮,曾何足乎留意。长恬淡以欢娱兮,固贤圣之所喜。"①班固同时人梁竦的《悼骚赋》,又同班固《答宾戏》一样,强调对儒家修身自固的追求。

显然,设论文与赋有着很多共同的要素,但设论与赋的区别也是明显的。赋与设论虽皆采用主客对话的形式结构全篇,然设论文中客疑主答,客是问题的提出者,主的辨解为文章的主体;赋中主客则处于相对平等的位置,虽然客最终或被主所压服,但也往往能够较充分地表达自我观点。如司马相如《子虚赋》《上林赋》,假设子虚、乌有先生、亡是公三人对话,《子虚赋》是子虚与乌有先生言论,《上林赋》则全载亡是公言论。又如班固《两都赋》假设西都宾与东都主人对话,《西都赋》通篇为西都宾言论,《东都赋》则通篇为东都主人言论。再如左思《三都赋》假设西蜀公子、东吴王孙、魏国先生对话,《蜀都赋》《吴都赋》《魏都赋》亦分别是三人言论。而且赋之假设人物虽以二人居多,但三人及更多的例子也有,而设论文假设人物则一般仅有两人。这就涉及赋与设论文的另一个区别,即设论文之假设二人对话,代表的是作者内心矛盾冲突的两个方面,而赋之假设人物,则并不具有此种意义。又与此相应,虽然设论文亦讲究铺陈排比,但其铺陈排比是批驳、辨论的手段;而赋作往往是通过铺陈排比夸张声势,以气势压服对方。

二、设论与对问

"设论"是与"对问"有重要关系的文体,"设论"体对"对问"体的借鉴主要表现在两个方面:客疑主辨的结构方式,所表达情感的类同。

"设论"文客疑主辨、以主辨为主体的结构方式,应学习了"对问"体。东方朔《答客难》一问一答,与宋玉《对楚王问》之问答行文方式一致,《答客难》对《对楚王问》的模仿更为明显,宋玉《对楚王问》载楚襄王问宋玉"先生其有遗行与? 何士民众庶不誉之甚也"②,《答客难》客难东方朔以"官不过侍郎,位不过执戟,意者尚有遗行邪",皆问主之"遗行",前后承袭。至扬雄《解嘲》、班固《答宾戏》则皆二问二答,随着问的增多,主的辨解也层层深入,文章结构形式有了进一步发展。

如前所引,刘勰《文心雕龙·杂文》将东方朔《答客难》、扬雄《解嘲》、班固《答宾戏》等归为承袭《对楚王问》的"对问"体作品。诸篇的共同之处,刘勰指出在于"原夫兹文之设,乃发愤以表志,身挫凭乎道胜,时屯寄于情

---

① （清）严可均《全汉文》,第345—346页。
② （梁）萧统编,（唐）李善注《文选》,第627页。下引该文皆出此,不再标注。

泰"①,作者都表达了对才能的自信及对不为流俗所理解的愤懑。面对楚王之疑,宋玉以"引商刻羽,杂以流徵"之高曲、鸟中之凤、鱼中之鲲自喻,认为正因自己远远高于众人,所以不为流俗所理解,遭流俗诽谤。东方朔《答客难》借客之口言己"修先王之术,慕圣人之义,讽诵诗书百家之言,不可胜记,著于竹帛,唇腐齿落,服膺而不可释,好学乐道之效,明白甚矣,自以为智能海内无双,则可谓博闻辩智矣"②,扬雄《解嘲》言己《太玄》"深者入黄泉,高者出苍天,大者含元气,细者入无间",班固《答宾戏》言己"驰辩如涛波,摛藻如春华",各方面的才能皆高于流俗,而不被理解或任用的共同命运,皆因所遇非时。这种共同的情感表达,某种程度上昭示着宋玉《对楚王问》对设论文的影响。

　　然而,同时,设论与对问的区别也是明确的,表现在两个方面:"设论"乃假设人物进行问答,这正是文体名称"设"的意旨所在,但如宋玉《对楚王问》中所言事情不管是否真实发生,但对话双方的身份都是真实的;设论文中的客主二人,代表的是作者矛盾的内心,主之驳斥指向的是对自我立身处世的思考,乃自我倾诉,"对问"主之驳辩针对的则是世人的非议。二体的区别言者多矣,不再赘论。

三、设论与论

　　认为"设论"体裁上归属于论体文的观点,见于史料较早。东方朔作《答客难》,如前引《汉书·东方朔传》即称之为"著论"。又陈琳《应讥》,《三国志·吴书·张纮传》注引韦曜《吴书》称:"纮见陈琳作《武库赋》《应讥论》,与琳书深叹美之。"③而皇甫谧《释劝论》、王沈《释时论》,直接冠以"论"名。设论文确实包含很多论体文的因素。

　　首先表现在表达方式上的议论、驳辩。设论文设客疑主,主对客的疑问进行针对性的驳辨。如扬雄《解嘲》,客提出扬子不能"纡青拖紫,朱丹其毂",扬子针锋相对答以"客徒朱丹吾毂,不知一跌将赤吾之族也"。客提出扬子"不能画一奇,出一策",扬子驳以"世乱则圣哲驰骛而不足,世治则庸夫高枕而有余",言当朝只需庸夫,不需贤才,故不必出奇画策。且"言奇者见疑,行殊者得辟",故只好"卷舌而同声","拟足而投迹"。而针对"意者玄得无尚白乎? 何为官之拓落也"之问,扬子用老庄哲学回答:"故知玄知默,

---

① （梁）刘勰著,詹锳义证《文心雕龙义证》,第506页。
② （梁）萧统编,（唐）李善注《文选》,第628页。
③ （西晋）陈寿撰,（南朝宋）裴松之注《三国志》,第1246页。

守道之极；爱清爱静，游神之庭；惟寂惟漠，守德之宅。世异事变，人道不殊。"且以"子之笑我玄之尚白，吾亦笑子病甚，不遇俞跗与扁鹊也，悲夫"反击。客提出疑问，主即进行针锋相对的对答，辨驳的意味明确，有类论体文。

又有设论文，主对客之疑的批驳不仅针锋相对，且能层层深入，颇具论辨的力量。如陈琳《应讥》，时陈琳在袁绍手下为官，客攻击责难袁绍，而代表作者意见的主人则为"主君"袁绍辩护①。客之责云："遭豺狼肆虐，社稷陨倾，既不能抗节服义，与主存亡，而背枉违难，耀兹武功，徒独震扑山东，剥落元元，结疑本朝。"董卓作乱，少帝被杀，洛阳宫室焚烧殆尽，袁绍在董卓入洛后单骑出奔，领冀州牧后又只顾在北方扩张自己的势力。客之责问下，袁绍真乃不仁不义之徒。陈琳先以"申鸣违父，乐羊食子，季友鸩兄，周公戮弟"为例，申明袁绍所作所为乃"王事所不得已也"，接着深入一层借历史上的知名典故，声明袁绍之举乃"达人君子，必相时以立功，必揆宜以处事"，继而又申言袁绍前功，"孝灵既丧，妖官放祸，栋臣残酷，宫室焚火，主君乃芟凶族，夷恶丑，荡涤朝奸，清澄守职也"，守己之职，诛灭宦官，清理朝奸，前能为彼，而今不能为此，实因"卓为封蛇，幽鸩帝后，强以暴国，非力所讨，违而去之，宜也"，董卓兵力强盛，非袁绍当日之力可讨，去之实乃权宜、合宜之计，与客讥之"不能抗节服义，与主存亡"二句针锋相对。亦因此合宜之计，"是故天赞人和，无思不至，用能合师百万，若运诸掌者，义也"，才有后来渤海起兵，关东义士推为盟主，且"举无遗阙，而风烈宿宣"②，行宽仁之政，势力不断壮大。客本是批评斥责袁绍，而主不仅进行了针锋相对的辩护，还进一步为袁绍唱起了颂歌。可见文章环环相扣、层层深入之妙。

其次表现在客与主的往复，起到了层层推进论辨深入的作用。如扬雄《解嘲》二问二答，客第一问问扬雄何以高才而为官拓落，扬雄答以时世不同，不得青紫，故为今之道，只有知玄知默、爱清爱静才能自存。由是客提出第二问："然则靡玄无所成名乎？范蔡以下，何必玄哉？"针对扬雄所答坚守玄道又提出疑问，扬雄复答以应分清时势，为可为于可为此时，而此时之可为唯在独守太玄，进一步申明己志。班固《答宾戏》同样二问二答，宾第一问问班固"独撼意乎宇宙之外，锐思于毫芒之内，潜神默记，缊以年岁。然而器不贾于当己，用不效于一世"，质疑班固专意著述，不能有建树于世，班固答以战国以来乘势而显达、投机以富贵的功利者，皆以祸难而终，不值得效法。由是宾有第二问："若夫鞅、斯之伦，衰周之凶人，既闻命矣。敢问上古之士，

---

① 此参顾农《陈琳〈应讥〉写作年代辨疑》，《江海学刊》1994 年 2 期。
② 俞绍初辑校《建安七子集》，第 72—73 页。

处身行道,辅世成名,可述于后者,默而已乎?"问以缄默不言与优游著述对于行道辅世的意义,将议论引向深入,班固之答肯定古昔立功者,推尊近世立言者,崇尚立德者,坚信只要慎修所志,必能先贱而后贵,时暗而久章。这种依靠客主往复层层推进论辨深入的方式,与一般的问对式论体文并无二致。

但需要强调的是,设论文虽采用了议论、辨驳的表达方式,但它与问对式论体文还是有实质的不同。问对式论体文设为宾主,乃为论难;设论文之设为宾主,乃为发愤表志。前者针对的是某个问题、观点;后者针对的是作者的志向、身处。明贺复征编《文章辨体汇选》七百八十卷,卷四二三"论"下有"设论"类,所收汉晋文章有东方朔《非有先生论》、王褒《四子讲德论》、王沈《释时论》等,皆假设主客问答之问对式论体文。卷四四二至四四三立"设"类,所选汉晋文章既有如枚乘《七发》、曹植《七启》之作,更多则是《文选》所谓"设论"之文:东方朔《答客难》、扬雄《解嘲》《解难》、班固《答宾戏》、蔡邕《释诲》、郭璞《客傲》等①。贺复征列"设"类,与"论"体并立,"论"下又有"设论"一类,这些表明的应该是,他看到了某些论体文与设论文都采取了假设问答的方式,但两者又是不同的,前者设为问答的目的在于论辨,后者设为问答的目的在于抒发情志。仅以刘孝标《辩命论》为例,见与设论文的差别。刘孝标闻主上叹管辂"有奇才而位不达",归而作《辩命论》。文章借管辂有英才而官位小发端,首言何谓命:"命也者,自天之命也。"继之以自古至今大量人物为例,说明人之贵贱、寿夭、美丑"咸得之于自然,不假道于才智",即"死生有命,富贵在天"。紧接着以"六蔽"批驳"非命"之说,旨在证明荣辱由命、帝王公卿由命、死劫由命、穷达由命、兴废由命、否泰由命。阐此"非命"六蔽之后,作者进一步言明"邪正由于人,吉凶在乎命",所以君子应"风雨如晦,鸡鸣不已","自强不息",而"不充诎于富贵,不遑遑于所欲"②。总体而言,作者从历史、政治、自然、圣人之言各个方面"旁引曲证,错落纵横"③,倡言"定命"之说。魏晋南北朝时期,社会极端黑暗和混乱,言命之说盛行,《文选》所收有李康《运命论》、刘孝标《辩命论》两文。《辩命论》文中所举诸家谈命之说,王充、司马迁、李萧远皆持"定命论",刘孝标所证正是当时较为盛行的一种观点。当然,如李善所言:"孝标植根淄右,流寓魏庭,冒履艰危,仅至江左。负材矜地,自谓坐致云霄,岂图

---

① (明)贺复征《文章辨体汇选》,台湾商务印书馆影印文渊阁四库全书本。
② (梁)萧统编,(唐)李善注《文选》,第748—754页。
③ (明)邹思明《文选尤》,明天启二年闵齐伋刻三色套印本,上海图书馆藏。

逡巡十稔,而荣惭一命,因兹著论。故辞多愤激,虽义越典谟,而足杜浮竞也。"①《辩命论》的创作与刘孝标自身的经历密切相关,此文亦是作者愤激之言,满含情志。但其核心在辨析命运,畅扬定命之说,在体裁上属论体文,与目的在抒愤表志的设论文有质的不同。

四、设论与俳谐文

设论文中也包含着俳谐因素,表现在多个方面。首先是其假设人物行文的方式。本要抒发内心的怨愤与志向,却不直接表达,而是通过假设人物的方式,这种假设本身便带有了自我调侃的意味。设论文所假设人物,有的只是宾和主,如东方朔《答客难》、扬雄《解嘲》、班固《答宾戏》、郭璞《客傲》等。有的所设人物名字本身就含有寓义,如蔡邕《释诲》之务世公子与华颠胡老,代表作者对行藏出处的取舍和矛盾,透出机智与幽默。而且这些假设人物往往还有个性色彩,设论文中对主的形象常有少量的描绘,如前引扬雄《解嘲》、班固《答宾戏》、郭璞《客傲》等,都见出主之从容淡定,成竹在胸。对客的直接描述虽然很少见,但客的问题往往尖刻锐利,锋芒毕露,与主的对比非常鲜明。

设论文惯用的另一种手法是自嘲与嘲人。东方朔《答客难》以"悉力尽忠,以事圣帝,旷日持久,积数十年,官不过侍郎,位不过执戟,意者尚有遗行邪?同胞之徒,无所容居,其故何也"问难;扬雄《解嘲》以"然而位不过侍郎,擢才给事黄门。意者玄得无尚白乎?何为官之拓落也"讥嘲;班固《答宾戏》以"然而器不贾于当己,用不效于一世,虽驰辩如涛波,摛藻如春华,犹无益于殿最也。意者,且运朝夕之策,定合会之计,使存有显号,亡有美谥,不亦优乎"戏谑;郭璞《客傲》以"响不彻于一皋,价不登乎千金。傲岸荣悴之际,颉颃龙鱼之间,进不为谐隐,退不为放言"②嘲讽。因问者纯属虚构,所以这些对于主满腹才学而徒沉沦下僚的嘲讽,其实全是自嘲。另一方面,面对客之嘲讽,主必以辛辣的语言还击,如班固《答宾戏》"若宾之言,所谓见世利之华,暗道德之实,守窦奥之荧烛,未仰天庭而睹白日也",崔寔《客讥》"子徒休彼绣衣,不知嘉遁之独肥也"③,郭璞《客傲》"鹪鹩不可与论云翼,井蛙难与量海鳌。虽然,将祛子之惑,讯以未悟,其可乎",这些反击针锋相对,一针见血,淋漓尽致,不留情面,令人痛快一笑。

---

① (梁)萧统编,(唐)李善注《文选》,第747页。
② (清)严可均《全晋文》,第2152页。下引该文皆出此,不再标注。
③ (清)严可均《全后汉文》,第721页。

设论文的俳谐性还表现在主自身形象的强烈矛盾上。如东方朔《答客难》中，主"修先王之术，慕圣人之义，讽诵诗书百家之言，不可胜记，著于竹帛，唇腐齿落，服膺而不可释，好学乐道之效，明白甚矣，自以为智能海内无双，则可谓博闻辩智矣"，但"官不过侍郎，位不过执戟"；扬雄《解嘲》中，扬子"《太玄》五千文，枝叶扶疏，独说数十余万言，深者入黄泉，高者出苍天，大者含元气，细者入无间"，"然而位不过侍郎，擢才给事黄门"；班固《答宾戏》中，主人"驰辩如涛波，摛藻如春华"，"卒不能摅首尾，奋翼鳞，振拔洿途，跨腾风云"，才能之高妙与地位之低下形成鲜明的对比，置人物于强烈的矛盾冲突中，这种强烈的矛盾何尝不是对社会不公的深深讽刺呢？

无疑，设论文有俳谐的因素。这与"设论"的首出之作《答客难》的作者东方朔，有较大关系。《史记》专列《滑稽列传》，所记人物以东方朔所占篇幅最长。《汉书》未设《滑稽列传》，而东方朔作为滑稽类人物的典型代表，《汉书》予以单独立传，且独传成卷，言："朔尝至太中大夫，后常为郎，与枚皋、郭舍人俱在左右，诙啁而已。"①东方朔本是武帝身边供调笑取乐的人物，常以滑稽奇智博武帝一笑，班固评以"诙达多端，不名一行，应谐似优，不穷似智，正谏似直，秽德似隐"，称其为"滑稽之雄"②。他在进行文学创作时，作品也自然多带有俳谐幽默的元素，他创作了"设论"体的第一篇文章，《答客难》的俳谐幽默又对后世设论文产生了影响，从而使俳谐成了设论文的重要元素。

当然，比较明确的是，虽然设论文中含有俳谐的因素，但这些因素在设论中并不占有主导的、决定文体属性的地位。

综而言之，设论是一种"复合型"文体，带着多种文体的印迹。但在复合之后，它形成了独立的文体特征，这种特征是由多重要素构成的，包括行文方式上的假设问答，内容上的抒愤表志，表达方式上的议论、驳辨，文章基调的诙谐幽默。对于设论文，它们缺一不可。

第二节　俳　谐　文

古人多目"俳谐"为文体之一种。较早如《文心雕龙》列《谐隐》篇，和该书论文体的其他篇目如《颂赞》《铭箴》《诔碑》《哀吊》《檄移》等一样，论列

---

① （东汉）班固《汉书》，第 2863 页。

② （东汉）班固《汉书》，第 2873—2874 页。

两种性质较为相近的文体——"谐"与"隐"。萧子显《南齐书·文学传论》将俳谐文与诗、赋、颂、章表、碑、诔等并列，称："王褒《僮约》，束晳《发蒙》，滑稽之流，亦可奇玮。"①视俳谐为一体。后来如郑樵《通志·艺文略》之"文类"，分列楚辞、别集、总集、诗总集、赋、赞颂、箴铭、碑碣、制诰、表章、启事、四六、军书、案判、刀笔、俳谐、奏议、论、策、书、文史、诗评二十二类文章，"俳谐"是其中的一类。这里，郑樵虽不是明确地对文体进行分类，但把"俳谐"与赋、赞颂、箴铭、奏议、论、策、书等并列，则"俳谐"作为文章体裁的意义还是明确的。

至清人孙德谦作《六朝丽指》，专门对"谐隐"的独立文体性质进行了辨析："司马迁作《史记》，创立《滑稽列传》，而《文心雕龙》以《谐隐》为专篇。知文体之中，故有用游戏者矣。……吾观六朝时，如陶通明《授陆敬存十赍文》、袁阳源《鸡九锡文》并《劝进》、韦琳《鲌表》、沈休文《修竹弹甘蕉文》、吴叔庠《檄江神责周穆王璧》、孔德璋《北山移文》，此皆游戏文字。昭明入选，不加区别，德璋一篇，乃与正文相厕，亦其失乎！若但泥体制而论，韦琳之表、叔庠之檄，岂将列表檄类耶？"②孙德谦指出文体之中，本就有"用游戏者矣"的"俳谐"一体，此体也多有优秀之作，而如萧统编《文选》，将孔稚珪《北山移文》归为"移"体，则是未辨明文体的有失之举。这里，孙德谦固然强调了作为"游戏文字"的"俳谐文"应被视作独立文体的事实，但另一方面，却也指出此体较为复杂特殊的一面，即它们往往是与其他文体结合在一起而存在的。对此，钱锺书先生《管锥编》有言："袁淑《鸡九锡文》《劝进笺》《驴山公九锡文》《大兰王九锡文》《常山王九命文》，按均出淑《诽谐集》；诸篇与卷一五范晔《和香方序》、《全梁文》卷二七沈约《修竹弹甘蕉文》皆诙诡而别成体裁。"③也认为这些俳谐文在文体上是独立的，但又有其特殊性。

诚然，与其他文体相较，俳谐文是一种有着独特性质的文体。即如《文心雕龙》以俳谐为独立之一体，但在具体论述时，也指出俳谐文实际总是与其他文体结合在一起的，所结合者有赋④，有论⑤，有券⑥等。俳谐文特殊的

---

① （梁）萧子显《南齐书》，第908页。
② （清）孙德谦《六朝丽指》，王水照编《历代文话》，第8488—8489页。
③ 钱锺书《管锥编》，第1311页。
④ 《文心雕龙·谐隐》："东方、枚皋，饙糟啜醨，无所匡正，而詆嫚媟弄，故其自称为赋，乃亦俳也，'见视如倡'，亦有悔矣。""潘岳丑妇之属，束晳卖饼之类，尤而效之，盖以百数。"见（梁）刘勰著，詹锳义证《文心雕龙义证》，第531、535页。
⑤ 《文心雕龙·论说》："张衡《讥世》，颇似俳说；孔融《孝廉》，但谈嘲戏。"见（梁）刘勰著，詹锳义证《文心雕龙义证》，第694页。
⑥ 《文心雕龙·书记》："王褒《髯奴》，则券之谐也。"见（梁）刘勰著，詹锳义证《文心雕龙义证》，第954页。

文体性质,已有学者进行探讨,如李士彪指出:"俳谐没有固定的格式,它像寄居蟹一样,寄居在别的体裁中,它可以借助多种题材,来达到幽默诙谐的效果。"①

俳谐文就是这样一种文体,它总是复合着其他文体的要素,结合其他文体而存在,是一种典型的复合型文体。而且在其发展的不同历史时期,受不同因素影响,它总试图与不同的文体结合,利用不同文体的特性,最大限度地达到俳谐的效果。

汉魏六朝是俳谐文发展的关键时期,在不同阶段,与俳谐文结合的文体主要有赋、书、论、民间实用文体、公文等,俳谐文结合、利用这些文体的特性,一步步增强扩大了诙谐幽默的效果,展示了这种不断创新变化的复合型文体的发展轨迹和演变规律。

一、与赋结合

俳谐文和赋的结合形成俳谐赋。赋是汉代最受关注的文体,也是汉代最为强势的文体。其强势,不仅表现在优秀作家作品多,是两汉文学成就的代表,更表现在它总是向其他文体渗透,影响着当时诸多文体如颂、赞、箴、铭、碑、论等的创作②。它也同样向俳谐领域渗透,使俳谐赋成为汉代文学的重要组成部分。

俳谐赋在汉代的集中创作和发展,主要在两个时期。一是汉武帝时期,以东方朔、枚皋为代表。如上节所言,东方朔本是武帝身边供调笑取乐的人物。枚皋亦然,《汉书·枚皋传》载:"皋不通经术,诙笑类俳倡。"③作为汉武帝身边的倡优式人物和颇具才华的文学家,东方朔和枚皋均创作有大量的俳谐赋。《汉书·枚皋传》言枚皋"为赋颂,好嫚戏"④,"皋赋辞中自言为赋不如相如,又言为赋乃俳,见视如倡,自悔类倡也。故其赋有诋娸东方朔,又自诋娸。其文骫骳,曲随其事,皆得其意,颇诙笑,不甚闲靡。凡可读者百二

---

① 李士彪《魏晋南北朝文体学》,第 162 页。
② 关于汉时赋对其他文体的影响,学者已多有研究,如程千帆《先唐文学源流论略之二》(《武汉师范学院学报》1981 年 2 期),万光治《汉代颂赞铭箴与赋同体异用》(《社会科学研究》1986 年 4 期),曹虹《从赋体的多元特征看辩证的文体论思想之产生》(《宁夏社会科学》1991 年 5 期),王德华《东汉前期赋颂二体的互渗与散体大赋的走向》(《文学遗产》2004 年 4 期),程章灿《论"碑文似赋"》(《东方丛刊》2008 年 1 期),王长华、郗文倩《汉代赋、颂二体辨析》(《文学遗产》2008 年 1 期),梁复明、费振刚《论汉代颂赞铭箴与汉赋的同体异用》(《学术论坛》2008 年 7 期),易闻晓《论汉代赋颂文体的交越互用》(《文学评论》2012 年 1 期),孙福轩《赋学与诗文理论互渗论》(《中国文学研究》2013 年 1 期)等。
③ (东汉)班固《汉书》,第 2366 页。
④ (东汉)班固《汉书》,第 2366 页。

十篇,其尤嫚戏不可读者尚数十篇"①。枚皋写作了大量俳谐赋,这些赋作以诙谐调笑为目的,以致嫚戏不可读。《文心雕龙·谐隐》亦把东方朔、枚皋作为谐隐类的代表作家:"于是东方、枚皋,铺糟啜醨,无所匡正,而诋嫚媟弄,故其自称为赋,乃亦俳也。"②《汉书·艺文志》"杂家"著录有《东方朔》20篇,"赋家"著录有枚皋赋120篇,惜今天皆已不存。二是汉末灵帝时期,以乐松、梁鹄等鸿都门学者为代表。《后汉书·杨赐传》载杨赐议对云:"鸿都门下,招会群小,造作赋说,以虫篆小技见宠于时,如驩兜、共工更相荐说,旬月之间,并各拔擢,乐松处常伯,任芝居纳言。郄俭、梁鹄俱以便辟之性,佞辩之心,各受丰爵不次之宠,而令搢绅之徒委伏畎亩,口诵尧舜之言,身蹈绝俗之行,弃捐沟壑,不见逮及。"③鸿都门学者贵及一时,其所作,"熹陈方俗闾里小事"④,多有以取悦人君为目的的俳谐赋,今世亦多不存。

可以看出,汉代俳谐赋的创作,主要是为了满足统治者感官愉悦的需要,其发展,也多缘于现实功利的刺激。汉代产生了大量俳谐赋,这种结合赋体和俳谐文双重因素的创作模式也为后人继承。魏晋南北朝时期,俳谐赋的创作亦代不乏人,代有佳作,形成了极好的创作传统。

俳谐赋俳谐风格的形成,较多借助了赋体的特点。首先是借助了赋铺陈排比的手法。铺陈排比本身就容易带来阅读上淋漓尽致的快感,加之往往辅以夸张、拟人等手段,就更易呈现幽默诙谐的色彩。如扬雄的《逐贫赋》,写贫穷时时追随作者云:"舍汝远窜,昆仑之颠;尔复我随,翰飞戾天。舍尔登山,岩穴隐藏;尔复我随,陟彼高冈。舍尔入海,泛彼柏舟;尔复我随,载沉载浮。我行尔动,我静尔休。岂无他人,从我何求?"借助拟人、铺陈排比等手法,活画出一幅幅贫穷追逐作者上高山、翔云天、登岩穴、陟高冈、入深海的场面,令人忍俊不禁。且所用语言多来自经书,以极严肃的话语嘲谑,反差中更见幽默游戏意味。又铺陈贫穷给主人带来的好处云:"堪寒能暑,少而习焉;寒暑不忒,等寿神仙。桀跖不顾,贪类不干。人皆重蔽,予独露居;人皆怵惕,予独无虞!"⑤贫穷使人更适应寒暑之酷,从而更为长寿;贫穷使昏君、强盗、贪鄙之人不光顾;贫穷使人身心放松,不必处心积虑去隐藏财富;富人终日担惊受怕,贫穷之人则无此虞。人日常所思皆富贵之好,此铺陈贫穷之好,出人意料之外,作者以奇智博人一笑。又如北魏元顺的《蝇

---

① (东汉)班固《汉书》,第2367页。
② (梁)刘勰著,詹锳义证《文心雕龙义证》,第531页。
③ (南朝宋)范晔《后汉书》,第1780页。
④ (南朝宋)范晔《后汉书》,第1992页。
⑤ (清)严可均《全汉文》,第408页。

赋》,铺写污秽之蝇云:"生兹秽类,靡益于人。名备群品,声损众伦。欹胫纤翼,紫首苍身。飞不能迥,声若远闻。点缁成素,变白为黑。寡爱芳兰,偏贪秽食。集桓公之尸,居平叔之侧。乱鸣鸡之响,毁皇宫之饰。习习户庭,营营榛棘。"蝇名声不好,长相不好,声音难听,污秽众类,爱嗜秽食,居于秽地,扰毁美物,烦秽众生,如此污物,正类于谗贼之人:"反覆往还,譬彼谗贼。肤受既通,潜润罔极。缉缉幡幡,交乱四国。于是妖姬进,邪士来,圣贤拥,忠孝摧。周昌拘于牖里,天乙囚于夏台。伯奇为之痛结,申生为之蒙灾。《鸱鸮》悲其室,《采葛》惧其怀。《小弁》陨其涕,灵均表其哀。"①这些谗贼之人,使圣贤忠孝被摧残,如周文王、天乙、伯奇、申生、屈原等,皆受其害。《诗经》之《鸱鸮》《采葛》《小弁》,所讥刺者都属此类。以污秽之蝇比谗贼之人,讽刺鞭轹颇为猛烈,作者嫉恶如仇之情怀尽显,读者读来颇有淋漓尽致的快感,这离不开铺陈排比的力量。铺陈排比的手法对于俳谐赋诙谐幽默风格的形成,起到了至关重要的作用。

其次,利用赋主客问答结构全篇的方式。如曹植《鹞雀赋》即利用鹞与雀的对话展开全文。鹞欲捕食雀,雀先是言自己微贱瘦小,不足饱腹。然鹞言己亦久饥,不肯放过雀。雀复言性命至重,不能为鹞一饱而丢丧。鹞复对以必使雀毙命。通过对话,形象地展示了雀与鹞抗争的场面。同时拟人的手法贯穿全篇,更显幽默娱乐性质。又如左思《白发赋》,亦是利用白发与主人对话的方式展开全文。主人将要拔去白发,白发"慭然自诉",言己本已不幸,生于主人暮年,朝生而昼拔,自己何罪之有? 就如桔柚,所贵者恰在素华,而不在绿叶,恳请主人放过自己。主人应之以世人都贵华贱桔,争取在幼时建功立业,拔白就黑乃主人自可决定之事。白发见命不可免,临拔大呼己冤,称人才不应以老幼来辨别,如四皓等人皆年老而谋成。然主人对以虽所言有理,但当今之世薄于旧齿,应随时而变。全文通过白发与主人的几番对话,借用拟人的手法,调笑自嘲中寓叹老嗟悲、不得用于世之慨。

如陈允吉先生所言:"赋体在俳谐文中显示的优势,良由辞赋体制恢张、擅长铺叙,较之彼时诸多它种文体,愈其适合表现纵情嘲谑的滑稽内涵,遂素有'庄谐杂出,快意为主'的传统,成为当世作者创构俳谐文的首选。"②俳谐文与赋结合形成的俳谐赋,充分利用了赋的铺陈排比、主客问答等文体特点,达到了俳谐调笑的目的,在汉代形成了创作的高峰,亦在之后延续了优良的创作传统。

---

① (清)严可均《全后魏文》,第 3600 页。
② 陈允吉《论敦煌写本〈王道祭杨筠文〉为一拟体俳谐文》,《复旦学报》2006 年 4 期。

二、与书信体结合

俳谐文与书信体结合,形成书信体俳谐文。此类文章在建安时期出现,亦在此期达到创作的高峰。

书信体产生既早,建安之前已多有名篇,如司马迁《报任安书》、东方朔《与公孙弘借车书》、杨恽《报孙会宗书》、扬雄《答刘歆书》等。至建安,书信体创作进入高峰期,不唯创作数量多①,参与的作家多,创作的质量也高。评论者每多称扬此期文人以书信创作名家,如曹丕《与吴质书》称:"元瑜书记翩翩,致足乐也。"②《三国志·魏书·王粲传》裴松之注引《文章叙录》云:"(应)璩字休琏,博学好属文,善为书记。"③《文心雕龙·书记》云:"魏之元瑜,号称翩翩;文举属章,半简必录;休琏好事,留意词翰:抑其次也。"④《文选》中可归为书信体的"书""笺"共选录自西汉至萧梁书信31篇,建安时期就占了14篇。建安时期书信体居于强势地位,致使它向俳谐文渗透,这成为书信体俳谐文形成的重要因素。强势文体总是通过影响其他文体,来突出自身的强势地位。

建安时期,人们追求通脱、随意的生活,文人间的调笑酬答是一种生活常态,仅举一例即可见出。谢灵运《拟魏太子邺中诗八首》中有《应场》一首,言应场日常生活云:"列坐荫华榱,金樽盈清醥。始奏延露曲,继以阆夕语。调笑辄酬答,嘲谑无惭沮。倾躯无遗虑,在心良已叙。"⑤邺下文人宴饮酣乐之时,调笑嘲谑,在后世传为美谈。彼时书信体不仅用于政治场合,更用于言说日常生活,为书以嘲也成为一种风气。如为书以嘲作文,曹植《与杨德祖书》云:"以孔璋之才,不闲于词赋,而多自谓能与司马长卿同风,譬画虎不成,反为狗也。前书嘲之,反作论盛道仆赞其文。夫钟期不失听,于今称之。吾亦不能妄叹者,畏后世之嗤余也!"⑥嘲讽陈琳辞赋。为书以嘲日常琐事,《三国志·魏书·王粲传》裴松之注引《典略》曰:"文帝尝赐桢廓落带,其后师死,欲借取以为像,因书嘲桢云……桢答曰……"⑦曹丕与刘桢为

---

① 笔者据清严可均《全上古三代秦汉三国六朝文》统计,今存两汉书信约一百八十篇,建安书信则逾二百篇,考虑到建安时期仅短短几十年,而两汉长达四百年,建安时期书信的创作数量是很可观的。

② (梁)萧统编,(唐)李善注《文选》,第591页。

③ (西晋)陈寿撰,(南朝宋)裴松之注《三国志》,第604页。

④ (梁)刘勰著,詹锳义证《文心雕龙义证》,第929页。

⑤ (南朝宋)谢灵运著,黄节注《谢康乐诗注》,第159页。

⑥ (三国)曹植著,赵幼文校注《曹植集校注》,第153页。

⑦ (西晋)陈寿撰,(南朝宋)裴松之注《三国志》,第601页。

廓落带事书信往还互嘲。为书以嘲政事,如曹操打败袁绍,曹丕纳袁熙妻甄氏,孔融即作《嘲曹公为子纳甄氏书》,比之"武王伐纣,以妲己赐周公"①;曹操征讨乌桓,孔融又作《嘲曹公讨乌桓书》,嘲其征乌桓的理由可与"肃慎不贡楛矢,丁零盗苏武牛羊"②并案;又曹操禁酒,孔融作《难曹公禁酒书》,言酒既可亡国,则夏商以妇人失天下,何不令断婚姻?汉末建安时期从日常生活,到为文,至为政,人们都往往为书以嘲。正是在这种风气下,结合俳谐文和书信体两者特点的书信体俳谐文大量产生了。

《文心雕龙·书记》篇言书信体的风格特征云:"详总书体,本在尽言,言以散郁陶,托风采,故宜条畅以任气,优柔以怿怀。文明从容,亦心声之献酬也。"③作为一种文体,书信总是彰示着人的内心与风度,笔调往往是从容自然的。建安时期的书信体俳谐文同样表现出这样的特点。如曹丕《借取廓落带嘲刘桢书》云:"夫物因人为贵。故在贱者之手,不御至尊之侧。今虽取之,勿嫌其不反也。"④曹丕素与刘桢相厚,张溥《刘公幹集题辞》至比为俞伯牙与钟子期⑤。曹丕在这篇书信中向刘桢索取已赐与的廓落带,本是极俗常之事,却故意板起面孔以贵贱言之。刘桢答书亦承曹丕来信语气,取和氏璧、随侯珠等知名典故,故意严肃认真地说宝贵之物最初总是先御贱者之手,然后才达尊者。对俗常之事故意板起面孔以严肃出之,带来的正是轻松、幽默的效果。又《三国志·魏书·钟繇传》裴注引《魏略》载钟繇与曹丕书信往还嘲谑孙权之事云:"孙权称臣,斩送关羽。太子书报繇,繇答书曰:'臣同郡故司空荀爽言:"人当道情,爱我者一何可爱!憎我者一何可憎!"顾念孙权,了更妩媚。'太子又书曰:'得报,知喜南方。至于荀公之清谈,孙权之妩媚,执书嗢噱,不能离手。若权复黠,当折以汝南许劭月旦之评。权优游二国,俯仰荀、许,亦已足矣。'"⑥用"了更妩媚"评价政治人物在政治事件中的表现,以轻松调皮之语言说严肃刻板之事,尤见当日通脱之习。

建安文人以高妙的才华、轻松调笑的笔调创作了书信体俳谐文,如孔融、曹丕、刘桢、陈琳、应璩、钟繇等皆有相关作品。这些文人本善书信体,又浸淫于通脱、谐谑的时风,将俳谐与书信体结合,促使俳谐文继俳谐赋之后,

① 俞绍初辑校《建安七子集》,第 26 页。
② 俞绍初辑校《建安七子集》,第 26 页。
③ (梁)刘勰著,詹锳义证《文心雕龙义证》,第 933 页。
④ (西晋)陈寿撰,(南朝宋)裴松之注《三国志》,第 601 页。
⑤ (明)张溥《汉魏六朝百三家集题辞》,第 109 页。
⑥ (西晋)陈寿撰,(南朝宋)裴松之注《三国志》,第 396 页。

在建安时期以书信体俳谐文的形式获得了发展,成为俳谐文学在此期的代表样式。建安而后,经魏晋而南朝,书信体俳谐文代有创作,亦有如阮咸《与姑书》、曹景宗《与弟义宗书》、乔道元《与天公笺》等这样的佳作。

三、与论结合

魏晋是"论"体发展的黄金时期。《文心雕龙·论说》篇以最大的篇幅论述了魏晋论体文:"魏之初霸,术兼名法;傅嘏王粲,校练名理。迄至正始,务欲守文;何晏之徒,始盛玄论。于是聃周当路,与尼父争途矣。详观兰石之《才性》,仲宣之《去伐》,叔夜之辨声,太初之《本玄》,辅嗣之两《例》,平叔之二论,并师心独见,锋颖精密,盖论之英也。至如李康《运命》,同《论衡》而过之;陆机《辩亡》,效《过秦》而不及。然亦其美矣。次及宋岱、郭象,锐思于几神之区;夷甫、裴颁,交辨于有无之域。并独步当时,流声后代。"①刘勰所论魏晋诸多论体文作家和论体文的代表作品,包括了魏晋时期论体文的两大类别——名理之文和事理之文,认为两者在此期皆取得了巨大成就,共同代表着汉魏六朝论体文的发展水平。《文选》选文同样突出了魏晋时期论体发展最为兴盛这一事实,"论"体共选自汉至萧梁论体文 14 篇,魏晋时期占 8 篇。论体文在魏晋时期是强势文体,它也影响了俳谐文的发展,其表现手法和文体特征向俳谐文渗透,形成论体俳谐文,产生了如孔融《圣人优劣论》、成公绥《钱神论》、鲁褒《钱神论》等佳作。

论体俳谐文充分利用了论体文的特征以达到俳谐的效果。"论"体最重要的文体特性在说理,《典论·论文》云:"书论宜理。"指出论体旨在说理,自应条理明晰。《文赋》言"论精微而朗畅",强调论体说理的精深鲜明,条理明畅。《文心雕龙·论说》篇关于论体的特征说得更细致一些:"原夫论之为体,所以辨正然否;穷于有数,究于无形,迹坚求通,钩深取极;乃百虑之筌蹄,万事之权衡也。故其义贵圆通,辞忌枝碎,必使心与理合,弥缝莫见其隙;辞共心密,敌人不知所乘。斯其要也。是以论如析薪,贵能破理。"②论体所有的手段和方式都指向更好地说清道理。汉魏六朝优秀论体文借以说理的最常用手段无外乎类比推理、铺陈说理、引古事古语以明理、借譬喻以明理等数种③。而这样的说理方法也同样出现在论体俳谐文中。

---

① （梁）刘勰著,詹锳义证《文心雕龙义证》,第 679—690 页。
② （梁）刘勰著,詹锳义证《文心雕龙义证》,第 696—699 页。
③ 此点可参笔者《〈文心雕龙〉与〈文选〉论体观辨析》(《郑州大学学报》2014 年 3 期)等文。

如孔融《圣人优劣论》即通篇运用类比推理的方法,以金之有圣、马之有圣、犬之有圣比人之有圣,言圣人只不过是人中之优者。这样的一种类比推理,有其内在的逻辑力量,故而论证过程与所得结论都有合理的一面。但以器物及狗马类比圣人,站在人类的视角特别是在深尊儒家思想的封建时代,这是一种以下行上的类比方式,是大不敬与荒谬的。孔融正是借表面合理与内质"荒谬"的反差与冲击,达到了嬉笑怒骂的目的。

鲁褒《钱神论》是论体俳谐文的代表,充分运用了多种论证方式。如引《诗经·小雅·鹿鸣》毛序"币帛筐篚,以将其厚意。然后忠臣嘉宾,得尽其心",《左传》御孙所言"男贽,大者玉帛,小者禽鸟,以章物也。女贽,不过榛栗枣脩,以告虔也",以及《易》"随时之义大矣哉"等语①,论证司空公子应与时偕行、生在今世应多求富贵之主张。又引《诗经·小雅·正月》"哿矣富人,哀此茕独"二句佐证司空公子唯钱可使人富贵尊荣之意。又直接用《论语·宪问》"若臧武仲之智,卞庄子之勇,冉求之艺,文之以礼乐,可以为成人矣"数句,推论"今之成人者何必然?唯孔方而已",当今之世,有钱是"成人"的唯一途径。作者在文章中大量引用经书中言语,本极严肃的经文与作者的用意之间反差极大,很好地起到了调笑嘲谑的作用。引古事以明理也是这篇论体俳谐文的重要手段,作者言"昔神农氏没,黄帝、尧、舜教民农桑,以币帛为本",论证钱之重要。言"昔吕公欣悦于空版,汉祖克之于嬴二,文君解布裳而被锦绣,相如乘高盖而解犊鼻,官尊名显,皆钱所致",用姜子牙、汉高祖、卓文君、司马相如事,证人之尊显皆由多金所致,将嘲讽寓于一本正经的论证中。另外此文还采用铺陈排比的手法描写钱:"大矣哉!钱之为体,有乾有坤。内则其方,外则其圆。其积如山,其流如川。动静有时,行藏有节。市井便易,不患耗折。难朽象寿,不匮象道。故能长久,为世神宝。亲爱如兄,字曰孔方。失之则贫弱,得之则富强。无翼而飞,无足而走。解严毅之颜,开难发之口。钱多者处前,钱少者居后。处前者为君长,在后者为臣仆。君长者丰衍而有余,臣仆者穷竭而不足。"从外形、性质、功能等多角度铺写,以证钱的重要性。又铺陈钱对个人的具体作用云:"钱之所在,危可使安,死可使活;钱之所去,贵可使贱,生可使杀。是故忿诤辩讼,非钱

---

① 鲁褒《钱神论》言:"公子曰:《诗》不云乎:'币帛筐篚,以将其厚意。然后忠臣嘉宾,得尽其心。'《礼》不云乎:'男贽玉帛禽鸟,女贽榛栗枣脩。'《易》不云乎:'随时之义大矣哉。'吾视子所以,观子所由,岂随世哉。虽曰已学,吾必谓之未也。"其中,所谓"《礼》不云乎:'男贽玉帛禽鸟,女贽榛栗枣脩'",引语实出自《左传·庄公二十四年》,而御孙所谓"男贽""女贽",意本《周礼》《曲礼》。鲁褒文见(清)严可均《全晋文》,第2106页。

不胜;孤弱幽滞,非钱不拔;怨仇嫌恨,非钱不解;令问笑谈,非钱不发。"①具体全面铺写了在一个唯钱是尚的社会,钱可能给人带来的各种好处。这种铺陈排比的手法在彼时的论体文中亦最为常用②,乃借用铺陈带来的气势,求得说服人的力量。鲁褒的《钱神论》是论体俳谐文的代表作品,对后世影响深远,如至萧梁,萧综还拟之作有《钱愚论》。

论体本最为讲究逻辑推理的严密,说理的清晰,俳谐文显然意不在此。但论体俳谐文偏偏又要利用论体这些说"理"的方法,所以常常是强词夺理的,这就与论体文的文体特性形成强烈的反差,产生俳谐的效果。但同时这也是论体俳谐文创作并不多的一个原因,因为"歪理"正说确实不易。曹丕《典论·论文》言:"孔融体气高妙,有过人者,然不能持论,理不胜词,以至乎杂以嘲戏。"③正得其理。

四、与民间实用文体结合

俳谐文与民间实用文体的结合,始自西汉王褒《僮约》。如第二章第一节所论,《僮约》揉合了券文、俳谐文的特征,成为一篇奇作。

王褒之后,东汉戴良所作《失父零丁》,则利用了寻人招帖这种民间俗体。全文对"阿爹"形貌的描写极尽丑陋之能事,纯属调笑游戏之作。东晋张湛的《嘲范甯》也颇有特色,据《晋书·范甯传》记载,笃学多览的范甯因患目痛,向中书侍郎张湛求方,张湛于是给他开了这样一个方子:"古方,宋阳里子少得其术,以授鲁东门伯,鲁东门伯以授左丘明,遂世世相传。及汉杜子夏、郑康成、魏高堂隆,晋左太冲,凡此诸贤,并有目疾,得此方云:用损读书一,减思虑二,专内视三,简外观四,旦晚起五,夜早眠六。凡六物,熬以神火,下以气筛,蕴于胸中七日,然后纳诸方寸。修之一时,近能数其目睫,远视尺捶之余。长服不已,洞见墙壁之外。非但明目,乃亦延年。"④如学者所言,此方前半部分是对史籍中所载经书传授世系记载的模仿,后半部分则模拟民间常用的药方⑤,两者本都是一本正经的实用文字,作者将嘲谑寓于其中,令人忍俊不禁。后来范晔的《和香方序》亦是俳谐文字与药方的结合,《宋书》以为皆以药比当朝之士⑥,则有更多嘲讽意味。

---

① 以上见(清)严可均《全晋文》,第2106页。
② 此点可参笔者《〈文心雕龙〉与〈文选〉论体观辨析》,《郑州大学学报》2014年3期。
③ (梁)萧统编,(唐)李善注《文选》,第720页。
④ (唐)房玄龄等《晋书》,第1988—1989页。
⑤ 李士彪《魏晋南北朝文体学》,第163页。
⑥ (梁)沈约《宋书》,第1829页。

　　总体而言，与民间实用文体结合的俳谐文，虽创作数量不多，但都极好地利用了民间实用文体的外在形式，而赋予诙谐调笑的内容，在文体本身的实用性和内容的娱乐性方面形成反差，营造了极强的幽默效果。

五、与公文结合

　　至南朝，俳谐文与公文结合，形成公文体俳谐文，进入俳谐文发展的一个新阶段。关于南朝时期俳谐文与公文结合的原因，已多有学者进行研究，大抵归为这样几种，是追求新变文风的结果①，也是对前此具有俳谐意义的公文的继承，还有公文写作地位的降低等②。但这里还需要强调的是公文体俳谐文形成的另一个重要因素——作家个人。刘宋文人袁淑的创作，大大推动了公文体与俳谐文的结合。

　　袁淑在刘宋颇有文名，《宋书·袁淑传》载其"不为章句之学，而博涉多通，好属文，辞采遒艳，纵横有才辩"③，以此临川王刘义庆请为咨议参军，梁元帝萧绎《金楼子·说蕃》篇更称"袁淑文冠当时"④。不仅如此，袁淑更以忠贞之行赢得当世人的尊重，他因谏止太子刘劭篡位被诛，《宋书·袁淑传》载颜延之所代为诏称："故太子左卫率淑，文辩优洽，秉尚贞慤。当要逼之切，意色不桡，厉辞道逆，气震凶党。虐刃交至，取毙不移。古之怀忠陨难，未云出其右者。兴言嗟悼，无废乎心。宜在加礼，永旌宋有臣焉。可赠侍中、太尉，谥曰忠宪公。"复有诏云："袁淑以身殉义，忠烈邈古。"⑤朝廷对袁淑忠贞之行多次表彰。袁淑以文才与忠诚在刘宋颇有声名和影响力。同时，《宋书·袁淑传》载："淑喜为夸诞，每为时人所嘲。"⑥《宋书·王微传》有史臣评论云："袁淑笑谑之间，而王微吊词连牍，斯盖好名之士，欲以身为珪璋，皦皦然使尘玷之累，不能加也。"⑦在刘宋又以喜嘲谑闻名，多有俳谐文创作。《隋书·经籍志》载有其《诽谐文》十卷，《新唐书·艺文志》《旧唐书·经籍志》则记为十五卷，可能是分卷不同或为唐人增补。至宋代，官、私书目已不见记载，可能已佚。今仅存《鸡九锡文》《劝进笺》《驴山公九锡文》

---

① （清）孙德谦《六朝丽指》有言："韦珝之有《鲌表》，袁阳源之有《鸡九锡文》，并《劝进》，是虽出于游戏，然亦力趋新奇，而不自觉其讹焉者也。"认为公文体俳谐文是当时追求新变文风的一个结果。孙德谦文见王水照编《历代文话》，第 8454 页。

② 见徐可超《汉魏六朝诙谐文学研究》（复旦大学 2003 年博士学位论文）、陈玉强《南朝公文体俳谐文的文体学意义》（《中山大学学报》2010 年 1 期）等文。

③ （梁）沈约《宋书》，第 1835 页。

④ （梁）萧绎撰，许逸民校笺《金楼子校笺》，第 639 页。

⑤ （梁）沈约《宋书》，第 1840 页。

⑥ （梁）沈约《宋书》，第 1839 页。

⑦ （梁）沈约《宋书》，第 1672 页。

《常山王九命文》《大兰王九锡文》五篇,皆为公文与俳谐文结合而成的公文体俳谐文。如前所述,在袁淑之前,俳谐文已与多种文体结合,但与公文结合,创作了数量众多的公文体俳谐文,还是首次,南朝公文体俳谐文的创作也由袁淑拉开了大幕。

　　袁淑公文体俳谐文多为俳谐文与九锡策文的结合。《文心雕龙》有《诏策》一篇,论策文,以汉武帝策封三王之文为典范,因为它们"文同训典,劝戒渊雅",所以可以"垂范后代"①,九锡文是策文的一种。以"九锡"之礼策封王侯起源甚早,《韩诗外传》曰:"诸侯之有德,天子锡之,一锡车马,再锡衣服,三锡虎贲,四锡乐器,五锡纳陛,六锡朱户,七锡弓矢,八锡铁钺,九锡秬鬯,谓之九锡也。"②晋文公因城濮之战胜利而得到周室"侯伯"之命及赠赐。西汉末年王莽篡权过程中,假元王皇后名义发布《策安汉公九锡文》。《文选》"册"体收潘勖《册魏公九锡文》一篇,文章主要部分是颂扬曹操定天下之功,罗列曹操的十大战功,每一功后必加"此又君之功也",再册封曹操为魏公,后逐一给曹操加九锡。文章典雅,如李善所注,就利用了《尚书》《左传》《论语》《毛诗》《孟子》等经典文句③。刘勰《文心雕龙·诏策》篇评曰:"潘勖《九锡》,典雅逸群。"④《风骨》篇评云:"昔潘勖锡魏,思摹经典,群才韬笔,乃其骨髓峻也。"⑤潘勖《册魏公九锡文》影响深远,自兹而后,魏晋南北朝政权更替、大盗移国之际,必然要搬出"九锡"的把戏,清赵翼《廿二史札记·九锡文》有言:"每朝禅代之前,必先有九锡文,总叙其人之功绩,进爵封国,赐以殊礼,亦自曹操始,其后晋、宋、齐、梁、北齐、陈、隋皆用之。"⑥留下了诸如傅亮《策加宋公九锡文》、王俭《策齐公九锡文》、任昉《策梁公九锡文》、徐陵《册陈公九锡文》、魏收《册命齐王九锡文》、李德林《策隋公九锡文》等作品。袁淑与九锡文结合之俳谐文,皆依正统九锡文形式而作,受潘勖《册魏公九锡文》的影响明显。《鸡九锡文》罗列鸡的功德,称鸡"天姿英茂,乘机晨鸣。虽风雨之如晦,抗不已之奇声"⑦,颂扬雄鸡司晨报晓,暗用了《诗经·郑风·风雨》"风雨如晦,鸡鸣不已"之句,化庄重严肃于幽默调笑之中;终封鸡为"会稽公",利用"稽"与"鸡"同音,令人忍俊不禁。《驴山

① (梁)刘勰著,詹锳义证《文心雕龙义证》,第736页。
② (梁)萧统编,(唐)李善注《文选》引,第499页。
③ (梁)萧统编,(唐)李善注《文选》,第500—503页。
④ (梁)刘勰著,詹锳义证《文心雕龙义证》,第741页。
⑤ (梁)刘勰著,詹锳义证《文心雕龙义证》,第1057页。
⑥ (清)赵翼著,王树民校证《廿二史札记校证》,第148页。
⑦ (唐)欧阳询撰《艺文类聚》,第1587页。

公九锡文》封驴为"庐山公",以"庐"与"驴"音近①。以"斯实尔之功也","斯又尔之智也","斯又尔之明也","斯又尔之形也","斯又尔之能也"②胪列驴在负重运粮、长鸣报时、判断天时、天赋形相、推磨负衡五个方面的功勋与殊能。显见,袁淑文章是借九锡文之形行俳谐调笑之实,体裁上属于结合了公文与俳谐文两种文体要素的公文体俳谐文。

袁淑在刘宋较有声名与影响力,他大力创作公文体俳谐文,对后人产生了影响。其后南朝公文体俳谐文的创作者颇多,俳谐文与多种公文体裁如弹事、檄文、移文、表等结合,形成了南朝文坛上的一种重要创作现象,极大地推进了俳谐文学的发展。

俳谐文与弹事的结合,以沈约《修竹弹甘蕉文》为代表。"弹事"一体源于秦汉以来的按劾之奏,在晋代形成成熟的文体特征,用于朝廷监察机关弹劾非法违礼官员。一般弹事文基本皆由弹劾对象、弹劾事由、处分建议等内容构成,有着严格的文体规范。且与其功用相关,形成了独特的文体风格,《文心雕龙·奏启》篇论弹事云:"故位在挚击,砥砺其气,必使笔端振风,简上凝霜者也。……是以立范运衡,宜明体要。必使理有典刑,辞有风轨,总法家之式,秉儒家之文,不畏强御,气流墨中,无纵诡随,声动简外,乃称绝席之雄,直方之举耳。"③强调此体应有庄重严肃的面目、典正刚健的风格。沈约《修竹弹甘蕉文》以"长兼淇园贞干臣修竹稽首"开篇,同于正统弹事文,"贞干臣修竹"相当于正统弹事文中的弹奏之人——监察御史。所弹劾对象是"苏台前甘蕉一丛",弹劾甘蕉之由乃是泽兰、萱草所诉"甘蕉攒茎布影,独见障蔽,虽处台隅,遂同幽谷",甘蕉遮蔽日景,使皆需阳景的矮草处幽暗之地,不得"乾光弘普"。修竹以为"偏辞难信",特向杜若、江蓠调查取证,坐实甘蕉"妨贤败政"罪状,终定以"徙根翦叶,斥出台外"之罚④。修竹弹劾甘蕉,立状、举罪、定罚一一模仿弹事文。而所写内容又属无中生有,与弹事一体本有的庄重严肃形成反差,颇显诙谐幽默。

俳谐文与檄文的结合,代表作品有吴均《檄江神责周穆王璧》、释僧懿《檄魔文》《魔主报檄文》等。檄是一种主要用于军事征伐的文体,《文心雕龙·檄移》篇云:"凡檄之大体,或述此休明,或叙彼苛虐,指天时,审人事,算强弱,角权势,标蓍龟于前验,悬鞶鉴于已然,虽本国信,实参兵诈。谲诡以

---

① 如吴承学《释"大兰王"》(《学术研究》2017 年 10 期)、陈玉强《南朝公文体俳谐文的文体学意义》(《中山大学学报》2010 年 1 期)等已从这几个方面指出袁淑俳谐文的诙谐意韵。
② (唐)欧阳询撰《艺文类聚》,第 1629—1630 页。
③ (梁)刘勰著,詹锳义证《文心雕龙义证》,第 863—871 页。
④ (清)严可均《全梁文》,第 3111—3112 页。

驰旨,炜晔以腾说,凡此众条,莫之或违者也。故其植义飏辞,务在刚健。插羽以示迅,不可使辞缓;露板以宣众,不可使义隐,必事昭而理辨,气盛而辞断,此其要也。若曲趣密巧,无所取材矣。"①檄文战前讨伐敌方,因而一定要叙述彼方之恶,用辞要谲诡炜晔,形成沉雄刚健的风格。吴均《檄江神责周穆王璧》因周穆王南巡遗璧玉于江而作,讨伐责难江神,虚张声势,强调自己威力无穷,以种种武力恐吓威胁对方,逼其偿还璧玉。所针对为子虚乌有之事,与其冲天气势正形成强烈对比与反差,达到了诙谐调笑的效果。

俳谐与移文的结合,最知名的是孔稚珪《北山移文》,他有吴均《食移》等。孔稚珪《北山移文》,萧统收入《文选》"移"体,对此,后人颇有异议,如前引孙德谦就曾大力批评。此体自与一般移文有别。"移"一体,《文心雕龙》与"檄"并入一篇论述,二体性质相近,均用于讨伐,但檄多用于军事征战场合,移则用于责伐百官、民众,所谓武檄文移。与其文体功能相关,移体与檄有相似的风格要求,即刘勰"体义大同,与檄参伍"②之谓。孔稚珪《北山移文》是为讽刺名为隐居、实为出仕的假隐士周子而作。文章开篇以真隐士作引,揭出周子乃伪隐。继写周子入山谈空议玄,令山泉草木皆有喜色;然至皇帝征召之车、命官之书到北山,满山草木皆忧伤惆怅;及至周子佩金章绶墨,满山草木则皆愤怨;直至诸山献嘲腾笑,满山草木愤变为羞,羞变为怒,它们折轮扫迹以泻被欺之辱。作者运笔生动灵妙,笔下岩泉能裂眦怵视,草木能戟手骂人,清人孙洙评此文云:"假托山灵发抒己意,嬉笑怒骂,几乎尽矣。行文于追金琢玉中,自有笔歌墨舞之乐。"③方廷珪评云:"文字若此,才有生机活趣,奇绝,妙绝,古今来不可无一,不能有二之文。"④文章出色地运用拟人手法,将山泉草木赋予人的各种情感,寓俳谐于移体的庄重严肃中,成就千古奇文。

俳谐与表文的结合,代表作有萧梁韦琳的《鲌表》。鲌鱼因被封粽熬将军、油蒸校尉、臞州刺史,得奉宴席,倍感荣宠,于是上表陈谢。"表"体产生甚早,是大臣向天子奏事之作。《文心雕龙·章表》篇有"表体多包"之谓,指表体的文体功能包含多个方面。后来明人徐师曾对此有过总结:"古者献言于君,皆称上书。汉定礼仪,乃有四品,其三曰表,然但用以陈请而已。后世因之,其用浸广。于是有论谏,有请劝,有陈乞,有进献,有推荐,有庆贺,

---

① (梁)刘勰著,詹锳义证《文心雕龙义证》,第780—783页。
② (梁)刘勰著,詹锳义证《文心雕龙义证》,第789页。
③ (清)孙洙评点《山晓阁重订文选》,清康熙二十五年刻本,清华大学图书馆藏。
④ (清)方廷珪《昭明文选集成》,清乾隆三十二年仿范轩刻本,上海师范大学图书馆藏。

有慰安,有辞解,有陈谢,有讼理,有弹劾。"①陈谢原是表文的传统功能,西晋刘寔《崇让论》即言:"人臣初除,皆通表上闻,名之谢章,所由来尚矣。原谢章之本意,欲进贤能以谢国恩也。"②韦琳《鲍表》一文,鲍以自己"美愧夏鳝,味惭冬鲤",常年"漱流湖底,枕石泥中",身份地位低微,却终得擢拔,得奉玉盘、象箸之宴,自应九死不辞,特向皇帝陈谢。皇帝还有答诏,称鲍鱼本自"肥滑有闻",堪于此选,不必客气。表文用于朝堂之上,"对扬王庭"③,乃"经国之枢机"④,写出来要"骨采宜耀"⑤,"雅义以扇其风,清文以驰其丽"⑥,颇多庄重的讲究。然韦琳选择表中最常见的陈谢表,让鲍俨然以人臣口气庄重地陈谢皇帝之拔授,且以忱忱忠心赴任。庄重严肃与荒诞不经之间形成巨大的张力,使这篇文章尽显幽默娱乐风采。

公文本面目严肃,公文体俳谐文把公文和俳谐文的要素结合在一起,采用公文的形式,甚至亦像公文那样"思摹经典",寓调侃、嘲笑于一本正经之中,利用公文的严肃面目与俳谐文的巨大反差,形成幽默诙谐的效果。同时,公文体俳谐文皆雅俗共体之文,内容诙谐滑稽,文体形式却甚为雅致,两者有机的融合,也使喜剧效果倍增。

然而,很多公文体俳谐文的创作,又不全为游戏,如袁淑《驴山公九锡文》不及驴之愚笨,只写驴之能干精明,不乏反讽色彩,何尝不是对受九锡者的嘲弄! 钱锺书先生即言:"袁文之封鸡、驴为上公,贲豕、蛇以锡命,虽戏语乎,亦何妨视嘻笑为怒骂也。"⑦沈约《修竹弹甘蕉文》旨在借甘蕉影射朝臣障贤蔽能,未尝不是愤激之言⑧。它们都颇合刘勰关于俳谐文"内怨为俳"⑨,"意在微讽"⑩,"辞虽倾回,意归义正"⑪的要求。在体裁上都属于结合了公文体形式与俳谐文内核的"复合型"文体。

六、作为复合型文体的俳谐文

从两汉至六朝,俳谐文与赋、书、论、民间实用文体、公文等各种文体结

---

① (明)吴讷、(明)徐师曾《文章辨体序说 文体明辨序说》,第 122 页。
② (清)严可均《全晋文》,第 1684 页。
③ (梁)刘勰著,詹锳义证《文心雕龙义证》,第 843 页。
④ (梁)刘勰著,詹锳义证《文心雕龙义证》,第 830 页。
⑤ (梁)刘勰著,詹锳义证《文心雕龙义证》,第 843 页。
⑥ (梁)刘勰著,詹锳义证《文心雕龙义证》,第 844 页。
⑦ 钱锺书《管锥编》,第 1311 页。
⑧ 钱锺书先生即有言:"范、沈意含讥讽。"见《管锥编》,第 1311 页。
⑨ (梁)刘勰著,詹锳义证《文心雕龙义证》,第 526 页。
⑩ (梁)刘勰著,詹锳义证《文心雕龙义证》,第 529 页。
⑪ (梁)刘勰著,詹锳义证《文心雕龙义证》,第 530 页。

合,是一种典型的复合了其他文体要素而形成的"复合型"文体。随着历史
向前发展,与俳谐文结合的文体,也一直处在变化之中,大概是一步步向着
面貌更为严肃、更具实用价值的文体转变。所结合的文体与俳谐文的反差
越来越大,也使俳谐效果越来越强烈。至南朝,俳谐文与面目最为庄重严肃
的公文结合而达到极致,最通俗、最富游戏意义的俳谐文字通过面目最严
肃、最富实用意义的文体达到了最强烈的幽默效果。

　　应该注意的是,俳谐文在哪个历史时期与哪种文体结合,又往往与该种
文体在这一时期的地位有关。各个历史时期,与俳谐文结合的文体往往是
该时期的强势文体,即那些在彼时处于兴盛发达的创作阶段、优秀作家和作
品都较多的文体。如俳谐文与赋的结合,产生俳谐赋最多的时期是在汉代,
彼时赋是创作最为兴盛、取得成就最高的文体;俳谐文与书信的结合,产生
书信体俳谐文最多的时期是在建安年间,彼时书信体创作最为兴盛,产生了
数量最多的优秀作家和作品;俳谐文与公文的结合,产生的公文体俳谐文集
中在南朝,而南朝正是多种公文文体经过长时间的发展,从格式规范到使用
场合都有了最为严格规定的时期,也是很多公文文体的发展成熟期。这些
也说明了,已发展成熟、处于强势地位的文体,总是试图向其他文体渗透;而
其他文体也要借助这些强势文体来助力自身的发展,具有"复合型"特征的
俳谐文便由此产生。

　　俳谐文与各种文体的结合,往往都较好地利用了所结合文体的特点。
如俳谐赋借助了赋的铺陈排比、主客问答等因素来达到俳谐效果;论体俳谐
文亦做出明理的样子,借助类比推理、引古语古事以明理、铺陈排比以增强
说理气势等这些论体文经常用及的手段,而致诙谐幽默;俳谐文与民间实用
文体的结合,则充分利用了后者的文体程式,变枯燥无味为滑稽调笑;公文
体俳谐文更是利用了诸种公文文体严格的格式规定、文体功能等,在巨大的
反差中,让人忍俊不禁。可以说,结合的文体不同,俳谐文达到俳谐目的的
手段就不甚相同,俳谐文总是要充分利用所结合文体的独特特征,来达到幽
默调笑的目的。

　　最后需要说明的是,有些文章虽带有俳谐意味,但却是不能归入我们所
谓俳谐文之列的,如宋玉《登徒子好色赋》、东方朔《答客难》、扬雄《解嘲》、
班固《答宾戏》、曹操《祀故太尉桥玄文》、陈琳《为曹洪答魏文帝书》、应璩
《与广川长岑文瑜书》、嵇康《与山巨源绝交书》、刘伶《酒德颂》等。要判断
一篇文章是否属于俳谐文,不能仅因其写了几句诙谐调笑的话,私以为有这
样两条标准可以依据。一则从创作目的和文体功能上来说,意在谐谑或讽
刺。创作是为了诙谐调笑者自不待言,有些俳谐文如上引刘勰所言,通过诙

谐调笑进行嘲讽,亦在其列。但如上列众文,目的不在此,自不应归为俳谐文。二则通篇有一以贯之的谐谑手法,而非仅局部调笑。这也是一条易于把握的标准,如上列陈琳《为曹洪答魏文帝书》仅在全文开头结尾开玩笑,曹操《祀故太尉桥玄文》也仅是叙及祭主行事通脱,与作者交往中好开玩笑的事实。这些文章的主体都是庄重严肃的,不能归入俳谐文之列。

可以明确的是,上文所列,复合了赋的特征形成的俳谐赋,复合了书信体特征形成的书信体俳谐文,复合了论体特征形成的论体俳谐文,复合了民间实用文体特征形成的民间实用体俳谐文,复合了公文特征形成的公文体俳谐文,从创作目的和文体功能来说,皆意在诙谐嘲谑,而且这种诙谐嘲谑贯通作品的全篇,皆为典型的俳谐文。从文体属性上说,是复合了其他文体要素的复合型文体。

汉魏六朝时期,随着封建国家机器的发展,政治职能分工的细密,以及文书制度的健全,民间需求的增加,我国古代的文体也经历了一个孳乳浸多的过程。文体的孳乳浸多,一个重要途径就是"复合",如设论、俳谐文都以一己之力丰富着文体史。与"复合型"文体的形成相反,又有一些文体则由文体内部的分化而衍生,如前所论及的"启",就产生于上奏类公文不断细化的过程中,出于言细小公务的需要,从表、奏中分离。又如前所提及的"弹事"体,因按劾的专门需要慢慢从奏文中分离,至晋代形成了独立的文体特征。"复合"和"分化"是汉魏六朝文体衍生的两条相反相成的重要途径。

"复合型"文体是复合了两种或数种文体的要素而形成的独立文体类别,其存在,在文体史上有重要的意义:一方面代表着文体的一条重要生成途径,另一方面反映着文体之间互相影响、渗透的事实,再者又见出文体发展演变的复杂性。虽然,面对一种文体,要判断其属性,我们首先要抓住其最主要的特征,但这不妨碍我们以一种联系的、发展的眼光进行观察。复合型文体所代表的文体互渗的事实及其在文体史上所起到的重大作用,正是在这种眼光下进行考察的结果。

结　语

　　文体互渗是文体史上的重要现象，如许多前辈学者公认的那样，它对文体和文学的发展具有积极的推动意义①。汉魏六朝时期实用文体之间的互渗同样起到了积极的文体史和文学史作用，表现在以下几个方面。首先，推进了文体的发展演进。它增强了某些文体的生命活力，如祭文、赞、笺、书等；加强了某些文体的文学性，如诔、笺、启等；改变了一些文体的走向，如碑文、启等；致使某些文体消亡，如诔、吊文等；也促生一些新文体，如设论、俳谐文等；促使某些文体分化，如笺、启等。其次，成就和提高了一些作家的文学史地位，如王褒、曹植、庾信等。再次，成就了一批具有典型文体学和文学意义的作品，如曹植《文帝诔》《王仲宣诔》等诔文，杨修《答临淄侯笺》、吴质《答魏太子笺》、陈琳《答东阿王笺》、繁钦《与魏文帝笺》等笺文，刘伶《酒德颂》等颂文。总体而言，文体互渗改变了汉魏六朝时期的诸多实用文体，进而影响着彼时文学的构成版图、总体面貌，是文体学研究应予关注的重要内容。

　　汉魏六朝时期诸多实用文体互渗现象的发生，有着多方面的原因，我们至少可以总结如下数条：

　　一、时代环境、社会生活、学术风气、政治、礼制等变化影响的结果。汉魏六朝时期的实用文体，本因现实需要产生，其发展演变自然会受到现实环境的影响，或催生于礼仪制度的发展变化，或源于现实政治的需要，或来自社会生活的实际需求，或与哲学思想的发展密切相关，甚或兼而使之。如建

---

①　如钱锺书言："名家名篇，往往破体，而文体亦因以恢弘焉。"（钱锺书《管锥编》，第890页）吴承学言："宋人常常以破体来改造旧文体。他们喜欢打破文体的严格界线，把一种文体的艺术特征移植到另一文体之上，从而给传统的文体带来新的韵味。"（吴承学《辨体与破体》，《文学评论》1991年4期）罗宗强言："文章诸体在发展过程中的互参现象，反映着文章功能、体制、体式、语体诸因素的发展变化，是一种进步。这种进步，就产生了变体，或称破体。不论是有意破体，还是无意发挥而破体，正体衍为变体，都是发展过程中不可避免的现象。变体发展到一定程度，有时候此体与彼体就不易分辨。"（罗宗强《寻源、辨体与文体研究的目的——读书手记》，《学术研究》2012年4期）

安时期书对笺的渗透之所以能发生,笺之所以能由公文转而抒情写意,离不开尚通脱、重感情的时代氛围,得益于彼时不那么严格的君臣等级观念;又如东汉时期颂影响于碑文、诔等多种文体,使后者更重颂美,自然与彼时的颂美风潮有关;再如启体,本是表、奏、书等交互渗透的产物,其产生是源于言细小公务的现实需要。

二、对文体界限认识的模糊。汉魏六朝文体辨析理论发达,背后反映的事实正是,人们对一些文体界限认识的不清晰,尤其是那些性质相近的文体,如曹丕《典论·论文》所论四科八体"奏议宜雅,书论宜理,铭诔尚实,诗赋欲丽",就是把两两相近的文体放在一起,强调了它们的共性,而未辨明它们的个性。相近的文体之间究竟应该保持什么样的界限,很多时候人们的要求是相对松散、不那么严格的,这自然也使它们之间的相互交叉、渗透成为可能。如建安作者就未顾及书、笺之间的差别,与上级交流,用书、用笺的例子都有,致使笺受到书的渗透,言私情与私事、与书更为接近的私笺成为此期笺体创作的主流。又如吊文与祭文,前者的主流是吊古吊文,但吊丧吊文也存在;后者的主流是祭亲友文,但祭古人的祭文又多有创作,施用对象的交叉、混淆,使它们在发展过程中相互影响、渗透。

三、追求新变与个性的作家的推动。卓有成就的作家,往往富有创新精神,他们善于向他人学习,渴望突破僵化的创作模式,也善于融会贯通文体,从而创作出富有个性和创新精神的作品。如贾谊政论文吸取赋的特点而气势磅礴,刘伶颂文吸收赋和俳谐文的特点而独成一格,潘岳哀诔文吸收骚体的体式而更深情绵邈。

四、崇尚与模拟优秀作品。优秀的作品总是具有号召力和影响力,尤其是那些处于发端地位者,更对文体的形成和发展产生了巨大影响。如设论一体,《答客难》是首出之作,东方朔以极强的创新精神,吸收了赋、论、对问、俳谐文的因素,成此奇文。之后扬雄、班固、蔡邕、陈琳、郭璞等纷纷模仿,而成《解嘲》《答宾戏》《释晦》《应讥》《客傲》,这样设论这种结合多种文体要素形成的复合型文体便在汉魏六朝时期绽放异彩了。又如公文体俳谐文,刘宋时期作家袁淑创造性地利用公文的形式创作俳谐文,留下了《鸡九锡文》《劝进笺》《驴山公九锡文》《常山王九命文》《大兰王九锡文》等奇作。袁淑在刘宋较有声名与影响力,其后南朝公文体俳谐文的创作者颇多,俳谐文与多种公文体裁如弹事、檄文、移文、表等结合,产生了如沈约《修竹弹甘蕉文》、吴均《檄江神责周穆王璧》、孔稚珪《北山移文》、韦琳《鲲表》等作品,形成了南朝文坛上的一种重要创作现象,也成就了公文体俳谐文,极大地推进了俳谐文学的发展。再如吊文,贾谊《吊屈原文》是此体首出之作,该篇又被称为《吊屈原赋》,乃因其体式受骚体影响、渗透,多用骚体句式,之后司马相如《吊秦二世赋》、扬雄《反离骚》、北魏孝文帝《吊殷比干墓文》等皆仿之而以骚体成篇。用骚体句式也成为吊文体式上的重要特点。一篇作品即使再优秀,也难以独篇成体,只有后世作家的相沿创作,才能发扬光大,从而作为文体被关注和传承。那些首篇即吸收、结合了多种文体要素的作品,通过后人的模拟,慢慢发展成为文体,这种文体也成为文体互渗现象的典型代表。

五、文体自身发展的需要。像很多事物一样,文体不随着时代的发展向前演进,终会自取灭亡。如诔体,发展至东汉,形成了先述德、后序哀,以述德为主、序哀为辅,且序理性的群体之哀的稳定模式。但述德往往夸张失实,至曹丕作《典论·论文》已有“铭诔尚实”的强调,序哀又因不掺入作者的感情而难以动人,诔文的创作至此实际上已举步维艰。幸曹植出现,接受哀辞的影响,改变序哀方式,增强序哀成分,给这种文体带来了新的活力。又如赞本附于他物,起到辅助、说明的作用,像赞、史赞、婚物赞等均如此,但在汉代颂美风潮的影响下,以及作为当时强势文体的颂的感召下,慢慢向颂靠拢,终转变为一种以赞美为旨归的文体。而这种演变使它的生命力更为强大:由最初对其他事物的强烈依附而单独流行。

六、追求文学性。汉魏六朝时期,人们进行实用文体创作,首先是出于实际的需要,重视这些文体的实用价值。但不可忽视的是,因为当时文学与非文学的界限还不甚明晰,人们创作实用文体时,又看重它们的文学价值,追求文学性。这就导致了实用文体在发展的过程中,总是向着更趋文学性的方向前进,接受其他文体的影响与渗透往往也是出于追求更高的文学价值的目的。为了追求更高的文学性,总是实用文体接受文学文体的渗透、影响,如颂、赞、箴、铭、碑、论等体,都曾被赋渗透,而不是相反。而实用文体之间的渗透,最终也总是表现为文学性的增强。如笺体,在建安时期受到书体影响,由东汉笺文的或虚文客套,或为具体公务而发,变为更多言私情、私事,自然更富文学价值;又如吊文,所吊对象,如《文心雕龙·哀吊》篇所言,是那些“或骄贵以殒身,或狷忿以乖道,或有志而无时,或行美而兼累”者,致吊的目的不仅在表达对古人的哀悼之情,更是为了自喻抒怀,这就注定了它较高的文学价值,它向祭文渗透,促生了祭文中的祭古人文一支。毋庸置疑,不同的实用文体,文学价值的高下并不一致,总是一些的文学性高于另一些,从而引起后者的学习、效仿。

汉魏六朝时期,实用文体之间互渗的发生是非常普遍的,情况也较为复杂,有些文体甚至受到多种文体的影响,而且很多实用文体还向文学文体借鉴学习。虽然如此，彼时实用文体之间的互渗还是有一定规律可循：

首先，总是文学性更强的文体向其他文体渗透。如上言，对文学性的追求，是汉魏六朝时期诸多文体互渗现象发生的重要原因。文学文体与实用文体之间的关系，往往表现为文学文体单向向实用文体渗透，这表明了实用文体向文学文体靠拢的愿望，以及文学文体的强势影响力。实用文体之间，也往往是更具文学意味的文体向其他实用文体渗透，造成后者文学性的增强。基于此，文学性更强的文体向其他文体渗透便成为文体互渗的重要规律。

其次，总是处于强势地位的文体向其他文体渗透。强势文体指向那些流行程度高、创作数量多、优秀作家作品多的文体，它们往往处于更受尊重的地位，更合时代潮流，较早产生且较早形成稳定的文体特征。相对性、时代性是强势文体的重要特性，而影响其他文体，向其他文体渗透，一定程度上改变其他文体的演进过程，则是强势文体"强势性"的重要意义所在。赋体在汉魏六朝时期一直倍受关注，处于当之无愧的强势地位，这就促使它不断地向其他文体渗透，对颂、赞、箴、铭、碑、论等多种实用文体从表现手法到体式，甚至题材内容上产生影响。又如书体，无论从创作数量、质量，以及受关注的程度而言，相对于笺体，在建安时期都是强势文体，这就成为它影响笺、向笺渗透的前提。再如"论"体，魏晋南北朝时期由于各家学术、学说的发展，论辨的风气空前兴盛，"论"成为强势文体，它向"书"体渗透，人们经常采用书疏往返的方式进行论辨，"书"体说理、议论的功用在这一时期获得发展。强势文体对其他文体的影响，既表现在影响于同一文类文体，如"书"影响于"笺"，"颂"影响于"赞"；又表现在影响于不同文类文体，如"赋"影响于多种实用文体，"论"影响于"书"。强势文体对其他文体的影响，或使其他文体增强了文学性，突出表现在文学性文体向实用文体渗透时；或较大程度上改变了其他文体的演进进程，如"书"对"笺"的影响，致使"笺"分化出"私笺"一类；或只是一时的影响渗透，而在特定时期之后，其他文体又沿原来的轨道发展，如魏晋南北朝论辨风气盛行之时，"论"对"书"的渗透。

再次，实用文体之间的互渗往往发生在功能相近的文体之间。在本书的叙述中，我们用了"文类"和"文体"的概念，在文类的概念下讨论文体的互渗，发现文体互渗最多发生在同一文类的文体之间，其次发生在虽不属于同一文类，但功能、性质相对更为接近的文体之间。而文类的划分本身更多依据的就是这些实用文体的功能，如诏令类涵括的是用于上情下达的公文文体，奏议类涵括的是臣下上奏朝廷、上级的公文文体，颂赞类涵括的是拥有颂美、歌功颂德功能的文体，哀祭类涵括的是哀悼亡者的文体。这些属于同一文类的文体,因为文体功能的接近,在发展的过程中,更容易互相借鉴、互相渗透。如汉魏六朝时期文体互渗最为典型的是发生在同属于哀祭类文体的诔与哀策、吊文与祭文,同属于书牍类文体的书和笺,同属于颂赞类文体的颂和赞之间。分属不同文类,但功能相近的文体之间的互渗,典型的如分属于哀祭类文体和碑志类文体的诔文和碑文,都有哀悼和颂扬死者的功能;又如分属于论辨类文体与书牍类文体的论和书,都可用于言事说理。

最后,实用文体在发展过程中文体功能的改变,导致与其他文体的交叉、互渗。如吊文本源于人亡后即时而吊的吊礼,但今存汉魏时期产生的作品几乎全是借凭吊古人以抒作者之怀,与其他哀祭类文体相比,有着鲜明而独特的文体特征。两晋时期,它向祭文渗透,产生了祭古人文。祭古人文借古自喻的写作模式及富于理性沉思的特质等特点,都来自凭吊吊文。又如书体,这本是最为包罗万象的一种文体,举凡叙事、抒情、写景、说理皆可。但魏晋南北朝之前的书信,题材内容偏于前两者。至魏晋南北朝,"书"体得到了很大发展,说理、议论的功用渐被强调,人们经常以之讨论军事政治、文艺、礼仪、佛理等问题,渐与"论"体发生亲密关系,"论"体向"书"体渗透,表现为书与论结合,以书信体形式进行论辨,作书作论探讨同一问题等。

汉魏六朝时期实用文体之间的互渗,富于文体学和文学史的意义,值得深入探讨与解读,姑成此书,抛砖引玉,就教于方家。

参 考 文 献

B

（东汉）班固《汉书》，中华书局 1962 年版。

［日］遍照金刚撰，卢盛江校考《文镜秘府论汇校汇考》，中华书局 2006 年版。

C

（东汉）蔡邕《独断》，台湾商务印书馆影印文渊阁四库全书本。

曹道衡、沈玉成《中古文学史料丛考》，中华书局 2003 年版。

曹虹《从赋体的多元特征看辩证的文体论思想之产生》，《宁夏社会科学》1991 年 5 期。

曹胜高《骚体新变与汉魏文体的演进》，《古代文明》2008 年 1 期。

（三国）曹植著，赵幼文校注《曹植集校注》，人民文学出版社 1984 年版。

（东晋）常璩《华阳国志》，台湾商务印书馆影印文渊阁四库全书本。

陈必祥《古代散文文体概论》，河南人民出版社 1986 年版。

陈恩维《文体生态与文体变迁——以先唐诔文为例》，《晋阳学刊》2013 年 2 期。

（西晋）陈寿撰，（南朝宋）裴松之注《三国志》，中华书局 1982 年版。

陈伟娜《任昉文章"文体本疏"与破体辨析》，《温州大学学报》2009 年 6 期。

陈文新《中国文学编年史·汉魏卷》，湖南人民出版社 2004 年版。

陈玉强《南朝公文体俳谐文的文体学意义》，《中山大学学报》2010 年 1 期。

陈允吉《论敦煌写本〈王道祭杨筠文〉为一拟体俳谐文》，《复旦学报》2006 年 4 期。

程千帆《先唐文学源流论略之二》,《武汉师范学院学报》1981 年 2 期。

程千帆《闲堂文薮》,齐鲁书社 1984 年版。

程章灿《墓志文体起源新论》,《学术研究》2005 年 6 期。

程章灿《论"碑文似赋"》,《东方丛刊》2008 年 1 期。

褚斌杰《中国古代文体概论》,北京大学出版社 1984 年版。

崔瑞萍《论汉代碑铭序文中的变体、破体现象》,《晋阳学刊》2011 年 4 期。

D

丁晓昌《试论公文文体演变的基本模式和主要方式》,《南京师范大学文学院学报》2006 年 4 期。

(唐) 杜佑《通典》,台湾商务印书馆影印文渊阁四库全书本。

段立超《上古"颂类"文学精神及其体类特征》,东北师范大学 2007 年博士学位论文。

F

范文澜《中国通史》,人民出版社 1994 年版。

(南朝宋) 范晔《后汉书》,中华书局 1965 年版。

(清) 方廷珪《昭明文选集成》,清乾隆三十二年刻本,上海师范大学图书馆藏。

(唐) 房玄龄等撰《晋书》,中华书局 1974 年版。

(清) 方玉润《诗经原始》,中华书局 1986 年版。

(唐) 封演《封氏闻见记》,中华书局 2005 年版。

傅刚《论汉魏六朝文体辨析观念的产生与发展》,《文学遗产》1996 年 6 期。

傅刚《〈昭明文选〉研究》,中国社会科学出版社 2000 年版。

G

高步瀛《魏晋文举要》,中华书局 1989 年版。

高文《汉碑集释》,河南大学出版社 1997 年版。

(东晋) 葛洪《抱朴子》,台湾商务印书馆影印文渊阁四库全书本。

顾农《刘勰的文体论》,《阜阳师范学院学报》2009 年 6 期。

(梁) 顾野王《大广益会玉篇》,中华书局 1987 年版。

郭英德《中国古代文体学论稿》,北京大学出版社 2005 年版。

《国语》,商务印书馆 1958 年版。

H

（明）贺复征《文章辨体汇选》,台湾商务印书馆影印文渊阁四库全书本。

（清）何焯《义门读书记》,中华书局 1987 年版。

（清）何焯评点《文选》,清乾隆三十七年长洲叶树藩海录轩刻朱墨套印本,复旦大学图书馆藏。

（南宋）洪迈《容斋续笔》,台湾商务印书馆影印文渊阁四库全书本。

（清）洪若皋《梁昭明文选越裁》,清康熙十三年名山聚刻本,中国科学院图书馆藏。

侯文学《汉代经学与文学》,人民出版社 2010 年版。

胡大雷《论中古文体的扩张、互动及非常态化》,《学术月刊》2012 年 9 期。

（明）胡应麟《诗薮》,上海古籍出版社 1979 年版。

黄金明《汉魏晋南北朝诔碑文研究》,人民文学出版社 2005 年版。

黄侃《文心雕龙札记》,上海古籍出版社 2000 年版。

黄侃著,黄延祖重辑《文选平点（重辑本）》,中华书局 2006 年版。

黄霖《文心雕龙汇评》,上海古籍出版社 2005 年版。

（南宋）黄伦《尚书精义》,台湾商务印书馆影印文渊阁四库全书本。

黄燕平《南朝公牍文研究》,浙江大学 2011 年博士学位论文。

（明）黄佐《六艺流别》,齐鲁书社影印四库全书存目丛书本。

J

［日］吉川幸次郎著,章培恒、骆玉明等译《中国诗史》,复旦大学出版社 2012 年版。

贾奋然《六朝文体批评研究》,北京大学出版社 2005 年版。

（清）江藩《江藩集》,上海古籍出版社 2006 年版。

姜涛《古代散文文体概论》,山西人民出版社 1990 年版。

蒋寅《中国古代文体互参中"以高行卑"的体位定势》,《中国社会科学》2008 年 5 期。

金振邦《论文体变异》,《东北师大学报》1997 年 1 期。

L

（唐）李百药《北齐书》,中华书局 1972 年版。

（北宋）李昉等编《太平御览》，中华书局 1960 年版。

李贵银《碑文与铭文、颂文及诔文的文体关系》，《社会科学辑刊》2009 年 6 期。

李乃龙《文选文研究》，广西师范大学出版社 2013 年版。

李士彪《魏晋南北朝文体学》，上海古籍出版社 2004 年版。

（唐）李延寿《南史》，中华书局 1975 年版。

（清）李兆洛《骈体文钞》，上海书店 1988 年版。

李中华《楚辞的文体界定与文体渗透》，《中国楚辞学》第 11 辑，学苑出版社 2009 年版。

梁复明、费振刚《论汉代颂赞铭箴与汉赋的同体异用》，《学术论坛》2008 年 7 期。

梁启超《中国历史研究法》，东方出版社 2012 年版。

刘师培《中古文学论著三种》，辽宁教育出版社 1997 年版。

刘师培《中国中古文学史讲义》，上海古籍出版社 2000 年版。

刘师培著，陈引驰编校《刘师培中古文学论集》，中国社会科学出版社 1997 年版。

（东汉）刘熙著，任继昉汇校《释名汇校》，齐鲁书社 2006 年版。

（梁）刘勰著，范文澜注《文心雕龙注》，人民文学出版社 1958 年版。

（梁）刘勰著，刘永济校释《文心雕龙校释》，中华书局 2007 年版。

（梁）刘勰著，杨明照校注《文心雕龙校注拾遗》，上海古籍出版社 1982 年版。

（梁）刘勰著，詹锳义证《文心雕龙义证》，上海古籍出版社 1989 年版。

（梁）刘勰著，周振甫注《文心雕龙注释》，人民文学出版社 1981 年版。

（梁）刘勰撰，周振甫著《文心雕龙今译》，中华书局 1986 年版。

（南朝宋）刘义庆著，余嘉锡笺疏《世说新语笺疏》，中华书局 1983 年版。

刘永济《十四朝文学要略》，中华书局 2007 年版。

刘跃进《〈独断〉与秦汉文体研究》，《文学遗产》2002 年 5 期。

（唐）刘知幾《史通》，上海古籍出版社 1978 年版。

（西晋）陆机、（梁）锺嵘著，杨明译注《文赋诗品译注》，上海古籍出版社 1999 年版。

逯钦立《先秦汉魏晋南北朝诗》，中华书局 1983 年版。

鲁迅《集外集》，人民文学出版社 1973 年版。

鲁迅《魏晋风度及文章与药及酒之关系》，《鲁迅学术论著》，浙江人民出版社 1998 年版。

（明）卢之颐辑十二家评点《梁昭明文选》，明天启六年刻本，上海图书馆藏。

骆鸿凯《文选学》，中华书局 1989 年版。

罗宗强《我国古代文体定名的若干问题》，《中山大学学报》2009 年 3 期。

吕红光《先秦汉魏晋南北朝文体观的生成与发展》，浙江大学 2010 年博士学位论文。

吕逸新《汉代文体问题研究》，山东师范大学 2009 年博士学位论文。

M

马光明《王褒〈圣主得贤臣颂〉的文体探索》，《文艺理论》2009 年 6 期。

马江涛《试论曹植诔文的新变》，《新疆社科论坛》2008 年 3 期。

（清）毛奇龄《西河集》，台湾商务印书馆影印文渊阁四库全书本。

（明）闵于忱刻《文选后集》，明末朱墨套印本，中国人民大学图书馆藏。

O

（北宋）欧阳修《欧阳修全集》，中国书店 1986 年版。

（唐）欧阳询《艺文类聚》，上海古籍出版社 1999 年版。

Q

钱仓水《文体分类学》，江苏教育出版社 1992 年版。

（清）钱士谧重修明崇祯毛氏汲古阁本《文选》，清康熙二十五年刻本，上海图书馆藏。

钱志熙《论中国古代的文体学传统——兼论古代文学文体研究的对象与方法》，《北京大学学报》2004 年 5 期。

钱志熙《再论古代文体学的内涵与方法》，《中山大学学报》2005 年 3 期。

钱锺书《管锥编》，中华书局 1986 年版。

R

（梁）任昉著，（明）陈懋仁注，（清）方熊补注《文章缘起》，台湾商务印书馆影印文渊阁四库全书本。

（清）阮元校刻《十三经注疏》，中华书局 1980 年版。

S

（清）沈德潜选《古诗源》，中华书局 1977 年版。

（梁）沈约《宋书》，中华书局 1974 年版。

（西汉）司马迁《史记》，中华书局 1959 年版。

孙福轩《赋学与诗文理论互渗论》，《中国文学研究》2013 年 1 期。

（明）孙鑛《孙月峰先生评文选》，明天启二年刻本，北京大学图书馆藏。

（清）孙诒让注《墨子》，上海书店 1986 年版。

（清）孙洙评点《山晓阁重订文选》，清康熙二十五年刻本，清华大学图书馆藏。

T

陶东风《文体演变及其文化意味》，云南人民出版社 1994 年版。

童庆炳《文体与文体的创造》，云南人民出版社 1994 年版。

W

万光治《汉代颂赞铭箴与赋同体异用》，《社会科学研究》1986 年 4 期。

（北宋）王安石《诗经新义》，中华书局 1982 年版。

王长华、郗文倩《中国古代文体的价值序列》，《文学遗产》2007 年 2 期。

王长华、郗文倩《汉代赋、颂二体辨析》，《文学遗产》2008 年 1 期。

王德华《东汉前期赋颂二体的互渗与散体大赋的走向》，《文学遗产》2004 年 4 期。

（明）王夫之《古诗评选》，上海古籍出版社 2011 年版。

王梦鸥《文心雕龙快读》，海南出版社、三环出版社 2005 年版。

王人恩《古代祭文精华》，甘肃教育出版社 2009 年版。

王澍《文体浑成说与巨型文体说》，《广西社会科学》2013 年 8 期。

王水照《文体丕变与宋代文学新貌》，《中国文学研究》1996 年 4 期。

王水照编《历代文话》，复旦大学出版社 2007 年版。

王文龙《试说古代文体交叉现象》，《盐城师范学院学报》2006 年 5 期。

王运熙《汉魏六朝唐代文学论丛（增补本）》，复旦大学出版社 2002 年版。

王运熙《文心雕龙探索（增补本）》，上海古籍出版社 2005 年版。

王运熙、杨明《魏晋南北朝文学批评史》，上海古籍出版社 1996 年版。

（唐）魏征等撰《隋书》，中华书局 1973 年版。

吴承学《从破体为文看古人审美的价值取向》,《学术研究》1989 年
5 期。

吴承学《辨体与破体》,《文学评论》1991 年 4 期。

吴承学《中国古典文学风格学》,北京大学出版社 2011 年版。

吴承学《中国古代文体学研究》,人民出版社 2011 年版。

吴承学《中国古代文体形态研究（第三版）》,北京大学出版社 2013
年版。

（清）吴楚材、（清）吴调侯《古文观止》,中华书局 1959 年版。

（明）吴讷、（明）徐师曾《文章辨体序说　文体明辨序说》,人民文学出
版社 1962 年版。

X

郗文倩《中国古代文体功能研究论纲》,《福建师范大学学报》2010 年
6 期。

郗文倩《中国古代文体功能研究——以汉代文体为中心》,上海三联书
店 2010 年版。

萧涤非《汉魏六朝乐府文学史》,人民文学出版社 1984 年版。

（梁）萧统编,（唐）李善注《文选》,中华书局 1977 年版。

（梁）萧统编,（唐）李善等注《六臣注文选》,浙江古籍出版社 1999
年版。

（梁）萧统编,（唐）吕延济等注《宋刊明州本六臣注文选》,人民文学出
版社 2008 年版。

（梁）萧统著,俞绍初校注《昭明太子集校注》,中州古籍出版社 2001
年版。

（梁）萧绎撰,许逸民校笺《金楼子校笺》,中华书局 2011 年版。

（梁）萧子显《南齐书》,中华书局 1972 年版。

徐宝余《中古文学新变的触发机制》,《中国文学研究》2009 年 4 期。

（东汉）许慎著,（清）段玉裁注《说文解字注》,上海古籍出版社 1981
年版。

（东汉）许慎撰,（北宋）徐铉校定《说文解字》,中华书局 1963 年版。

徐宗文《论王褒赋的特点及贡献》,《社会科学战线》1993 年 3 期。

Y

（清）严可均《全上古三代秦汉三国六朝文》,中华书局 1958 年版。

（北齐）颜之推撰，王利器集解《颜氏家训集解》，上海古籍出版社 1980 年版。

杨伯峻译注《论语译注》，中华书局 1980 年版。

杨伯峻编著《春秋左传注》，中华书局 1990 年版。

杨天宇撰《礼记译注》，上海古籍出版社 2004 年版。

（清）姚鼐纂集《古文辞类纂》，上海古籍出版社 1998 年版。

（唐）姚思廉《梁书》，中华书局 1973 年版。

（清）叶昌炽《语石》，中华书局 1994 年版。

易闻晓《论汉代赋颂文体的交越互用》，《文学评论》2012 年 1 期。

（清）永瑢等撰《四库全书总目》，中华书局 1965 年版。

游志诚《昭明文选学术论考》，台湾学生书局 1996 年版。

（清）于光华《重订文选集评》，清乾隆四十三年启秀堂刻本，复旦大学图书馆藏。

余嘉锡《余嘉锡论学杂著》，人民出版社 1958 年版。

俞绍初辑校《建安七子集》，中华书局 2005 年版。

俞绍初、许逸民主编《中外学者文选学论集》，中华书局 1998 年版。

（唐）虞世南《北堂书钞》，台湾商务印书馆影印文渊阁四库全书本。

余恕诚《中国古代文体的异体交融与维护本色》，《文艺理论研究》2009 年 5 期。

余恕诚、吴怀东《唐诗与其他文体之关系》，中华书局 2012 年版。

（清）俞玚评点《昭明文选》，清抄本，浙江省图书馆藏。

Z

（清）曾国藩纂，孙雍长标点《经史百家杂钞》，岳麓书社 1987 年版。

曾枣庄《论宋人破体为记》，《中国典籍与文化》2007 年 2 期。

曾枣庄《中国古典文学的尊体与破体》，《清华大学学报》2009 年 1 期。

章必功《文体史话》，同济大学出版社 2006 年版。

张慕华《20 世纪 80 年代以来的中国古代文体学研究》，《文史哲》2013 年 4 期。

（明）张溥《汉魏六朝百三家集题辞》，中华书局 2007 年版。

章太炎《国故论衡》，上海古籍出版社 2003 年版。

章太炎《国学概论外一种：国学讲演录》，岳麓书社 2010 年版。

（清）章学诚《文史通义》，中华书局 1985 年版。

（唐）张彦远《历代名画记》，浙江人民美术出版社 2019 年版。

（清）张云璈《选学胶言》，北京出版社影印四库未收书辑刊本。

赵超《汉魏南北朝墓志汇编》，天津古籍出版社 1992 年版。

赵宪章、包兆会《文体与形式》，人民文学出版社 2010 年版。

（清）赵翼《陔余丛考》，中华书局 1963 年版。

（清）赵翼著，王树民校证《廿二史札记校证》，中华书局 1984 年版。

（明）郑维岳增补，（明）李光缙评释《鼎雕增补单篇评释昭明文选》，明万历二十八年刻本，无锡市图书馆藏。

钟涛《六朝骈文形式及其文化意蕴》，东方出版社 1997 年版。

周振甫《文章例话》，中国青年出版社 1983 年版。

（清）朱珔《文选集释》，上海受古书店 1928 年版。

（南宋）朱熹《四书章句集注》，中华书局 1983 年版。

朱秀敏《由礼赞到伤悼的衍化——以曹植为例论析建安诔文之新变》，《名作欣赏》2011 年 3 期。

（明）邹思明《文选尤》，明天启二年闵齐伋刻三色套印本，上海图书馆藏。

图书在版编目(CIP)数据

汉魏六朝实用文体互渗研究 / 赵俊玲著. —上海：
上海古籍出版社，2022.8
ISBN 978-7-5732-0372-4

Ⅰ. ①汉… Ⅱ. ①赵… Ⅲ. ①中国文学—古典文学—
文体论—研究—中国—汉代-魏晋南北朝时代 Ⅳ.
①I206.2

中国版本图书馆 CIP 数据核字(2022)第 130698 号

汉魏六朝实用文体互渗研究

赵俊玲 著

上海古籍出版社出版发行

(上海市闵行区号景路 159 弄 1－5 号 A 座 5F 邮政编码 201101)

(1) 网址：www.guji.com.cn

(2) E-mail：guji1@guji.com.cn

(3) 易文网网址：www.ewen.co

商务印书馆上海印刷有限公司印刷

开本 787×1092 1/16 印张 16.5 插页 2 字数 287,000

2022 年 8 月第 1 版 2022 年 8 月第 1 次印刷

ISBN 978－7－5732－0372－4

I·3638 定价：88.00 元

如有质量问题,请与承印公司联系